魅丽文化
心晴坊
女性新阅读

痛觉障碍 2

许念念 著

江苏凤凰文艺出版社
JIANGSU PHOENIX LITERATURE AND ART PUBLISHING

图书在版编目（CIP）数据

痛觉障碍. 2 / 许念念著. -- 南京 : 江苏凤凰文艺出版社, 2025.3
ISBN 978-7-5594-8209-9

Ⅰ. ①痛… Ⅱ. ①许… Ⅲ. ①长篇小说－中国－当代 Ⅳ. ①I247.5

中国国家版本馆CIP数据核字(2024)第008117号

痛觉障碍. 2

许念念 著

责任编辑 周颖若
出版统筹 曾英姿
选题策划 石 颖
特约编辑 张文超 伊 万
封面设计 苏 荼
插画绘制 麗-Maryli
出版发行 江苏凤凰文艺出版社
南京市中央路 165 号，邮编：210009
网 址 http://www.jswenyi.com
印 刷 长沙金鹰印务有限公司
开 本 880mm×1230mm 1/32
印 张 9.5
字 数 301 千字
版 次 2025 年 3 月第 1 版
印 次 2025 年 3 月第 1 次印刷
书 号 ISBN 978-7-5594-8209-9
定 价 46.80 元

目录

第一章 ·001

第二章 ·009

第三章 ·021

第四章 ·035

第五章 ·046

第六章 ·056

第七章 ·077

第八章 ·089

第九章 ·108

第十章 ·125

第十一章 ·150

第十二章 ·181

第十三章 ·204

第十四章 ·226

第十五章 ·249

番外一 暗恋终止 ·282

番外二 你的婚礼 ·287

番外三 于在 ·291

番外四 心愿便利贴 ·295

第一章

2014年4月23日，星期三。

天空湛蓝，白云缥缈，仿佛在进行一场神秘的对话。苏州的春天来了，虽然短暂，但依旧美好至极。

男孩子悄悄换上了短袖，露出结实而微微出汗的胳膊。女孩子开始穿七分裤，露出纤细雪白的脚踝。

活动课上，男生在室外打篮球，女生则在体育馆内打羽毛球或排球。文漾笙和任望珊扎着马尾，穿着单衣。两个女孩子青春靓丽，非常漂亮。

“呼——漾笙，我们休息一会儿吧，我累了。”任望珊喘着气说道。

“好啊，去喝水吧。”

两人放下羽毛球拍，走上体育馆内的软座看台，随意挑了个位置坐下。

“望珊，我的水没了，我去外面倒，顺便看会儿男生打球，等会儿你也来呗？”

任望珊点点头，文漾笙起身出了体育馆。

谢钦懒懒散散地晃到任望珊身后坐下，突然一拍她的肩膀，把正在喝水的任望珊吓得呛了几口。

“咳咳咳——怎么又是你啊？”任望珊回过头，有些无语。

“嘿，小美女，这话就不太对了啊，怎么能叫又是我呢？我这么不受待见啊？”谢钦开始耍无赖，“我说，那个姓于的整整一个月不在学校，可是我天天在后面护送你回家啊，你怎么就不感谢感谢我呢？”

自从于岿河请假以后，任望珊就发现谢钦总是跟在自己后面。她一开始还觉得是自己多想，后来才发现谢钦真的每天跟着她直到她进家门。

任望珊那三十天过得特别难受，但这件事吧，讲出来也没什么用，给大家徒增烦恼就不好了。所以任望珊没和大家说，不然文漾笙那么冲动，肯定第一个冲上去打人。

任望珊扭过头，竭力控制自己的表情。

“嘿，我问你个事啊。”谢钦不依不饶。

任望珊装作没听到，起身就要走。

“啧！”谢钦一把拉住她的手。

“你要干吗啊？”任望珊真的生气了。

“嘘——”谢钦猛地用力，任望珊重心不稳，被他拉回座位上。

“小美女，这边这么多人……还是别弄出这么大动静吧，我是为你好哦。就跟你聊几句天，聊完不就放你走了嘛，和和睦睦的不好吗？”

任望珊叹了口气：“那你要问什么快问吧。”可千万别又是什么乱七八糟的问题。

“你爸妈……”谢钦笑笑，好像在斟酌用词，最后来了句，“你爸妈是吃牢饭的？”

任望珊听到“爸妈”两个字的时候脸色突然变了。他知道什么？他是怎么知道的？谢钦问的不是“我怎么没见过你爸妈”或是“你爸妈工作很忙吗”，而是“你爸妈是吃牢饭的”。

“你有病吗？有的话麻烦去治。”任望珊忍着内心的愤怒，不想再和谢钦多说一句话，“你问完了，我也回答完了。我可以走了吗？”说着就站起来。

“啧，你没回答我啊小美女。”谢钦又把她拉回座位上。

任望珊既不好大声喧哗，又挣脱不了。她耳边还回响着那句话，眼泪在眼眶里打转。

“我之前突然想起你是转校生，从本市其他县城转过来的。我每天跟着你回家，却从来没见过你爸妈。一般来说，转学要么是因为家长换工作，要么就是因为父母离异。我就在想，会不会是你爸妈离婚了，然后都不要你了，把你扔给你爷爷奶奶养着。”

任望珊脸皮发麻。

“但是呢——好在你钦哥认识的人实在是多啊。这不，我这么有心，在列表里仔细一问，还真就从以前转走的初中同学那里问出了点什么。”

任望珊红着眼眶，转过来盯着他：“所以呢，谢钦？所以呢？”她勉强让自己哽咽的声音听起来更清晰。

任望珊根本不想跟他多解释什么，反正在所有人看来，都是她父母有罪。

谢钦要说出去吗？他的确是能做出这种事情的人。她又能怎么办？她不知道，脑海里轰隆隆地响。

从前——在原来的学校，开学短短一个月的时间，全校师生就都认识了高一的任望珊和她的父母。她热情、开朗又漂亮，还多才多艺。更主要的是，她家里特别有钱。

每个人都喜欢她、尊重她，可是几天之间，一切都变了。在那个黑暗的十月份，任氏垮台，任幸川和望溪因贪污公款入狱。明面上虽然没有报道任氏贪污的新闻，但消息依旧传到了学校，而学校是八卦传播最快的地方。

“我的天哪，任望珊真可怜……”

“可怜吗？有什么可怜的，她平时就那副白莲花的样子，我早就看她不顺眼了。”

“呃，她家都这样了，我们这么说不太好吧。”

“有什么不好？你看现在谁还理她？”

“哦，也对，那我们也不要理她了。”

“我也早看她不顺眼了，好像家里有几个钱就特别厉害一样……”

“对对，她就是活该……谁叫她之前老爱出风头，现在好了吧。”

当你比别人过得好的时候，别人对你的尊重和喜爱不一定是真心的。但当你落魄的时候，他们却盼着你从高处跌落，对你的嫉妒之情溢于言表。一旦你遭遇困难，这些人会第一个推你一把。

谁让你比他们好那么多，他们不甘愿。你凭什么天生比他们起点高？你凭什么活成了他们想要的样子？

谁说十几岁的孩子全都是善良的呢？谁说闲言碎语就不能伤人呢？学校上空本来明朗的天空瞬间变得阴霾，无论是公开的冷嘲热讽还是暗地里的幸灾乐祸，这场闹剧他们都不无辜。

任望珊开始吃不下饭，睡不着觉，连续一个多星期都是这样，她本就纤弱的身体根本撑不住。她上体育课的时候犯了低血糖晕倒在操场上，却没有一个人去扶，还是老师发现她晕倒送她去的医务室。

林深来接她的时候实在看不下去那些指指点点，给她办了退学。爷爷奶奶便仓促地带着她来到了新的城市。

这所学校里没有人认识她，更没有人会关注她，任望珊和不久之前垮台的任氏有什么关系。她感觉前所未有地轻松。

可是这短暂的宁静现在要被这个叫谢钦的无赖无情打破了。

“啧啧啧，话别说那么难听嘛。我也不想说出去，这种事情嘛，让大家……特别是姓于的知道了，你肯定不大乐意吧。”

任望珊的手微微发抖，微红的眼眸轻动：“你不要太过分。”

“我哪里过分了？不就是知道你一个小秘密嘛。”谢钦翻了个白眼，“要不这样，你答应我一个条件，我就不说出去。”

“什么条件？”任望珊下意识地追问，随后就后悔了。

“还没想好。”谢钦的语气轻飘飘的。他站起来活动了一下筋骨，留下一句“等我找你”就走了。

文漾笙过了好几分钟才回来，见任望珊的眼眶通红，立马急了：“怎么了望珊？谁欺负你了？跟我说啊！怎么眼睛红成这样？”

任望珊摇摇头，把眼泪擦干净：“没有，只是谢钦过来说了几句话，听着挺过分的我才气着了。别去管他啊，还有千万别跟于岿河讲。”

文漾笙皱眉：“又是谢钦。他看不惯的是于岿河，却天天来找你的麻烦，真恶心。我现在就去找他！”

“漾笙！”任望珊忙拉住她，“你再这样下次我就不跟你说了。我都讲了多少遍了，别去跟那种人理论，会吃亏的。”

任望珊费了好大的劲儿才让文漾笙答应不去找谢钦。

活动课下课后，楼道里空旷无人。已经销假回学校上课的于岿河抱着球正想去食堂买饭然后继续打球，结果路过二班门口发现任望珊趴着没去吃饭。

“怎么了，望珊？胃又不舒服吗？”他在窗口停下。

任望珊没抬头：“没事。”

于岿河听出她的声音有些不对，从后门走进去坐在她身边：“望珊，你到底怎么了？”

“于岿河……我不想说可以吗？我现在想一个人待着。”

于岿河抬手想摸摸她的头，却在半空中停下了。

“我去给你买饭，能吃得下的话就吃一点。”说完就走了。

于岿河出门的时候刚好在楼梯拐角处遇到谢钦。

谢钦挑眉：“哟，去打球呢？”

于岿河没搭理他，径直走过去。

“任望珊马上要无条件答应我一件事了，主席，你猜猜我想跟她提什么要求？”

于岿河脚步一滞，他的右手还抱着球，头微微朝左侧偏，问道：“你什么意思？”

“就……字面意思呗，咱们大主席不会听不懂吧？”谢钦的身体微微前倾，他把脸凑到于岿河眼前，“因为我发现了一个任望珊的惊天大秘密。”

于岿河的眼眸漆黑，定定地看着他。

“任望珊她为了不让我说出来，主动要求答应我一个条件。你开不开心？”

“你无不无聊啊，有病去治。”于岿河转身就要走，任望珊才不是那样的女生。

“那你知道任望珊为什么没爸没妈吗？她肯定没跟你讲过。”谢钦说话的腔调带着得意的上扬。

于岿河背对着他，脸色一沉。

“谢钦，你最好把刚才那句话收回去。”他的声音很冷，眼眸瞬间暗了下来。

“干吗？人家没爸没妈有什么不能说的。我说了你又能怎么样？”谢钦开心地问道，于岿河生气了他就开心。

“是不是我知道她没有父母的原因而你不知道，所以你现在感觉特别生气？”

“收回去，她不是没有父母。”

“不收。”

“我叫你收回去——”于岿河反手就把篮球往谢钦身上一抡。

谢钦反应也快，抬起右手往外一挡，篮球砸碎了教室窗户，声音响彻整层楼道。

“这是你先动手的啊。”谢钦的嘴角扬起来。

“你以为我在和你说笑吗？”于岿河目光寒凉。

谢钦心头一震，眼神惊异，他感觉眼前这个人身上散发出一股他从未感受过的陌生戾气，就在刚才那句话说出时突然涌现。

任望珊听到外面的动静，刚好看见谢钦被于岿河推搡着撞在墙上。她看着这一幕愣住了两秒，眼前一片模糊，还没弄清状况，她先脱口叫出了于岿河的名字。

于岿河听到她的声音一愣，谢钦伺机抬脚一踹，于岿河的后脑勺和脊背猛地撞到走廊栏杆上。谢钦没有停顿，跟上前准备继续动手。

“别打了，谢钦！”任望珊跑过来，心提到了嗓子眼。

这时程鼎颀刚好和萧宸拿着糍粑饭团和饮料从楼梯下面跑上来，看见剑拔弩张的两个人，赶紧跑过来用力拉开谢钦。

“老于你是不是疯了？我们不跟这神经病计较，打架要受处分的你不是知道吗？！”程鼎颀把东西全扔在一边，上来拉开他俩。

夏成蹊也在这时候回来了，一看见这场景，深深地皱起眉。

“你们在干什么呢？！”邹校长路过看到这边乱作一团，火气冲天，“都多大人了，闹什么闹？！谢钦又是你！还有——于岿河？你这又是怎么回事？！”

闹剧在老邹赶来的那一刻结束。

“谢钦！给我滚过来到你班主任办公室去！”于岿河在和谢钦推搡的时候不小心擦伤了手臂，老邹一眼看到了他手臂上的擦伤，“于岿河先去医务室处理一下伤口，等会儿让王老师找你！”

“怎么回事？打架了？”医务室里，徐老师皱着眉问，“另一个呢？”

“没打架，老师您就别问了，另一个死了。”程鼎颀烦躁地回答。

谢钦经常在校内招猫逗狗，但几乎都是乱打乱砸，而于岿河小时候跟专业老师学过泰拳，他们俩的攻击力是真的不一样。

于岿河心里明白，如果真打起来，谢钦肯定打不过他。自己手臂上的伤看着严重，但其实只是不小心蹭到的。何况他都感觉不到疼，不碍事。

徐老师给他处理好伤处，回楼上拿记录簿。任望珊轻轻敲了敲门，眼睛肿得跟桃子似的。

于岿河让程鼎颀他们几个先回去了。任望珊走近，在床沿上坐下，还没开口就哭得梨花带雨。豆大的泪珠从她的眼角流出来，顺着漂亮的脸颊滑下。哽咽声堵在喉咙里，她好像要喘不过气来，胸口剧烈起伏。

于峀河最怕见到任望珊这个样子，一时竟不知道该说些什么，只知道不停地给她擦眼泪。

“望珊……别哭了……”

“有我在，我以后再也不会让谢钦欺负你了，我保证，好不好？”

“别哭了，别怕……”

任望珊止住哭声，哽咽地问他：“于峀河你疼不疼？”

于峀河没有回答，只是静静地望着她蒙眬的眼睛：“望珊，我想跟你说件事，谢钦说——他知道一个关于你的秘密。”

任望珊的眼睛里出现了惶恐。

“别怕望珊，你先听我说完。”于峀河摸了摸她的头，“关于你的事，我知道你不想说，所以我不会刻意去问，你的事情应该由你自己做主。”

“之前王老师找过我，我也知道和谢钦动手影响不好，但我不能容忍其他人在我面前说你的闲话，当时我什么都来不及想，满脑子只剩下‘谁都不能欺负我的望珊’。”

“你不要怕，我会一直陪着你。”

任望珊紧紧咬着下唇，说不出话。她完全不知道，原来于峀河从不过问她的过去并非不关心，而是因为尊重和爱护，是对她发自内心的保护。

“所以，任望珊。”于峀河盯着她的眼睛。

“嗯？”任望珊对上他发亮的眼睛。

“我一定会保护你。”

空气静谧，树梢散发着芬芳，窗外有缕缕春风轻轻拂过。

任望珊眼眸微微一动，还未等她开口，于峀河又轻轻地说：“望珊，每个人都有秘密，只愿意告诉自己信任的人，我也一样。现在你是我信任的人，我想和你分享我的秘密。”

“我有一种叫作先天性痛觉感知障碍的病，就是没有痛觉，所以我不会感到疼痛。知道这件事的人不多，从某种意义上说，我……算是一个不完整的人。这样的我，你还接受吗？”

任望珊的眼里噙着泪水，她静静地看着他，心口隐隐作痛。

于峀河看到她不再说话，起身准备下床：“你要是不接受，我现在就出去教训那个小子。”

任望珊无奈地拦住他：“于峀河，不用去了。”

“什么叫不用去？你都要不理我了，我总得找点东西发泄一下吧。”

“我说了，不需要去了。”任望珊盯着他的眼睛，这回换成了于岿河呆住了。

任望珊揉了揉于岿河有些凌乱的头发：“脑子坏了？听不懂？”

窗外的蓝天上飘着大片洁白绵软的云朵，仔细看会发现其中几朵云形状像爱心。

年轻人的世界真美好啊。

第二章

2014年4月26日，星期六。

“都三天了才舍得告诉我这件事的始末，望珊，你可真不够意思。”文漾笙坐在天台上，两条腿悬空晃动着。

任望珊盘腿坐着，笑着用胳膊拱了拱她。

此时从天台这边望下去，学校里走动的学生寥寥无几。这周刚好是双周，高三的同学也和他们同时放假。

空中云霞灿烂，五月就要来临。

“那……关于于岿河痛觉障碍的事，我再和你说些别的吧？”文漾笙喝着橙汁，手撑着地面。

任望珊点点头：“好。”

文漾笙低头沉思，像是在回忆些什么，随后缓缓开口：“我和他从小一起长大，他看着什么都好，但其实特别不容易。”

任望珊偏着头看她，文漾笙的脸映着晚霞，轮廓分外柔和。

“他这种病，几千万人中才有一个，不会遗传，但也没有治疗方法。幼儿园的时候我第一次听说，当时还天真地觉得这样很酷，那不就等于什么都不怕了吗？多好啊。”

“后来我才发现这其实很可怕，因为他没有痛觉就感知不到危险，就不懂得保护自己。有一次老师组织我们做小实验，说同样一滴墨水滴在热水里和冷水里的样子是不一样的。”

“老师拿了两个量杯，一杯倒了刚烧开的热水，一杯是凉水。老师去拿墨水前再三叮嘱不要碰量杯，热水会烫伤皮肤。但架不住小孩调皮，于岿河就直接把手伸了进去，我还以为他在玩凉水，其他小朋友也这么觉得。”

任望珊不由得皱起眉。

“还好老师回来发现得早，送医及时，但他的手还是缠了整整一个月的绷带。还有小学二年级的时候，他和大家比赛跳楼梯，别人都从三五级开始跳，他偏要从最高处往下跳。”

“上课的时候老师叫他起来回答问题，他说使不上劲儿站不起来，老师还以为他是不会所以乱编的借口，最后却发现是骨折了，他那次差点就留下后遗症。”

“望珊，于岿河比其他普通的孩子长大要艰难得多。他无法避免不断重复出现的伤害，因为他根本不会痛。在他真正懂得什么是危险、什么是安全之前，他就这样受了很多伤。”

“望珊，既然你们的关系这么好，你一定要像他保护你一样保护好他。”

任望珊抓住文漾笙的手，拼命地点头。

“好了好了，不说这些了。”文漾笙站起来拍了拍身上的灰，“于岿河这个神经病，这次可是受到了处分，高三上学期才能撤销。”

“明天于岿河约我去看电影。”任望珊抬眸看向文漾笙。

“嗯，想去就去吧。”文漾笙转过身捂着嘴笑，“望珊，你要小心哦。”

“小心什么啊？”任望珊眨巴眨巴大眼睛。

“我才不说，你自己想。回家吧！”文漾笙抄起书包就跳了下去。任望珊骂了她两句，笑着拿起橙汁紧随其后。两人飞快地跑过散发着彩色水光的操场、方方正正的美术楼和香气四溢的林荫道。

2014 年 4 月 27 日，星期日。

“奶奶，我和同学去看电影了，待会儿不回来吃饭，直接回学校参加考试。”任望珊出门前回头向奶奶仔细地说道。

“嗯，好，珊珊注意安全啊。”

任望珊并不是第一次和于岿河单独出来，但这一次她感觉哪里变了。她一想起两人之间若有似无的特殊氛围，就忍不住眨着眼睛笑了。茶色的眼睛水灵灵的，好像湖水里落满了璀璨的小星星。

任望珊今天穿了一件梅子色的草莓T恤和一条黑色的直筒牛仔裤，用毛茸茸的发圈半扎起浅棕色的头发，T恤的领口刚好露出一点锁骨和白皙的皮肤。

她准备坐58路去电影院，结果一到公交车站就看见于岿河坐在自行车上玩手机。不知是不是心灵感应，少年正好抬眸看向背着白色双肩包的任望珊。

专属于四月末的温热阳光透过公交车站顶部的缝隙，洒在他蓬松柔软的黑色发顶和长长的睫毛上。少年眉目清朗，双腿修长，穿着一件黑色短袖，腰间系着长袖外套，衣襟在微风中缓缓摆动。

“上车。我骑车带你去，包给我。”

“嗯。”任望珊乖乖把包递给他，于岿河接过来挂在自行车前面。

于岿河骑车很稳，速度刚好，四月清风徐徐，送来身边少年身上的薄荷味道。

到了影院，于岿河去买了票、可乐和爆米花，两只手端着满满的东西，任望珊赶忙笑着去接。

他们看的是《玉子爱情故事》，昨天刚刚上映。寒假的时候任望珊在壶碟跟于岿河说过，《玉子市场》是她很喜欢的一部动漫，他记到了现在。

任望珊看到是这部电影的时候十分惊讶和欣喜，她已经很久没关注影院的排片了，都不知道有这部电影上映。

影院里漆黑一片，于岿河选的是中间排的中心位置。其实作为纯粹的三次元少年，他对这类动漫并不太上心，之前更是从没了解过。

他看着电影里的玉子，突然伸手摸了摸任望珊头顶毛茸茸的米色发圈，在她耳边悄悄说：“望珊，我发现你的发圈和玉子的很像。”

“嗯？好像是哦，这么巧。”任望珊也伸手摸了摸头顶软软的发圈，刚好和于岿河的手碰到一起。

任望珊的手很小，又软又凉。于岿河一触即离，不敢越界。直到电影结束，玉子把纸杯、话筒扔给饼藏，两个人的手都规规矩矩的。

于岿河不太爱吃甜的，很满足地喝着冰可乐。任望珊抱着爆米花桶，一颗接一颗把金黄酥脆的爆米花丢进嘴巴里。她突然想到什么，把一颗大大的爆米花送到他嘴边。于岿河愣了一下，张嘴接了，他第一次觉得这种甜得发腻的玉米粒也可以这么好吃。

出电影院的时候已经近五点，于岿河又给任望珊买了鲜榨果汁。傍晚的风有些许凉意，于岿河看着任望珊身上的T恤微微蹙了下眉，解开身上系着的外套给她披上。

“晚上返校，十点钟回家的时候要冷的，怎么穿这么少？”他在任望珊耳边说话，声音低低的。

于岿河的外套太大，袖子太长，盖住了任望珊白皙的手。她还拿着橙汁，一只手拉不了外套的拉链。于岿河在她面前蹲了下来，帮她拉外套的拉链。

电影院门口路过的各色行人，看到这一幕小声交头接耳，任望珊红着脸低下了头。

晚上周周练结束，任望珊趴在桌子上发呆。她偏头问戚乐：“戚乐，刚刚填空题最后一题还有十八题的第三小题你会不会啊？”

戚乐摇摇头：“那两题我不确定，你算出来是多少？”

“嗯……填空题我最后算出来两个答案，十八题我只得出一个方程式，解不出来。”

戚乐面露难色：“出事故了，我得出来四个答案。”

教室里人多，望珊就脱下了于岿河的外套，仔细叠好塞到双肩包里。

于岿河从外面走过，顺手扔进来两张纸。任望珊低头一看，正是她在周周练里一些不确定的题目，包括她刚刚问戚乐的那两道。字迹清晰，步骤写得很详细，还用了不同颜色的笔标注。

戚乐揶揄她：“于岿河很关心你嘛。”

任望珊在桌底下用膝盖顶了顶她，让她小声一点。万一同学们误会了就不好了。

十点放学，本来要留下来值日的许念念家里有事，没法最后关灯，便委托任望珊帮忙。任望珊留在班里又做了会儿题，想到等会儿高三也要下晚自习了人会很多，便收拾东西准备回家。

刚刚打铃的时候外面只是下着毛毛细雨，现在再抬头看，窗外的雨居然比刚才大了不少。好在没有雷声，她并不害怕。

任望珊默默地叹了口气：又忘记带伞了啊。

先前还有文漾笙跟她撑一把伞，今天恐怕真得淋雨了。她身体弱，一淋雨就感冒发烧，不过回家喝点板蓝根，应该没什么大事。

她拿起校服外套准备当伞用。走到楼下的时候雨下得更大了，豆大的雨滴穿过层层叠叠的樟树叶子砸在地面上噼啪作响。她刚要把校服外套盖在头上，就发现于岿河正撑着伞站在一楼门口，右手还插着兜。看到她下来的时候他笑了，笑得很阳光。

他一笑，暴雨也无声，疾风亦温柔。任望珊把校服外套撑起来半盖在头上，钻进了于岿河的伞里。

“你怎么在这儿？”

“等你啊。”

于岿河感觉自己脖颈的肌肤被冰凉的水汽轻轻触碰，身体里好像有细细的电流划过，酥酥麻麻的。他咽了下口水，喉结微微滚动。心脏怦怦地跳得很快，像是有电火花噼里啪啦地炸开。

狭窄的伞下她身上的柠檬香别样惹人，于岿河看到她眼眸湿润，睫毛像薄薄的黑色羽纱，感觉自己呼吸有点急促，好像有轻微的电流吱吱传遍全身。

高三晚自习下课的铃声在雨中响起，青涩的少年，懵懂的爱恋，都在那个下雨天。

2014年5月1日，星期四。

五一劳动节放假，只有高一能放满三天，高三一天不放，高二则是用第一天春游，接下来继续上课。

程鼎颀这回也不用再挤到二班的车子上了，王老师坐在第一排回头看着这俩二愣子在车上和同学们一起玩游戏、吃辣条、喝可乐，今天也是管不了他们了。

每个班一辆校车，快到的时候，一班、二班的车刚好并排停在十字路口等红绿灯。于岿河摘了耳机活动脖子，侧眼便看到了隔壁车里倚着座位睡得正香的任望珊。她长长的眼睫毛忽闪忽闪的，很是迷人。

这次的春游目的地是个大型野生动物园。任望珊从小就特别喜欢逛动物园，昨晚她跟于岿河打电话，说自己兴奋得睡不着。看来兴奋得睡不着的代价就是今天在校车上一睡到底了。

任望珊闭着眼的样子很乖巧，她今天穿的鹅黄色小衬衫搭配棕色灯芯绒背带裤，用奶油白的发绳扎了个麻花辫。于岿河怎么看她怎么觉得可爱，恨不得把她从二班的车上抢到自己这边来。

忽然一排蓝色窗帘挡住了任望珊的身影，于岿河无奈地往右边瞟了瞟，果不其然是文漾笙，她还不忘跟他比个口型：阳光太烈打扰睡觉。

唉，老夏，拜托你快把这姓文的烦人精收了吧，真的碍事。

“大家自行组团逛动物园，小地图必须人手一份，每个不同的区域地图上都有标注！”王老师戴着宽大的遮阳帽，身着轻薄防晒衣，一边挥舞着小地图一边嘱咐。

“走了，望珊，我们是先看凶猛的大老虎还是呆萌的小熊猫？”于岿河趁乱靠近任望珊，接过她的包往身后一背。

“先看你吧。”任望珊小声说。

“什么？”于岿河怀疑自己听错了，憋着笑难以置信地看着她，“别惹我啊，望珊。”

任望珊呆了：“我……这怎么就惹你了？”

于岿河握紧了手：“刚刚那样就是在惹我。”

手机嗡嗡地响了起来，正好缓解了此刻无法言说的气氛。于岿河接起来，文漾笙问：“望珊是不是在你那儿呢？一下车就不见了。”

于岿河懒洋洋地问：“不然呢？”

文漾笙抬头看了身边的几个人一眼，点点头说：“行吧，那我们就分开玩吧，您老可别欺负望珊。”

于岿河给任望珊看手机界面，无奈地笑笑：“漾笙他们还不放心你呢。”

任望珊注意到于岿河抬起手时露出的手腕上有一圈黑色的发绳，忍不住问：“你还一直戴着这根发绳呀？”

“可不许要回去了啊，这是我的了。”于岿河忙用衣袖遮住手腕。

“不拿你的。”任望珊无奈，“我想起来……你上回在运动会扎个小鬏鬏还挺好看的呢。”

“哦？是吗？是不是这样？”于岿河微微低下头，把前面比较长的刘海儿往后梳，又绑了个小鬏鬏。

“我说你就绑啊。”任望珊弯起浅茶色的眼睛。

“那我当然是听你的了。”于岿河边往前走，边不经意地说，“还有你之前在我左手上写的‘英语 108’，我留了好久，洗澡都用保鲜膜包着，最后还是淡了。”

没等任望珊回答，他又接着说：“大伙儿都去猛兽区了，咱们先去看小熊猫吧，换条路线走，遇不着大部队更好玩。”

小熊猫区，任望珊趴在木头栏杆上目不转睛地看着小熊猫的土棕色皮毛，长长的尾巴黑黄相间，它们正窝在树杈里吃红苹果。

于岿河也趴在栏杆上，一只手撑着头，看的却不是小熊猫。

“于岿河，它们的尾巴好可爱啊！特别像……像什么呢我想想……”

“像鸡毛掸子。”于岿河漫不经心地回答。

“去你的。”

“嗯？这不是一模一样吗？毛毛躁躁的，颜色也一样。”于岿河不等她反驳就说，“带你去喂小鹿。”

结果还没走两步，他的腿就被一个不明物体拖住了。

“嗯？”于岿河向下一看，是个还没他腿高的小男孩。

“叔叔，能不能也带我去喂小鹿啊，我也想去。”小男孩好像刚刚哭过，眼睛水汪汪的。

任望珊蹲下来摸摸他的头：“当然可以呀，不过小弟弟你是一个人来的吗？”

“不是……我刚刚还在找妈妈呢，妈妈不见了。”

任望珊和于岿河对视一眼：走丢了啊。

“刚刚我一直在找妈妈，但是听到叔叔要带姐姐去喂小鹿，我也想去……”

于岿河俯身：“这样，我们先找到妈妈，然后再去喂小鹿好不好？”说着他把手机拿出来解锁，放到小男孩面前，“记得妈妈的手机号吗？”

小男孩泪眼汪汪地点点头：“嗯，记得。”随后在手机上按下号码。

“小朋友真棒。”于岿河把手机递给任望珊，两只手抱起小男孩，“刚刚和妈妈在哪里走散的还记得吗？”

“在……有天鹅的地方！想起来了，妈妈说要去小亭子给我买天鹅才能吃的食物，让我在那边等，结果我忘了……”

“望珊，看看地图——”

不等于岿河说完，任望珊就找到了天鹅湖的位置指给他看："离这儿不远，十分钟路程，咱们走吧。"

于岿河抱着小男孩，问了他的名字和年龄，还给他讲笑话，把原本泪眼汪汪的小男孩逗得特别开心。任望珊走在他们后面和小男孩的妈妈打了电话，约好在天鹅湖碰面，挂了电话后看着前面。

任望珊从小就对小孩子不太感兴趣，每次看见都尽量避开。不过于岿河好像很喜欢小朋友，特别招小孩子喜欢。路过糖果屋的时候，于岿河还进去给小男孩买了糖。

"啧，不对啊楠楠，为什么你叫我叔叔，叫她就是姐姐啊？明明我不比她大多少。"于岿河看看任望珊，又看看小男孩，装作很委屈不满的样子。

楠楠手里拿着于岿河刚给他买的比脸还大的棒棒糖吃得正欢，这么小的孩子也明白拿人手短吃人嘴软，连忙改口："哥哥、哥哥，这样可以了吧？"

于岿河挑了挑眉，满意地点点头。

"但是，哥哥你看起来真的比姐姐大很多啊，你长得这么高。"楠楠一边舔棒棒糖一边补了一刀。

于岿河瞬间在风中石化，满脸黑线，长得高还是错了？

"不过，哥哥和姐姐长得都好看，楠楠都喜欢。"小男孩实诚地说。

于岿河的头顶仿佛瞬间开出了粉红色的小花。

到了游客相比其他区域并不算多的天鹅湖，一位化着淡妆的妇女一见到他们就着急地喊："楠楠！"

楠楠也急着从于岿河身上下来："妈妈、妈妈！"

"真是的，怎么就自己乱走了呢！吓死妈妈了！之前不是跟你说好的吗？妈妈还以为你掉进湖里了。"女人抬头向他们道谢，又对楠楠说道，"有没有谢过哥哥姐姐？哥哥姐姐还给你买糖呢。"

楠楠有点不好意思地抬头看着他们："谢谢哥哥姐姐，祝哥哥姐姐百年好合、白头偕老、早生贵子！"

"什么呀，楠楠，这些词不是这样用的。"那位妈妈哭笑不得，"小孩子不懂事，喜欢乱说话。"

"没事，小孩子不懂事嘛。"于岿河歪头笑着说。

楠楠缠着妈妈带他去喂小鹿，母子俩和他俩道别，往梅花鹿园走去。

任望珊转过头对于岿河说：“你好像很喜欢小孩子。”

“嗯。”于岿河点头笑笑，“从小学开始我就经常带一帮小区里比我小很多的孩子玩，还挺会哄小朋友的，你看楠楠不就特别喜欢我。”

他在内心偷偷地说：不过，相比小孩子，我有一个更喜欢的人。

“哦。”

“不过其实楠楠更喜欢你。”

“嗯？”任望珊从小就没什么孩子缘。

“是真的，只不过他很害羞，没敢开口让你抱而已。我抱着他的时候他老往你那儿瞟。”

听到这话，任望珊心里美滋滋的。

任望珊让于岿河转过身，从背包里拿出之前买好的天鹅食，走到湖边喂洁白成群的天鹅。

淡淡的阳光洒下来，湖面波光粼粼。任望珊全神贯注地看着那群天鹅，麻花辫垂在肩膀一侧。她的嘴角微微扬起，睫毛上似乎闪着金色的星星。天鹅争抢小面包的时候溅起高低不同的水花，沾湿了她的裤脚和衣襟。

于岿河坐在河岸边的木质长椅上，拿出手机朝着任望珊按下了快门，然后低头看看那几张照片。文漾笙之前还跟他说用原相机拍出的照片不好看，这不挺好看的吗？随后他把微信聊天背景设置成了这一张。

他看任望珊手里的天鹅食不多了，便起身到不远处的亭子里再买一些。

天鹅湖岸边的泥土松软，踩上去软绵绵的，还有些湿滑。岸边丛生的杂草恰好遮住了一块警示牌——水深危险，请远离岸边。

任望珊正想转过头告诉于岿河天鹅食没有了，却看见他背着双肩包走向凉亭。她盯着他的背影看了好一会儿，然后才继续转过头去逗天鹅玩。

天鹅见任望珊手里的食物不多了，更加卖力地争抢，踩得水花飞溅，沾湿了她的发尾。她看见远处有一只体型相对较小的天鹅被挤在外面，一点东西没吃到，急得嘎嘎直叫，就把身子往前探了一些。

她俯身的时候，最前面一只天鹅突然伸出脖子，啄住她的袖子往下拉。任望珊蹲在湖岸，本来重心就不稳，被这么一拉，直接向前倾倒。

“扑通”一声水花溅起，方才成群的天鹅瞬间向四处游开，刚刚被挤在最外面的那只小天鹅叫得比刚才更急。

“救命啊！有人掉进湖里了！”路过的行人开始叫喊，但恰巧没有人会游泳能下水救人。

掉进湖中的一瞬间，任望珊感觉眼前有透明的气泡浮动，耳边没有任何声音，安静而空寂。呼吸快停止的那一刻，她在半梦半醒间听见了自己的心跳声，感觉身体轻得像羽毛。

她觉得实在太累了，连一句话都说不出来。她的身体快速下沉，似乎正在坠向某个很深、未知的地方。

就这样了吗？要结束了吗？她闭上眼睛，听见不同的声音从上面传来。她分辨不出都是谁的声音，或许没有她认识的人。

好困……耳边的声音越来越远，像从天边传来的一样。周围的水流方向发生了细微的变化，好像有人在接近。她感觉自己的灵魂出窍后又被拉回身体里，身体朝另一个方向缓慢上升。

“咳咳——”离开水面触碰到空气的瞬间，意识霎时清明。空气比湖水还冰冷，瞬间大量涌入肺里，激得喉咙发痒。任望珊迷迷糊糊地抱紧身边的人的肩膀，刚才还没有的痛觉此时全部涌上来，刚刚还轻得像羽毛的身体此刻感觉比铅还重。吐水之后她不仅头疼，还浑身发软，心底无比恐惧。

于峃河两只手抱着她，眼眶红红的，从发绳里露出的刘海儿湿漉漉地贴在鬓边。她的头抵在他的胸口，半散开的头发软软地贴在苍白的面颊上，柔弱美丽得像只受伤的天鹅。

天鹅湖边行人嘈杂，管理人员来来往往，报警声和呼救声此起彼伏。于峃河感觉耳边有一层膜把这些声音都隔绝在外，只能听见任望珊细弱的呼吸声和自己怦怦的心跳声。

昆城第三人民医院。

任望珊在病房仍然没有醒来，王老师拨通了任望珊的紧急联系人的号码。

接电话的是林深：“我现在马上过去，麻烦老师先照顾好望珊！”

林深急得没等司机下来，自己开车加速往三院冲去。到了医院后，他和王老师打了招呼，便进了病房。

任望珊的脸色苍白，林深急得不行，却一点办法都没有，只能坐在她身边焦急地等待。

一个小时后，任望珊终于苏醒过来，睁开眼睛看向身边，声音虚弱：“林叔？”

“嗯。”林深皱着眉头，“怎么会这么不小心呢？”

“还没有告诉爷爷奶奶吧？”

林深一愣：“还没有。”

任望珊松了一口气：“我已经没事了，就别告诉他们了，省得他们担心。”

林深听着心里很不是滋味，望珊醒来第一件事就是担心别人，完全没想到自己。他叹了口气：“知道了，你没事就好。”

“谢谢林叔，还特地让您来一趟。老师和同学都在外面吗？”

“你们的老师在外面，同学的情况我倒是没注意。”

“哦。”任望珊垂下眼帘，“林叔，我马上就可以出院了，您就先回去吧。您工作很忙，别耽误太久。”

“行，那我走了。还有，住院费你不用担心，林叔都安排好了。”林深皱眉看着她，随后起身倒了杯水放在床头。

“谢谢林叔，您路上小心。”

林深下楼的时候和一个眉目清朗的少年擦肩而过，他回头看了两眼，感觉有点眼熟。

于岿河进门的时候，任望珊正欲起身去拿床头柜上的水杯，他轻轻把门带上，快步走过去拿起玻璃杯，感觉水有些烫，低头吹了几下才递给她。

“谢谢。”任望珊的声音很轻。

“这种事情就别跟我谢了。”于岿河微微皱眉。

“我是说，谢谢你救我上来。”任望珊浅浅地笑着。

“这就更不用谢了。”于岿河坐在刚刚林深坐过的凳子上，两只手放在腿上，身体前倾，“你知不知道我有多害怕？”

“嗯？”任望珊想他的确应该害怕，毕竟那么深的水，要是他水性再差一点……

任望珊低下头：“对不起。”

“你要是出了什么事，或者我回来晚了，你让我怎么办？”

于岿河的眼神里有任望珊从来没见过的东西，让她有些慌。他害怕的竟然是这个吗？

“我从没这么害怕过。”于岿河突然俯身，声音低沉地在任望珊耳边说。

任望珊感觉于岿河滚烫的气息混着清淡的薄荷味在她颈侧环绕，她略微有些不自在地向外偏了偏。

“于岿河，我有点晕。”任望珊转移话题。

于岿河想到什么，从窗台上拿过她的双肩背包，熟练地在第一格找到了一包柠檬糖。

“又低血糖了吧，吃颗糖。”于岿河看着任望珊，几分钟后小心翼翼地问，“好点没？”

“嗯。”任望珊点头。

“可是我不太好。”于岿河声音低哑。

“嗯？”任望珊侧过脸，气色比之前好了不少。

于岿河双手撑着床单，轻轻地说了句：“我也想吃糖。”

“……”

“望珊，千万别再吓我了。”于岿河声音沙哑。

“……”

“还吃不吃糖？”

“……”

“嗯？望珊？”

“不吃。”

第三章

2014 年 5 月 20 日，星期二。

“妈呀！”程鼎颀突然从座位上跳起来，还不小心磕到了桌角。

班里的同学本来都在安安静静地自习，被他这么一吓，杂七杂八的声音就开始冒个不停。于岿河咳了一声，大家瞬间安静下来。

“干啥呢？”萧宸悄悄问。

“刚刚有只大蜜蜂飞过来……我最怕这种虫。”

萧宸无奈地说：“待会儿再飞过来我给你赶。”说完就埋下头写作业。

老钱突然出现在门口，程鼎颀的神经瞬间紧绷，不是吧，就刚说那么一句话也被他听到了？不要这么惨吧！

他高度紧张的神经在老钱说出“班长出来一下”后瞬间松懈，随即又对老于被叫出去的事情充满强烈好奇，忍不住伸着脖子朝外张望。

玻璃窗没有关好，程鼎颀依稀能够运用他苦练十余载的三流窃听技术和九流唇语解读，分析出外面在讲些什么。

“钱主任，您找我？”于岿河手里还拿着支刷题笔。

老钱背着手往办公室走：“马上期末考试了，高二也快结束了，最近学习怎么样？”

于岿河从容跟上：“一切如旧，正在努力进步。”

老钱在一班后门处停下来，盯着于岿河的眼睛说：“那就好，你的自觉程度我一直很放心。啊，对了，你和任望珊的关系怎么样？”

于岿河用余光瞥了一眼二班门内，小前桌并不在，他的心里突然有种不好的预感。

门内程鼎颀一听脸色骤变，忙看向萧宸低声耳语：“老钱问老于他和望珊的关系？是不是他俩走得太近被叫去谈话了？”

萧宸也不清楚，没法回答他。

于岿河面色如常，眼睛对上老钱的目光：“平时我们会互相问问题，她的成绩也很好，特别是英语。”

老钱点点头，继续往办公室走。于岿河在后面不紧不慢地跟着，手心微微冒汗。

推开值班办公室的门，任望珊已经在里面等着了。于岿河看见她后内心十分复杂，都不知道该说什么。任望珊倒是很坦然，还不忘冲于岿河笑笑。

老钱在办公桌前坐下，缓缓开口：“高三马上就要高考了，我借晚自习最后一段时间来跟你们单独谈一件事情。”

于岿河抿了抿嘴唇。

“刚刚我已经跟望珊讲过了，你们的学习态度都很端正，占用半天时间肯定影响不到你们俩。这件事情一定要认真对待啊，你们代表的可是我们整个昆城一中。”

“嗯？”于岿河有点呆呆的。

“今年省里推出了一个短片拍摄活动，就是为即将参加高考的高三学生加油的。这不仅是对本校高考学生的鼓励，短片也要送到省里参与评比。”

“啊？哦。”于岿河捏了捏耳垂。

“啊什么啊，哦什么哦！省里通知得比较仓促，希望你们放松心态，千万别紧张。只是拍一个小短片，你们之前不是一起拍过照片吗？我看你们对镜头的把控非常好。”

“所以时间就定在明天下午，正好明天下午有活动课，你们少上不了几节主课。明天你们吃完午饭就不要午休了，直接去行政楼，其他人会在门口等你们。”

“要说的也就这么多了，你们多交流交流，对着镜头互动要多一些。一些加油、祝福、鼓励的话都印在这里，没几句。”老钱低头拉开办公桌右侧的抽屉，拿出两张纸递给他们。

“明白了没？明白了就去吧，也快下晚自习了。”老钱向两个人挥挥手。

“好的，谢谢钱主任。”说完两个人对视一眼，拿着纸出了办公室。

于岿河走到走廊拐角处，用力眨了眨眼睛，吐了口气。

任望珊笑着问：“怎么啦？紧张成这样。”

“不是，老钱神神秘秘地把我叫出来，都没跟我说清楚，第一句先问我和你的关系怎么样，我还以为……”

“嗯？还以为什么？”任望珊水灵灵的茶色眼眸在走廊灯光下依旧明亮，她一动不动地盯着他的眼睛。

“没事。”于岿河神色轻柔，俯身轻轻弹了弹她的额头，“回去整理书包吧，明天不要紧张。”

“好吧。”任望珊笑起来，眼里好像装着一幅烟波浩渺的画。

“整理好书包在班级门口等我，我送你出校门。”

“好呀！”任望珊转身回了班级。

于岿河留在原地静静地看着她的背影。

2014年5月21日，星期三。

“珊珊，今天不是星期一呀，怎么穿这套校服啦？”奶奶端着昨晚包的萝卜丝馅汤圆，笑眯眯地问。

“昨天我回来得晚了些，忘记和奶奶说啦。今天我要拍高考加油的宣传片呢，是不是很厉害呀？”任望珊笑嘻嘻地系着红领结，轻轻地扬起下巴。

“我们珊珊当然是最棒的。”奶奶把汤圆放在餐桌上，摆好筷子，“快来吃，昨天晚上刚包的，刚出锅的热汤圆最香。”

“哎，来啦。”任望珊仔细地掖好领子。

奶奶突然想起什么，走进房间拿出一把伞：“又忘记了？让你在学校放一把伞以备不时之需，老不听。”说着把伞放进孙女的书包里。

“谢谢奶奶，我走啦。”任望珊吃完汤圆挥挥手，拿起书包往公交车站跑去。

奶奶站在小院门口目送着孙女的背影，这孩子……明年这个时候也要参加高考了。

时节已是初夏，任望珊穿着短袖，露出的胳膊纤长好看，手腕上还套着一根黑皮绳。小院里枇杷树的叶子沙沙作响，颜色一天比一天深。

不出半天，下午于岿河和任望珊要拍宣传片的事情已经传遍了校园。

程鼎颀拍着大腿，都快哭出来了："你这人不早点说？昨晚一下课你跑哪儿去了？我晚上登 QQ 给你发消息你也不回，给我急得哟，还以为你手机都让家长收了……"

"我家哪有人来收我的手机，二愣子。"于岿河抓了抓头发，略微宽松的白色短袖衬衫显得他的身形更加挺拔修长。

"再说了，我现在晚上基本只看微信。"于岿河挑了挑眉继续道。

"行，萧宸，我们去吃饭，不理他。"程鼎颀白了他一眼，拉起萧宸就往外走。

没过多久，任望珊跑到一班教室门口："于岿河，我收拾好了，我们去吃饭吧！"

"来了。"于岿河起身站到她身边，和她一起走下楼梯。

红领结配蓝领带，格纹裙配西装裤，同样款式的白衬衫和制服鞋。今天不是周一，全校只有他们两个这么穿。天气渐渐变热了，林荫道的香气比以往任何一天都浓郁，迎面吹来的暖风也带着樟树的香气。于岿河的刘海被吹成中分，露出高高的眉骨。

大家都知道他们今天要拍宣传片，让他们俩一起吃好饭去行政楼也是老钱安排的。路过的学生纷纷对他们行注目礼，但没有人觉得不妥，大家都很羡慕。

"阿姨，我的那份面麻烦多放点花生。"于岿河刷了饭卡，礼貌地对食堂阿姨说。

"好嘞！之前你不都喜欢多放点醋吗？"

"因为……醋对胃不好。"于岿河的笑意加深。

"啧，说到这个是的。我记得很久之前，我给两个女生打饭的时候啊，听到她们说什么来着……哦，是我们学校一个很漂亮的小姑娘啊，居然胃溃疡没来参加期中考试。哎哟，我听到这个就难受得不得了，你们年轻人一定要把胃养好，不然以后不舒服起来真的要命的哦……"

啧，人气怎么这么高啊，任望珊。

这个想法只在脑海里掠过一瞬间，于岿河双手接过阿姨递过来的牛肉拌面，微微欠身道了谢，走到和任望珊约好的靠窗白色餐桌。

任望珊已经到了，还帮于岿河拿了筷子，她今天点的是咖喱土豆牛腩盖浇饭。于岿河接过筷子，把自己那份拌面上的酱汁花生米一颗一颗挑给她。

任望珊盯着他乐了半天，突然向周围看看，随后轻声说："喂喂，这可是在食堂啊于岿河，被别人看见怎么办？"

"可是我的确不喜欢吃花生米啊，我喜欢吃醋。"于岿河扬起一边嘴角。

"哼，吃你的醋去吧。"

任望珊丢了一颗花生米进嘴里，不得不说，用牛肉酱汁浸泡过的花生米鲜香十足，她悄悄想，今晚和文漾笙、戚乐也要吃这个拌面。

"吃饱了？走。"于岿河起身放好凳子，整理了一下桌面。

"嗯。"

全校师生此时大多在午休，空旷的操场很寂静。正午时分的太阳有些烈，光影透过密密麻麻的樟树叶子被任望珊的碎发再次打散，落在于岿河的眼睛里。

"这两位同学请得很好，特别上镜。"电视台的摄影师一边指导于岿河和任望珊的表情、动作，一边看着老钱夸道。老钱高兴得满面通红，边扇风边嘀咕这天气真热。

拍摄地点从操场转移到备用空教室，差不多到活动课前，摄影师放下相机："可以了，你们现在去广播室录一下台词，后天剪辑就能做完。我去高三教室拍点素材。"

他说完又看看他俩："之前有过朗诵或主持的经验吧？念词千万别生硬，不然后期修音会很麻烦。"

老钱摆摆手："放心吧，这两位没问题。"

摄影师"嚯"了一声，打趣道："条件这么好，不考虑出道？"

于岿河牵起嘴角，出道不利于学习。

几天后，程鼎颀在化学课上给于岿河传纸条："老于，你昨晚看贴吧了吗？又炸了啊！"

于岿河抬眸看了一眼讲台上滔滔不绝的季老师，神情泰然自若，拿起笔回了句："季老师的课都敢溜号？"

"嗐，现在要是语文课，我早打报告去厕所了，不得不说你和小珊珊这个视频封面真心抢眼。"

于岿河迅速动笔：“‘珊珊’是你叫的吗？换一个。”

程鼎颀顶了一下他的桌子：“这是重点吗？算了，我上课了，放学回家记得看啊。”

下了晚自习回到家，程鼎颀赶紧翻到贴吧把视频发给于岿河。

和上次不同，这个活动要参与省里的评选，所以视频是学校官方发的。而且比较有趣的是，活动评比会采取线上网友打分和老师评分一比一的计分方式。

视频以少年和少女穿着校服并排走进昆城一中校门为开头，背景音乐轻柔舒缓，滤镜着重使用了夏日的色调。

他们在安静的教室里学习，在礼堂的大舞台上认真地表演和主持，在充满阳光的操场上并肩奔跑。

校运会的升旗仪式上，少年向上扬起五星红旗，旗帜在空中高高飞舞的刹那，少年磁性的声音在耳边响起：“为了看看风景，我已跋涉千里。”

接着画面依次转换，高三百日誓师的整体镜头，主席台上的校长讲话，学生穿过成人门的场景，备考前走廊里和教室内的画面。

在翻开厚厚的数学笔记本的特写镜头下传来少女清越的声音：“不为跑赢世界，只为超越自己。”

画面突然定格，由备考前迅速向前回转，强烈的音效下，背景音乐的节奏越来越快，所有画面以0.1秒每帧的速度一一闪过，最终停在少年少女进校门的那一瞬间，光影交错。

这时画面渐渐模糊，突然归于一片黑暗。短暂的寂静之后，强烈的爆发音效响起，带着火焰特效的金红色文字在黑色屏幕中央炸开：

金榜题名，未来可期。

“我脸皮都麻了，这个好励志啊老于。”程鼎颀又看了一遍，重重地吐了一口气。

于岿河看了程鼎颀的消息，翻看着贴吧下的热评，不得不说，短短一分半的视频，能做出这个效果，他也很吃惊。

评论区像被扔进了一颗炸弹，凑热闹的不仅有本校高三党，还有其他学校的网友：

“你一票我一票，这俩明天就出道！”

“哈哈哈，楼上带的这节奏我太喜欢了。”
“隔壁学校来的，这男女主角的颜值也太高了……”
“学校官方发布的帖子是不是明确指明了，哈哈！”
“代入感太强了，我都毕业一年了看着还感觉特别励志。”
“其他学校的同学都来看一下，短片男主角是我们学校年级第一！”
“这两个人太搭了，之前看到那组写真我就关注了昆城一中贴吧。”
“这个短片要是不得奖就辜负了我朋友圈的拉票……”
“终于知道什么叫‘校草’了，看来是我们学校不配拥有。”
“短片女主角我默默抱走，你们聊男主角……”
“那可不行，任望珊是我们昆城一中的全才小天使啊，呜呜——”
“这女主角头发好像染过啊，有点黄黄的……”
“麻烦别乱说，我是她校友，她发色天生这样。”
“任望珊有没有男朋友啊？”
“回楼上，应该没有，任望珊成绩超级好。”
“感谢楼上，我等她毕业。”
于岿河挑了挑眉。

2014年6月6日，星期五。

高三高考的前一天，学校早早放了假。各个考场已经布置完毕，教学楼走廊上空无一人，于岿河留下来负责检查。他现在心情很好，因为他爸妈说后天就要回来了。
“我来了。”任望珊敲了敲后门。
于岿河抬眸，笑着问：“怎么还没走？”
任望珊两只手攥着背包带：“等你呀。”
于岿河最后检查了一下桌肚里有没有纸屑，起身把书包挎到肩上，关好门窗，然后说：“陪我去操场走走。”
此时刚过下午五点，夏日的天色没有丝毫暗淡，瑰丽的玫色云层在空中浮动，洒下万千梦幻缥缈的玫红因子。
任望珊踩着草丛边凸起的细边灰色石阶走，从于岿河的角度看，任望珊垂下的眼睫在下眼睑打下淡淡的阴影，云层把她的脸颊染成粉色，她就像是“美好”的代名词。

于岿河怕她摔倒，在后面用手提着她的背包带。

任望珊突然开口：“我现在想问你一个以前我觉得特别俗但现在又很想知道你的答案的问题。”

“嗯？什么问题？”于岿河左手插兜，懒洋洋地跟着任望珊的步伐向前挪动，也不觉得慢。

“嗯……就是那个……”任望珊好像有些不好意思，耳朵红红的，“你为什么对我这么好啊？”

“让我想想。”于岿河低下头。任望珊以为他要取笑她呢，但实际上并没有，于岿河真的在认真地思考这个问题。

他们即将走到烟灰色台阶的尽头，前面是一排圆溜溜的石头，于岿河突然轻轻开口：“好像有人曾经说过一句话。”

“你只是站在那里，我就感觉到欢喜。”于岿河自嘲地笑了笑，“你第一天逆着光走进教室坐到我前面的时候，气氛好像就不一样了。”

“具体的我也说不清楚，但是望珊，我对你好不仅仅是因为你的优秀。”于岿河神情认真。

任望珊沉默了几秒，开口说：“哦，我懂了，就是第一天的第一眼，原来你是个以貌取人的人。”

“啧，你信不信我——”于岿河笑着把她扯下来拉到自己面前。

“知道啦，跟你开个玩笑嘛。”任望珊笑着推开他，再踩上石阶，努力靠近他的身高。

到了石阶尽头，任望珊想踩那一排圆石头，但好像站不太稳。

于岿河把右手在她面前摊开：“需要帮忙吗，望珊？”

任望珊看了一会儿他的手心，最终选择把左手放到他的手腕上紧紧抓住，一脚踩上圆形的石球，小心翼翼地往前跨。虽然于岿河略有失望，但仍然稳稳地放平胳膊，跟着她的力度走，帮她保持身体平衡，眼睛则随着她整个人走，她走到哪儿，视线就跟到哪儿。

青草、石台、晚霞，相对而立，摇摇晃晃的影子。

露水、夏日、书包，微笑，手扶着胳膊的样子。

“咔嚓——”

“邹校长，我要实名举报。”

2014年6月10日，星期二。

第一节课下课，大课间。

“望珊，邹校长找你和于岿河。”夏成蹊走到任望珊旁边，不自觉地皱着眉头。

“怎么了？发生了什么事？”文漾笙正在和任望珊聊天，她很少见夏成蹊露出这样的表情，事情十有八九不太妙。

“我感觉情况不对。”夏成蹊沉思了两秒钟后回答，“我在楼下交资料的时候遇到了邹校长，他让你们俩直接去校长办公室。”

“会不会是上次拍的高考励志短片获奖的事？上次不就是虚惊一场吗？”话虽如此，但文漾笙还是感觉气氛渐渐凝重。

文漾笙陪着任望珊出门，特意先去了一班，于岿河的座位是空的，程鼎颀和萧宸也不在，她担心地看向任望珊。

走到行政楼的时候，她们在门口遇见了程鼎颀和萧宸，还没等文漾笙问出口，两人与往常不同的神情已经告诉了她们答案。

“我陪你一起进去。”文漾笙牵着任望珊的手紧了紧。

“不用了，谢谢漾笙，我可以的。”任望珊挤出一抹微笑，“大家先回去吧。”

任望珊一步一步走上楼梯，听着自己鞋跟踩上台阶发出的声响在空荡荡的楼梯间回荡，然后渐渐消散。到了邹校长办公室门口，她深吸一口气，努力平复狂跳的心脏，轻轻推开半掩着的门。里面除了邹校长和于岿河，还有钱主任。

邹校长看见她进来，脸上的表情似乎是恨铁不成钢，更多了一些无可奈何。办公室里安静得让任望珊感到呼吸困难。

邹校长以前教高一（1）班的时候没少操心任望珊的数学成绩，他心里还是喜欢这个小姑娘的。知道她的监护人已经不是父母后，他也没忍心打任望珊个人信息表上林深的电话，只通知了于岿河的家属于穆。

于穆在电话里依旧保持着自己的风度，在表示歉意后对邹校长说自己随后就到。

任望珊之前总是担心害怕。虽然她和于岿河互相没有明确表明在一起，但两个人越走越近，总是会被有心的同学看出来。若是举报给老师，那到时候她和于岿河迫于压力，关系可能会变淡。她不想失去这段友谊，也不想失去于岿河。

“校有校规，岿河，望珊。”邹校长缓缓地开口说道，“没人有特权修改。”

“你们这个年纪有这样的躁动很正常，但是时机不对。等考上大学，随你们想做什么都行。”邹校长一脸愁容，“现在被实名举报，知不知道这说明你们已经给学校造成了什么样的影响？”

其实邹校长和钱主任早就想到过这种情况，但他们不约而同地在心里说服自己，要相信自己的学生，只要他俩没影响学习，但没想到还是出现了现在这幅场景。

这次实名举报让他们不得不放下偏爱。怎么说学校的整体利益都比个人偏爱更重要。身为校长和主任，他们没得选。即使打拼到现在，都四十多岁快奔五十的人了，有些事仍然身不由己。

“走一个，你们自己选。”

任望珊忍不住开口：“可是老师，我们并没有在一起啊！这不算违反校规吧。”

邹校长和钱主任都从对方眼中看到了欣喜，但随即又回归了刚才的表情。邹校长开口：“可是望珊，现在有图片，还是实名举报，学校不得不给一个交代。你们还是只能留一个。”

于岿河突然开口：“邹校长，让望珊先回去吧，我留下跟您说。”

他看向她的眼睛，眼神坚定又执着，黑漆漆的眸子里不再是平日的不羁与肆意，而是透着能让人安心的冷静与自信。

“邹校长，对不起。”任望珊深深地鞠了一躬，“给您添麻烦了。于岿河选什么，我也选什么。”

钱主任和邹校长叹了口气，示意她先回去。

任望珊走出行政楼，知情的几个朋友都来了，她朝大家摇摇头，随后垂眸：“实名举报。”

“谁这么没良心啊？！”文漾笙急得快哭了。

“不重要了。”任望珊安慰地拍拍漾笙的肩膀。

“是谢钦。”一直没说话的夏成蹊突然开了口。

任望珊点点头：“我也觉得是。事已至此，别管他了吧。”

回到教室，任望珊的耳边依旧是同学们的吵闹声，她不知道自己还能在这种吵闹和喧嚣中待多久。如果她和他其中任何一个人离开，想再听到这平日里嫌弃的吵闹声音都是一种奢侈。

大课间结束，要上课了。指针嘀嗒嘀嗒地响，时间一分一秒地过去，等待的每一刻都是煎熬。

于岿河听见自家老爷子的脚步声越来越近，随即敲门声响起。

“请进。”

邹校长看到一身高定、步履平稳的于穆的时候，就明白了人家为什么会有于岿河这样优秀的孩子。

于穆和两位老师微微颔首打过招呼后，冷冷地看向自己的儿子：“你跪下。”

钱主任急了：“于先生，其实没必要这样……”

“爸，我错了，但我不跪。”

于穆气得抬起右手，可手指在半空中颤抖了数秒，又狠狠放下：“别叫我爸，你有能耐了？从小我怎么教你的？在哪个年纪就做哪个年纪该做的事！你现在这个样子对得起我和你妈吗？我没有你这个儿子。”

于穆真的生气了，虽然孩子长这么大，他被叫到学校的次数不多，但没有一次是因为于岿河犯了错。

他稳住情绪，对两位学校领导欠了欠身：“他不懂事，是我教得不好，人我先带走了，我于穆保证，一定给校领导一个交代。”

老邹、老钱答应着，目送于穆和于岿河的背影离去。

于岿河坐进副驾驶座时一惊——他妈妈也在车里。

“说说吧，你打算怎么办？开口请慎重，最好能说服我。”于穆锁上车门，眉头紧锁。

“爸、妈。”于岿河坐直了身体，眼神坚定不移，“从小我就没求过你们什么事，这是第一次。请你们帮帮我，我和她一个都不能走。我拿我的人格跟你们保证，我们俩真的没谈恋爱，我会一直是第一名，也不会拖累别人。”

“真这么坚持？”何女士语气温柔地问。

于岿河没有迟疑：“嗯，她特别好，就是我上次跟你们在餐桌上……”

“知道了，其他的事就别再说了。”于穆皱着的眉头没有松开，他压着火气说，“别以为我给你收拾了烂摊子就是没脾气，把成绩稳住，毕业前别再让我烦心第二次。”

“哎，谢谢爸妈。”于岿河静静地坐了一会儿，听到车锁打开的声音，默默地下了车。

绿草被风吹过，他走到教学楼下，抬眸看向四楼的教室——望珊，我赌赢了。

“老公，真不了解一下？我还挺好奇的呢。你说咱们儿子这么优秀，他坚定选择的女孩是什么样的啊？”

于穆嗤笑一声：“大可不必。我儿子我还不知道？小小年纪能懂什么？谁还没年轻过？高中那会儿的女同学我现在都不记得叫什么名字了，后来到了哈佛，我不是快毕业才遇上你的吗？”于穆淡淡地说，“所以这个年纪的耐心啊，用不了多久就耗光了。”

“哎，好吧，那你打算怎么帮儿子啊？”见于穆云淡风轻地取出墨镜戴上，何婧姝无奈地问。

“这个好说，毕竟他俩没真的谈。”

“你真的相信你儿子说的没谈？”

“当然，我相信他。”

上午课程结束，打铃后老师还没说下课，同学们就已蠢蠢欲动。老师前脚踏出班级门，同学们后脚就一哄而散。

于岿河走过来趴在二班的窗口，文漾笙见到他连忙跑出来问：“怎么样怎么样？”

任望珊看着于岿河，紧张得说不出话。

于岿河仿佛看不见其他人，当着戚乐、夏成蹊、文漾笙的面看着任望珊的眼睛说：“望珊，我们一起逃跑吧。”

没等任望珊反应过来，他拉着她就往楼梯口跑，留下三人在二班门口面面相觑。

程鼎颀和萧宸勾肩搭背地出来，手里还拿着饮料。

“到底什么情况啊？你俩知道吗？”文漾笙还是很着急。

“啧，这么跟你说吧。”程鼎颀挑了挑眉，“今天下午您就会亲眼见到什么叫——奇迹。”

“这回我连于岿河都不服，就服他老爷子。”萧宸竖起大拇指。

“于岿河，你等等！”任望珊边跑边上气不接下气地说。

“没办法，你已经答应了。”于岿河在操场边停下，从草丛里找出折叠梯子。

“我刚刚哪有答应啊！”

“那你现在答不答应？”

任望珊一噎，于岿河看着她这可爱的样子，心里乐开了花。

“那我们要私……去哪儿？”

“私什么？”于岿河故意看向她的眼睛，任望珊打了他一下。

于岿河爬上墙头，对面居然也架起了一架梯子。

看着树老板的头冒出来，任望珊目瞪口呆。

树老板冲她挥挥手：“岿河这小子就会折腾我，偏要我从这儿送进来。给，树老板回去忙了啊，望珊拜拜哦。”

“哎！树老板下梯子小心点啊。”

“自从树老板认识了你，他对我都没那么客气了。”于岿河笑着说。

“就你这样折腾树老板，要是我早不理你了。”望珊毫不客气地说，随即闻到了慕斯的香气。

“走吧，爬楼去。”

任望珊坐在天台上，吃着蛋糕，喝着橙汁，于岿河喝着树老板磨的咖啡。

他们第一次在中午的时候爬上天台，临近期末考试，此刻篮球场上也没有贪玩的学生在打球了。

于岿河不知从哪儿摸出来一个铁盒子，递给任望珊。

“嗯？”任望珊接过来。

“半年前就想给你，之前还想放在生日蛋糕里，后来想想没放。”

任望珊打开盒子，里面居然是一块粉白相间的手表。表身明显比于岿河手上戴的黑金那款小一号，款式倒是一模一样。

“最早是想在你生日时给你的，但是考虑其他事情，最后也没拿出来。”

任望珊把手表拿出来，发现表带上有一个喷漆状的 Y 字。于岿河举起手腕，表带上居然有个英文字母 R。

“其实，要不是谢钦，我真的会等到毕业。”于岿河自嘲地笑了笑，“不好意思，还是没忍住。一定要收下啊，收下就表明你明白我的意思了。”于岿河认真地说。

任望珊一愣，随即垂眸：“好。”

于肖河拉过她的手，把手表戴在她纤瘦的手腕上。

远处，一辆辆货车正开进校门。

于穆老爷子给昆城一中捐了栋配备全套最先进器材的实验楼，顺便把全校的黑板换成了白板，粉笔换成了水笔，直接推动了整个昆城一中的教学资源革新换代，校长团乐得合不拢嘴。

学校发布了通告，萧宸揽着程鼎頎的肩膀，啧啧两声：“真是有钱能使鬼推磨。”

再过一周，高二就要匆匆落幕，高三即将到来，他们终于把寒窗十二年熬成了最后的十二个月。

第四章

2014年6月24日，星期二。

期末考试总是比想象中来得急、去得快，学校的课程已经全部结束，大家可以收拾东西搬到高三的教室了。与此同时，家长们也齐聚在大礼堂开家长会。

于穆和何婧姝早在期末考放榜那一天就奔赴下一班航程了，于是树老板就代表于岿河的家长来参加家长会。他的身边坐着林深，两人并不认识，也未有交流。

按照惯例，家长会上会有学生会代表进行讲话。本来这个代表非学生会主席莫属，但老钱碍于上次的事，这次就让夏成蹊上了。

夏成蹊身着白衬衫，身形挺拔，在主席台上的讲话赢得了高二全体家长的喝彩。树老板在鼓掌的同时还在心里唏嘘，要是我们岿河上，比这还好。

等家长会结束，家长们就可以接自己的孩子回家了。

于岿河抱着任望珊的书在高二和高三楼间来回跑了三五趟，终于把东西都安顿好了。此时，任望珊在二班参加集体大扫除，

一班男生多，都跑操场上撒野去了。

萧宸抱着球喊于岿河："于哥！我们去操场占地了，你赶紧的啊！"

"待会儿就来，不排除'鸽'你们的可能。"

于岿河站在光荣榜前的石阶上，盯着文科班的排名表看，文科年级第四——任望珊，数学135分。

于岿河微微扬起嘴角。离 140 很近了，就一道填空题的事，在高三下学期之前，任望珊肯定能做到。

他直接转身跳下石阶，都懒得看理科榜了，目前他给自己定的小目标就是开学过后的零模冲一下 400 分。

广播里的“每日推送”响起，家长会结束了，很多家长来的时候给孩子带了手机，正好通知孩子下楼一起回家。于岿河知道今天是树老板来，准备等会儿直接去壶碟吃饭。

他突然想起来，今天也是高考成绩公布的日子。不知道昆城一中今年又会有多少个优秀学生。

想起这件事，于岿河第一个想到的就是成醉。不得不说于岿河还挺欣赏这位学长的，要不是他性子太冷也从不打球，他们应该会成为不错的朋友。

成醉在高考后就去参加了 Q 大的自主招生，前天出了成绩，被提前录取了，高考成绩并不能影响他的选择，这件事在高三还上课的时候已经传遍了。

于岿河走到四楼，二班的人差不多都去大礼堂等家长了，任望珊还在整理东西，文漾笙在一边等她。于岿河疯狂给文漾笙使眼色，文漾笙会意后白了他一眼，低头和任望珊说了句什么，从后门离开了。

于岿河插着兜靠在前门门框上：“望珊，去壶碟吃饭吧，树老板来开家长会。”

任望珊抬眸，笑着说：“好啊。”说完低头给林深发了个消息。

于岿河也没忘给萧宸发了个消息：“鸽。”

二人十分钟后上了树老板的小房车。

任望珊还是第一次坐树老板的车，她笑着说：“树老板真的很喜欢到处走走呀。”

“当然了。你树老板不说世界吧，至少国内周边的省份，啥地儿都自驾过。”

于岿河撑着沙发边缘，歪着脑袋说：“我初一那年树老板自驾去西藏，我本来要跟着的，但刚好要参加数学竞赛就没去。”他坐起来双手交叉在胸前，“结果树老板居然在无人区遇到了狼群。”

任望珊微微瞪大眼：“然后呢？”她开始脑补五年前的树老板赤手

空拳与狼搏斗的场景，不会真的和她在课外书里看到的一样吧？！

“然后遇到了牧民，被牧民开着大货车救下来了。”树老板笑了笑，“从那以后我就明白，去不熟悉的地方还是得跟着老乡走，别一个人瞎开。”

“听听，这悟性，我当时还以为他就此收手不自驾游了呢。”于岿河忍不住笑出声，“那次真把我吓坏了。”

树老板眯起笑眼：“到了。”

自动门缓缓打开，于岿河先跳下去，任望珊跟着跳下车。树老板从后视镜里看着这俩孩子，心里满是欣慰。

他看着岿河和漾笙一块儿长大，以前总觉得这俩孩子长大了会在一起。直到去年看到岿河带着这个陌生的小娘鱼过来只为了吃一块草莓蛋糕的时候，他才明白岿河想放在心尖上的人现在才来。

周二是壶碟公休日，店里只有望珊和岿河两个小顾客，树老板做好了他一直给两人做的那几道苏帮菜，还不忘捎上一小块慕斯蛋糕和一杯咖啡。

差不多半个小时后，于岿河突然问：“树老板，上回我放在你这儿的球还有气吗？”

“那都多久了！”树老板一哂，“后门有打气筒，等会儿让望珊帮帮忙，给它充一下气就好了。”

树老板转着吧台前的玻璃杯子：“怎么？今天想去图书馆后面啊？那儿你不是一直嫌人多从来不去的吗？”

壶碟后面是图书馆，图书馆再往后有一片和市体育馆相连的篮球场。树老板不知道的是，某位姓于的阔少已经直接包了场。

“等会儿走过去看看，就当消食了。”于岿河笑笑，又对任望珊说，“做完作业之后陪我去吧。”

“嗯，好的。”任望珊把最后一块草莓慕斯塞进嘴里。

“帮我按一下球，这个打气筒容易漏气。”于岿河在后门单手抱着篮球。

“嗯，好的。”任望珊接过球按在地上，于岿河也蹲下来。

两个人的脑袋离得很近，于岿河看见她的睫毛像蝴蝶的翅膀，上边扑闪着金色光影，额头上有细细的白色绒毛，呼吸的时候仿佛能闻到她发梢上的柠檬香。

他还注意到任望珊的手腕上除了那块手表，还系了根和他手腕上的一模一样的发绳。他的嘴角微微上翘，声音里夹着柔软的笑意："好了，谢谢望珊。"

他们把自己的东西都放在了树老板这边，于岿河问树老板借了辆自行车，带了两瓶矿泉水，把篮球放在自行车筐里。等任望珊在后座坐好后，二人迎着下午温热的阳光，向体育馆的篮球场进发。

七八分钟的路程，硬是被二人一路上的打打闹闹拖成了十五分钟。于岿河停好自行车，拿起矿泉水拧开喝了一口。

他郑重其事地问："望珊，想不想学一个新的技能？"

"你要教我打球啊？"任望珊靠在自行车后座旁，抬头盯着他。

每当于岿河低头看着任望珊，而任望珊又正好抬头的时候，两个人就很容易脸红。

"哈哈，怎么这么聪明呢？"

任望珊是真的很聪明，即使是从来没有接触过的领域，她上手也特别快，运球动作流畅。

于岿河边拍着球边摇头说："以前真没玩过啊？"

"初中是排球队的算不算？"任望珊不无骄傲地回答，随即去抢于岿河手里的球。

"不算。"于岿河左手一抡，右手住后把球举过头顶。任望珊踮起脚去够篮球，奈何身高不够，于是她跳起来想拍他的手。

于岿河笑着把球递给她："给你了。"

"我去喝水，不理你了。"任望珊抱着球跑到球场边的车棚下面，又把球用力砸回去，于岿河笑着接住，"你休息会儿吧。"

随即他也走过去，发现自行车筐里剩下的一瓶水是没开过的。他看向正在喝水的任望珊，果然，她手里那瓶是他刚刚喝过一口的。

他无奈地说："那瓶是我的。"

任望珊："啊？！"

没想到于岿河的下一句话更令她吃惊："这是第二次了。"

任望珊想起去年运动会她喝了于岿河的矿泉水，手足无措地问道："你知道的啊？"

“原来你也知道啊。”于岿河看着任望珊错愕的表情，拼命憋笑。

任望珊不知道该说些什么，明明没什么好害羞的，但现在她就觉得特别尴尬。她还没想好回答什么呢，突然天空惊雷乍响。

夏天的雷阵雨总是说来就来，令人猝不及防。方才还很晴朗的天空在几秒间由明变暗，雨点密密麻麻地砸下来，云层之上闪电掠过，天空阴云密布。

任望珊害怕打雷，在第二道雷声落下之前心就提到了嗓子眼。她刚想捂住耳朵，一双温暖有力的手已经抢先一步行动。

雷声被隔绝在外，温暖笼罩全身。任望珊侧坐在自行车后座上，面向球场，于岿河挡在她前面，背后是滂沱大雨。透过手掌、大雨声、响雷声，任望珊觉得自己仿佛听到了于岿河说“别怕，我在”。

不知道过了多久，雷阵雨渐渐停了下来，于岿河放下双手，他的声音充满温柔：“望珊，不怕了，雨停了。”

十七八岁的怦然心动也是情窦初开，于岿河对她的偏爱，不是一点点，而是很多很多，任望珊突然觉得于岿河很好很好。

偏爱和保护欲本就是人与生俱来的情感，说不清道理，却天经地义。这样的感情就像今天这场雷雨，撼动人心的同时令人不自觉地想抓住对方的手。

“走吧，送你回家。”

天气转晴，高考放榜。

所有参加了高考的学生、家长都在同一时间颤抖着双手输入准考证号查询成绩。

“出来了，是成醉！”邹校长在校长办公室第一个拍桌子站起来。

“这小子不错啊，市第一省第七，不参加自主招生都能进Q大了。”邹校长的脸上露出了笑容。

“和省状元也就差几分，真的很不错。”正校长点点头，“统计一下过省控线的人数。”

此时的成醉还在睡觉，根本就没查分，还是校长打来电话他才知道自己的成绩。反正他都进Q大了，有没有考到高分、是不是市状元、省里排名第几，他根本不在乎。

“呼——”于岿河放下手机，“成醉不错啊，419分。”

那我就争取比你再厉害一点点。

2014年8月17日，星期日。

高三开学的前一天下午，所有班级的QQ群都收到了这样一条消息："自明天开学起，全体高三学生记得穿好校服。"

倒在床上刚补完暑假作业的程鼎颀看到这条消息后欲哭无泪，差点就把这事给忘了。随后他开始翻箱倒柜地找校服，校服还没找到呢，床上的手机就又振动起来。程鼎颀本来就刚补完作业，烦躁得想骂人，结果拿起手机一看是萧宸，心情瞬间又变好了。

他连忙接起来："怎么了大兄弟？"

"我在你家楼下呢，你什么时候去学校放行李啊？"萧宸右手抱着球，左手拎着行李箱，从小高层楼下朝上看。

"我刚补完作业，本来想马上去的，但是校服找不到了。我爸妈出差呢，也不知道他们给我放哪儿了。"程鼎颀苦哈哈地说。

"你上回找到的时候说是放在冬衣那一堆了，你去看看有没有。"

"啊？我说过吗？我怎么一点都不记得。"虽然不记得，但他还是果断地打开了放冬衣的柜子。

果不其然，一套校服整整齐齐地放在最上边。

"嘿，老萧你真神了。"程鼎颀高兴地把衣服拿出来放进行李箱，提上书包进了电梯。

二人打车去了学校，进校门的时候已经有许多住校生带着行李箱在昆城一中进进出出。他们带着大包小包爬上六楼，相互帮忙把东西放好。

"呼——累死了。"程鼎颀往萧宸床上一躺。

萧宸看了看他，没说话。

"老萧，你作业补完了没啊？"程鼎颀偏过头，发现萧宸正从背包里拿出一罐一罐的红烧牛肉面。

"你当我和你一样啊，最后一天补作业。"萧宸把泡面放在柜子里，合上柜门，语气中透着无奈。

"高三了，老萧你想去哪儿？"程鼎颀从床上坐起来。

"我啊，"萧宸转身过来看着他，"我想去上海。你知道吗？有个新出来不久的专业叫人工智能，也就是AI，我觉得前景特别好。我想考T大。”

程鼎颀微微一怔，他还没考虑过要去哪个大学呢，没想到萧宸居然已经想明白了。

“分数线我看了，咱俩差不多，离这个专业最低分数线还差十五分。高三一整年够了，考不考虑一起？”

程鼎颀回过神来，冲他笑笑：“好啊。”

“今天不打球了，我去买饭。在宿舍准备一下明天的开学考吧。”萧宸说着拿起饭卡就走。

“嗯，我和你一起去。”程鼎颀追上去。

2014年8月18日，星期一。

开学考其实就是一个不太正式的假期学习进度摸底，试卷是学校自己出的，只考语文、数学、英语，第二天就能出成绩。老师也就挑几道典型的例题讲一下，其余的学生都可以自行消化。

考完英语后，萧宸和于岿河正在班里按照任望珊的英语答案对着估分，程鼎颀慌慌张张地从后门冲进来。

“干吗呢？又有最新小道消息啊？”萧宸翻开阅读理解D篇。

“两个。一个是谢钦和老于的处分已经撤销了，还有一个不知道真假，小空间，“有人说，邹校长对正校长提出，为了缓解高三学生开学压力，要给我们组织一场解压篮球赛。”

“解压篮球赛？”于岿河皱眉，“高一和高二之前是有的，自成醉那届后就没办过了。给我们高三办篮球赛？”

“不懂，但感觉他们说得挺真切，还有人说在老钱办公桌上看到了策划案。”

“管他真不真，等通知吧，是真的那就干呗。”萧宸扬了扬嘴角。

“嗯。”于岿河用蓝笔在自己的试卷上写了个108，拿起试卷去了二班。

没想到第二天晚自习前，王老师不仅带来了成绩单，还有一个通知。

“假期里都玩疯了是吧？看看你们考的这是什么！”王老师皱着眉说。不过让她有些惊讶的是程鼎颀的排名居然没掉，萧宸比之前考得还好。

"先不说这个了，试卷明天早上讲，接下来要说的事情肯定会让你们高兴。"王老师拿起桌上的通知，"经过校长团批准，高三即将举办解压篮球赛。"

"哦——"班里的同学都兴奋起来。

"咚咚咚——"王老师拍拍讲台，"听不听我说了？！"

"听听听！"大家异口同声。

"具体的事情等会儿班长会把通知贴在后面，你们自己看吧。主要有三点，首先是十二个班分为六组，一个理科班和一个文科班组成一队，周三活动课前记得找好你们的盟友。"

"第二个是确认队员以及队服定制，到时候你们几个——"她朝几个关键人物努努嘴，"名单什么的，也是在活动课前，明白吗？"

关键人物们疯狂点头。

"最后一个是，周三的活动课，派个幸运代表去行政楼抽签。"王老师把通知放在于岿河的桌子上，拍拍手回办公室去了。

晚自习一下课，一堆学生穿着统一的校服，全挤在后面白板旁。

"于哥，咱们和望珊那班拼吧？"萧宸走过来问。

没等于岿河回答，苏澈走过来说："咱们要跟二班！听说夏成蹊打球也很厉害，就是不怎么见得着他，这次可一定得把他拉上场。"

于岿河憋着笑："大家有异议吗？没异议我就去找夏成蹊说了。"

大家巴不得他快点去，结果于岿河还没走到门口，夏成蹊已经一脸无奈地来了。

"文漾笙赶着我来的。"夏成蹊一脸生无可恋的样子，于岿河隔空给文漾笙竖了个大拇指。

关于队服，萧宸和程鼎颀提议用万能的某宝定制《灌篮高手》的同款，得到两个班男生一致同意。

"老于，你背后要几号？"萧宸在名单上自己的那栏写下11，程鼎颀后背是10。

"我啊？ 20号。"

"要这么后面的号？"

"嗯。"于岿河双手背在脑后，无声地笑了，"这是我的幸运数字。"

周三活动课，行政楼集体抽签。每队派一名幸运代表，在六支签里随机抽取一支。这六支签上有三组数字，抽到相同数字的两个队互为对手进行初赛。

邹校长定的赛制，估计是想让比赛早些结束吧。老钱解释说，并不是初赛赢了的一组就能出线，而是总得分最靠前的两支队伍直接进行冠亚争夺战，剩下的四支队伍再抽签进行季军争夺战。

老钱举着个抽签桶，活脱脱像个道士。

于岿河拉着任望珊，低声说："去吧，幸运小天使。"

任望珊走上去摸了一支签，数字是"1"。

"好彩头啊。"于岿河笑着说。

他们对上的是楼下的九班和十班，于岿河的眼神对上不远处拿着数字"2"的谢钦。

"喂，咱们换一下。"谢钦直接走到十班体委那里说。

于岿河皱皱眉，老钱语气略有不满地说："嘿，不可以换签，请注意一下规则。"

"唉，好吧。"谢钦耸了耸肩，语气轻佻地说，"那——主席，希望决赛见喽。"

于岿河垂下眼眸，没有回答他。他们的编号是第一组，下周直接对阵第五组。

"这边都登记好了，下周三活动课比赛。这段时间别老想着篮球，还是以学习为主。"老钱开始赶人了。

程鼎颀和萧宸从操场上赶过来："老于，那两个班我都没有认识的球友，估计水平一般，我们要全都上场吗？"

于岿河的神色有些凝重："之前的计划是不全部上场，但是邹校长定的赛制比较特殊，我们只赢了自己那场是没有用的。总分最高的两支球队直接进决赛，其余四组争夺季军。"

"不是吧，什么鬼玩意儿，老邹一看就没打过球。"程鼎颀无力地倒在萧宸怀里。

"那就尽全力拿分？"萧宸表情嫌弃地托着程鼎颀，"啧，到时候领先太多怕人家面子上不好看。"

"反正是友谊赛，都是男生没什么事。"程鼎颀懒洋洋地说，"哟，老萧——你倒是够自信的啊，觉得我们会拉开大比分。"

"其他的不说，打球这方面我们还是有点实力的。"萧宸轻笑道。

"这样，你们和老夏，带上方知予和苏澈首发，半场的时候换人。

我去看看其他班的分数，如果分数够高能直接进决赛，我就先不上了。”于岿河看向两人，笑着说，“毕竟你们俩的组合已经够炸场了，不是吗？”

“这话我喜欢听。”程鼎颀笑嘻嘻地站起来，又被萧宸按回去。于岿河回头看向跟在后面的任望珊，望珊会意，上前与他并肩而行，无须言语。

2019年11月10日，星期日。

晚上11：45，整个城市都沸腾了起来。

“FPX太牛了！”程鼎颀从沙发上跳起来，打开窗户听外面的声音。

FPX战队在全球总决赛上零封G2夺冠，此时的上海笼罩在浓雾中，灯光朦胧，但是丝毫挡不住穿过雾气的呼喊声和喧闹声。

程鼎颀激动不已，打开手机第一时间想给萧宸打电话。不用翻通讯录，他直接在拨号键盘上输入那一串数字，刚要拨出去的瞬间手指蓦地停下，指节微微弯曲——他差点又忘了。

啧，刚刚是怎么了，脑子一热，差点坏事。都说养成一个习惯需要二十一天，舍弃一个习惯只需要一瞬间，可是这条规则在程鼎颀身上并不适用。

他的头脑慢慢清醒。其实他并不是个擅于静心思考问题的人，但此刻他突然想到，他和萧宸从曾经并肩到最终对立，这件事到底有多么残忍。

窗外的吵闹声依旧不绝于耳，但他激动的心情已归于落寞。

分离的时刻总是短促的，蓦然回首，才发现逝去的时间和回忆的光景是那样绵长。他总是在深夜孑然一身的时候发觉自己被当年的“如约而至”带来的残念折磨，从未辜负，却令人泪流成河。

“快快快！望珊你好了没啊？要开始了！”黎向晚穿着珊瑚绒家居服，坐在任望珊的床上敷面膜，拿着手机刷某宝。

“每年‘双十一’你都急得像跟人抢钱一样，知不知道这是别人在抢你的钱啊？”任望珊笑着从浴室走出来，低头擦着头发，身上弥漫着蒸腾的柠檬香气。

她今天从下午五点开始连着开了三个电话会议，改了四份文件，又看了一个小时的专业书。她就算是“熬夜星人”，这会儿从浴室出来也已经累得眼皮都睁不开了。

“你刚刚在浴室听到没啊？外面喊得热火朝天的。我一翻微信，整个朋友圈都在夸 FPX 呢。”

任望珊往床上一倒，脑袋枕着黎向晚的肚子，迷迷糊糊地说：“没听见，不知道，不抢了。要是你网没崩的话记得帮我点下，我要睡了。”

“哎，你别睡啊——嘿！”黎向晚疯狂地点着手机屏幕，“望珊你什么嘴巴啊，网真的崩了！”

“那正好，省钱了，睡吧。”任望珊强撑着坐起来，把黎向晚手边的枕头放回原位。

“喂，你头发还没吹呢，起来起来！”黎向晚疯狂摇她。

“唉。”黎向晚无奈地起身，去浴室拿吹风机。

时间已过零点，黎向晚边给任望珊吹头发边试了一下网络，差不多行了，她把自己该买的买好，也没忘记把任望珊的购物车清空。

“睡觉吧，大忙人。”黎向晚把吹风机往床头一搁，也钻进了被窝。

任望珊睡得很沉，她是真的累了，连梦都没有做。

月亮已经爬上了东方明珠的顶端，黄浦江面上映着月华的倒影，远处像是星河灿烂，宛若天际。如此清朗，一江星火，一枕秋凉。

第五章

2014年8月27日，星期三。

高二的学弟学妹在两天前也开学了。学校这种地方，最容易走漏风声，越是爆炸性的消息传得越快。

高三办篮球赛的事，周一高二开学那天仅用小半天时间就传遍了整栋高二楼，有几个好事的还远程告诉了此时正在家里狂补作业的高一党。

于是叫嚣着要来看篮球赛的人又多了一批，高一的迷妹迷弟们不远万里，情愿补不完作业也要返校来看男神。

此刻的体育馆内人头攒动，篮球场被人里三圈外三圈地围了个水泄不通。男生主要来看球，女生主要来看人。本来邹校长、钱主任想让后勤再搬点座椅来，但眼看着人挤人的，想想还是算了。

于岿河正披着校服坐在替补位上喝水，他知道身后不远处的树荫下站着任望珊、文漾笙几个女孩子。比赛即将开始，于岿河虽然不紧张，但是眼神还是聚焦在球场。

周围都是杂七杂八、吵吵嚷嚷的交谈声，也有举着相机边拍篮球场中心边抽空拍他的，不过这些都影响不到他。

"望珊，五组的队服是黄色的，和我们待会儿打起来，你看像什么？"文漾笙使劲儿憋着笑。

任望珊拿着橙汁看了一眼："番茄炒蛋。"

"嗯，所以是番茄炒蛋，不是蛋炒番茄。"文漾笙抱起手臂。

洛熹坐在于岿河身边，低头跟他耳语："九班和十班拼出来的队伍实力不强，但他们在文科八班借了个首发。”

于岿河在楼下的班级没有熟人，微微皱了皱眉头，他低声问：“赛制还允许借人的？”

“可不是吗？”洛熹无奈地说道，“规则根本没制定全，老钱看了也没说不让。八班的男生篮球打得和我们不相上下，他们是二组。”

“你看最前面那块篮球场，二组对阵的六组比我们对的五组综合实力还弱一点，他们觉得没问题，就借出一个人给五组来对我们。”

“哪个？”于岿河扫了一眼对面首发位上那五个人，突然眼神锁定一位，他感觉有些眼熟。

“那个 4 号，脖子上挂条……粉红色毛巾的那个，人特别宽。我没跟他对过，不知道他叫什么，但是我看过他跟萧宸斗牛。”

萧宸在篮球场上做完热身走过来喝水，听见这个一点头：“嗯，他命中率比较低，但防守很强。单独面对面，硬碰硬的话我过不了他。”

“想起来了，他高一和谢钦一个班的吧。”于岿河突然想到学生会换届那天，他是拉着谢钦让别动手那个。

说到学生会，现在于岿河都高三了，学生会早传给了高二的学弟学妹，但谢钦就是过不去这个坎儿，见他一次就叫一声“主席”，可把他给烦的。

“嗯，他算是谢钦好友里比较清流一点的，其余几个就真没法描述了。我在篮球场经常看到谢钦打球，简直像在打野场街球。”

“粉毛巾打的什么位置？”于岿河看向萧宸。

萧宸还没反应过来粉毛巾是什么意思，程鼎頎跳脱的声音传过来：“大前锋呗。老于你放心，我和老萧一起刚他，没事。”

“他这个身板不打中锋？”于岿河扯了扯嘴角。

“老萧说，粉毛巾的命中率一般，主要是用来卡位挡人，还有抢篮板。”程鼎頎晃了晃脑袋，“五组借人借得挺对头，我刚刚看了他们热身，那个刺头的命中率还可以，应该是小前锋，他和粉毛巾现学现卖，配合得还可以。”

仇铭担任一组和五组这场比赛的裁判，哨声吹响，各组首发上场。于岿河和首发们击了下掌，文漾笙停下嘴里和几个女孩的打趣，盯着 2 号红色球衣的夏成蹊。

篮球队员坐的位置空出来了，但是没人敢随便坐。倒是文漾笙胆子大，拿着夏成蹊的水杯拉着任望珊就过来了。

于岿河没等文漾笙开口就说：“夏成蹊打的是SG，就是得分后卫。之前我们内部晚上练过两场，十进七，完全没问题。待会儿你仔细看方知予，他打的是控球后卫，一有空位就会传给场外。”

任望珊看向周围，好几台摄像机的镜头转来转去，时不时扫到他们这块。

球被仇铭猛地往上一抛，还未下落程鼎颀就直接跳起来。于岿河眼神凌厉，程鼎颀跳得早了，接不住。

“粉毛巾”几乎是在程鼎颀起跳后的0.1秒跟着起跳，一把抓住了球，直接带球往一组篮下进攻。

萧宸反应过来，估计着夏成蹊身后的空位，直接往前拦截。他的速度比粉毛巾快，在三分线外拦住了他，两人很快形成了熟悉的一对一位置。粉毛巾一个假动作晃过去，却没有注意到萧宸身后早就跑到篮下的程鼎颀。

粉毛巾还没来得及做准备动作，猝不及防被程鼎颀打掉了球。程鼎颀右脚顺势卡位，同时方知予侧步接球。跟之前商量好的一样，方知予高高地抛起球，刺头还来不及回防，球直接落到了从没动过位置的夏成蹊手里。

夏成蹊没有丝毫犹豫，全身发力成一条直线，球呈抛物线脱手。篮球落进篮圈的瞬间，一号球场掀起了声浪，文漾笙鼓掌声响亮。

仇铭在记分牌上翻了个三分。

“五组发球！”仇铭打着手势，程鼎颀把球传了过去。

在于岿河的视角里，粉毛巾没拿到首分，明显憋着一肚子火，和刺头擦肩而过时眼神交流了一下。

果不其然，这回粉毛巾没再控球，直接把球给了刺头。刺头没让队里其他几个人跟上，而是去后头卡夏成蹊和方知予。

苏澈眼睛盯着球没找空位，刺头甩开他直接往篮下猛冲，与此同时，粉毛巾斜插进程鼎颀和萧宸的走线。

萧宸看着程鼎颀的位置，没过粉毛巾，直接等他卡死，程鼎颀一个转身擦着粉毛巾肩膀绕过他去拦截刺头。

于岿河皱了皱眉，粉毛巾因为身高优势压着萧宸，这个球程鼎颀来不及截下。

刺头出手的那一刻，程鼎颀刚好被五组另一个队员卡住，他直接回头：“回防！”

一组的人反应很快，程鼎颀还没过中线，除去三分线位置上的夏成蹊，全员已经压回三秒区。萧宸没看位置直接一个后手把球传出去，程鼎颀跑到相应位置单手接球，直接转身做跳投姿势。

粉毛巾没时间注意程鼎颀离篮圈有多远的距离，直接跳起来拦截。程鼎颀双脚却没离地，直接一个侧身又把球传回萧宸手里。萧宸带球连过两人，内场有刺头在防，路线封死。

萧宸想都没想直接一个后仰式跳投——萧宸是中锋，三分球本就练得不多，此时又距离篮板太远，刺头赌他投不中。谁知道萧宸的球刚刚好过中线，程鼎颀跳起空中接力。

“咻”的一声，空心进篮。

于岿河紧紧盯着赛事，场外的呼喊声随着计时器提示比赛进行到十分钟的时候又一次掀起高潮，音量至少提高了二十分贝。

“停——”仇铭吹哨，第一节结束。

于岿河看了看记分牌，目前是 12 ∶ 7，第一节比分拉得不算大。

他起身跟几人对了个拳：“辛苦了，喝口水。我去看一下别的场子。”

隔壁的两场比赛比一号球场晚开始，现在距离第一节结束还有一分钟的时间。于岿河看到两个场目前得分最高的组是 17 分，还可以。

第二节开始，萧宸发球，程鼎颀迅速移位，发现粉毛巾在盯自己，索性就跟他靠在一起。夏成蹊在场外拍拍手，萧宸会意，大步一跃把球传给他后往篮下跑去。

夏成蹊前面本就有刺头盯防，此时众人全集中在中线，苏澈得了空也往篮下跑。夏成蹊没有看，直接向右传球。苏澈起跳接球过了一个人，一个基本的三步上篮，球稳稳地进篮，两分到手。

半场结束时，目前的比分是 29 ∶ 18。

第三节开始两分钟后，刺头做了个手势：“请求暂停！”

于岿河看向他，刚刚刺头进了一个三分，看起来手感还不错，为什么这个时候请求暂停？刺头让场上的一个人下去坐冷板凳，换了一个替补上场。

“不是啊，那个也是文科八班的啊！”洛熹突然开口。

“嗯？”于岿河抬眸，他方才只注意首发了，没注意替补席。

新上来的 7 号戴着副白色护目镜，身高和夏成蹊差不了多少。没想到他们不止请了一个外援，看来八班的人真够多且闲的啊。

开场后，于岿河发现新上来的“护目镜”无论是敏捷程度还是命中率都明显超过了原来那位，居然断了萧宸两次球。

“我和 7 号对过，萧宸和程鼎颀也对过，他算是八班里面比较强的了，为什么这也能借过来？”洛熹不解。

于岿河望向远方的 3 号球场：“因为三班的人已经够多了。”

洛熹顺着他的目光望过去，谢钦正手上发狠地盖帽，直接连人带球抡到了地上。三班和八班是一组，谢钦原先带的几个兄弟都聚集在这两个班。

于岿河盯着谢钦，深深皱起眉头。任望珊也看到了，抓了抓文漾笙的手。

粉毛巾此时就像一条真正的毛巾一样挡在程鼎颀的面前，程鼎颀朝前一个勾手，球落到夏成蹊的手中。护目镜上来贴着夏成蹊走，夏成蹊看到身后的人都被卡住了，咬紧牙关向篮下走去。

于岿河看了一眼计时器，第三节还有很多时间，夏成蹊这个球不进也没关系。护目镜打球打得多，重心比夏成蹊更稳，在夏成蹊起跳之前就已经起跳了——盖帽的姿势。

夏成蹊并不傻，他后撤步远离护目镜再次起跳。他越过护目镜的手臂，向下勾了一下，一个擦板球进了！

于岿河眼睛一亮，老夏平时不怎么打内线，现在看起来也还不错嘛。

钱主任从外面走过来，恰好看到了这一幕，冲过来对于岿河喊道：“这个球太漂亮了！简直了！我从来没见过这么好的！”

于岿河感觉有些奇怪，您难道没看过篮球比赛吗……

此时场外拍摄的几个高二女生都快尖叫疯了，她们刚好拍下了夏成蹊起跳进擦板球的那一瞬间，兴奋地说要在学校贴吧发文时把这张照片当作封面。

程鼎颀和萧宸对护目镜的球风还算熟悉，至少他不打黑球，也不会故意撞人。几个回合下来，两人不仅适应了，而且觉得比刚才打得更有劲儿。

八班的两个人加入后，五组的平均实力上升了不少。观众越来越多，球场上比赛火热，观众的肾上腺素也急速飙升。

于岿河没有受到太大影响，比分差距在那里，一组不会输。第三节快结束时，他起身去看其他组的分数，情况不太乐观。

他们组目前得了42分，虽然这场比赛稳赢，但现在谢钦那组得了49分，还有另一组得了40分。看这情况，他们能不能进决赛就不一定了。

第三节结束后，于岿河回到替补席，看向夏成蹊，夏成蹊会意地点了点头。

“老于，看比分我们现在稳进决赛圈了吗？”萧宸喝着水，没忘记扔给程鼎颀一瓶。

“还不够，方知予休息。”于岿河放下水杯。

“啊？留我？不是吧，方知予的传球和命中率都比我强多了啊。”苏澈点点自己，又点点方知予。

“听于岿河的没错。”方知予拍拍他的肩膀，“刚好我休息一下。”

“命中率和传球不是重点了。”于岿河停顿了一下，“球场就这么大，你短距离换位特别快，上去不说别的，紧贴住粉毛巾，卡死别让他出来。”

“明白！”苏澈激动地点点头，“粉毛巾是谁？”

“4号。还有，别担心传球，你背对裁判的时候抱球走位别太明显，实在不行从粉毛巾胯下把球滚过来，怎么方便怎么来。”于岿河继续说。

“好！保证完成任务！”苏澈此刻像打了鸡血一样。从高一开始一直如此，他谁都不服就服于岿河，每次于岿河开口，他就觉得“没事了”“有救了”“不怕了”。

“还有，训练的时候练过的，篮板球一直要盯着去抢，除了夏成蹊守外圈，其余人都上。”

于岿河朝裁判做了个手势，把校服从头顶往下一拉，露出红色的球衣和后背上的数字20。

任望珊在他身后轻轻说：“去吧，加油。”

场上的女生在看到于岿河脱校服的那一刻就疯了，完全没顾着几个教导主任，直接把手机从裤兜里摸出来疯狂拍照，把钱主任都给整蒙了。

大家看了前面三节比赛，都以为这场于岿河不上了呢，结果他突然给大伙儿一个这么大的惊喜，能不炸吗？

比赛还剩最后十分钟。

于岿河已经盯了对方三节时间，把刺头和粉毛巾的路线、走位摸得差不多了，他眼睛正朝着前方，余光里是护目镜的黄色衣角。有点像番茄炒蛋啊，他没来由地这么想。

护目镜真的不赖，整个人直接贴着于岿河走位，于岿河几个变向也没甩掉他。苏澈和程鼎颀一块儿卡着粉毛巾，刺头冲上来断于岿河的球，于岿河一个侧身，刺头刚巧打中他的手背。

“五组犯规！打手罚球两次！”

于岿河站在罚球线拍了几下球，手感上来了就直接出手。球稳稳进篮，擦网时几乎没什么声音。第四节还没开始，他们就拿了两分。

任望珊觉得周围的女生叫得她耳膜疼，身边的文漾笙也忍不住吐槽：“有必要叫得这么夸张吗？”

钱主任看得满面通红，王老师站在四楼走廊上以上帝视角俯瞰篮球场，嘴角微微上翘。

于岿河从刺头手里抢过球，往右后方一带，没组织进攻直接反手传给三分线外的夏成蹊，随后往中心线奔。

夏成蹊跟于岿河配合了好几次，熟悉于岿河发球的力度和方向。此刻他左右手控球向前两步起跳，护目镜借着弹跳优势起跳猛地盖下去，篮球掉出线外。

“一组球！”仇铭也看得热血沸腾，哨声比前几次吹得更猛。

程鼎颀将球扔给了萧宸，于岿河趁机卡住护目镜。粉毛巾被苏澈和夏成蹊一起封住，萧宸以百米冲刺第一的速度带球连过两人，篮下起跳时从身后勾手进球。

“漂亮！”程鼎颀隔空竖起了大拇指，萧宸用眼神回应了赞许。

护目镜被于岿河连续卡了几次，他的脾气有点上来了，于岿河也察觉到了。然而，带着情绪打球只会打乱原本的节奏。于岿河断了护目镜的球后退到三分线外，看到护目镜过来卡他，他顺手将球传给了苏澈。

这时，粉毛巾与萧宸对顶，苏澈带球给夏成蹊，粉毛巾绕过萧宸去截球，夏成蹊起跳时进行了一个拉杆式投篮，球砸在篮圈上没有进，直接掉到了于岿河手里。

与此同时，护目镜贴上来，于岿河嘴角一挑，起跳时护目镜紧贴着他的腿部，他用力跳起，明明二人身高差不多，但于岿河到达最高点时比护目镜高出了足足十厘米以上，他直接反手灌篮！护目镜落地时只来得及骂了一句脏话。

“两分有效！”仇铭又翻了计分牌的一页。

护目镜这次真的生气了，当他得到球权时，他连续做了几个胯下运球晃过对手，直奔内线的于岿河。然而，于岿河突然向相反的方向跑去，护目镜不自觉地朝他那边看了一眼，完全没有注意到左侧的一个红色身影。

“啪！”球被夏成蹊断了，他毫不犹豫地再次将球传给正在往对面篮圈跑的于岿河。

球高速旋转上升，越过中线上空的每个人，在篮球场上投下越来越大的阴影。

于岿河单手接球，迅速带球过了刺头，粉毛巾绕过苏澈和程鼎颀，赶紧追上来，横插在于岿河面前。于岿河迅速做出判断，退到三分线外，眼看球就要出手，护目镜却贴着他伸出右手，比他更早起跳！

程鼎颀看着这个球像是要被盖掉了，不得不说护目镜这回起跳的时间和动作简直是为了卡住于岿河这个球而生的，于岿河起跳的时候手臂刚好在护目镜最适合盖掉的位置。

在极短的时间差里，于岿河持球的手臂却突然向左偏了一下，右手手掌被护目镜打中，而球被护目镜打到了边角，方向略微偏向中心篮圈飞去！

篮球旋转着打到篮板后又飞进篮圈，场面顿时沸腾到了极点！

程鼎颀忍不住在场上跟着叫了个好，他真没想到于岿河的滞空能力和应变能力已经到了这个水平，这个球进了先不说，还让7号犯规，又是一分进账。

“7号犯规！罚球一次！”仇铭吹哨。

于岿河挑了挑眉，差点没把护目镜气死。

文漾笙喝着橙汁，淡淡地说：“好了，又结下一梁子。”

“没关系。”任望珊眼睛发亮地看着于岿河，“他什么都不怕。”

“怎么看你还觉得他结个新梁子挺爽啊？”文漾笙揶揄地说道。

任望珊看看她，用眼神回应了一个“本来就是”后又接了一句：“你看着夏成蹊吧还是。”

文漾笙赶紧盯回场上，夏成蹊一个罚球轻松拿到一分，于岿河带头鼓掌，随即女生的疯狂尖叫声和呐喊声瞬间盖过了他的声音，差点把他吓着。

此时男生们的掌声和吼叫声已经不弱于女生的尖叫声了，观众席也呈现出史无前例的爆炸性沸腾，他们实在无法保持冷静。

任望珊背后发着汗，心脏怦怦跳。她视力好，望了一眼远处的记分牌，目前谢钦那组比于岿河这组高 3 分，于岿河这组现在是第二，能进决赛。不过有一组的分数也差不多，差距稳在 5 分以内。

王老师低头看看手表，还剩下三分钟。钱主任踱步到另一个场子，发现目前排行第三的那组又进了个三分。

萧宸和程鼎颀对视一眼，让此时的护目镜再犯一次规简直小菜一碟。两人同时挡在护目镜前面，护目镜两眼全是篮下的于岿河，使劲儿往前冲。

“带球撞人！罚球两次！”

“啊哈。”于岿河轻轻出声。虽然罚球这个动作他练过不知道多少次，无论怎么扔都能进，但他这次偏没直接扔进去，本着刺激人刺激到底的原则，他看着护目镜将球扔进篮圈。

“不错嘛。”夏成蹊抱着双手笑道。

“你也不赖。”于岿河跟他轻轻碰了个拳。

他们这场犯规次数比别的场次多，时间也拖得长了些。别的组已经比完了，谢钦那组得了 60 分，另一组得了 54 分。于岿河这组现在是 53 分，比赛还剩下一分钟。

“7 号压一下！传球传球别给球权！”场外结束的那一组喊道。

于岿河暗道不好，如果对手用传球的方式把最后一分钟过了，自己这组单场就算是赢了接下来也只能争个季军。

果然，护目镜和其他几个人眼神交流后开始传球，不再进攻。于岿河直接越过中线传球的几人往篮下冲，他赌他的队友们知道怎么做。夏成蹊第一个反应过来，去卡离他最近的人。其余人也瞬间做出反应，一人卡一个。

30 秒——场上还剩下护目镜持球，于岿河就在他眼前，他要么向前撞，要么往后跑，于岿河赌他心里不服绝对不会往后跑。

果然护目镜直接带球向他冲过来！

于岿河轻轻笑了一下，脚下速度快得惊人，与护目镜擦身而过的瞬间带过球，动作利落，速度不减直接踩上中线！

10 秒——粉毛巾冲破苏澈防线，于岿河还没到三分线，想三步上篮稳进是不够了。他当机立断，踩着中线起跳。

任望珊的瞳孔微微缩小，太远了！

于峣河的球脱手而出——

7秒——球碰到篮圈，在篮上打着转儿，越来越慢。

3秒——球慢慢停下。

1秒——球朝里落进篮，砸到地面。

全场陷入安静。

任望珊的心跳律动随着地面的篮球一跳一跳地。

“咻——进球有效！比赛结束！”仇铭嘶哑地吼出来，压哨球进了！

任望珊瞬间从座位上跳起来：“于峣河你太棒啦！”

场面一度沸腾得不可收拾。

于峣河重重地吐了一口气，跟队友几个紧紧地抱了抱之后，目光与替补席旁边的任望珊交会。

像是须臾间花开的晴天。

第六章

2014 年 8 月 30 日，星期六。

“娴姐刚刚给我发了个微信消息，她说把隔壁那间也包下来了，开了几个火锅包厢。”程鼎颀转过脑袋对于岿河说，“为了庆祝我们进决赛请我们吃火锅，问我们去不去。”

于岿河抬眸：“去啊。既然娴姐说请客，咱也不好意思不去，叫上队里的都一块儿吧，几个女孩子也叫上。”

程鼎颀从座位上跳下来打了个响指：“得嘞！我去通知二班！”

晚上放学后，大家聚在一起合力把班级卫生打扫好，队员和替补再加上几个一起来的女生，有十五六个人。

到了鹿烧，娴姐给包厢里加了几个塑料凳子。大家本就不想分开坐，这下全挤在一个包厢里，热闹非凡，连开着冷气的空调都像是热乎乎的。

大家很久没在鹿烧这么聚过了，上一次来这里还是很久前的事。他们都是重点班的人，平时看着闹，学习上还是很认真的，只有聚餐的时候才能暂时忘记学习的压力。

娴姐给大家上了一个最大的三拼锅底，把菜单递给就近的程鼎颀：“份数随便写，今天娴姐请客，不许客气。”

“得嘞，娴姐！别人我不说，我肯定是不会跟你客气的！”程鼎颀大笔一挥，开始嚷嚷，“吃什么？吃什么！我要报菜名了啊！要不要先来点烧烤开胃？”

“要！”有人抢着回答，“烤面筋、烤牛肉先来三十串！”

程鼎颀在烧烤单子上疯狂勾选，那大笔挥舞得怕是自己批全对的英语作业都没那么疯狂。

吃火锅最重要的就是肉，五花肉、精品肥牛、鸡翅、里脊肉、培根、羊肉卷、小牛排、午餐肉、爆浆牛肉丸、乌鸡卷……点得程鼎颀都快把自己馋哭了。

选完一堆肉之后，程鼎颀让于岿河把火锅单递给女生："女生这边你们看看要加点什么？"

于岿河把笔和菜单一并递到任望珊手里，女生们就把任望珊围成一个圈："甜玉米，望珊你已经选啦？我也爱吃这个！"

"点这个，腐竹、仿蟹柳、宽粉皮！"

"虾球、鱼滑、土豆、芝士年糕！"

"鱼饼、豆花、藕片、菠菜、娃娃菜！"

娴姐过来拿菜单，问了一句："喝点什么？还是老样子？"

"可乐吧。"程鼎颀挠挠头。

"娴姐，再来一扎果纤橙汁。"于岿河也没忘了女生。

鹿娴笑着走出去："好，你们大家先聊着吧，菜马上上来。"

鹿娴亲自推着小推车上菜来了，男生们看到赶紧站起来帮忙。跟娴姐道过谢，大家一起把菜搬上桌，拿玻璃杯都倒好可乐和橙汁。

"哎！咱们是不是还没一起在'鹿烧'照过相啊？"程鼎颀起来叫道，"来来来，谁的手机画质清晰点，拿出来大家一起合个影吧！刚好今天大家都在，一个重要的都没缺。"

鹿娴刚要走，闻言转过身露齿一笑："我这儿有相机，等我拿来给你们拍。"

没两分钟鹿娴就回来了，手里拿着黑色单反："大家全都靠到桌子正后方那块儿吧，我给你们拍。"

"娴姐一起来吧！大家一起！！"于岿河插着兜笑道。

大家都赞成："是啊，娴姐一起来吧！"

鹿娴捂嘴笑道："行，那我去找个服务员来帮忙。"

文漾笙偷偷拉着夏成蹊的衣角，夏成蹊笑笑没有说话；于岿河在桌子底下和任望珊手背挨着手背；后面几个男生为了显得高，直接踩在塑料板凳上屈着腿，抢在空隙处露个脸；娴姐被大伙儿推着到了最中间的位置。

“要拍照了！大家来比个姿势！”服务员笑道。

“3——2——1——”

程鼎颀举起杯子：“冠军是我们的！”

一帮人乱七八糟地接着吼：“绝对是我们的！”

“咔嚓——”这是一张一点都不正式的合照，大家闹哄哄地挤在一个角落，前面是超大的锅底、一桌子火锅涮菜和各色烤串，后面是一堆穿着一样校服的高中生，勾肩搭背地举起酒杯，面部表情吼叫时崩坏得不行。

大家大多没看镜头，夏成蹊低头看着文漾笙，于岿河和任望珊比了个“耶”，程鼎颀和萧宸的杯子里的可乐居然一起洒了出来，浸湿了一片衣领。后面一群人各有各的奇怪姿势，但就是这样一幅不正经的画面，第一眼看过去就能看出两个字——快乐。

鹿娴看着照片乐不可支：“待会儿我发到岿河手机上，大家相互转一下。”

任望珊收到那张照片后直接分享到了朋友圈。

男生吃肉快得要命，吃蔬菜反倒是少。几碟子肉统统用筷子下到热锅里，哗哗地涮几秒钟就夹起来，蘸蘸自己那份怎么调都好吃的黑暗酱料。

于岿河把甜玉米都放到番茄浓汤锅和胡椒猪肚鸡锅里，随时看着有没有熟；文漾笙捞不上来粉皮，夏成蹊默默地用漏勺捞起来放在碗里给她，还说了句“小心烫”。

在炎热的夏天吃火锅本来就十分得劲儿，再配着几杯冰可乐咕嘟嘟地灌下去，瞬间感觉包厢的热气有些上头。

火锅咕嘟咕嘟冒着泡，大家时不时往里加一些汤，怕锅烧干了。程鼎颀喝得最猛，跟喝酒似的一杯接一杯往下灌可乐，一屋子尽是热火朝天。

“喝不喝这个养生猪肚鸡汤？很养胃的。”于岿河看向任望珊。

任望珊点点头，随即笑起来：“‘漾笙’猪肚鸡汤。”

文漾笙听见打了她一下，随即也忍不住笑起来：“那我也要喝。”

差不多吃了半个小时，大伙就感觉有些饱了，都不怎么动筷子了。于是便争着玩真心话大冒险，开始疯狂吹牛。

程鼎颀举高杯子，搭着萧宸的肩：“我程鼎颀！一定要跟咱们老萧在一块儿一辈子！”

“好！”大家起哄鼓掌，笑得腰都直不起来了。

萧宸也晕乎乎的，跟他碰了个杯：“行，都依你，一辈子行了吧？”

程鼎颀靠在萧宸的肩膀上泪眼汪汪：“呜呜——老于不要我了，我只能和你过了，呜呜——”

“哎哟！”大家疯狂尖叫着拍大腿，“行啊，于岿河，你就这么露馅儿了啊，哈哈！程鼎颀果然从没让我们失望过！”

于岿河保持着微笑，想踹死程鼎颀，可距离实在有点远。夏成蹊也忍不住笑起来，于岿河在底下踢了他一脚出气。

其实自从上次于穆捐楼之后，大家也多多少少明白了，都觉得他们能留下来挺好的。

于岿河看向任望珊，任望珊倒是完全没在意的样子，他顿了一下，站起来举起杯子：“一切尽在不言中，大家喝。”

“哇啊——班长你可以啊！”大伙儿一个个叫得比刚才更激动，都上来要把可乐当成酒来灌他。

于岿河无奈地挡住他们：“先别急啊，都来说说自己想考哪儿吧。高三了，大家有想过这个吗？”

“哎，这个我和老萧最有发言权！”程鼎颀不小心咬到了舌头，咧着嘴说，“我俩要去那个——那个什么AI大学？”

萧宸扶额叹了口气：“上海T大，一起学人工智能。”

“对——”程鼎颀连忙附和。

其他人附和道：“这个好，读高科技专业啊！没想到啊程鼎颀，你以后要造机器人啊！”

“我的话，”文漾笙也站起来举起橙汁，“我也想去上海，最好是能在W大学门外语。不是英语哦，我最想学的是德语，以后我就是高级翻译官啦！”

夏成蹊在内心说：那我也去上海。

“那为咱们大翻译官干杯！”大家干了，“老夏怎么说？”

夏成蹊拿起可乐在于岿河的杯子上碰了一下，神色如常：“保密。”

“哎哟，又神神秘秘的——”大家揶揄他。

“望珊，你想去哪儿？”许念念刚讲完自己的梦想，坐下来问她。

“我想去北京的大学，学法律。”任望珊认真地回答。

“望珊，你要跟人打嘴皮子仗？这么厉害啊。”程鼎颀大叫，“那我们以后打官司全找望珊！”

“你这是在咒我们啊！”大家笑起来，纷纷举起酒杯，“给望珊加油！干杯！”

大家一个接一个说着自己的梦想，仿佛梦想的大门就在他们眼前，仿佛成功已经触手可及。

突然有人说道：“嘿，班长还没说呢，班长想去哪儿啊？”

“我啊，”于岿河倒上可乐，“当然也去北京，我要上Q大金融。”

“班长就是不一样啊！”有人举杯大喊，“那祝我们全员考上理想大学！祝大家都梦想成真！”

“好！”大家起身碰杯，吵闹声和欢呼声震天，场面一度失控，搞得外面吃烧烤的人以为他们在里面打架，拿着酒杯过来围观，最后发现居然是一群穿着校服的孩子，纷纷感叹后生可畏。

林深翻到望珊朋友圈最新更新的照片，鹿娴在中间笑得很开心。他默默地保存了那张照片，伸手在烟灰缸上弹了弹烟灰。

“只要你开心就好了。”

2014年9月1日，星期一。

“果然啊，贴吧又炸了。”程鼎颀在大课间休息的时候和萧宸聊天，身体撑在椅子上一晃一晃的。

“不是早就炸了吗？你也收获了一批技术粉啊。”萧宸边写物理题边看向他。

“我可是昨晚才看到的。”程鼎颀嘚瑟地扔下手里的笔，去拉萧宸的校服，“我周末根本没玩手机，就干了两件事：练三分球和做题。你看我是不是很认真？夸夸我呗。”

萧宸憋着笑打开他的手掌：“还提周末呢？记不记得高三是双周放一次假？这周就没周末了。”

“唉，记得的。”程鼎颀无力地拿起笔继续看英语阅读，“不过这周篮球赛就结束了，之后就该收心努力考T大了，学校管得严一点也好。”

萧宸一挑眉：“真这么想？开窍就比我晚那么一点点啊，不错嘛。”

程鼎颀踹了他的凳子一下：“哟，还厉害上了，高一那会儿是谁上厕所踩进……”

萧宸猛地捂住他的嘴巴：“你要敢说，我就……”

后面于岿河听不下去了，周围的知情者也都默契地闭上嘴，拼命憋笑。原来萧宸还不知道高一下学期在鹿烧玩儿嗨了的程鼎颀已经把他的黑历史爆出来了啊。

萧宸放开程鼎颀，继续写物理题，没忘记补上一句：“咱们可说好了啊，就上海 T 大，谁没考上谁复读。”

“好啊。”程鼎颀默默地想，我本来就是这么打算的，看谁没考上吧。

萧宸看他答应得这么快，心里有点害怕：你要是没考上，千万别乱复读啊，也不一定非得去 T 大……不过他动了动嘴唇，终究是什么都没说。

中午大家都去食堂吃饭，任望珊特地提前一节课告诉于岿河，让他中午去吃饭的时候给她带个孜然牛肉饭团回来，说是有事要跟他说。

于岿河回来的时候，任望珊正在门口等着。他把饭团递给她：“怎么了？”

“谢谢。”任望珊接过饭团，从窗口放到自己的座位上。

高三开学以后，教室里不吃午饭的人多了起来。任望珊没有进教室，轻声说：“去楼下备用教室说。”

“好啊。”于岿河语气宠溺。

“带上饭团吧，边吃边讲。”于岿河又从窗口把饭团拿回来。

“也行。”任望珊笑笑，先一步往楼下走。

于岿河在楼梯口看着任望珊的背影，她今天扎了个低马尾，蓬松的浅棕色头发搭在校服外套后面。头上戴了个素色的一字夹，和她很相配。阳光透过窗户，洒在她的校服上。她比去年高了一点点，挽起的裤脚露出雪白纤细的脚踝。于岿河突然觉得每天和她穿一样的校服是件很浪漫的事。

“快点呀。”任望珊在三楼门口轻轻唤他。

“来了。”

连着几间备用教室都空无一人，但都上了锁，只剩最后一间。这间教室比其他几间小，只有朝北的窗户，吃完饭回来的学生无法从外边看到里面，任望珊在心里默默地感谢梁叔，留了这么一间教室给他们用。

“到底什么事啊？还要在这里说。”于岿河走进来把门带上。

任望珊拿出一部手机：“我们那场球赛，还有谢钦他们那组的，我用这几天的时间复盘了一下。”说着她摇了摇手机，“找老钱借的，上课前要还回去。还有，不能让人看见。”

于岿河听到第一句话就蒙了：“什……什么？你复盘了比赛视频？”

“嗯。当时都有固定机位拍摄，我留意了一下，就向摄影部的老师要过来了。”任望珊一脸平静地翻找手机视频，“你们周末都在练球，比较忙，我没什么能帮忙的。这也算是出了一分力吧，抓紧时间啊。”

于岿河都不知道该说什么好了，半晌才憋出来一句：“望珊，你怎么……怎么能这么棒？！”

这件事情于岿河连想都没有想，任望珊却想到并且真的做了。摄像机全程录制的不仅是比赛，中间的休息部分也录了进去，整个视频时间非常长。

“有些地方的规则我不太懂，上回你也就教了我那么一会儿，所以顺便补了补课。”任望珊打开饭团包装纸，鼓着腮帮子，边嚼边说。

“望珊，你慢慢说，咱们不急。”于岿河看着视频。

“我们组的队员各自配合没问题，不过程鼎颀和萧宸虽然默契十足，但是对谢钦那组的话还是会比较吃力。”任望珊微微蹙眉。

“你之前跟我说过，推、拉、拽都是犯规，满四次就要下场。”任望珊把进度条拖到第6分钟的地方指给于岿河看，“二组的人手脚都不太干净，包括谢钦在内的这五个首发，每个都像在打黑球，但又很隐蔽，你看这里。”

于岿河凑过去看。

“这个地方谢钦明显拉人球衣下摆了，不然这个12号不会向下摔。但是裁判刚好在他身侧，处于视觉盲区，看不见。还有这里……”任望珊把进度条拖到第9分钟。

“类似的地方还有很多，但这不是主要问题，你们上场之后小心些就好。主要的是——”任望珊把进度条拖到第24分钟，“三班和八班打篮球的人真的很多。上回他们不是借给五组两个替补吗？光看实力，留在谢钦组当替补的并没有上次和你们对上的那两位强。”

“那两位之所以被借出去，是因为——他们的打法是干净的。”任望珊的神色有些凝重，“我只能想到这一点。”

“怎么说？”于岿河看向她的眼睛闪闪发亮。

“谢钦那组比赛，从头到尾换了七八次人。”任望珊咬了咬嘴唇，“他们专门安排人来犯规，然后下场。”

“你看这里，第24分钟的时候，”任望珊指着手机说道，“谢钦让替补上场完全是为了给这个8号开路。替补在同一节比赛的六分钟内居然犯规四次，把对手的一个主力小前锋给……弄下去了。”她斟酌着用词，不知道该用什么词来形容这个事情。

于岿河认出了8号，是高一时和谢钦一起在竹林里骂他的那个人。打球技术不行，歪门邪道倒是用得顺手。

于岿河摸摸下巴，谢钦的老跟班啊。

“还有第52分钟这里。这是第三节比赛，当时我们都看到了，谢钦盖帽的时候直接把对方摔倒在地，那个人根本起不来，直接下场了。但是又不算犯规，因为他的确盖的是球，只是球砸到了对方。”她的语气中充满了担忧，“他出手很重，冲劲也很猛，而且是故意的那种。”

任望珊咬了口饭团：“谢钦贴人的时候会习惯性地用胳膊肘顶，裁判看到也不会吹哨，你们务必小心。还有8号，他带球过人的时候会顺势用膝盖顶一下，在裁判看来也是正常碰撞，但受力的人得缓一会儿才能恢复过来。

“上次跟你打的7号，名字我不知道，就是戴白色护目镜的那个，实力是可以的。谢钦也不傻，我觉得决赛的时候护目镜会是首发。他和4号，当时脖子上挂着粉色毛巾的那位，真的是他们队里的清流了。”

“他们的身高很平均，谢钦、8号，还有这个2号，都是压着犯规的线打球，但都没被罚下场。”

任望珊秀气好看的眉头一直皱着，于岿河撑着脑袋，抬手轻轻拂上去：“别皱眉，也别害怕。”

无论是谢钦、他的老跟班，还是2号这个长得像二哈的狗头、护目镜、其他替补，我都不怕，就怕你皱眉。

任望珊跟他复盘了一个多小时，直到午休都快结束了。于岿河一边惊叹于她的分析能力，一边不知从哪儿掏出了笔和本子记笔记，准备等会儿造福全队，当然不能忘了告诉他们是“幸运小天使”任望珊给大家复盘的。

“我都不知道该说些什么了，望珊。”于岿河看着她，眼神里除了惊喜，更多的是佩服，“你真的什么都能做好，优秀得……让我骄傲。”

任望珊一挑眉：“还行，也就一般优秀，其实我——”

门外突然有脚步声靠近，于峁河连忙拉着任望珊蹲到桌子下面，盯着门口。

教室门缓缓打开，是梁叔。

他扫视一圈，自言自语：“怎么忘记锁这扇门了呢，到底是老了，脑子不行了。”

二人还没反应过来，就听见“咔嗒”一声——坏了，被锁里面了。

时间在此刻静止，两个人的呼吸离得很近，都没有出声。于峁河感觉小小的望珊贴在他肩膀前面，炽热的呼吸轻轻吹在他的颈边，挠得他有点痒。

狭小的空间，昏暗的灯光，大亮的窗，落了锁的门。同款校服，静音播放的录像，扔在一旁的笔和本子。

于峁河低头看任望珊，任望珊垂下眼眸，低声说：“我腿麻了。”

他拉起她。

窗户也是锁着的，于峁河：“望珊，头上的小夹子借我用一下。”

“嗯？”任望珊心想，难不成于峁河会像电影主角那样用一根发夹把锁着的门打开？

于峁河好像知道她在想什么，无奈地笑着说：“用发夹开门我不会，不过……开窗户还是可以的。”

他接过任望珊手里的发夹，开始拧窗户上的螺丝。螺丝钉一颗接一颗地掉下来，窗户锁上面的卡条就松了。再用力地转几圈，就成功地把卡条卸了下来。

于峁河拍拍手：“好了，望珊，这回没梯子了啊。”

他搬来一张凳子和一张桌子，借着桌子轻轻往窗沿上一踩，凌空跳到了外面的草坪上。此时全校学生都在午睡，任望珊看了看手表，还有三分钟，广播里的“每日推送”就要响了。

“望珊，踩着桌椅上来，别怕，我接着你。”于峁河朝教室里的望珊拍拍手。

任望珊踩上桌子，扶着窗户，轻轻从窗沿上往下一跃，刚好冲进于峁河的怀里，两个人直接扑倒在草坪上。

“哈哈——”任望珊笑了一声，准备从于峁河身上起来。

“别动。”于岿河又把她的脑袋按回自己胸前，望珊配合地噤了声，不远处有人经过。

“对对对，这个篮球赛可把整个学校给激动坏了，哈哈哈……”

“后天就比完了，我猜啊，冠军肯定是咱们一组的……”

是钱主任和邹校长的声音，二人闲聊的声音由远及近，再由近到远。

树木掩映，百草茂盛，野花遍地，两个人轻手轻脚地坐在一起。香樟树的清香弥漫开来，绕过所有漫不经心的事物，带着温暖倾注到两个人身上。

“每日推送”的声音缓缓从广播中流淌出来，那是一首用吉他弹奏的纯音乐。二人相视一笑，起身并排往楼梯口走去。

2014年9月3日，星期三。

队员还未上场，赛场已然沸腾。

于岿河下楼的时候指着其他队员手里的水，对任望珊说：“大家都有矿泉水，就我没有。”

任望珊看了他一眼：“那你中午和他们一起练球的时候怎么没买？”

“忘了。”于岿河低下头，“所以……”

“那我现在去小卖部给你买。”任望珊说着转身要往另一个方向走。

“哎——”于岿河拉住她，“别啊。等你再回来，里里外外都是人，挤都挤不进来。”

任望珊无奈地看着他，举起手里自己的杯子：“给你。”

“谢了，望珊。”于岿河伸手接过她的水杯。其实，中午的时候于岿河给所有队员都买了水，就没给自己买。

大家都把校服外套扔在楼上，现在是决赛，大家的兴致明显更高。篮球场外围挤满了人，气氛紧张，更多的是兴奋。

于岿河踩着一双红白色 AJ，在场外戴上护腕，扭动手腕热身，引来了不少女生的偷拍和尖叫声。他像是没听见一样，把运动发带往头上一套，又把压着的刘海儿扒拉出来。周六晚上他刚去剪过头发，此时的刘海儿长度刚刚好，不会遮着眼睛。

“一组、二组进场准备！”仇铭吹哨。

“走了。”于岿河动了动脖子，喝了口水。

“嗯。”任望珊点了点头，拿好杯子。

于岿河在篮圈下试了试手感，比中午练的时候好一点。为了保留体力，他也没多投。他回头去看对面那组，没想到直接跟谢钦的目光对上了。

二人的眼神在空气里无形厮杀，谢钦的眼神直勾勾的完全没有收敛，于岿河则是漫不经心地回应。谢钦先转过头去，冲他们这边竖了个中指，好像还骂了句脏话。

于岿河看到对面的首发有 8 号，也就是谢钦的那个跟班，程鼎颀刚说过他叫李文龙，再加上 2 号苟辉，谢钦最早因为校内打架的处分上也有他俩的名字。他动了动嘴角，狗头还真姓苟啊。

白色护目镜没有往这边看，正在认真练习运球。果然和任望珊预料的一样，这回护目镜也是首发。

“我怎么感觉那个 2 号一直盯着我呢？”夏成蹊蹙着眉，拍球过来，手上戴着白色短护腕，“我都不认识他。”

于岿河看了看他的球服，又看了看狗头的：“你没发现你俩撞号了吗？”

“啊？”夏成蹊一脸无语地对上狗头狠戾的目光，得嘞，一个球场上同号间的斗争开始了。

“计划有变。”于岿河招来几个队员，“萧宸，你专门盯防 8 号李文龙，让夏成蹊防狗头……苟辉，他俩刚好撞号了。”

“行，狗头给他，8 号给我。”萧宸比了个“OK”的手势。

“都复盘过了，记得别和他们贴得太近，手黑。”于岿河的目光沉静。

“老萧，膝盖还好吧？”程鼎颀问萧宸。

“那都好久了，去年运动会我都没跑 1500 米，一直养着呢。不打紧。”萧宸拍拍他的肩膀，“谢了，兄弟。”

“哇！你们看一组和二组的队服是情侣色啊！”突然有高二的学妹高声叫道。

“真的耶！”

“自古红蓝出一对，啊啊啊！”

“这不就是看起来互不相容又相爱相杀的戏码嘛！”

“这我居然也能嗑到？”

场面一度陷入另一种混乱。

于岿河默默汗颜，不好意思，上回的番茄炒蛋还可以，这回红蓝就不出一对了，只出对头。

“于岿河看一下这边！”于岿河下意识朝一个角落看去。

“咔嚓——”闪光灯差点把他的眼睛闪瞎，他回过神来才发现是两个不认识的学妹，拍完照就慌慌张张地逃走了。

夏成蹊：“……”

“咻——比赛即将开始，一组、二组进中线！”仇铭两只手举高比了个手势。

双方面对面，第一节倒计时开始。

仇铭把球高高抛起的同时，夏成蹊和苏澈后撤到两边寻找篮下的空位，于岿河跃起跳球。按照正常的情况来看，于岿河跳球是一跳一个准。

全场瞬间寂静，谢钦和李文龙起跳的瞬间并没有向上够，而是贴着向前。他们是想撞开于岿河，而不是抢球。

同一时间，萧宸和程鼎頎起跳，斜插在于岿河前面，直接和两人猛地对碰。与此同时，于岿河顺利滞空将球往前一拍，和每天练习的一样，球刚好落在夏成蹊手里。

狗头盯着夏成蹊迅速回防，夏成蹊转身，毫不犹豫，直接三分起势，球脱手的那一刻，夏成蹊手指向下一压。

“进啊，老夏。”于岿河一边迅速移动位置躲避谢钦的贴身防守，一边望向篮圈默默祈祷。

“咻！”球进了。

场上爆发性的声浪瞬间从里到外起伏，再从外到里推回。

“球权！”谢钦拍拍手，狗头场外发球。程鼎頎贴上去，谢钦反手把球一勾，传到了护目镜手里。护目镜也没犹豫，在萧宸跳起前直接出手，速度比上一次更快，两分有效。

“回防回防！”程鼎頎边跑边吼。

其实手黑不是重点，重点是谢钦他们几个本身身高很平均又常年打配合，速度、默契和灵活程度都达到了很高的水准，并不是孤狼型选手，而是豺狼。综合起来看，确实比一组略强。

于岿河皱眉，目前他们的打法还很正常，没出什么幺蛾子。

程鼎頎和李文龙对刚的时候，谢钦过来卡了他一脚，但没触碰到程鼎頎的安全区，裁判也不可能吹哨。程鼎頎被拦的瞬间，李文龙已经带球到了篮下。

于岿河被二组两个队员直接封死，李文龙起跳的瞬间，一只手从他身后往球上面一推，篮球脱手落地。萧宸拾起球，带球往回跑，于岿河绕过两人拍拍手，萧宸后手一勾把球传出去，于岿河半蹲投球入篮。

球权再到萧宸手里的时候，李文龙压了过来。萧宸没有直接传给最近的夏成蹊，而是在和李文龙同时起跳时，拿球在李文龙脸上晃了一下，然后从另一个方向传出去。于岿河跃起接球，擦边连过护目镜和狗头，三步上篮，得到两分。

“厉害了啊。”萧宸和李文龙擦肩而过，听到他说了这么一句。

第一节结束，双方势均力敌。

于岿河拧开望珊的水杯盖子喝了一口，低头撞上苏澈的目光，苏澈开口说：“这么光明正大？”

于岿河抬起护腕擦了擦汗：“没事。”

他注意了一下，才第一节结束，每个队员的出汗量明显大于上一场半场结束的时候，这场比赛真的不好打。

“他们还没放开，下一节估计打法就不会那么友善了。记住我说的，这节多传给我和夏成蹊，老萧你们俩千万别跟他们硬碰硬。他们肯定会惹我们，别真动手。”

“明白了。”程鼎颀的发尖上淌着汗，他接过萧宸喝剩的矿泉水冲了冲脸，“走一个？”

“行啊，当着他们的面儿走。”萧宸喘着粗气，笑着接话。

第二节开始。

“护目镜下去了？”苏澈发现后说道。

“嗯，开始了。”于岿河的目光微微沉重。

上场后，二组获得了球权，新的替补上来准备传球给李文龙，程鼎颀挡在他前面。谁知道替补根本没有将球以适合李文龙的角度高抛，而是直接用力朝程鼎颀的脸上打过去！

程鼎颀双手放在胸口，来不及反应。

“啪！”于岿河在球出手的那一瞬间猛地打下去，球瞬间改变了方向，落到了狗头手里。

“好好打球有那么难吗？！”于岿河盯着那个替补。

狗头嗤笑一声，稳稳当当地带球。苏澈挡在他前面，狗头连续做了三个假动作，苏澈来不及反应，狗头一个急停刹车强行过人。

夏成蹊插在他前面，狗头这次没有再过他，而是换了左手运球，侧身隐蔽地狠狠撞了夏成蹊的右肩，然后到篮下起跳时没有换手，直接用勾手反向上篮，他的左手使用得甚至比右手更稳。

撞人这种事儿夏成蹊不擅长，肯定撞不过，刚刚他几乎被猛地弹开了。他边回防边暗自动了动右肩，发麻了，使不上劲儿。

他和于岿河并肩跑："我右手现在被蓝 2 号撞得使不上劲儿，待会儿主要先传球，这一节我不投。"

"明白了，2 号，直接叫他狗头就行。"于岿河眼神凌厉。

方才谢钦和于岿河顶的时候也没少动手动脚，于岿河一是不疼，二是先前对他们组的那几个小动作摸得挺清楚，躲开了好几次。

谢钦被他搞得恼火，在于岿河带球过人的时候突然重心下沉抄球。于岿河早有防备，手轻轻跟着往下一低，谢钦的手不偏不倚地打在了他的手上。

"3 号打手犯规！罚球两次！"仇铭在场外吹哨。

谢钦狠狠骂了一句脏话，于岿河没理他，把球传给了程鼎颀。程鼎颀今天罚球线的手感特别好，也没辜负期望，连着进了两分。

此时的篮球场外圈高呼声不断，甚至有人拿来了广播站的小喇叭乱吼，被钱主任赶了下去。赶下去是必要的，不然待会儿器材室里的小号估计都能被他们搞过来哼哼唧唧地吹上。

强强对抗就是不一样，比赛才到第二节的一半就已经进入白热化阶段，现场热度猛涨，毫无下跌的趋势。

于岿河带球横切过两人，直冲篮下。谢钦上来贴着他的手肘发力一顶，这一下顶得厉害又隐蔽，于岿河明显感觉胃里一阵不舒服，起跳的力度也稍微小了些。

他达到最高点时与谢钦齐平，但是手臂并没有软下去，篮球已经送到了篮圈上方正往下落。谢钦手指一勾，球偏了方向。

"干扰球！ 3 号违规两次！ 20 号进攻得分有效！"场外吹哨。

"守龙门了，傻子。"于岿河的嘴角一勾。

谢钦的脸黑到了极致，他像是被彻底激怒了。上周那场他那么多小动作，一次都没被裁判吹哨，这次第二节还没结束就已经被吹了两回。谢钦回头看了眼李文龙，李文龙翘了翘嘴角。

于岿河拿到球权，谢钦和狗头都围上来配合着进攻，跟在他身边如影随形。程鼎颀吼了一声，于岿河作势出手，狗头刚往后面撤步要截，于岿河反手把球扔给了萧宸。

狗头从牙缝里挤出一句脏话，谢钦倒是笑了笑。

萧宸左右变向企图绕过李文龙，不知怎么的李文龙没多缠他，就在那一秒的间隙，萧宸带球从他左侧绕过。李文龙转身作阻拦状，膝盖却向前猛地一顶，刚巧抵在萧宸的膝盖上。

萧宸的球瞬间脱手，他耳边生风，腿一软跪在球场上。刺骨的疼痛从膝盖传遍全身，萧宸用胳膊肘撑着地，趴在地上好一会儿也没起来。

“咻——8 号阻挡犯规！”仇铭吹哨。

“萧宸！”程鼎颀一把推开挡在前面的一个替补，直接往前冲。

坏了，于岿河皱眉。

程鼎颀扶起萧宸：“怎么样，老萧？！还能站得起来吗？”

萧宸喘着粗气，从额头到脖颈都是细密的冷汗，成串儿地往下落。他缓了好久才回过神，摇摇头，一句话也说不出来。

萧宸的膝盖和跟腱问题于岿河早就知道，被这样一磕，接下来怕是要坐冷板凳，而那个李文龙并不会被罚下场。

这只是球员之间“不太小心”的碰撞事故，在赛场上用力没大没小的也很正常。观众一阵唏嘘，吵闹声渐渐变为窃窃私语。

“李文龙！”程鼎颀把疼得快昏厥的萧宸交给夏成蹊和苏澈，直接往李文龙那边冲。

“干吗？想打架啊？来来来，大家可看好了啊，我又不是故意的是吧。”李文龙挑衅地挑挑眉毛。

于岿河一把拦住程鼎颀：“干什么呢？！回来！打不打比赛了？你看看萧宸，你也想下去吗？！”

“老于你别拦我！他竟然动萧宸，我废了他！”

“萧宸也是我兄弟！！”于岿河从牙缝里挤出一句话。

“程鼎颀你下去，第三节别上了，静一静。”

“瞎说什么呢？！我和萧宸要都下场了，这比赛还怎么打？”

“原来你也知道还要打比赛。”于岿河的目光冷了下来，“那就别带着情绪去打，这是球赛的大忌。记住，我们和二组的那些人不一样。”

程鼎颀垂下双眸。

“等你觉得自己可以了再请求上场，记住，用实力换萧宸的那一份。”

程鼎颀沉默了一会儿：“明白了，队长。”

于岿河拍拍他的肩膀。

“一组请求换人！”于岿河远远地跟仇铭打手势。

“方知予，洛熹，喝口水上场了。”

“得嘞。”二人起来跟他用力地击了个掌。

虽说都是替补，但每天练球的时候他们一个都没松懈过，现在也是时候上场了。一组众人抬头一一对上对面那排目光。

程鼎颀扶着萧宸去了医务室，一组众人的士气却比刚刚更加旺盛，像是一团烧不尽、燃不完、浇不灭的火，轰隆隆地直冲天际，永不熄灭。

比赛再次开始了。

二组休息区。

“挺不错啊老弟，一下子干掉两个，替补都没事干了。”谢钦拿着毛巾擦汗。

“下半场那个姓萧的是回不来了，就算那个叫什么颀的再上场，我们这节多拉点分，他们也不可能追得回来。”李文龙歪着嘴笑笑，“咱们赢定了。”

“换 7 号再上吧。”苟辉走过来，“我们不需要再撞人了，现在各讨各的债，钦哥和 7 号去堵姓于的，我对夏成蹊。”

“你跟他有什么仇什么怨？”李文龙眯着眼睛看他。

“撞号了，加上看他那张冰山脸不爽。”苟辉把毛巾往地上一扔。

“行吧，事儿够多的。”谢钦站起来，朝冷板凳上的护目镜一摆头，“上了。”

一组球权。

于岿河让洛熹发球，他往对方篮下跑的时候感觉肋骨那里隐隐约约地没力气，应该就是之前被谢钦手肘顶的。

不过对他来说不打紧，比赛结束后再说。苏澈和夏成蹊已经跑到了各自之前说好的点上，于岿河带球晃过前面的谢钦，顺带留意了一下谢钦的手，在中距离立定投篮。

谢钦赶忙一个盖，于岿河却在球脱手的那一瞬间把手肘向外一别，球稳稳地打着旋落到夏成蹊手里。夏成蹊经手不过半秒，狗头还没来得及截，球又传给了苏澈，速度可观。

于岿河迅速趁着谢钦愣神的间隙往篮下猛冲起跳——

“于岿河！”苏澈球脱手的时候狂吼一声。

“啪！”于岿河头部往右一偏，双手空中接力，滞空到最高点时直接把球扣进篮圈。

于岿河依旧能在落地时准确辨别出场边的叫好声里任望珊的声音。此时的任望珊一只手紧紧捏着她的，啊不，是于岿河的水杯，另一只手掐着文漾笙。于岿河灌篮的瞬间，她比谁都激动。

二组球权，谢钦不是傻子，目前于岿河他们组的分比自己这边高一分。谢钦不仅想赢，还要赢得痛痛快快。他拿到球权后让其他两个队员专门盯着于岿河，自己先冲篮下得分。

方知予和苏澈仿佛打了鸡血，在谢钦擦身而过的一瞬间紧随其后。洛熹见局势不对，与夏成蹊打了个手势，往于岿河那边卡位。

夏成蹊和于岿河在这三位队员争取到的三秒时间内同时到达谢钦背后，谢钦没有在意。在这个距离下，球只要出手就不会落空，几个人都拦不住他。

谢钦起跳，夏成蹊和于岿河紧随其后。当他们两人的手抵住球的刹那，谢钦脸色突变，他可能忘记了运动会跳高的第一和第二分别是谁。两人同时起跳盖帽，球直接飞了出去，稳稳当当地落在正处空位的苏澈手里。苏澈在没人防守的情况下，三步上篮得分。

“干吗呢？！都干吗呢刚刚？！怎么不防啊？！”谢钦喘着粗气吼道。

于岿河和夏成蹊碰了个拳，回防的时候又与苏澈击了个掌：“好样的，够快。”

“一周前还没这么快。”苏澈笑道。

对面明显加强了攻势，于岿河发带上的刘海已经湿成了一绺一绺的，每次迅速转身都能掉下水珠来。

篮球场周边的热浪后浪推着前浪，男生、女生一片欢腾，钱主任正拼命拦着那些闪光灯不断闪烁的手机和相机。

于岿河已无暇顾及这些。球到洛熹手里的时候，二组的主力都卡着一组主力，来拦他的是个替补。夏成蹊离他最近，还没来得及开口——

那个替补就是专门用来撞人的。

那个替补看似是在防洛熹突围，却顺势用手肘狠狠往洛熹肚子上一戳。洛熹球脱手直接倒地，胃里翻天覆地只想吐。

“咻——”犯规哨响。

夏成蹊暗道不好的同时，远远地看见程鼎颀跑回来了，夏成蹊朝裁判做了个“请求暂停”的手势。

一分钟暂停时间。

“老于，我回来了。”程鼎颀跑到球场，两只手撑着膝盖，俯身喘气。

“觉得自己可以了？”于峃河盯着他。

“嗯，绝对不丢脸。洛熹他还行吗？”

洛熹倒过气来，朝他比了个“OK”。

于峃河点点头后伸出手：“好。我们组需要你，欢迎回家。”

洛熹牢牢地握住他的手站起来。不用再说什么，队友之间看眼神就够了。

现在二组暂时领先。

“一组加油！一组必胜！”场外观众大声呼喊道。

狗头拿到球，按计划是要马上传给李文龙的，但是他突然改变了主意，因为来防他的是夏成蹊。

夏成蹊压低重心，眼神跟着球走，右手抬起，左手随时准备抄球，狗头眼神一紧。

夏成蹊的主控手是右手，狗头突然后撤一步把球换到左手，准备从夏成蹊右手边过去。夏成蹊压低重心后右手来不及往下抄，除非他换左手控球。

球权到夏成蹊手里的时候，狗头还没反应过来，夏成蹊已经带着球跑了几步，把球传给了脚尖压在三分线上的于峃河。

夏成蹊居然也用左手控球了！狗头在原地愣了好几秒。夏成蹊将球脱手给于峃河之后，回给他一个冷冷的挑眉。红色的“2”在风中飞扬，衬得深蓝色更显暗淡。

于峃河起跳的一瞬间，护目镜也从他身后起跳，与此同时谢钦高高伸出手。于峃河目前正处于两面夹击，他赌了一把，球飞了出去。

别的不说，于峃河这辈子最擅长的就是挑战未知，而且结果一般要么如他所愿，要么出人意料，这一次是后者。

谢钦跳得很高，狠狠拍在球的正前方往下压。任望珊捂住嘴，现在场上的情形像极了谢钦在第一场比赛的时候把六组的人摔下去的瞬间！

于岿河瞳孔骤缩，趁着身体滞空时的 0.1 秒左倾。谢钦手上力度不减，球瞬间砸了下去。

“咔嚓——”7 号的护目镜碎了。

“暂停暂停！有人受伤了，来几个同学帮忙。”仇铭疯狂吹哨，观众席的声音也由热烈的叫喊变成了唏嘘的惊呼。

护目镜的眼皮上都是玻璃碎片，于岿河没看见血，但 7 号的眼睛肯定是受伤了。他看向谢钦，谢钦却跟个没事人一样。

“自己不会看时机，怪谁？真是……”谢钦白了他们一眼。

这句话让于岿河彻底愤怒了。

比赛继续。

程鼎颀的状态好得出乎于岿河意料，不知道萧宸跟他说了什么。他连着进了三个两分，双方比分瞬间持平。

程鼎颀在狗头和新替补的左右夹击中压低身体死死护住球，瞥了一眼计时器，还剩下一分钟，他拼力把球朝夏成蹊那边抡了过去。

夏成蹊接球直接起跳，谢钦跃起来撞他。夏成蹊投三分的出手点很高，球稳稳进篮。

他落下去的瞬间用手撑了撑地：“力度不太够啊。”

“你……”谢钦发现夏成蹊也着实气人，连着苟辉那份一块儿讨厌了。

也是，和于岿河一伙的人哪个不讨厌？

球权在于岿河手里的时候，谢钦冲上来拦截。不得不说谢钦速度快，耐力好，可惜脑子笨，只懂得以牙还牙，不懂得吃一堑长一智，同样的坑总能来回踩好几次，于岿河毫不费力地让他再次打到了自己的手。

“还剩下一次。”于岿河罚了两球，进篮得分的时候对谢钦轻轻说。他都能远远地感受到谢钦的怒气已经到达了顶峰。

于岿河这么说是打心理战，他接下来不会再引诱谢钦犯规。他并不想让谢钦下场，因为他还有别的打算。目前两组比分是一组领先七分，裁判吹哨。

还剩下最后一节。

“接下来如果不引诱谢钦犯规的话，记得小心点，别伤着自己。”任望珊看着于岿河喝水，突然插了一句，差点没把他呛着。

于岿河拧好瓶盖，不可思议地看着她：“你这都能看出来？”

“是我的话，我也会好好地还啊，人家下场了就没意思了。不止萧宸，还有洛熹呢。”任望珊冷静地说道，“程鼎颀和夏成蹊肯定也看不下去，赢就赢得让大家都服气，记得小心点就行。”

于岿河试探地问：“望珊，你……相信我吗？”

“为什么不相信？”任望珊信赖地看着他。

于岿河的心里有些感动，他朝她挥了挥手上的黑色短护腕，细密的汗水在阳光下闪闪发亮。

夏成蹊接下来都是左手运球，无论是自身气场还是场外喝彩声都明显盖过了 2 号狗头。

比分差距继续拉大，还剩下不到五分钟的时间，程鼎颀的速度和锐利不减。一组队员身上多多少少都挂了彩，但每个人都仿佛痛觉障碍附体，越战越勇——拼了。

李文龙堵住夏成蹊，夏成蹊脱手传球给程鼎颀。程鼎颀没跑两步勾手投篮，却是假动作，他猛地把球抡给于岿河。

二组所有人都去防守于岿河的跳投，却没想到于岿河跳投的瞬间又把球往后抡。夏成蹊在三分线外跳起接球，直接三分！

三次空中接力，快且准。怎样的团队才能在短时间内练出这样的配合？这样的组织进攻最需要的不是天赋和默契，而是谢钦那组队员之间没有的东西——信任。于岿河回防时跟每个队员都击了掌，大家斗志昂扬。

场外的声音比任何时候都吵闹，任望珊紧张得一直在咬唇。

于岿河朝她那边看了一眼，二人的目光在飘浮着汗水和尘土的空气中交会，任望珊的眼睛里有无尽的相信和崇拜。

现在只要保持这个打法，一组就不会输。场外钱主任不知什么时候冲到了篮圈后面的位置，满面通红地叫喊着。于岿河居然还看见了远远地站在林荫道上的王老师。

谢谢捧场了，不会让你们失望。

倒计时还剩下一分多钟的时候，二组的知道自己要输了，也不想着再拿分了，只拼命找于岿河他们不痛快。怎么烦怎么来，破罐子破摔。谢钦更是死死咬住于岿河不放，贴着他不断做小动作。

于岿河被李文龙几个卡了一下，谢钦顺势捞过球，往一组篮下冲。这个时刻，谢钦的力度未减，或许是觉得最后以自己进球结束也算输得体面。

但是于峁河觉得以盖帽结束比较合适，他盯着谢钦，算准时间，用尽全身的力气往上跃，手比谢钦手里的球高出不知道多少厘米，狠狠地往下一拍。

最后二十秒。

在滞空的一瞬间，球瞬间改变方向，直接砸到了谢钦的脸，他连人带球一起重重地砸到了地上。

与上一场谢钦做的同样的杀伤性盖帽！以牙还牙，以眼还眼，以脸还脸，以球还球。

场外也有之前六组的同学，见到这一幕，简直要爽翻天了，举起手疯狂高呼鼓掌。谢钦被砸到了眼睛，他狠狠地抹了一把，居然和上回于峁河打的是同一边。

三、二、一，全场比赛结束的哨声吹响，于峁河把手里的球投出去，空心球稳稳进篮。所有人冲上来，把于峁河高高抛起。

任望珊笑着看着被人高高抛起的，那个骄傲的，仿佛闪着金色光芒的于峁河。

全场热度已经到了最高点，场上喧闹声不断。大家全冲到球场上，钱主任怎么喊都不听。现在已经是可以去食堂吃饭的时间，食堂大妈正纳闷儿怎么还没人来呢。

“我们是冠军！”程鼎颀双手举到空中高呼，随即想到什么，直接拨开人群往外冲。没想到他拨开人群第一眼看到的就是倚着树干的萧宸，程鼎颀二话没说狂奔过去，牢牢地抱紧了他。

“行了行了啊，我好了，没那么严重。你们不都给我还回来了吗？”萧宸拍拍他的肩膀，“爱你，兄弟。”

程鼎颀死死地搂住他不放，萧宸笑了笑，也抱紧了他。这样的拥抱比任何时候都舒适和安稳，让他有些想哭。

“还要颁奖呢，你看这边季军也出来了，快去吧。”萧宸指指篮球场，金色的奖杯正在等着他们。

“一起走？”程鼎颀歪了一下头。

“嗯，一起。”

两人朝着篮球场中心走去，身后是林荫道，眼前是灿烂的鲜花和热烈的掌声。

第七章

2014年10月13日，星期一。

“唉，外面好吵啊，好想去看运动会闭幕式啊。这届高二也太爽了，国庆居然放满了七天，运动会还没占假期。”程鼎颀把笔杆子架在嘴上，笔摇摇晃晃地掉在地上。

萧宸叹了口气，给他捡起来。

“前两年闹够了吧，赶紧看看身上的校服吧，兄弟。”萧宸继续看随机变量及概率分布类题型。

程鼎颀回过头看看于岿河，于岿河也在认真看化学，桌上堆积如山的试卷都快到肩膀了。他咬咬牙，拼了老命背英语通用句型，下节课王老师要考。

方知予从王老师办公室回来，拿着一摞表走到于岿河座位旁：“今天下午要组织高考前体检，这一摞表我直接给你发了？”

“谢了。”于岿河没抬头，在草稿纸上圈了个圈，把答案填到卷子上。

“没事。”

篮球赛之后，高三再也没有任何娱乐性活动了。

于岿河抬眸看了看正在发表格的方知予，视线再偏一点，空调上放着篮球赛的冠军奖杯。

高考体检的话……应该要抽血吧？任望珊可是晕血又晕针的啊。他默默地从包里找出一盒柠檬糖，放在校服外套的口袋里。

今年的十月中旬，天气比去年凉得更早。昨晚下了一夜雨，秋意席卷上来，微卷的黄绿色落叶轻轻敲响十月赞歌。

高三什么课都停，唯独体育课不停，一班和二班就占用体育课去体检。任望珊每周一都不会吃早饭，于岿河也照样给她带饭团。

“待会儿体检结束，一定吃完啊，望珊。”于岿河把两个饭团和热橙汁放到她面前，“小卖部阿姨偏要再送你一个饭团，看大家多偏爱你，能吃就多吃点啊。”

任望珊知道这肯定是于岿河自己加买的，但也没戳破他的小心思：“知道小卖部阿姨对我最好啦，我肯定加油吃，行了吧？”

“好了好了，你快去吧，我做题呢。”任望珊朝他笑了笑，伸手打开习题册。

“最近是不是又进步了啊，望珊？”于岿河看向班级后面贴着的月考排名表。他虽然没戴眼镜，但总是能直接看到任望珊的名字。

“嗯。上次数学考了 137 分，争取这次期中考试能破 140 分。”

“望珊真厉害。”于岿河摸摸她的脑袋，“那我走喽，好好吃东西。”

“收到收到。”

任望珊做题入了神，反应过来的时候饭团都凉透了，只喝了些冷掉的橙汁。马上午休，窗帘都已经拉上了，她上下眼皮一搭一搭的。打了个哈欠，她把塑料袋挂在书桌旁边的小钩子上，沉沉地睡了过去。

四十五分钟后，“每日推送”响起。

夏成蹊中午没睡，站起来整队：“大家都醒醒，要体检了。把上午发的体检表带好，上面的基本信息再检查一下有没有遗漏的。”

任望珊觉得脑袋昏昏沉沉的，肚子也有点饿，站起来的时候眼前一暗。她扶住桌子，眨了眨眼，等视线清晰之后跟着大部队去了行政楼体检。

文漾笙跟着夏成蹊排在测视力那一队，任望珊就先和戚乐去其他房间量血压。

“哎哟，小姑娘你这个血压也太低了吧，平时要多休息，别累着。”医生看着血压表，在任望珊的体检单上打了几个钩。

“夏成蹊，你视力怎么都 400 多度了啊？”文漾笙拿着体检单，看看夏成蹊的，又看看自己那张上写的“左右眼 5.3”。

“家族遗传，我已经很注意保护了。”夏成蹊一边回答，一边拉着文漾笙去测血压。

“没事，我家视力都好。”文漾笙附和了一句就直接进了房间，好像丝毫没注意到这句话的歧义。

夏成蹊在原地愣了一下。此时背对着他的文漾笙简直想打自己，刚刚说的是什么话啊！

任望珊和戚乐进了测身高体重的房间，发现于岿河他们也在里面。

程鼎颀正拿着报告单和医生理论："老师，其实我至少有 180 了的……"

萧宸拿着自己那张身高栏写着 181 的体检报告单狂笑："得，我当你 180 就成了，反正我比你多了 1 呗。"

"哼！"

于岿河捅捅他俩："走了走了，别堵在这儿了，后面还有女生在排队呢。"

"老于，你这个更恶劣啊！我跟你说——"程鼎颀还没说完就被萧宸强行拉走了。

"啧，赶紧去测测你的视力吧。"于岿河也顺着赶人。他知道女生不喜欢被人围观测量身高、体重，朝她们招招手，也跟了出去。

医生测完戚乐说："小姑娘比高一高了不少啊，当时 160 还差点，现在 163 啦。"

"嗯，我努力再长点。"戚乐跳下身高体重器，"望珊来吧。"

"这个小娘鱼真好看。"医生很真诚地夸赞了一句，"就是得再多吃点，一般 166 的小女孩一百斤都不能算胖的，你这连 90 斤都不到啊。"

任望珊走下去的时候医生还不忘叮嘱："血糖也偏低吧？看你脸白的。有没有贫血？"

任望珊很乖地摇摇头："没有呀。谢谢医生了，我会好好注意的。"

两人拿着体检报告单走了一间又一间的屋子，表单填得满满当当的，只剩下抽血那一栏空着。

"望珊，你晕血晕针的，等会儿别看哦。"戚乐摇摇她的手。

"知道了。"任望珊笑了笑。她虽然嘴上答应得痛快，但身体有点发虚。

二人进到屋里，于岿河正在收集表单。

任望珊坐下来的时候，于岿河跟护士说："麻烦您轻一点，她晕针，还有点晕血。"

抽血的新手小护士莫名其妙地说："人家小姑娘自己都没说，你倒是抢了先。”

房间里的知情者开始“哟哟”地起哄，于岿河马上反应过来：“啊，我是他们班班长，班里同学的事情我都知道，等会儿她俩的表单也得交给我。”

门口的夏成蹊：“……”那等会儿就麻烦您老把你们班任望珊和戚乐的表单收一收，我就先走了哦。

任望珊坐下去的时候眼前有点发黑，她慢吞吞地把校服袖子挽起来。

护士“啧”了一声：“皮肤白，血管好找，就是太细了，我不知道能不能一针扎准……”

于岿河的嘴角抽了一下，敢情这几个扎针的护士都是新手。

护士在任望珊的手臂上擦酒精消毒时，她回过头闭上眼睛。针头扎进去时，她皱了一下眉头，于岿河的心情一沉。

“呃……不好意思啊，血流得不太顺畅，我扎的位置不太好。”护士拔出针头，重新找了一个位置在手臂上扎。

暗红色的血液通过细细的管道流入一个细长的小瓶子中，护士在上面贴上标签：“好了，小姑娘，不好意思了啊。”

任望珊眨了眨眼睛，眼前一片黑暗。她轻轻回答：“没关系，您辛苦了。”

于岿河皱着眉头接过她的表单，抬手扶了她一下：“脸怎么白成这样了？”

任望珊看着他：“没事。可能有点低血糖，我回教室吃颗糖就好。”

“不用了。”于岿河把表单叠好交给进门催人的夏成蹊，用“兄弟你懂我”的眼神看了他一眼。

这边没有老师，只有医生和同学，于岿河拉起望珊往楼梯间走。

“嗯，怎么了？”

楼梯间空无一人，于岿河从校服外套里摸出一盒柠檬糖，倒出两颗递给望珊。

“你带了呀。”任望珊无力地接过，抬眸看他，“谢谢。”

她的眼神有些涣散，看着这样的她，于岿河的心脏有一瞬间的疼痛。

任望珊倚着楼梯，眼神慢慢恢复清明，嘴唇也慢慢有了血色。

于岿河看她脸色好多了，把糖盒塞进她校服外套的口袋里：“好点了吗？我们该走啦，下课了。”

"嗯，那走吧。"

2019年11月11日，星期一。

"望珊，醒了没啊？"黎向晚从床上坐起来，轻轻推了推任望珊。

睡得更晚的是黎向晚，但是昨天任望珊真的太累了，现在还没起床。

"呜——"任望珊翻了个身，"几点了啊？"

"没事，还早。"黎向晚想让她再多休息会儿。

反正今天是周一，学校里没课，而且她昨天打过招呼，今早花店也有戚乐打理着。平时戚乐就不大待在有猫在，没什么问题。

"已经过十点了吗？"

"啊哦，刚过。"

任望珊揉揉头发坐起来："今天有事吗？陪我去个地方。"

"就算有事也推了，陪你去哪儿？"黎向晚下床走向洗手间。

"我要买车。"任望珊怕洗手间水声大黎向晚听不见，提高了音量。

"啊？"任望珊刚想再说一遍，黎向晚直接冲回床上，"终于良心发现自己不该天天搭地铁了？！"

"之前不是觉得没必要吗？上学跟导师出去有专车，平时出门也就逛个街，地铁很方便，没必要还养辆车。"任望珊伸了个懒腰下床，"现在才觉得还是有一辆好。"

"我说你啊，是不是发现自己卡里钱太多不舒服啊？"黎向晚一挑眉。

任望珊笑着说："好理由，要这么想也行。"

黎向晚朝她扔了个枕头。

二人化好妆，黎向晚对着任望珊的衣服挑来挑去，最后拿了件粉色西装外套，又丢给任望珊一件奶白色同款。任望珊用条纹发带扎了个低马尾，戴好耳夹，拎了个手机包。

"饿死我了。"走出电梯门的时候黎向晚捂着咕咕叫的肚子说，"请你吃一家新开的港式茶餐厅，特别有名的哦！"

"好好好，谢谢黎老板请客。"

"哼哼——"

"这个我不会点，黎老板点吧。"任望珊撑着脑袋说。这家店很有名，开了不到一周的时间她就听许多人说过。这里环境很好，她很喜欢。

“脆皮鸭，煲仔饭，虾饺皇，叉烧包，菠萝油，阿华田奶茶，梅菜蒸鱼饼，蜂蜜厚多士。”黎向晚笑嘻嘻地念叨着，在手机上挑选、提交订单。

“再加个小份的云吞面。”任望珊突然想起来。

“好嘞！”黎向晚赶紧加上。

“每次我们去新的地方吃饭，人家都以为我们不止两个人。”任望珊捂着嘴笑。

“好吃的就都点上呗，辜负什么也不能辜负美食嘛。”

“两位小姐好，今天我们餐厅有活动，消费满一定金额就送一小瓶柠檬利宾纳。两位可以尝试一下，这是不放在菜单里的饮品，黑加仑口味，很特别。”服务员上来殷勤地说。

黎向晚喝了一口：“嗯，真的，味道好不一样哦。”

二人一边吃着菜，一边闲聊。

“望珊，你想好买什么车了吗？”黎向晚吸了口奶茶，拿起碗去盛煲仔饭里的锅巴。

“我也不是很在意牌子，主要看配置，还有颜色，我想买辆红色的。”任望珊夹了口脆皮鸭。

“猜到了，你不是最喜欢大红色吗？一定是年纪上去了爱喜庆。”

“去你的。”任望珊赶紧夹了块脆皮鸭堵上她的嘴。

“望珊？”她们要走的时候不远处的一桌有人站起来叫住了她。

虽然声音有所变化，但任望珊还是听出了是谁。她欣喜地转过头：“程鼎颀？”

“真是你啊？！”程鼎颀走过来，“没想到在这儿能遇见，许久不见，又变漂亮了。今天研究生没课？”

“嗯。我到这儿来之后咱们还没见过呢。”任望珊温和地笑了笑，看向他的灰色西服，“和合作方一起吃饭？”

“不是什么正式的饭局，今天我们公司在外滩参与一个大型车展的投资，大家就一起随便吃点再过去。”

“这么巧啊。”任望珊的眼睛弯成月亮，“我和向晚也要去。”

“那敢情好啊。”程鼎颀歪了歪头，“我车上没人坐，捎你们一块儿过去，省得你们还要搭地铁，多累啊。”

“那就麻烦程老板了哟。”任望珊打趣道。

“哇——明明刚刚我才是大老板，现在就换人了啊。”黎向晚笑着挽起她的手，“走啦，去买你的红色小车车。”

“你们还是叫我大名听着舒服。”程鼎颀摆摆手，“我的车停在地下车库，你们在餐厅门口等着，我开过来。”

车展大门口，程鼎颀跟工作人员说了几句，立刻就有销售经理出来带路。

程鼎颀笑笑：“我去里面找合作方，还有点私事要处理，就先不陪你们了。有空联系，一起吃饭。”

“谢谢，有空联系。”任望珊两人跟他告别。

在车展内场，销售经理很殷勤地朝她们点头：“任小姐、黎小姐，二位里面请。有什么想看的车型吗？”

“嗯，望珊，那辆宝马好看，大小也合适，你试试看吧。”

销售经理忙说：“黎小姐眼光真好，这款颜色是本月新出的，还是限量款，名字叫墨尔本酒红。车内的配置和舒适度极高，整个车型的流畅度都是专业设计的，性价比也很高，非常适合与闺密一起出行呢。”

不愧是销售经理啊。任望珊坐进去试了试车，的确不错，就没再多问什么。

“大概多久以后可以提车？”

“啊？”销售经理没想到这么顺利，“大约一周就可以办好所有手续。”

“嗯，还有，所有费用我一次性付清，麻烦内部配置要最好的。”

“哎！完全没问题，到时候我会再专门和您联系！我带您去登记一下基本信息……”销售经理别提有多开心了，这一辆车的提成够她好吃好喝一段时间了。

任望珊起身时，余光瞥向内场中心区域摆放着的几辆跑车，身形一顿。

销售经理很会看顾客的脸色，忙说：“任小姐看的那几辆跑车啊有新款也有旧款，由于全球限量，所以这场主要是拿来展示的。”

任望珊眼眸微微一动，看见两辆熟悉的超跑。

她有一个朋友，曾经的少年自信到走路带风，行事高调张扬，敢爱敢恨，疾恶如仇，笑起来时眼角眉梢都是桀骜不驯。他可以开着价值不菲的超跑在北京的大马路上自由奔驰，像是要一日看尽帝城花。

但是不知他什么时候收敛了锋芒，从男孩变成了男人。他的眼角不再有温暖的笑意，他对她不再有从前那样明目张胆的偏袒，他不再爱开着跑车奔驰，也不再有凌云壮志的少年意气。

蚀骨的蜕变，也是漫长的告别。

2014年12月31日，星期三。

高三的学生照常上晚自习，而此时高一和高二的学生却在大礼堂狂欢。刚刚下课铃响起，走廊变得嘈杂起来，人们纷纷涌向外面。

“望珊，到一楼楼梯口等我一下。”于岿河路过二班门口时对正要出门的任望珊说道。

“好的。”任望珊背上书包，向戚乐道别后，走向楼下。

周围的人差不多都走了，于岿河才出现在楼梯口：“等了很久了吗？”

任望珊摇了摇头：“还好。”

“我想送你回家。”于岿河看着她，语气中带着浅浅的笑意，“我们一起走回家，不坐车。”

“好啊。”任望珊眯起笑眼。

入冬后，所有的学生都会在校服外面再穿一件衣服。任望珊今天又穿着那件白色的羊羔毛外套，头发散落在帽子下面，隐约散发着柠檬的香气。

她穿得一向不多，此时正值深冬，天气微微有些雾霾。于岿河看着她缩脖搓手，忍不住伸手帮她拽了拽衣领，手指不小心碰到了她的手指，感觉触感一阵冰凉。

“手怎么这么冷？”于岿河蹙眉。

“没事。”任望珊随意地说，“嗯，我买衣服总是喜欢买大一号，这样冬天手冷的时候就可以把手缩到袖子里。这件衣服是前年买的，现在袖子短了，手已经缩不进去了。”

于岿河没有再回答。

跨年夜这天，温度刚好降到零度以下，呼吸带出浓浓的白气。两人也不说什么话，就这样背着书包慢慢地在大街上走，目标方向是子衿路188号。

其实任望珊冷的时候会感觉很困，加上她刚刚在晚自习做完了两套数学题，现在疲惫不堪。距离高考还有六个月的时间，她在想，一月蜡梅会开，二月有热闹的新年，三月天气转暖，四月春暖花开，五月一晃就会过去，转眼就是六月。

过了高考，壶碟的六月黄也该上架了。这样一个月一个月地数着，发现高中真的就快结束了啊。她偏过脸去看于岿河，路灯的光透过街道边的树枝洒在他的睫毛上，忽明忽灭，像是氤氲的雾气。

真好啊，无论还有多久，这个人都会一直陪在她身旁。岁末将至，敬颂冬绥，2015 年可一定要让他诸事胜意啊。

平时仿佛长得没有尽头的子衿路，和于岿河一起慢慢地走，好像也短了许多。门口的灯还亮着，小枇杷树细密的叶子隐隐约约在光影中闪烁，像是在迎接他们。

“待会儿跨年的时候一定要接我的电话。”于岿河做了个“打电话”的手势，“接完我的电话就睡觉，今天不要再熬夜了。”

任望珊用力地点点头：“记住啦。那你也是，今天都不许熬夜，接完电话就睡觉哦。”

“好。”于岿河挥挥手，“快进去吧。”

于岿河目送着她的背影，直到那扇小小的木门轻轻关上。

回到家，任望珊放下书包，桌上的手机振了一下，是林深发来的跨年红包。她拿起手机，回了句“谢谢林叔”。

2015 年 1 月 1 日，星期四。

零点时分。

“于岿河！新年快乐！”任望珊怕吵醒隔壁熟睡的爷爷奶奶，躺在温暖的被窝里悄悄给于岿河打电话，但语气里掩饰不住的兴奋。

“我第一句‘新年快乐’是对你说的哦！”任望珊赶紧补充道。

“新年快乐！”于岿河站在落地窗前低下头笑笑，也补充了一句，“我只对你说了。”

任望珊捂住发烫的耳朵，天气太冷了，低温可以冻结一切，可是她心里的小鹿依旧像夏天一样怦怦乱撞。

“望珊，期末加油。树老板说年初一会做糖葫芦，到时候一定带你去吃。”

“那我无以为报，只有好好考试啦。”任望珊应道。

“睡觉吧。晚安，做个好梦。”

“你也是。”

任望珊脑海里的彷徨转瞬不见，某人的微笑在梦里逐渐清晰，就像此刻地球一端的极光，像夜幕中漫天的星辰闪烁。

2015年2月18日，星期三。

“我们来啦！”程鼎頎和萧宸拎着饼干、坚果等年货，浩浩荡荡地冲进壶碟，“树老板好！新年好！”

树老板听到声音赶忙从后厨里出来，手里还拿着把锅铲：“嘿！你们俩怎么这么早就来了？我以为大家都要六七点才到呢。”

“现在不也快六点了吗？”程鼎頎放下东西，“买的都是无糖的零食，旺旺大礼包是看着喜庆买的。至于那些养生的，我和萧宸不懂，让老于和老夏操心去吧。”

“不是我说你们，来吃个年夜饭干啥还带这些东西呢！”树老板换了只手拿锅铲，右手在围兜上擦了擦，“先坐先坐，坐靠窗那张最大的，我刚刚给你们拼上了。”

“哎！得嘞！”

萧宸朝四周看了看：“其他人还没来呢？”

“嗯，文漾笙说她还得一会儿呢。她家里偏要她吃年夜饭，她还在奋力抗争中。”程鼎頎说。

“哎哟，这个得怪我，是我没考虑周全，只想着大家一块儿吃顿饭过个年，时间挑得不对头。”

“谁说我还要一会儿了？”文漾笙的声音在门外响起。

程鼎頎赶紧跑去开门：“这不就来了吗？！”

文漾笙后边跟着两只手满满当当的夏成蹊：“去买了些东西，就晚了点。”

“赶紧的，放下东西，来坐啊！”程鼎頎去拿他手里的东西。

“我就先进去忙了啊，菜要煳了。待会儿峃河他们两个来了帮我招呼一声啊，漾笙。”

“嗯，好！”文漾笙在拆那盒旺旺大礼包，从里面拿出来两袋厚烧海苔，“馋死我了。”

“啊！文漾笙，人还没来齐你居然偷吃！”程鼎颀赶紧拿了包葡萄味的QQ糖，“啊，顺心了，惬意了。”

“话说老于和望珊怎么还没来啊？”程鼎颀得到了文漾笙的一个白眼，转头往萧宸嘴里塞了颗紫色QQ糖，“平时他俩不是来得最勤快吗？怎么今天这么慢？”

“才五点不到，于岿河去接任望珊了，他们应该在路上。”夏成蹊低头打开微信，“刚刚他说到天桥那块儿了，快了。”

“那可快了，开车过来五分钟的事。”

“开你个头！”文漾笙敲了一下程鼎颀的脑袋，“他俩走着来的！开车有什么意思，一起走过来才有感觉好不好？”

“哎呀，真的是。”程鼎颀捂脸，“这次不会又是春节一结束就开学吧？老师讲的时候我已经累得趴在桌子上睡着了。”

“您老想多了，年初六晚上就有数学周周练。”文漾笙掰了一小块厚烧海苔给夏成蹊，他不太喜欢吃，但还是接了。

“爷怕不是要猝死。”程鼎颀把脑袋往桌上一磕。

萧宸拍拍程鼎颀：“还剩四个月不到了，等零模的时候看看和T大分数线还差多少。”

“你看，我期末考试成绩不错吧！”程鼎颀立刻清醒过来，“现在离最低分数线只差个位数！等我超过他20分！”

“好的，兄弟，一起努力。”QQ糖吃完了，萧宸又拿了两包打开。

树老板端出两个精致的瓷盘，上面摆着几块精致小巧的马卡龙和草莓大福：“聊天的时候先吃点，六点半之前开饭哈。不想让你们等太久，吃完还可以玩一会儿，然后早点回去。”

“哎呀！其实晚点也没关系，我们都已经和自己的父母商量好了。哈哈——”

“里面这么热闹？”穿着黑色外套的于岿河开了门，身旁站着一身红衣的任望珊，“大家都到了啊？我们居然迟到了。”

“不算迟到，大家刚到。”夏成蹊话音刚落，树老板就端着盘子出来了。

“热气腾腾的炸年糕来啦！大家赶紧吃，哎，岿河、望珊也来了，现在人齐了！”

“新年好，树老板。”任望珊笑了笑。

“破壁机和养生壶给您放这儿了哈，现在后厨满满当当的也不方便，待会儿吃完饭一起收拾。”于岿河把东西全堆到吧台那边，又伸手接过任望珊手里的东西一起归放好。

程鼎颀欢天喜地地晃来晃去，于岿河和任望珊坐下，大家开始聊天。

“对了，这次期末文漾笙你们三个是不是考了二班三连啊？厉害啊！”程鼎颀咬了口大福，白色的细碎粉末掉在裤子上，萧宸拿了张湿巾给他拍掉。

“那是当然，我们多牛啊。望珊这次考得好，数学和我差不多。”文漾笙咬了口白色的马卡龙，粉色的樱桃果酱溢出来，外脆内软。

“你这感觉更像是在夸自己。”

程鼎颀话音刚落就被文漾笙打了一掌：“多嘴。”

“这次数学我考了139分哦，漾笙是143分。”任望珊小声说，“离目标很近啦，除了学校里自己出题的零模，联考一模我应该就能过R大的最低分数线。”

于岿河认真地看着她，如果她把话说得很笃定，那就是有十成的把握：“想去R大？”

“嗯。”任望珊一边用手接着白色碎末，一边咬了口草莓大福，“那是我看下来专业实力最强，在我最大能力范围内并且……离Q大最近的学校。”

天已经暗了下来，夜色如此，各家还没有放鞭炮。路灯下的光尘混着月光，像是雪化后的残霜。

于岿河看着她的眼睛里仿佛藏着无数星辰：“我知道了。”

树老板端上一道道大菜，整个壶碟唯独靠窗的桌子周围亮着温暖的黄色灯光，方桌上满满当当、热气腾腾。一桌七人，树老板坐在中间，他们吵着闹着，灯火闪烁，自成一个小世界，他们是真正的一家人。

这样美好的场景像是南柯一梦，梦醒后只有感动。这一段温暖的记忆会深深地刻在他们的生命里，支撑着他们在长满青苔的石阶上不停地走下去。

第八章

2015年2月19日，星期四。

大年初一，苏州难得下了场雪。

树老板把山楂洗干净去了核，按大小排列好，用竹签穿成串，蘸上烧热的麦芽糖和冰糖稀，放在木板上晾干后冷藏。

“来喽！糖葫芦好看它竹签穿，没有愁来没有烦！”树老板哼着小调，端出一碟晶莹剔透的糖葫芦。

他拿出其中几串对半切开，装在便当盒里，剩下一串放在碟子里，随后把门外咔嚓咔嚓踩雪的任望珊和于岿河叫进来。

任望珊摘下棉口罩：“树老板，我来啦！”

她今天又是去年那身小红帽的打扮，踩着双雪地靴，戴着个毛线帽子，脸颊被冻得有些红。

“慢点走，小心滑倒。”于岿河不停地在她身后提醒。

“来，望珊，这串你拿着，于岿河从小就不爱吃这个。”树老板拿起装得满满当当的便当盒，“这些树老板给你切好了，拿回家去放冰箱存着，能吃一周哦。”说着把便当盒塞进她的双肩包里。

“啊，谢谢树老板呀。”任望珊咬了一颗冰冰凉凉的糖球，“好好吃！”

“你们也别在屋里待着了，岿河啊，带望珊去街上走走，这会儿外边可热闹了。钥匙留门上了，我先去走亲戚了，岿河回来给我锁个门。”

“好，走了。”

“树老板再见。谢谢糖葫芦，我会吃完的。”任望珊礼貌地跟树老板说了再见。

年初一下午的街道因为早晨下了雪比去年更加热闹，除了几辆扫雪车，街边玩闹的大人、小孩也多了起来。雪还在缓缓地下着，并不大，六角花瓣扫过霓虹灯，给热闹的春节增添了一丝浪漫。

身体因为寒冷变得迟缓，冷风扫到嘴唇和皮肤都会让人感到不适，但身边有个人陪着，让人感觉像有了避风港。

“望珊，去年三月我们种的树现在还好吗？”于岿河牵着她走到奶茶铺，“喝什么？”

“小树下雪也冻不着啦，年初一奶奶就给它缠了麻绳。”任望珊拉下口罩，咬了一颗糖葫芦在嘴里嚼着，“嗯，我看看哦……那个！芋圆奶盖红茶五分……啊不不，七分甜！”

奶茶店的小妹一直在瞟于岿河，无意间看见摘下口罩的任望珊，识趣地移开了目光：“您的奶茶，请慢用。”

“谢谢。”于岿河把奶茶递给任望珊。

任望珊没接，咬了咬嘴唇，她也想吃糖葫芦。

“嗯？奶茶暖和，拿着暖暖手。先趁热喝奶茶，糖葫芦一时半会儿化不了。”

任望珊点点头，伸手接过奶茶低头吸了一口，开始嚼芋圆。

街道边有拿着话筒采访老百姓的市新闻记者和摄影师，于岿河看到后带着任望珊低头穿过马路，向街道另一边的小竹林走去。

可是他这一米八六的个子，再加上优越的身材比例，走在街上无论低不低头都很难叫人忽略。

“对面的那对是情侣吗？看起来挺甜蜜的啊。”戴着隐形眼镜的张雅宁望向对面，侧身向一旁的摄影师说。

“估计就是春节假期出来散心的，要去采访一下吗？”摄影师扛着摄像机，身边跟着一个实习小记者。

张雅宁偏头对那个实习小记者说：“麻烦先去拦一拦，我们随后就到。”

“嗨，两位……市民朋友，你们好！”小记者看到于岿河和任望珊的脸就呆了，脑海里迅速转着“同学”和“先生”两个词，一时不知道用什么，只好临时改口称“市民朋友”。

“嗯，怎么啦？是有什么事吗？”任望珊耐心地问，随后就发现了小记者手里拿着的记事本。

“是这样的，我们是市电视台的，想随机采访一下今天在街上的市民朋友是如何度过春节假期的。我们的摄影师和主持人过来了，就在后面。”

任望珊回过头，看清张雅宁的面容后微微睁大眼睛，随即笑得很好看：“是张老师啊。”

“哎？！”张雅宁在十米开外就认出了这个两年前在昆城一中跳舞的女孩，目光再向上移，她一怔，这不是她当时看到满心想着“我可以等他长大”的于岿河吗？！

难不成这两位现在……张雅宁瞬间感觉这雪花仿佛加入了什么又酸又甜的调味料。

“啊？”于岿河有点蒙，低声问任望珊，“什么张老师？”

“2012年跨年晚会，我们学校斥巨资请的主持人呀，你忘了吗？”

张雅宁都到眼前了，于岿河才想起来：“啊哈哈……张老师您好。”

“还记得我啊？有点小感动。”张雅宁挤出一个优雅的笑容，“不用喊张老师，我也不比你们大很多，叫我大名就好。”

“啊，那个……原来你们还和我们的主持人认识呀？”小记者憨憨地问道。

“嗯，他们高一的时候我去昆城一中做跨年晚会的主持人，当时他们俩一个跳舞一个弹琴，特别炸场，让人印象深刻。”张雅宁看着于岿河说道。

“哦，当时是我去拍直播的，这个小娘鱼唱的《春天的芭蕾》！我说怎么这么眼熟呢！唱得真好。”摄影师拍了拍大腿，背上的摄像机差点滑掉。

“2012年的晚会……我记得你们是高一（1）班？今年还没毕业吧。”张雅宁看着两人。

“嗯，还没毕业，谢谢张老师还记得。”于岿河很客气地说道。

“哦，那我们也算认识挺久了，二位帮我们一个忙，回答几个小问题行不行？”

于岿河看了看正在拍摄的摄像机，上前一步挡在任望珊前面：“我们……”

“姐姐问吧，没事。”任望珊拽了拽他的袖口。于岿河一愣，没有多问，朝旁边退开了一小步。

“好的哦，那我就不客气啦。”张雅宁让小记者举起话筒，摄影师也向他们走近了几步。

“请问你们是情侣吗？”

任望珊怔了一下，随即露出甜甜的笑意，调皮地说了一句：“你猜。”

张雅宁看了面前的女孩一眼，自然地转移了话题。

于岿河也看了任望珊一眼。这样模棱两可的答案是他始料未及的，他以为任望珊会说“不是”，没想到……但是这样的回答一旦播出在学校里肯定会对她有影响，况且她家里的长辈肯定会看市电视台的节目。

他无所谓，他周围的长辈除了树老板都没那个闲工夫看电视。为了保护望珊，他决定回到学校一定要守护好她。

接下来的几个问题都围绕着这个春节，于岿河松了一口气，配合地回答了几个问题。

张雅宁也没有多打扰他们，五分钟后采访结束，她和他们打完招呼就去寻找下一位幸运小市民了。

“望珊。”

“嗯？”

“就那么回答，播出去爷爷奶奶可能会看见。”

望珊没有回答，嚼着奶茶和糖葫芦，把这奇怪的搭配咽下去后才问：“你害怕家里人看见或者同学们议论吗？”

“当然不啊，但是——”于岿河停下脚步，咽了咽口水，“我怕你为难。如果……不说同学，某一个校友，看见了然后在学校里议论这件事，说我无所谓，可是你是女孩子，流言蜚语对你的影响会更大。”

“那就议论呗。”

“最后几个月了，如果你被人议论，影响到学习怎么办？”

“那就不要被影响。”

“爷爷奶奶看到呢？”

“于岿河，你不相信我？”任望珊抬眸，眼睛亮得像是会说话。

于岿河愣住了：“什么？”

“我是说如果爷爷奶奶看到了，我可以搞定。”任望珊低头喝完最后一口奶茶，转身将空杯子丢进身边的公共垃圾箱里。

“只要你不觉得这是一件影响到你我关系的事，他就不是事。”

于岿河还是没说话，他眨了眨眼睛，凝视着任望珊。旁边竹林叶子枯黄，偶尔被风吹过来几片落叶，闻不到什么竹子的香气。

“好啦，说得够清楚了吧。”任望珊笑了笑，如井水般清澈的眸子顾盼流转。

于岿河动了动嘴唇，眼眸深不见底。他看了看周围，突然拉起任望珊往竹林里走。

“哎？于岿河，我们走这里干吗呀？里面比街上还冷。”话虽然这么说，但任望珊还是跟着他走了。

周围没人了，于岿河停下脚步：“外面太吵了，糖葫芦在这里吃可以吗？”

“哦，可以啊。”任望珊不明所以。

于岿河咬下竹签上最后一颗被咬了一口的糖葫芦。

“嗯？！”任望珊微微瞪大眼睛。

她身上淡淡的柠檬香总是让他特别着迷，他半眯着眼睛，静静品味着这颗糖葫芦，漆黑的双眼上蒙上了一层水雾，几片雪花落在他浓密的睫毛上，几秒钟后又融化了。

麦芽糖在口腔中融化，唇齿间弥漫着甜香。于岿河第一次觉得，冰糖裹着山楂的味道好像也不错。

不远处的街道依然拥挤着人潮，街上有卖冰糖葫芦的小贩，还有时不时的叫喊声和吆喝声，与之相对的是宁静而让人感到甜蜜的竹林。

我曾不想爱上山河，但山川广阔，无尽的河流因为你而存在，我就像爱着这山河一样爱着你。先爱今生，如果来世这山河还在，那就继续爱你，直到山河消失，世纪落幕。

2015年3月1日，星期日。

前天是二月二十七日，距离高考还有一百天，百日誓师暨成人仪式在大礼堂进行，礼堂里坐满了家长和学生。誓师仪式的主持人还是张雅宁。

于岿河是宣誓词的领誓人，当他穿着整齐的校服，举起右手握拳放在太阳穴旁边念出那些誓词时，心中有一种说不上来的感觉。

台下有那么多人，他之前也没有注意到二班坐在哪里，但当他站在宣誓台前念出早已背过无数遍的誓词时，一眼就找到了台下的任望珊。这次望珊身边坐的不是林深，而是望珊的爷爷。

于峀河隔空撞见了任望珊的眼神，轻轻地笑了一下。

下台时，他向主持人点了点头。春节那期节目播出后，任望珊和于峀河特意去电视上看了一眼，情侣的那个问题并没有剪进去。

看来时机还未到，那就等毕业吧，反正也就剩下一百天了。

百日誓师结束后，再上两节课，学校给高三放了一个晚自习的假，算是让他们自觉准备一下即将到来的零模考试。

天色暗得很快，老师们都很默契地早早下了课，希望大家能早点回家。五点二十分过后，值日生也陆续离开了。

任望珊背着书包轻声走到一班外面，透过明净的玻璃，看到于峀河背对着她，面朝着白板拔下红笔和黑笔的笔帽。

不需要踮脚，他抬起右手用黑笔写下漂亮的行楷“高考倒计时 __ 天”，又用红笔写了个“100”。然后他似乎意识到了什么，慢慢回过头，正好与任望珊的目光相遇。

任望珊用疑惑的眼神回应。

于峀河向她招了招手：“进来吧。”

“你怎么知道我在外面？”

“感受到了你的强磁场。”

“哈哈。”任望珊看着他笑了笑，“我也刚在教室写完这个倒计时。”

“后天零模了。”

“嗯。”

“好好考。”

“当然，你也是哦。”

“放心，我的考试不会有问题。”

“你最厉害了，我知道。”

“那倒不是。”于峀河俯身，“我虽然厉害，但总有比我更厉害的人能让我什么都听她的。”

任望珊没回答，拽了拽他的衣角：“好了吗？好了就走吧，爷爷奶奶还在等我回去吃饭呢。”

于峀河摸了摸她的头，轻声说：“好。”

声音温柔，能抵山河万色。

关好教室门窗，天色已经暗下来，可他们能看见远方越来越亮的光。

此时路上有很多赶着去吃饭的学弟学妹，虽然经常在学校里看见二人，但每次还是会讨论几句。

“嘿，你说于岿河和任望珊到底什么关系啊？”

“我觉得肯定是……应该是保密工作做得好吧。”

“对了，明天老师说要带我们去新盖的那栋实验楼亲手做化学实验呢！”

“我们物理老师也这么说，嘻嘻嘻，开心。也不知道学校怎么回事，突然就盖了这么一栋楼，去年施工的时候声势可浩大了。”

“不说了，赶快跑，饭要被抢光啦！”

“走走走！”

任望珊正在低头踢小石子，没听见这两句话，于岿河的嘴角微微上翘。

这次的附加题明显难了很多，考到的文学常识很冷门，并不是他们背过的，而是之前模考里做到的一个文言文的注释。好在当时任望珊觉得这个字很难写，特意查了一下，记得牢牢的。

名著阅读考的是巴金的《家》，举具体例子分析高觉新矛盾的性格特征。这个是要自己课后归纳整理的，任望珊也写得满满当当的。她又整体看了一遍附加卷，没有漏题，没有理解错题干，没有错别字。

还有两分钟就收卷了，她微微向右侧倾斜了一下脑袋。她的座位号是 0106，刚好在最左侧的第一列最后一个，向右转头就能看到整个考场的做题情况。

戚乐在她右边隔着两列的位置，文漾笙和文科第一夏成蹊在她前面，此时被前一位同学的后脑勺挡住了，看不见。最后她闭目养神休息了一会儿，铃声响了。

下午要考数学，任望珊照常不去吃饭，留在教室里复习。于岿河从后门偷偷进来的时候，任望珊还在草稿纸上疯狂计算，也没发现他。于是他就坐在她后面的位子上，像很久之前等她醒来一样，一句话也不说。

大约十分钟后，任望珊站起来捶了捶肩膀。

“做完了？吃东西。”

“嗯？你什么时候到的啊？”

“刚到。快吃东西，看看时间，大家快回教室了。”

任望珊吃着鸡肉海苔饭团和冰皮蛋糕的时候，于岿河笑着帮她拨了拨有些凌乱的头发，顺手拿过她刚刚做的试题，任望珊很配合地递给他一支红笔。阳光明媚，她朝他灿烂地笑了笑。

于岿河给她批注的时候一直扬着嘴角，有那么一瞬间，他忽然能理解周幽王为什么要烽火戏诸侯，商纣王为什么会因为妲己失去了自己辛苦得到的天下，正当盛世的唐玄宗为什么会在爱上杨玉环后从此不早朝。

曾经不能理解的事情总有人能让你理解，更奇怪的是，理解之后还会觉得也没那么不可思议。

2015年3月7日，星期六。

昨天零模的成绩已经公布了，于岿河和夏成蹊依然稳坐文理科第一。不过因为是学校自己出的试卷，老师为了引起学生的重视，特意出了很难的题目，总体得分比平常要低，所以不需要作为参考。

“大家也不要太担心零模的成绩，差不多还有二十天就要进行一模了，四市统考，大家要好好准备，难度会更接近高考一些。还有，二模是几次模拟考试中最简单的，三模的难度最接近高考。”王老师认真地向大家解释，“下课吧。”

或许是因为高考即将来临，各位老师的态度也越来越缓和，力求给学生一个舒适的心理环境。

今天是双周，下午历史延时课上完学生就可以回家了。大家心态还是很平静的，从程鼎颀的态度就能看出来。以前每次要放假那天他就跟从动物园里跑出来的猴子一样兴奋，现在他下课也不去找萧宸玩，就安静地在座位上复习上节课王老师讲的重要知识点。

于岿河去办公室问王老师问题。汤茉接了个电话，突然站起来：“什么？！”说完不自觉地回头看了于岿河一眼。

“嗯，好的，我马上跟她说。我立刻送她来，不麻烦你再跑来跑去了。”汤茉紧锁眉头，急匆匆地离开了办公室。

于岿河还没问完问题，多等了一会儿。

汤茉走进二班，绕到任望珊的课桌前，任望珊正在给戚乐讲一道语文选择题。汤茉轻声说：“望珊，跟老师出来一下，老师有点事情要跟你说。”

“啊，好的。”任望珊又和戚乐说了句解题思路，然后跟着汤茉离开了教室。

“望珊，你要做好心理准备。”汤茉抿了抿嘴，“刚刚你的监护人打来电话，现在你要跟老师去一趟医院。”

“去医院？为什么？出什么事了？”任望珊后背一凉，她能想到的只有爷爷奶奶出事了。

“先跟我走。”汤茉拿出车钥匙，急匆匆地下楼。任望珊赶紧跟上，手里冒着细密的汗。

“你的爷爷……不小心从三楼高的脚手架上摔了下去，正在医院做紧急手术。”汤茉艰难地开口，“望珊，咱们不怕，啊。现在医院技术都很发达，不会有事的。”

任望珊没说话，只是紧紧跟着汤老师，呼吸有些颤抖，她上了车后还憋着没出声。

等红绿灯的时候，汤茉的手指甲一直在抠方向盘的真皮套，她都不敢去看后视镜里的任望珊。

这个小姑娘一直备受关爱，第一监护人与她并非血亲，父母不在身边，家中只有爷爷和奶奶。也许是因为她太善良、太纯真，上帝在创造像天使一样的人时总会剥夺她一些东西，就像天使失去了一半的翅膀一样。

“望珊，我们到了。”

任望珊还没有回过神，只是下意识地抬头，三院的大门已经在眼前。

“望珊，跟老师下车了，我们去等爷爷做完手术，别担心。”

任望珊眨了眨眼睛，胸口堵着一口气，她努力调整紊乱的呼吸，声音夹杂着鼻音：“嗯。”

下课的时候于岿河出门透气，却发现任望珊不在教室里。他撑在窗沿上朝戚乐喊道：“戚乐，戚乐？望珊人呢？”

戚乐摇摇头：“被汤老师叫走一节课了，一直没回来。刚刚我去办公室找了，汤老师也不在。我看当时汤老师和望珊的脸色都不太好。”

于岿河蹙眉，他想不到有什么和望珊有关的事情能让汤茉脸色不太好。他有些担心，往办公室走去，刚巧在楼梯口碰上了脸色有些苍白的汤茉。

“汤老师，望珊去哪儿了？”

汤茉有些为难，但片刻沉默后还是开口说：“她家里长辈出了点事，我送她去医院了。你别说出去，回去好好上课。”

于岿河听到“她家里长辈出了点事”的时候就已经慌了，二话不说就往楼下冲去。

汤茉着急地喊：“于岿河，你想干吗？上课时间没有假条，想去哪儿？门卫不会让你出去的，回来！”

空中远远地传回一句“麻烦您跟王老师说一声我走了”。

于岿河仿佛脚下生风，他很久没有这样毫无章法地喘息着奔跑了。他停在操场旁的高墙边，来不及缓口气，从树丛里搬出折叠梯子，三下五除二翻了出去。

他一路狂奔到后街路口，拦了辆出租车：“去三院！师傅麻烦开快点，谢谢！”

“好嘞，怎么这么急啊小伙子？还穿着校服，怎么是从这个路口出来的？”

“当然是逃课出来的，我是个不良少年，所以开快点。”于岿河不假思索地回答，语气里还带着几分难以名状的威胁。

出租车师傅赶紧闭上了嘴：妈呀，得快点开，赶紧把他送下车。

到三院大门口的时候，师傅还想说声“别给钱了”，结果于岿河在他开口前丢下两张百元钞票，留了句“不用找了”就飞一样冲进了医院。

于岿河实在太心急了，他闯进医院，问清望珊爷爷的情况，毫不停歇地往五楼手术室奔去。

电梯门缓缓打开，手术室周围很安静。他克制了一下自己的情绪，轻手轻脚地走出电梯，然后在拐角处看见了缩成一团的任望珊。

她靠着墙，双手抱着膝盖，脸深深地埋进臂弯里，像是害怕外界一样把自己缩得很小，这是她一贯的保护自己的方式。

每次感到无助的时候，她都会用这样的姿势暂时把自己与外面隔绝开来，暂时让那些事情离自己远一些，从而获得片刻安宁。即使她知道还要再去面对，但她真的害怕，非常害怕。

于岿河眨了眨眼睛，小心地靠近，在她身边蹲下来，右手试探性地抚上她的发丝。今天的柠檬味有些脆弱和无助，是让人心生怜惜、想小心翼翼地保护的那种气息。

他怔住了，因为她在颤抖。他微微蜷了蜷手指，想伸手抱住她，但是手指还没离开她的发顶就被她抓住了。

“不要走……”

于峀河的心快疼死了，他甚至没发觉自己居然有了“痛”这种强烈的、令人不适的、从小到大他都没有经历过的感觉。

任望珊略微抬起一点眼皮，睫毛一颤一颤地闪着水花，本就细软的声线此时发着颤，好像说话都很艰难：“于峀河……我好害怕……”

她的眼泪顺着苍白的脸颊滑落下来，一滴，两滴，滴在于峀河的手背上，在他的皮肤上洇开，变成灰蒙蒙的雾色。

于峀河心疼得不行：“我不走。别怕，别怕……我来了……”

任望珊无声地哭泣，她颤抖的身体让于峀河的手不由得再紧了紧，他心里好慌，他不知道还能做些什么。这次她的眼泪比之前任何一次都让他心慌，他从出生到现在的每一次慌乱都与她有关。

任望珊的眼眶发红，眼白上布满了细密的血丝，盛不下的泪水不停滴落，细小的泪滴像有千斤重，让于峀河难过到极致。

她泣不成声地低语，像是求救，又像是崩溃：“为什么会这样……我怎么跟奶奶讲啊，于峀河……”

“爷爷会没事的，不要乱想。望珊，相信我。”于峀河镇定的语气给了任望珊一丝慰藉和安全感，她不禁往于峀河温热的怀里缩了缩。

“别怕，我在这里，我会一直在这里陪着你。”于峀河不断重复着同样的话。

他能感受到望珊也在努力地平复情绪，她像是没有力气哭泣了，鼻子和眼睛都肿得通红。她觉得自己做了一个梦，在梦中找到了比黑暗更安全的地方。也许总有人能够驱散黑暗，把她带向光明之处。

两个人默默地等待着，就这样又过了一个小时，直到手术室里的红灯突然熄灭。

于峀河抬起头，轻轻拍了拍任望珊：“手术结束了。”

手术室的门打开，悬挂着吊瓶的病床推了出来，两名主刀医生随后摘下手套和口罩走了出来。

任望珊如梦初醒，顾不得腿已经酸得发麻，她用略显沙哑的声音问道：“医生，我爷爷怎么样了？！”

医生皱起了眉头：“你们两位都是病人的家属吗？”

于峀河扶着任望珊，用力点了点头：“是的，我们爷爷现在怎么样了，医生？”

“放心，病人已经脱离生命危险了。”医生脱下手术服，“只是病人年事已高，三楼高度不低，摔的地方也不太巧，左腿骨折的时候压到了关键神经。以后能不能恢复正常……还得再住院观察一段时间。”

任望珊没憋住眼泪，跟医生鞠躬道谢的时候泣不成声。

“会没事的，别怕，有我在。”于峃河牵起任望珊的手，二人尽量快速地向病房走去。

任望珊靠在病房门外，在消毒水的味道里重重地舒了一口气。她捂着脸，抵着白色的墙壁慢慢向下滑，感觉灵魂被抽离又被狠狠地砸了回来。

一只手扶住了她的肩膀：“望珊。”于峃河的声音十分轻柔，“我们去椅子上坐着等。再流眼泪的话，等会儿爷爷醒了看到会心疼的。”

于峃河用手抹去任望珊的眼泪，任望珊用力地点点头，坐在走廊里的长椅上和身边的人共同祈祷。

2015 年 3 月 15 日，星期日。

任爷爷今天可以出院了，中午林深开车带着任望珊和奶奶一块儿去接他回子衿路 188 号。

任爷爷住了一周院，医务人员检查后说只要复健到位并且没有二次伤害，半年内就可以正常行走，也算是不幸中的万幸。

在一家人的劝说下，爷爷终于同意不再去工地上打工，任望珊悬了整整一周的心也终于放了下来。她最近做题的时候发现自己明显心不在焉，看来是抗压能力还不够强，之后一定要好好注意。

抗压典型在她眼前就有一个，最近这一个星期，于峃河不仅要跟上学习进度，还要时刻关照她的情绪，临近一模看起来却毫不费力，任望珊真的很佩服于峃河这样的人。

今晚要返校周周练，安顿好家里后林深送任望珊去了学校。任望珊下车跟林深道别，他的车刚开走不久，熟悉的黑色宾利就靠过来停下。于峃河从车上下来，任望珊在前面停下来等他。

于峃河早在车上就看见了任望珊：“这么巧。”

“嗯，今天爷爷出院了，早上我已经告诉你了。家里没什么事了，刚刚是林叔送我来的。”

于岿河记下了林深的车牌号码，点了点头。

“啊，对了，其实说出来有点不好意思……但还是想谢谢你啊于岿河。这段时间你既要学习又要照顾我，辛苦了。”任望珊咬了咬嘴唇，抬眸向梁叔打了声招呼。

于岿河也向梁叔道了声好，然后低头笑了笑说：“傻瓜。”

“周周练好好考，考得好一点，就当作给我的回报了，行不行，望珊？”于岿河低声说着，顺便提了提任望珊有些滑下去的书包带子。

“行，我肯定会好好考的。”任望珊认真地点头，“以后没有事情能让我分心了，学习第一位。”

于岿河把差点脱口而出的“那学习和我比呢”咽下去，换成了：“嗯。”

两人一起聊着天爬到四楼，在班级门口分别后，各自整理了一下课桌就去了数学周练考场。

又过了一段时间，一模结束了，程鼎颀和萧宸成功达到了T大的最低分数线。人工智能专业的分数线要再高一些，但也指日可待。

于岿河依旧是第一，一模已经冲破了400分的大关。任望珊如愿过了R大的最低分数线，任爷爷的腿也在一天天的复健中好了起来。

夏成蹊和文漾笙依旧保持着同桌相互监督的习惯，戚乐在一模的班级名次又前进了一名，她今早还带了昨晚做的曲奇和华夫饼分给大家。

值此美好时光，一切都在变好。

2015年4月9日，星期四。

今天是二模的第一天，周四，阳光很不错，微风刚刚好，食堂二楼有任望珊喜欢吃的年糕虾。

早上文科有40分的附加题，比理科考完要晚半个小时。一般文科生考试结束再去食堂的时候，菜都没剩多少了，于是于岿河他们三个就自动承担起帮二班的兄弟们带饭的重大任务。

二楼打饭的阿姨帮他们拿了打包盒，递餐的时候突然问：“你们是不是快毕业了？”

他们几个一愣，随后点了点头。

食堂阿姨叹了口气：“又三年过去了啊，毕业了记得再回来看看。”

一时间，他们都有些怅惘，还有两个月，高中三年就要落幕了。

他们打完饭，文科刚好考完，大家约在一楼的备用教室里吃饭。梁叔这回脑子好，居然把门都锁好了，于岿河他们拿着餐盒走到教学楼的时候，看见夏成蹊和文漾笙站在备用教室门口。

二人远远地朝他们做着口型：“没开门。”

于岿河歪了歪嘴角，也做个口型：“没事。”

夏成蹊和文漾笙：“嗯？”

这时戚乐和任望珊刚好从楼上下来，任望珊见他们都站在门口：“门是不是都锁着？那就绕一下后面吧。”

所有人：“啊？”

于岿河笑着说：“好啊。”

一行人在任望珊和于岿河的带领下，绕到教学楼的另一边备用教室的窗口下，目瞪口呆地发现这扇窗户的锁居然是坏的。

“什么情况？这把锁坏了我居然没发现过！”程鼎頎惊奇地问。

“谁没事去看备用教室的窗户锁啊？”于岿河边笑边攀上窗沿翻了进去，然后把食物都接进来。

“这个房间刚好是我最中意的。”文漾笙笑着说，“南边没窗户，窗帘都不用拉，没人知道我们在这里吃饭。”

“漾笙，你又说东南西北啦，我都得想一会儿才知道你到底在说哪边。”任望珊叹了口气，“说左右多好。于岿河，搬个稳一点的凳子过来。”

“来了。”于岿河挪来凳子，“小心点，备用教室的凳子晃。”

几人进了备用教室，没忘记做事情得有头有尾，伸手把看似已经锁上的窗户都关好。

“妈呀，饿死我了。”程鼎頎赶紧打开饭盒，大家都一起来帮忙。

“考语文简直比英语还累，煎熬。”程鼎頎还在念叨着。

文漾笙用刚拆出的筷子打了一下他的脑袋：“我们考了三个小时都没叫苦呢，一边去。”

“多吃点吧，都是你的。”

他们整整点了五份年糕虾，于岿河指着那一堆饭盒说：“不吃完别想走，边考数学边吃去。”

“还是数学附加题累，语文我倒是没什么感觉。”戚乐不慌不忙地说着。

“你想气死我呀，语文课代表。”任望珊笑着给她夹了一筷子香菇青菜，“吃点蔬菜。”

“其实考多了就麻木了，累不累什么的也就不在乎了。”于岿河说着。

萧宸点点头，拍了拍程鼎颀：“嗐，也快了。再过两个月，你就一辈子都不用再做语文试卷了。”

“还有你最怕的英语，王老师马上就再也管不着你了。”文漾笙补充说着，随手夹了一块糖醋茄子放进夏成蹊的碗里。

“这么一想怎么又有点舍不得了啊。”程鼎颀想起刚刚食堂阿姨说的话，有点不自在起来，嘴里的年糕虾都有那么一两秒钟失去了味道。

夏成蹊给文漾笙夹了块糖醋排骨，发现周围安静了许多，大家突然都有点沉默。

“等毕业了，咱们来把这扇窗户报修一下吧，要是不说，梁叔不知道什么时候能发现。”于岿河突然笑着说，看了一眼任望珊。

最后两个月了，真的没什么其他好说的，只管冲就完事了，高中时代的最后一个夏天就快来了。

彼时青春年少，他们不会也不愿在某处停留太久。年轻的路途上有湍急的河流，有遍野的星火，有破旧荒芜的村庄，有旧时光里的山川高原。从黎明到黄昏，他们迎着烈日，冲向浩渺无垠的大海。

少年的心永远向往着远方，只觉得梦就抓在自己手里。在这个夏天，他们能看到树影和阳光，能听到清风与河流，能体会到暗恋和孤独，能铭记刻骨的幸福和漫长的成长。

“那么，大家都冲了啊。”于岿河认真地说，“我们都去北京和上海，早就说好了，谁也别反悔啊。”

“嗯。”大家用力地点点头，“谁也不反悔，冲了！”

吃完饭后，大家一起收拾卫生。男生到楼外面把垃圾扔掉，然后和女生一起上楼。正午的太阳明晃晃的，照得人昏昏欲睡。睡完午觉，下午两点五十五就要考数学了。

二模的试卷最简单，大家都有各自的分数目标。任望珊希望自己这次总分能破 390 分，这样考 R 大就完全没问题了。

三模在五月中下旬，之后就是高考。于岿河前些天放弃了保送 Q 大物理系和化学系的名额，因为他想学金融。反正保送 Q 大和考上 Q 大前后不过差两个月时间，和大家一起参加高考反而让他更加安心。

不止他一个人，其他几个人也都放弃了，因为保送的专业和学校并不是他们想要的。昆城一中今年的保送名额不少，放弃的人数真不多。

他们这七个人各有各的性格和处事方式，在这件事上的选择却出奇地一致，对别人嘴里的惋惜也是差不多的回复。

“不喜欢的专业学来干吗？就是要趁着年轻的大好时光去热爱啊。”

三模刚结束，每个孩子都收到了来自家长的一封信。无论多忙的家长都在这封信上倾注了满满的时间和精力，纸上都写得满满当当。

于岿河展开束成一卷的牛皮信纸，是何婧姝的字迹。

致十八岁的于岿河：

班主任让我写这封信的时候，我和你父亲正在美国。我在夜晚提起笔，你或许正在午休吧？别看写信的是我，某位于先生就在我身边坐着呢，他还不许我把这段话写上去，嘻嘻。

爸爸妈妈有好多话想跟你说，可是铺开信纸，竟然不知道该以哪句话来开头。想想真的很奇妙，转眼间我们的儿子已经这么大了。你知道吗？看着你从那么小一点点长到这般高大，从脆弱得需要保护的幼儿成为这么优秀的少年，我们心里的自豪和满足一言难以道尽。

每当读你的名字的时候我都会感觉很幸福，“于”姓氏的于穆“归”了“何”姓氏的何婧姝，是不是有点小矫情？但我很喜欢。我好像从来没有和你讲过呢，但我儿子肯定已经发现了吧？

……

说到现在，还没说到正题，妈妈本来话就多，你也习惯了，不许嫌弃妈妈哦，妈妈这么爱你。

你读幼儿园那段时间我们还没那么忙，春节的时候走亲戚，大家都会说，于岿河你好幸运呀，有这样的爸爸妈妈。但其实呢，拥有我们这样的爸爸妈妈，你一点也不幸运。

儿子小时候一定很孤单吧？你上小学的时候爸爸妈妈越来越忙，你小学的毕业典礼都是树老板去的。我们都感觉很对不起你，对你的教育和陪伴上的空缺，是我们作为父母的失职。

我们真的觉得拥有像你这样的儿子太幸运了，可能我和你爸爸上辈子拯救了世界吧，不然怎么会换来这样的恩赐呢？你这么优秀，这么善良，这么勇敢。

……

下个月就要高考了，爸爸妈妈从来不担心你的成绩，因为你对自己的要求总是很高。你有目标，有想法，有毅力，也很自律。你想考什么大学，想学什么专业，想和什么人在一起，爸爸妈妈都支持你。

因为爸爸妈妈爱你，爱你，非常爱你。

全世界最爱你的于穆，何婧姝

2015年5月20日

三模过后放榜的那一天，于岿河在白板右上角的“高考倒计时”后面写上一个“10”。

别的班的老师多多少少还在给自己班级里的学生灌输高考励志佳句大全，汤茉和王老师不一样，她们觉得学生心里想要的未来就是最大的动力了，何必再整那些有的没的。

她们嘴上是不提，但作为老师内心那份沉甸甸的期待，同学们都看在眼里，记在心里。

最后十天大多是自习和答疑，老师每天布置的作业还是那些，但课程时间明显缩减，留更多的时间给学生们自行安排。

任望珊的耳塞换了一副又一副，教室耀眼的白炽灯光打在白色纸张上显得格外突兀。戚乐偶尔问她一些问题，她讲完的时候发觉背上出了汗，原来天气已经悄悄变热了。

于岿河常常一脚踩着桌杠，闭着眼在膝盖上默写所有的数理化公式，校服外套就松松垮垮地系在他腰间。

文漾笙在高考前夕突然发烧，夏成蹊天天忙得团团转，盯着她吃药、喝热水，还在晚自习后送她出校门回家早睡觉。

程鼎颀和萧宸的桌子上都贴着大大的高考目标，钱主任走过的时候还以为是什么英语小抄，刚想进教室看看，又想起来这个时候已经没有默写任务了，摇摇头笑着转身，眼眶却微微地红了。

王老师刷微博的时候看到一段话，随手转发给了汤茉。

“备考就像在黑屋子里洗衣服，你不知道洗干净没有，只能一遍遍地去洗。等走上考场，灯光亮了，你会发现这件衣服已经光亮如新。以后，每当你再穿上这件衣服，都会想起那段岁月。”

汤茉读完回复："没事煽什么情啊？留着给学生去，无聊。"可是她不知怎么的，鼻子酸酸的。

大家不会再有写不完作业的焦虑和熬夜的无奈与疲惫，每天按时吃饭和学习，刷题、改错、整理、总结，生活作息一天比一天规律，心态也越来越平和，都争取在高考那天有最佳的状态。

其实三年真的刚刚好，他们的精力也真的快到极限了。马上，五套卷子，三年时间，最终考验就要来临。

高考前一天，各班班主任带学生去看考场。任望珊他们就在本校考试，理科生全部要去别的学校考。

"准考证、身份证、透明文具袋都看看啊，带好了没有？！"王老师在车上的时候大声地问，"红黄绿三件衣服都准备好了吧？明天穿红的啊！"

"都好了，都好了——"程鼎颀忍不住拖长尾调，"王老师啊，我看您比我们紧张多了。"

车上的人开始起哄，王老师轻轻打了程鼎颀的肩膀一下："我能不紧张吗？"

大家愣了愣。

"再说一遍啊，待会儿都跟紧大部队别散了，不然走丢了都不知道。看好咱们班休息室、卫生间、食堂以及自己考场的路线，其余的都不要管。"

"自己的座位如果坐着不舒服，马上跟老师提出换听到没有？需要什么都说，老师会尽全力满足每一个考生的要求。"

"还有就是看好自己的准考证，这比什么都重要。高考考场里什么人都有，管好自己就行。进考场之前要摘手表，手机什么的千万不要带。"

"务必给我考一门丢一门啊，记住自己做的全是对的，谁都不许对答案！"

"明天千万别紧张，放松、放松、再放松。"

车到了，王老师还在叮嘱，语气里除了激励，还有些其他的情绪。

"放心吧，老师。"于峁河最后一个下了车，安慰似的跟王老师说。

"嗯。"王老师用力地点点头，却没再看于峁河的眼睛。

于峁河跳下车，手里还拿着冰可乐。

他们的生命里无疑还会有许多夏天，但肯定再没有一个夏天会如今夏这般令人难忘。

樟树上聒噪了三年的蝉鸣还未停息，手里滋滋冒气的冰可乐让人感到惬意又舒爽，此时有些刺眼的阳光从绿荫中洒下斑驳光影。孤勇之后，世界近在眼前。

2015年6月7日，星期日。

今天的昆城一中是火红色的。

校车缓缓开出校门，家长都站在门口朝他们招手。于峃河看见何女士穿着一身旗袍，在人群中很耀眼美丽。身边是于穆，他看起来依旧是不苟言笑的样子，但眼睛里有期待。

所有的老师都像约好了一样，跟学生一样穿了一身红。钱主任的啤酒肚在红色 POLO 衫下越发明显，程鼎颀和萧宸在车上笑了一路。

“不行不行，不能再笑了，不然我作文素材要笑没了。”程鼎颀突然正襟危坐起来。

“作文素材带了没，再给我过一遍，快快快。”萧宸拍拍他的书包。

“带了带了，车上看会晕车，等会儿下车后还有一个小时。”程鼎颀拉开拉链，从包里拿出本子递给身边的萧宸。

文漾笙的烧早在三天前就退了，她很幸运，居然和夏成蹊分到了同一个考场。她仰头小口喝水，无意间回头看见夏成蹊正垂眸背着答题技巧，阳光透过窗棂在他发顶上细碎地跳跃，岁月静好。

任望珊在考场外最后过一遍古诗文背诵，监考老师走过来笑着说：“小同学，要进考场啦。”

“嗯，好的老师。”任望珊放下书本，进门过了安检。坐到考场座位上，看着桌上统一发的矿泉水，她突然有点想哭。

“丁零零——”

这段他们重复听了三年的铃声终于要结束了，从此以后，鹏程万里，前程似锦。

第九章

2015年6月24日，星期三。

于岿河拿着手机，书桌上放着一张纸，上面写着两行不同的准考证号。还有十五分钟就要公布成绩了，明明前段时间高考完之后轻松得很，在成绩公布的这一天却又紧张了起来。

等一会儿五点一到，肯定会全网爆炸，要查成绩其实可以等五点过二三十分钟再查，因为五点钟一般手速不够快的人都进不去。

于岿河手边那两个准考证号，第一行是任望珊的。等一会儿五点一到，他最先查的会是这个。

另一边，北京Q大自习室，成醉也在等。身边一起自习的元明清推推他小声问："在等什么呢？难得见你在自习室看手机啊。"

"没。"成醉放下手机，自己都觉得莫名其妙。当时他自己的成绩出来时他在睡大觉，现在倒是关心起昆城一中的成绩了。但他心里隐隐约约地知道，自己的确在等一个确切的分数。

周边的女生都看着他窃窃私语，有时候看书的时候会偷偷瞄他几眼，但没有一个人敢上前跟出了名的"制冷空调"要个微信或是搭个话。

下午五点整，于岿河迅速输入早就背熟的准考证号，按下回车键。手机屏幕上的加载页面不断地转圈圈，终于显现出一个大大的数字。

他盯着屏幕看了足足二十秒，如梦初醒地靠上椅背，长长地舒了一口气，手都有点抖了，他拿起手机按下快捷键拨通电话。

任望珊接起来，语气里都是懊恼："哎呀，我还没查到呢！网络真的太卡了，查到了立马打电话告诉你！”

于岿河憋着笑说：“399 分。”

“啊？你说你还是我？”

“双 A+。”于岿河补了一句，“你觉得是你还是我？”

任望珊在电话那头足足愣了五秒：“我 399 分？”

“恭喜啊，要去北京了。”

任望珊感觉自己的心要跳出来了，她从书桌前站起来：“那你呢？”

“忘记查了。”于岿河不禁失笑，“现在网肯定挤爆了，等会儿再说吧，说不定老邹比我们要快点。”

“快去跟爷爷奶奶报喜吧，望珊。”于岿河说，“等会儿我查到分数就打电话给你。”

校长团和教导主任们全围在一张电脑桌前，看着卡爆的教务系统，坐着的、站着的都只能干着急。

“去年也没这么慢啊！”邹校长急得要死，“省控线都出不来！”

“哎哟，出来了！省控线比去年低了一分，344 啊！！”钱主任拍着桌子站起来，“快看看咱们昆城一中的分数！”

邹校长迅速切换页面，脸上浮起笑意：“于岿河。”

“多少分？”此时的钱主任比校长团还激动，没听见分数就满面通红。看着邹校长的笑脸，他就知道于岿河肯定没掉链子，不仅没掉，链子上还镶了金。

“422 分。”邹校长缓了口气，“省第三，咱们学校出探花喽！”

于岿河此时正百无聊赖地喝着冰可乐，突然手机响了，他接起来：“望珊，怎么了？”

“啥玩意儿？你小子考好了嘚瑟成这样？”钱主任在电话那边吓了一跳。

“老钱？！”于岿河反应过来，“真不好意思，我以为是望珊呢。”

“哪壶不开提哪壶！”钱主任真能被他气死，“说正事呢，自己的成绩查到了没有啊？”

“还没查呢——”于岿河拖长尾音还升了个调，笑着说，“这不就等您打电话来告诉我吗？”

“你这小子。”钱主任真佩服他了，“行行行，告诉你，422 分，省第三，恭喜啊，于探花。”

“谢谢老钱了。”于岿河听到成绩并没有太激动，可能是因为他已经把大部分的兴奋都用在了任望珊身上，“返校拍毕业照的时候一起吃饭。”

与钱主任说了几句话后，于岿河拨通了任望珊的手机号码。

“出来吧，望珊，太久没见你了。”他的声音温柔又宠溺，足以让另一方沉溺其中。

“好。”任望珊放下手机，推开门向外跑去，掠过沙沙作响的枇杷树。

成醉此刻也看到了昆城一中公众号上新推送的文案页，看见于岿河高考成绩的时候，微微翘了翘嘴角。

过满则亏，探花很好。他真的比去年的自己更厉害，看来他们是要在Q大见面了。

旁边的元明清不依不饶地问：“你到底在看什么呢？”

成醉推开他的头：“一边儿去。看书。”

几天后，志愿填报通道开启，任望珊直接填了R大法学，其他的都没有选。于岿河果然和她是一对，他也只填了一个A志愿，其他的都没有填。

何婧姝在旁边歪着脑袋：“确定就这么填了？不再看看？”

于穆：“你随他去。”

于岿河在电脑桌前转过身：“放心，就这个了，不改。Q大巴不得我去呢。”

于穆别开脸：“嘚瑟。”

何婧姝笑了：“行，那就这个。我下楼做饭啦，老公给我打下手！”

他们七个人都得偿所愿，超常发挥。夏成蹊最后填了上海F大的心理学，离文漾笙填的W大只有六公里，地铁半个小时就能到。戚乐则在A栏填的上海H大的汉语言文学系。

萧宸填志愿的时候遇到了些问题。他老爹盯着他的高考志愿，一字一顿地说：“你都考这么好了，第一志愿确定还填T大？”

萧宸这回考试简直是人品爆发，考了将近400分。查分出来的时候给他老爹乐得哟，一对比分数线，就让他赶紧填N大，学个财经什么的专业。

但萧宸不乐意，他老爹怎么劝都不听，差点要跟他动粗了：“我说你这孩子，N大比T大更好啊，你想学人工智能你就填嘛，N大也不是没有这个专业，你干啥就抓着T大不放呢？！”

萧宸不说话，程鼎颀的高考成绩比他低九分，A志愿要是填T大的话刚刚好超过去年最低线十分，绝对能被录取。

他母亲看不下去了，拉住他爹说：“孩子已经长大了，咱们就听他的吧，他的人生自己做主。真喜欢上海就去吧，妈妈支持你。”

萧宸认真地点点头：“真的喜欢，特别喜欢。”

他老爹叹了口气：“随你吧，记得学出点名堂来啊。”

萧宸笑了：“嗯，谢谢爸。”随后按下了确定按钮。

毕业典礼那天，大家最后一次穿上正装校服。拍毕业照的时候，于岿河明目张胆地站在了任望珊身边，笑得阳光灿烂。

阳光刺眼，摄影师眯着眼睛说：“我数‘三二一’，大家摆姿势——”

“咔嚓——”

大门口的实验楼被炽热的太阳照得闪闪发亮，操场弥漫着令人眩晕的气味，高一和高二的教室都是空的。男生拍完照后急忙把校服外套脱下来搭在肩上，女生跑进树荫下讨论晚上散伙饭要吃什么。

操场上数千名学生和老师互相告别，所有的泪水和笑语再次启程，青春的结局由他们来书写。

大礼堂、天台、食堂、教学楼、美术楼、实验楼、行政楼、操场、篮球场、主席台、自行车，还有那松松垮垮的校服。这样的风景他们一生只有昆城一中这么一处，再也没有更好的了。

空中的白云掠过，像是课间仓促翻过的书页，装满青涩的喜欢和美好记忆的高中就此落幕。

浦东机场。

“望珊，一到北京就给我发消息哦。”文漾笙紧紧地抱住任望珊，泪水在眼眶里打转，“如果于岿河欺负你，一定要给我打电话，我马上飞过去揍他。”

随后她又转过来恶狠狠地盯着于岿河：“你要是敢欺负我的望珊，你就死定了！”

于岿河叹了口气：“嗯。那我们可以走了吗？”他推着满满当当的行李，开始后悔为什么早上不叫管家随行，非要自己拿行李。

夏成蹊看了眼手表：“现在去托运行李加上安检，还有不到两个小时飞机就要起飞了，如果不晚点的话。”

“好了，我们走吧。”任望珊牵起文漾笙和戚乐的手晃了晃，“一到北京就通知你们，我记住了。”

“唉，就你们两个去北京了。”程鼎颀勾着萧宸的肩膀，感觉这个暑假过后两人又长高了不少，“我和老萧一个学校，还申请了双人间宿舍，方便得很，到时候坐高铁来看你们。”

“你们要去一定记得叫上我啊。”文漾笙打了他一下。

任望珊甜甜地笑了：“来之前记得通知一声，别搞什么惊喜，省得到时候请你们吃饭订不到位置。”

于岿河侧过脸看着她，嘴角上扬。

“行了，又不是见不着了。”萧宸双手交叉在胸前，“一路顺风。”

“谢了，走了啊，都回去吧。”于岿河朝大家挥挥手，推着一车子行李以及坐在行李堆上的任望珊，往托运处走。

任望珊坐在行李车上朝后面的五个人摆手：“回学校路上小心哦。”

戴着棒球帽的少年穿着黑色T恤和白色束脚裤，脚上蹬着双黑金的运动鞋，身上有薄荷青草籽的味道。尽管他戴着口罩，一路上依旧像吸铁石一样，吸引了众多目光。

“护照、身份证、登机牌都放我包里，手给我。”他的声音温和得像凌晨四点海棠花瓣落在柔软泥土上的声音，带着潮湿的磁性。

二人手牵着手，各自背着一个包，过安检的时候于岿河解下口罩，队伍里的陌生人不住地往他俩身上看。

到了机场免税店门口，任望珊要去洗手间，于岿河在转角处买了咖啡和柠檬果茶等她，口罩解下来一边垂在耳侧。

有一个二十出头的女生走上来问：“您好……请问可以要一下你的联系方式吗？”

于岿河礼貌地笑笑：“不好意思，我有女朋友了。”

“啊，是刚刚你旁边那个穿柠檬黄T恤衫的女孩子吧，那——纯属交个朋友可以吗？”

于岿河用无声的沉默和礼貌的笑意拒绝了她。

那个女生离开后，任望珊刚好从卫生间走出来，接过于岿河手里的柠檬果茶：“辛苦啦，我们去里面等吧。”

“刚刚那个女孩子看到没有？”于岿河给她整理好双肩包带子，“重的话我来拿就好。”

“我想自己背啦。”任望珊笑笑，“你说刚刚那个女孩子啊？看到了呀，一个穿咖啡色裙子的女生，看起来让人感觉很舒服。”

“人家是来挖你墙脚的，还夸人家。”于岿河轻轻弹了弹她的脑袋，“给你打个预防针啊，大学里人可多了，麻烦你把我看紧一点。”

任望珊吸了一口果茶，顿时感觉超级满足。她漫不经心地回道：“看得再紧有什么用？我可没那闲工夫。”她踮起脚咬住于岿河的咖啡杯吸了一口，皱起眉说，“你这个好苦。”说完赶紧吸了一口甜茶。

“再说了，该打预防针的明明是我好吧，R 大的人可不比 Q 大的少哦。”任望珊挑衅地眨眨眼。

“嘶——这么一想危机感着实有点重啊。”于岿河从包里掏出一个口罩给她戴好，“保护女友不被别人发现，从现在做起。”

任望珊不喜欢戴口罩，但也没摘下来。她隔着口罩说了句“这样我怎么喝果茶啊”表示抗议。

于岿河盯着她，没有说话。他俯身凑上去，隔着口罩在她的嘴巴上啃了一口：“先戴上口罩，乖，谁叫你引起了我强烈的危机感。”

任望珊眨巴着眼睛，心虚地低头看着地面。她偷偷提了提口罩的边缘，遮住自己有点红的脸颊，声音弱弱地说：“哦。”

机场人潮汹涌，拿着手机的路人匆匆而过。有一对长相和气质极为出色的情侣，他们手上戴着同一品牌相同款式的手表，上面刻着英文字母。

“对了，到那家茶餐厅等我一下，我们在那边吃好饭差不多就可以登机了。”于岿河指着对面说道，“去占个座位，我马上就到，有点事情。”

“嗯，好。”任望珊也没有多问什么事情，跑去占座位。

于岿河走进免税店，差点被琳琅满目的彩妆闪瞎了眼睛。好在先前有和何女士逛机场免税店的经验，对这些东西还算有点了解。

他找到导购：“麻烦拿几支卖得最好的口红色号，我要送给女朋友。”

导购很热情地推荐：“现在柜台上摆的这六支就是目前我们卖得最火的色号，其中这两款预计今天断货。如果您女朋友是白皮，那这几款涂上都会很好看；如果是黄皮的话，我推荐——”

于岿河礼貌地打断她：“这六支都拿上吧。”

导购内心狂喜：“直接都拿上？好的，马上给您装起来，麻烦左侧收银台结账。”

“一共是两千三百六十九元，请问是刷卡还是现金？”

于岿河拿出一张卡：“谢谢。”

导购在心里乐呵呵地计算着自己的提成：“您对女朋友可真好啊，您女朋友真幸福。”

“不好不行啊，自己的女朋友得自己宠着，不然还等别人吗？”于岿河笑着说，心情特别好。

他把发票拿出来，提着小袋子回到茶餐厅找任望珊，发现桌上已经摆了好几道菜品了。

“给你点了这家店的招牌肉酱面，快尝尝看。”任望珊拿着汤匙小口喝着罗宋汤，指指自己面前那盘牛肉炒饭，“这个也尝尝，我看隔壁桌就点的这个，看起来也不错。”

桌上还有小食拼盘，任望珊还给自己点了一块草莓慕斯蛋糕。

“怎么先点了？”于岿河坐下笑笑，“哪好意思让你请我吃饭。”

“怎么就不好意思了？”任望珊嘟起嘴，“高中三年我白吃白喝树老板的还不够多呀？那不也是你的吗？”

“我的宝贝最好了。”于岿河尝了口肉酱面，用叉子卷了些送到任望珊嘴边，“很好吃，吃一口。”现在于岿河就彻底放开了，也不叫她的名字了，开口闭口就是宝贝。

“嗯。”任望珊满足地点点头，眼睛闪亮，“还真的不错哎。”

于岿河拿过任望珊的背包，把手里的小袋子塞进去：“开学礼物，收好。”

“什么呀？又送我东西。”任望珊凑过来。

于岿河轻轻摸摸她的头，拉上拉链：“先吃饭，小玩意儿。”

“好。其实我好饿啊，中午还在整理东西，都没怎么吃饭。”任望珊低头喝汤，“你尝尝这个罗宋汤，我觉得也很好喝呀。”

于岿河笑着低头：“谢谢宝贝。”

飞机快起飞的时候，于岿河递给任望珊一个发热眼罩：“戴着这个睡觉会舒服一点，到了我会叫你。”

“好。”任望珊接过去戴好。

于岿河订的机票是头等舱的尾排，任望珊可以把座位放倒很多，也不用担心打扰到别人。

于岿河看着她躺下去，给她盖好空调被，隔着眼罩亲了一下她的眼睛：“好好睡觉。”

2015 年 9 月 1 日，星期二。

于岿河送任望珊到 R 大，任望珊去办理报到手续，于岿河在 R 大随意地走走看看，居然遇到了一个人。

黎阳穿着白色的连帽卫衣短袖，踩在灰色的石阶上，抬起手表看时间。

于岿河赶紧小跑过去：“这不是咱们北京状元吗？暑假给你发的微信消息怎么都没回？别告诉我你填了 R 大啊。”

黎阳抱歉地说：“没有。高三那年春游，我把手机给我妹玩，结果被她掉进河里了，之后手机号码都换了新的。”

黎阳从小没少被妹妹坑，他笑着说：“好不容易考个市状元，当然是填 Q 大了。你也是吧，省第三？”

于岿河笑着偏了偏头：“嗯。不过没想到居然会在这里遇到你，难不成你跟我一样——送女朋友？”

黎阳指指报到处：“不，送我妹。”

于岿河一愣：“你妹妹？黎向晚？她也读 R 大？”

黎阳点点头：“记性不错啊，她读法学院。”

于岿河笑笑：“我女朋友也是，待会儿介绍你们认识。你呢？读什么？”

“人力资源管理。”

两人互换了新的联系方式，一起往报到处走。

任望珊抱着一摞刚刚学姐发给她的大小不一的文件纸张，于岿河看到忙拿过来，问道：“宿舍在哪栋？我帮你把东西搬到楼下。嗯？刚刚堆在这儿的东西呢？”

“20 栋，东西刚刚我和新认识的室友已经搬上去了。”任望珊笑道，“她马上来，等会儿介绍一下——这位是？”

于岿河指指黎阳：“高二那年物化竞赛，我跟你在电话里说过的朋友，还记得吗？”

任望珊想了两秒，如梦初醒：“嗯，黎阳是吗？”

黎阳温和地点点头：“你好。”

“黎阳也在 Q 大，跟我一个校区，他今天来送他妹妹。”

“妹妹？”任望珊垂眸眨眨眼睛，看向黎阳，“黎向晚？”

于岿河一挑眉。

黎阳“嗯”了一声：“刚好是你室友？”

“哥？！”黎向晚抱着一摞和任望珊相同的资料跑过来，一股脑儿全塞到黎阳手里，“快帮我拿着。”

黎向晚看看任望珊，又看看黎阳：“你们怎么聚一块儿了？”

任望珊拉过她，指指于岿河：“介绍一下，这个是我男朋友于岿河，你哥哥跟他一个学校，他们高二参加竞赛的时候就认识了。”

“你男朋友居然是于岿河？”黎向晚笑了起来，“我哥跟我提过他。我把他手机弄坏了，联系人都丢了，之后他天天跟我唠叨，还好现在又见到了。”

“嗯？”

任望珊还没搞清楚她在说什么，黎阳就无奈地说：“也没有天天唠叨，就说过一两次吧。”

“一两次和天天也差不多。”黎向晚耸耸肩，“现在我们算是有缘千里来相会了，晚上一起吃饭？我哥请客！”

黎阳默默流汗：“好的。”

任望珊和黎向晚回到宿舍聊了一会儿天，大多数时间都在聊黎阳和于岿河。

过了十几分钟，有人敲门：“你们好呀。”

两人忙站起来，迎接新室友进门，她们一边整理东西一边相互认识。

她们的宿舍是四人间，除了她俩，新来的两人是一对双胞胎，一个叫秋意浓，一个叫秋意清，有些微胖，看起来都挺好相处的。

“望珊，帮我拿一下书柜最北面的那本书。”黎向晚在上铺说。

任望珊有些茫然，温暾地问：“哪个北？左边还是右边？”

黎向晚“扑哧”一声笑问：“右边。望珊，你是不是没什么方向感？”

任望珊递给她书后笑着说：“是啊，高中春游我还走丢了呢。我有个很好的朋友也喜欢说东南西北，跟你还挺像的。”

另一边，于岿河和黎阳一起打车到Q大办理手续。

于岿河问黎阳：“你是住宿还是回家住？”

“我家离这儿不远，但我和我妹还是住宿舍。”黎阳俯身签字，把笔递给于岿河，“我们家里人不太想让我们住宿舍，估计以后还是会搬出去，现在先住着吧。”

“嗯，我们俩开一间双人间？”于岿河转着笔。

黎阳点点头。

“我也差不多。”于岿河笑着说，签完字把资料递给学姐，然后在学姐的注视下漫不经心地开口，“我可能在我女朋友生日那天搬出去。”

对面负责新生报到的学姐嘴角抽搐了两下。

宿舍条件很不错，两人整理完宿舍下楼去领军训的衣服，在大门口遇上了正在采访Q大新生的记者。那几个记者见到他俩眼睛就跟带了电一样放光，赶紧跑过来围追堵截。

“请问两位是什么学院的？我猜猜……艺术学院的，对吗？”

于岿河失笑：“不好意思，A栋宿舍楼好像离艺术学院有点远。”

“啊哈哈……”校外的记者尴尬地挠了挠头，“那请问两位是哪个学院的呢？”

“经济与管理学院。”

“管理科学与工程学院。”

记者又问：“请问两位考上全国顶尖学府Q大，有什么感想可以跟大家分享吗？”

于岿河自觉地退了一步，这个问题适合黎阳。

黎阳很沉稳，回答得很正式，直到记者问出最后一个问题：“那就不耽误两位太多时间了，最后一个问题，请问你们对自己的大学生活有没有大致的规划？”

黎阳笑着指指于岿河：“这个他最有发言权。”

于岿河扬了扬嘴角，言简意赅：“拿奖学金，陪女朋友。”

记者一惊：“这位帅哥已经有女朋友了吗？也是我们学校的？”

“不好意思啊，”于岿河插着兜，漫不经心地说，“刚刚已经是最后一个问题了。”

没有挖掘到帅哥的女朋友，记者有些失望地“哦”了一声。

“不过呢，关于女朋友我可以多说一点，最好这段放出去让所有人都看见。”于岿河的嘴角带着笑，“女朋友是R大的，就在隔壁，她是全天下最好的女朋友，没有之一。”

这回换记者目瞪口呆：“啊……好的好的。”

“这段务必剪进去啊，谢了。”于岿河跳下台阶，拉起黎阳就跑，一路上回头率爆表。

不远处的喷泉旁，元明清揽着成醉的肩膀，向跑远了的于岿河努努嘴："就是他？你那个牛哄哄的学弟？"

"现在他也是你的学弟了。"成醉淡淡地说，"你等着瞧吧，很快学生会最出色的人可不是你了。"

"别这样说。"元明清仰天长啸，"说不定他不会加入学生会呢。"

成醉不置可否，只是轻轻地挑了挑眉毛。

"他身边的那个人看起来跟他性格不太像啊，关系怎么这么好？"太阳有点刺眼，元明清眯起眼睛，漫不经心地问道。

成醉靠在喷泉池边，略显嫌弃地瞥了他一眼。

元明清随即意识到什么，说："哈哈——我们两个性格也不像，但是关系也很好，兄弟嘛，我明白我明白。"

成醉轻轻地用手肘碰了他一下："大热天的别靠着我。"

"你身上凉快啊。"元明清调侃道，"'制冷空调'？"

"还有，我们两个并不是关系好。"成醉冷漠地说，"是你老是缠着我。"说完他大步走向自习室。

"嘶——天地良心啊，成醉！这是你第八百万次伤我身体又伤我心了。"元明清哭道，"喂！？你不吃午饭啦！？今天开学第一天人特别多，要早点排队去啊！？哎，你别走啊，我来了——"

"晚上吃北京烤鸭去吧，正宗的。"黎阳拎着军训服，侧脸朝于岿河问道。

"谢了，兄弟。"于岿河不跟他客气，拿起帽子扣在自己头上。

九月的阳光十分强烈，少年的意气风发却比太阳更耀眼。

2015年9月2日，星期三。

烈日炎炎，热气灼人。

于岿河和黎阳从宿舍楼下来，身后跑来一个人，气喘吁吁地说："于岿河！又见面了啊，我在B宿舍楼。"

于岿河回过头，没想起来这是谁，黎阳开口说："左弈？"

"哇！黎阳你也在啊？这么巧，当时训练营里就你俩最厉害了。"左弈的样子活脱脱像在大型追星现场。

于岿河这才想起来这个人是高二物化竞赛时和他们一起拼桌吃饭的人，语气亲近了几分："想起来了。你读什么专业呢？"

"上次竞赛之后我直接保送的物理系，没参加高考。"左弈笑笑，"你们俩呢？没选择保送？"

二人对视："没有，我们俩都参加了高考。"

宿舍楼到操场的距离很远，三人一路走一路聊，辗转又到小卖部，于岿河给大家买了冰可乐，所以他们集合五分钟前才到操场。

操场上密密麻麻的人都穿着统一的军训服，于岿河把帽子向下压了压，太阳在他半边脸投下耀眼的光，显得他的鼻梁越发挺拔。

隔壁队列的女生不停地相互使眼色：

"那个男生好帅啊！"

"出息！等会儿你去要个联系方式呗。"

"嘘——小声点，要是人家有女朋友怎么办……"

教官颇有新官上任三把火的架势，刚一上场就是劈头盖脸的一顿猛练。休息的时候他拿着水杯，眼神突然定格在于岿河脸上，眯起眼睛说："我见过你啊。"

语气笃定，不是疑问句，而是陈述句。

于岿河看向教官，再三确定自己的确没见过这个人，于是他咳了咳："应该是我长得帅，街上见过一眼就记住了吧。"

黎阳转过脑袋笑着叹了口气。教官刚喝了口水，听到这个回答呛了一下，难以置信地看着他笑了："你小子倒是一点都不怕我啊，这都敢说。"

于岿河觉得莫名其妙，说道："您是教官，又不是要吃了我，有什么好怕的。"

教官觉得有意思："我想起来了。你是不是苏州人？我过年的时候回家，好像在电视上看到你了。你和你——女朋友？高中同学？"他说这话的时候耸了耸肩，眼里带着些揶揄。

"这么巧啊。"于岿河笑着喝了口冰可乐，"她现在就在隔壁 R 大呢，要是有空带她来给您认识认识。"

"喔——"班里其他同学都开始起哄。

隔壁班的女生听了只能默默流泪。

下午在主校区举行开学典礼，大屏幕播放了昨天记者在学校各个校区采访的剪辑视频。前面的采访都很正常，典礼现场也很安静，直到镜头转到于岿河和黎阳身上，场下开始躁动。

“经济与管理学院。”

“管理科学与工程学院。”

这两个回答出现的时候，场下已经有女生开始搜索这个系的班级内部群和Q大新生总群，叫嚣着要高价买他们的微信号了。

骚动一直持续到那句“陪女朋友”出现在大屏幕上，全场寂静得可怕。

于岿河的嘴角抽了抽，他和黎阳对视一眼：没想到这么夸张。

于是乎，于岿河这个名字在开学典礼之后就在Q大出名了，但向他要联系方式的人并没有减少，男生女生都有。

于岿河哭笑不得，他万万没想到自己会以这样的方式出名，不过其实心里又窃喜，这样大家就都知道他有女朋友了。

黎阳笑着调侃：“你这应该算是Q大历届学生成名最快的一个了。”

2015年9月23日，星期三。

于岿河在军训中过了十八岁生日，之后就是新生必经的社团大战。出名的结果是他在一个个社团里跑来跑去，但不是在比对和咨询，而是躲避人群。

元明清坐在校学生会招办处，贴心地给他准备了一个位置，于是于岿河百忙之中填了张申请表递给元部长。

当天晚上，于岿河独自走到成府路，坐地铁四号线直达R大，他事先没跟任望珊说自己要来。

走到20栋楼下的时候天色已经暗了下来，从自习室和教室回来的高年级学长学姐陆续背着书包回到宿舍。

于岿河刚想打电话，回眸时却在离小卖部门口不远的拐角处看见了任望珊。她穿着粉格子的连衣裙，浅棕色的头发松散地披在两边，他走近才发现她在喂流浪猫。

任望珊手里提着从小卖部买的小鱼干和小香肠，嘴里念念有词：“慢一点吃啦，都是你们的。小白别抢小黑的呀，看这里看这里……”

“望珊，我从宿舍拿牛奶过来啦。”于岿河放下手机回过头，是黎向晚，她手里拿着一盒纯牛奶。

黎向晚发现了他，刚要出声，于岿河抬起食指轻轻做了个手势，黎向晚点点头，默契地配合。

黎向晚蹲到任望珊身边笑着说：“才几天啊，这两只猫已经被你喂得胖了不止三斤。你看小白这肚子，不知道的都以为她要生宝宝了。”

任望珊仔细看了看，也忍不住笑了：“是有点像，我可能喂得有点多。”

黎向晚很知趣地问：“于岿河今天是不是还没给你打电话呢？”

“是呢。”任望珊给小白小黑倒上牛奶，不经意地说，“可能太忙了吧。其实也没必要每天都打电话，过段时间等开学的事情忙完了，我准备去看看他，你跟我一块儿去呗？反正你哥也在。”

于岿河憋着笑看着蹲在地上的人，眼睛里的宠溺都快溢出来了。

“你真的很忙啊，今早每个社团都在抢你。”黎向晚的语气里带了点偷笑，“来问我要你的联系方式的男生我都没给哦。”

“漂亮。”任望珊还是蹲着，笑着说，“要你的联系方式的我可是都给了哦。”

“这么快就叛变了啊？！”黎向晚装作气恼的样子。

“谁叫你魅力大呢，向晚同学。”望珊边逗她边逗小猫，等它们吃得差不多了，就收好剩下的小鱼干和火腿，又把牛奶都挤完。

于岿河默默走到她身后，任望珊站起来的一瞬间如于岿河所料眼前一黑，腿有点软。

于岿河一把扶住她：“血压低的话每次蹲下之后都要慢慢站起来，怎么就老忘呢？”

任望珊的鼻腔瞬间被薄荷青草的味道填满，她惊喜出声：“于岿河？你来啦？！”

“不是我还是谁？”于岿河拉住她纤瘦的胳膊，“今天没打电话不是因为太忙，而是因为我想直接见你。”

“我帮了忙还要被迫当电灯泡。”黎向晚撇了撇嘴，拿过任望珊手里的小鱼干、火腿肠和空了的牛奶盒子，“我回宿舍等你。虽然晚上没门禁，但别回来得太晚哦。对了，于岿河，望珊她没吃晚饭。”

于岿河冲她招招手：“谢了，我也会在那边好好照顾你哥的。”

任望珊失笑：“我看是黎阳照顾你多一点吧。”说完这句，她的肚子就咕咕叫了一声。

于岿河低头盯着她的双眸：“晚上怎么没吃呢？”

“嗯……这不刚军训结束吗？一累就没胃口，吃不下。”任望珊有些心虚地看向地面。

于岿河无奈地叹了口气，牵着她从东门出去。两人穿过摆满流动摊贩的小巷和过街天桥，路过人声喧闹的街口，走了大约二十分钟，进了一家连招牌都没有的小店。

店面很干净，里面人不少，即使此刻并非饭点也很热闹。于岿河拉着她在一张靠边的桌子旁坐下，点了两碗虾仁饺子、炖鸡蛋和牛肉汤。

饺子皮晶莹剔透，一整只的大虾仁鲜美，香菇和小葱提味，再加上微甜的酱汁；鸡蛋滑嫩不散，香而不腻。

于岿河把牛肉汤推到她面前："喝点汤，别噎着。"

任望珊惊喜地问："向晚之前跟我提过这条街，我们都还没来过呢，你怎么这么熟就进来了？"

于岿河给她夹了个饺子："之前军训还没结束的时候，我和黎阳，再加上之前物化竞赛认识的左弈，偷溜出来吃过一回。黎阳带的路，他不是本地人吗，这边很熟。"

"军训的时候不是有门禁的吗？回去晚了怎么进去啊？"任望珊吃了口蒸蛋，看了看外面的天色。

"我跟宿管熟，他直接放我们进去了。"于岿河漫不经心地说。

"哈哈——感觉黎阳跟你在一块儿就像上了条贼船。"任望珊忍俊不禁。

"快别笑了，小心呛着，吃饺子。"于岿河轻轻戳了戳她的脸蛋。

北京的天气变化无常，突然下起了毛毛细雨，不出几分钟就变成了倾盆大雨。

于岿河看着窗外的天气说："你坐着，我去外面买把伞。"

"嗯。"

他回来时发现刚刚他坐的位置多了个人，任望珊看到他回来，对着那个人说："你看，我男朋友回来了，没骗你。"

于岿河走近，那个男生也转过来。看清了于岿河的长相后，他略带轻蔑地问："这是你男朋友？不是我们学校的吧？哪个职业学校的？"

"嗯，不是我们学校的，他是Q大的。"任望珊淡淡地说。

"呃——不好意思。"那个男生略显尴尬，"其实我——"

于岿河用眼神制止了他继续说下去，牵起任望珊的手说："宝贝，我们走了。"

“嗯。”任望珊顺从地站起身。

伞不大，刚刚好撑起两个人的一片天地。于岿河牵着她走过公交站台，停下来，轻轻地问她：“是不是走累了啊？这里离学校还有三站路，我们一起坐公交吧。”

任望珊其实有点困了，无力地点了点头。于岿河收起伞，雨滴顺着公交站台的屋檐滴落下来，砸在地上溅起水花。

天气炎热，这场雨来得正好，洗去了些许暑气，空气中多了一丝凉意，还有雨水的清新气息。

上车后，任望珊靠在于岿河的肩上睡着了。于岿河觉得时间真奇妙，上一次任望珊这样靠在他身边睡觉还是高一时，那天的晚霞粉紫相间，非常浪漫。与三年前不同的是，这次任望珊睡觉不再靠着窗户，而是靠在他的肩上。他也不用再费力地把手垫在她毛茸茸的小脑袋下，可以毫不掩饰地抱着她。

时间已经很晚了，车上人不多，只有七八个人，他们坐在中间位置。于岿河无意间看向窗外，眼前是朦胧的水汽，金黄色的灯光映照在车窗上，他可以清晰地感受到望珊在他身边。

他们身后坐着一对母子，那个小男孩四五岁的模样。小男孩的眼睛很大，盯着前面的人悄悄问妈妈：“妈妈，这个姐姐在干什么呀？”

年轻的妈妈看向自己的孩子：“姐姐在睡觉呀，嘘——”

“那这个哥哥在干什么？他为什么不睡觉呢？”

那位母亲看看于岿河，不知道想到了什么，温柔地笑了。她摸了摸小男孩的头：“因为……哥哥在保护姐姐呀。”

国庆假期过后，任望珊和于岿河的日程被社团和辅导员安排得满满当当，所有的空闲时间都被填满了，有时候两个人一天忙得连电话都没时间打一个。

于岿河每天都会在微信上叮嘱任望珊记得吃饭，但他知道就算他叮嘱了她也不会好好吃，所以只能偶尔抽空去陪她吃个饭。

十一月中旬的某天晚上，于岿河洗澡的时候，放在洗手池上的手机突然嗡嗡地振动起来。他赶紧打开浴室门，匆忙擦干手接起电话。

“在干什么呀？”任望珊的声音从电话另一头传来，于岿河感觉一整天的疲惫都消失了，嘴角微微上翘。

“看书，社团工作，学习和社交，还有想你。”

“别熬夜熬得太晚。”

“好。”

挂了电话，于岿河盯着手机愣了一会儿。二人总共也没聊几句，因为任望珊的时间也很紧张，她打电话过来也只是想听听他的声音。

夜里一点，于岿河咬牙切齿地在床上帮元明清改学生会考核表。王老师说的都是假的，什么上大学就轻松了，没什么课了，可以谈恋爱了，明明比高中还忙。

于岿河都半个多月没见他的宝贝望珊了，于是暗自决定，明天管他元明清又布置什么鬼任务，他一定要去看望珊。但是随后他又想到，望珊也很忙，他贸然过去的话……会不会打乱她的计划呢？

于岿河抱着笔记本想了一会儿，还是决定不去了，他手头也还有大事。他最近不仅在忙望珊生日的事，还有更重要的……他的嘴角不禁扬了扬。

马上就改完考核表了，电脑右下角的QQ头像突然闪动了几下。于岿河点开，是元明清的消息。

“睡了没？”

“学长，你十二点给我发的表格。”

“啊哈哈……给你布置的任务比较多是因为——我看你一表人才，蕙质兰心的，想重点提拔提拔你，不用谢我！”

他回复了个“谢谢”，又忍不住加了一句：“学长，‘蕙质兰心’是形容女孩子的。”

“没事儿。”元明清飞快地回复，“成醉天天拿这个夸我，我还乐呵呢！可惜他不在。”

于岿河笑笑，学长的口味原来如此独特啊。随即他反应过来：“现在夜里一点钟，外面零下二摄氏度，成醉学长不在？”

元明清：“嗯，不在。别看他不管学生会，但他平时比我还忙。”

“嗯，知道了。”于岿河没有再多问，“学长早些睡吧，我马上改完发到你的邮箱。”

“好好好，辛苦了。”

第十章

2015年12月20日，星期日。

此时北京的气温已经到了零下七摄氏度，任望珊在冬天依旧穿得很少，于岿河一直握着她冰冷的手没松开。

“到底到了没有呀？”任望珊走得腿发酸，“我有点累了。”

于岿河笑笑，在她前面蹲下来。任望珊爬上他的背，整个人压在上面，感觉安心又稳妥，一如三年前在雨后日光下的河岸。

于岿河背着她说：“穿得比夏天多了，刚才也吃过牛排了，重量倒是一点都没变。我不在的时候到底有没有好好吃饭啊？”

“嗯……有……的啊。”任望珊明显底气不足，悄悄嘀咕，“瘦点也好看嘛。”

于岿河把她往上颠了颠：“你真是想气死我，抱紧点，要掉下去了。”

“哦。”任望珊笑着搂紧他的脖子。

“快到了哦。”于岿河轻轻说，“看一眼时间。”

“现在啊，六点十分了。”任望珊乖乖地趴在他背上，好奇地问，“你到底要带我去看什么啊？”

“都说是秘密了，说出来还叫什么秘密？再等一会儿就知道了。”于岿河轻笑。

任望珊把下巴磕在他的肩窝里，垂头丧气：“好吧——”

于岿河在一个公寓门口把她放下来，然后牵好她的手，带她走了进去，门口的保安也没拦他们。

任望珊留意了一下公寓的名字：长安道。

于岿河牵着她在公寓区里面转来转去，最后来到一片公共露台。

任望珊朝四周看看："到这里来干什么啊？"

于岿河看向她："等一下。"

大约过了五分钟，于岿河指指天空："宝贝，抬头，你的礼物来了。"

任望珊抬起头，微微睁大眼睛。一片雪花轻飘飘地打着旋落下，随后是第二片，第三片……宛若柳絮，轻盈洁白。没过多久，极目苍穹，洋洋洒洒的雪花遍布，华而不俗，清而不寒。

暗天飞雪初霁，山河天地同光。

于岿河抬起头，微笑着接住雪花："前段时间我一直在担心，北京最近天气都不好，好在今早天空中有冷云，水汽饱和度足够，凝结核也有，不然人工降雪还真没办法成功。"

他低下头："宝贝，你看，老天都看在你的面子上帮我。"

任望珊浅茶色的眼眸微动，里面好像有薄薄的花瓣在颤抖。

"你记不记得去年新年下雪的时候，你跟我说可惜苏州不怎么下雪，那天我就在心里发誓，一定要送给你一场属于你一个人的大雪。现在它来了，你喜欢吗？"

任望珊的脸红扑扑的，不知道是因为天气冷还是其他什么原因。

十六岁的河岸，让他心动；十八岁的大雪，让她脸红。

于岿河看着她："给个答复呗？我准备了好久呢。"

她咬了咬下唇，眼睛一眨一眨地说："喜欢。"

少年发自肺腑地笑出声来，笑得爽朗。他的眼睛里不仅有星辰，还有热情和青春的无限光芒。

"明天早上可以过来堆两个小雪人了。"于岿河笑着说。

最重要的不是雪，而是下雪时在身边陪你看雪的人。在大雪里站得久了，是不是也能算共白头？

纷飞的雪花落在任望珊的睫毛上，显得她格外动人。于岿河拂去她衣服上的雪花，握拳伸到她眼前，随后轻轻一松，从食指和拇指间垂下一个泛着银光的东西——一把钥匙。

于岿河盯着她的脸，低声说："宝贝，我送你漫天大雪，再给你一个家好吗？"

任望珊有点发愣，看着那把钥匙："什……什么？"

“我说，我给你一个家好吗？”于峃河的声音低沉沙哑，听得任望珊脸皮发麻。他也不急着得到回应，就这么举着那把钥匙。在白色的、飞舞的雪花里，钥匙的银光一闪一闪的，格外引人注意。

“长安道的复式公寓，六月份买的，现在都装修好了。”于峃河低下身子，“就差一个你了。”

任望珊没说话，好像是在斟酌，于峃河以为她要拒绝。

下一秒，任望珊的眼神从那把钥匙上移到于峃河的双眼：“那……我就恭敬不如从命了。”

于峃河瞬间反应过来，牵起她的手，把钥匙放在她的掌心，合起她的手掌，认真说：“别从命了，从我。”

“明天你下午没课，一起去商场买东西吧。按目前的配置，还不太适合两个人住。”于峃河压着因为激动而有些发抖的声音。

任望珊笑了：“好啊。”

于峃河牵起她的手走下露台，来到一座看起来十分精致的公寓前。公寓下有一小片花园，于峃河指着那片土地：“高考完就拜托人把地整理出来了，等明年春天种上向日葵，夏天这里会开满向日葵花。”

于峃河看着她的眼神无声，仿佛在说这是我目前能给你的最好的浪漫。任望珊看着于峃河漆黑的眼睛，半晌说不出话来。于峃河，你知不知道，其实你的眼睛能摄人魂魄，定神时如清水，抬眸时像星辰流动。只看一眼，我就能深深地掉进去，再也无法拒绝你。

“打开门看看我们的家吧。”于峃河的眼神里都是宠溺。

任望珊收回视线，点了点头，轻轻打开公寓的门——

室内灯光明亮，整体色调以暖棕色为主。进门就是客房，米棕色和灰调的长款沙发旁边是编制的秋千藤椅，地上还堆着懒人沙发。楼梯与电视墙柜一体，宽敞又明亮。

底楼有开放式的小厨房，柜台是黑白交织的大理石，背景板大多是木质面，看上去很舒服。高脚凳摆放在岛台一侧，配套的餐具应有尽有。楼梯下侧都是隔开的储物格，间或放着小盆栽，转角处靠着一把木吉他。

楼梯是瓷白的，任望珊扶着栏杆走上去，二楼缩小了中空搭建局部楼板。墙纸是米白色的，上面挂着中国风与油画风碰撞的山水画，色调温和又明朗，宽阔又舒适的双人床旁边有温馨的衣帽间和盥洗室。

再往里面走是小书房，书桌前有护眼灯，可以看书和学习。窗帘是米黄色，靠着窗户放置着一架崭新的白色钢琴，用米色的防尘绒布盖着。从二楼一侧的落地窗望下去，还可以看见前面的小花园。

“喜不喜欢？我自己设计的。因为想给你惊喜，没办法和你商量。”于岿河四处看了看，“哪里不好，我们再改？”

任望珊摇摇头，轻声喊道：“于岿河。”

“嗯？”于岿河神色温柔。

“真的……没有比这再好的了。”任望珊咬着下唇，“谢谢你。”

谢谢你给了我一个家。

2015年12月21日，星期一。

商场里，于岿河推着购物车，任望珊在琳琅满目的柜台上左看看右看看，发现好东西就征询于岿河的意见，不一会儿购物车就装满了一半。

于岿河看着购物车里成套且不同颜色的马克杯、电动牙刷、毛巾、睡袍、抱枕……不禁向上扬了扬嘴角。

“家居拖鞋也要买吧，昨天你家好像只有一次性的。”任望珊在一排毛茸茸的拖鞋里挑选。

“纠正一下，是我们家，不是我家。”于岿河戳戳她的鼻子。

“知道啦。”任望珊明显没注意听他说的话，眼神盯着正前方。

于岿河指着上方一双白色的兔毛家居拖鞋：“这个适合你，上面有个兔头。”

“这个吗？”任望珊抬头看了看，好像还不错，于是踮起脚去够。

于岿河从身后贴着她，先一步取下来扔进购物车里。

“那……你拿这双吧。”任望珊拿起一双棕色的。

“这个有什么原因吗？”

任望珊不假思索地说：“哦，向晚叫这个颜色狗屎色，我觉得很适合你。”

于岿河仿佛被闪电劈中，任望珊欢脱地把狗屎色拖鞋扔进购物车，蹦跳着推走了。

于岿河独自走到家电处订了个指纹密码锁，过几天会有人上门来安装。这样任望珊就算没带钥匙也可以进门了，很方便。

“我们家锅子什么的都有吧？”于岿河推着购物车，任望珊拿着块刚买的巴掌大小的现烤比萨边走边吃边问。

“嗯，硬件设施很全，连火锅桌都有。”

任望珊听到火锅桌突然说：“马上跨年了呢，到时候要不要请大家来长安道吃火锅？”

于岿河一挑眉：“可以啊。走，去买点速冻食材，不然再过几天时间，跨年前超市能被扫空。”

于岿河看着任望珊在冰柜里拿出鱼豆腐、仿蟹柳、水晶包、芝士年糕……他扫了一眼周边，又去拿了几盒速冻饺子。

“吃火锅拿这么多饺子干什么？”

“跨年夜，吃顿饺子，也当和大家先过个年。”于岿河耐心解释道，随后又在她鬓边轻轻弹了弹，“更重要的是……明天的早餐。”

任望珊蹭了蹭刚刚被于岿河触碰过的鬓角，忍着笑回答：“哦。”

“就一个‘哦’啊？这位同学你知不知道，我爸妈都没吃过我给他们煮的饺子。”于岿河拖长声音，语气上挑。

“真的？”

“嗯。”于岿河的胳膊搭在购物车上，语气随意，“我记事后就没怎么和他们一块儿吃过早餐了，大多是家里请厨师做的。”

任望珊不知道在想什么，她看了看那几盒速冻饺子，拿起来又放回冰柜里。

“嗯？怎么了？”

任望珊抬眸，她的眼睛大而亮，瞳孔是茶色，睫毛又卷又翘。天生的眼睑下垂，一双人畜无害的狗狗眼就这么对上于岿河漆黑的眼睛。她认真地说：“去买饺子皮吧，晚上我给你包饺子吃。”

于岿河一愣。

“以后都会有人陪你吃早饭了，也不用总是吃速冻的东西。”任望珊转开视线，朝卖面食的方向跑去。

于岿河在原地盯着她的背影看了好一会儿，直到她跑到道路尽头回眸朝他招手让他快点跟上时，于岿河才缓过神来，推着购物车朝前走。

任望珊不爱吃生鲜，所以他们买了萝卜、韭菜和黑木耳当饺子馅。于岿河结完账，见东西太多不好拿，便叫了辆出租车，到家把所有东西收拾好后已经傍晚六点了。

“饿不饿？”于岿河走上二楼卧室，任望珊正在整理自己的梳妆台。

“饿。晚上是回学校吃还是在这周边找好吃的呀？”任望珊的语气明显偏向后者。

于岿河宠溺地笑笑：“带你去吃周边的黑暗料理。”

“好呀！”任望珊兴奋地说，“越黑暗的越好吃。那赶紧的，我七点半有晚自习呢，走走走。”

“晚自习结束我来接你。”于岿河低头说。

“嗯，那我在学校大门口等你。”

“九点半在教学楼下等我就好了。”于岿河蹭蹭她的脑袋，给她披好外套，“出发了。”

天色渐暗，天桥边有放肆奔跑、打闹的人们，小胡同和红房子里偶尔走出几个人，有的手里还端着茶壶。这里的一切都会令人有一种强烈的想把青春埋葬在这座城市的冲动。

路过烤白薯的摊子、糖炒栗子的热锅、卖糖葫芦的老人和热闹的茶座。晚餐吃的是巷子里的潮汕砂锅粥和烤冷面。任望珊一不小心把烤冷面的酱汁滴到了衣服上，用湿纸巾擦了两下没擦掉。她撇了撇嘴，完蛋了。

于岿河无奈地笑了，拿了张大张的餐巾纸塞在她衣领子里：“这样就不会再掉在衣服上了，刚刚是我没考虑周全。”

于岿河牵着女朋友的手走在大街上，突然他停下脚步，侧过脸盯着街道边暖黄的店铺玻璃柜台。那是两件颜色、款式大致相同却在细节上有所不同的灰绿色风衣，袖口是比整体更深一度的军绿色。

“宝贝，我们好像没有情侣装。”

任望珊看向他：“嗯？”

“衣服脏了，去换吧。”于岿河指指那边，脸上不自觉地露出笑意。

任望珊顺着他的目光看过去，也情不自禁地笑了：“好啊。”

两人站在落地穿衣镜前，一样的小白鞋，一样的黑裤子，一样的风衣，怎么看怎么搭。

于岿河走到收银台前拿出手机，任望珊走过来说：“我来吧。”

还没等于岿河说话，她抢先说：“要是你总不让我买东西，那你的东西以后我就不收了。还有啊，林叔每个月给我打的生活费很多，我真的超有钱的哦。”

于岿河愣了愣，随后嘴角上扬，声音低低的，带着笑意：“好。”

任望珊抱着二人原本的大衣，一只手牵着他。

于岿河估摸着那两件大衣分量不轻，问她："我来拿吧。"

"不要，这个很轻，我拿。"任望珊抬眸，突然松开左手，让他把头低下来一点。

于岿河照做，任望珊拍了拍他发顶的水珠，笑了："现在好啦，刚刚头发尖都湿了。"

于岿河轻轻吻了吻她的额头。

干冷的北京冬夜，他穿着灰绿色的夹棉风衣，就这样一直牵着她的手。他将成为她一生的心上人、日复一日的梦想，也是她一生的太阳。

"冷不冷？"于岿河在R大教学楼下递给她一副手套，任望珊没有戴手套的习惯，摇摇头说不要。

于岿河无奈地抓着她的手放进自己的口袋里："好吧，那我给你暖。晚上直接睡觉还是包饺子？累不累啊？"

"当然是包饺子啊，不然明早吃什么？"任望珊一蹦一跳地说，"我晚上包饺子，明天你早起。"

"遵命，我的宝贝。"

长安道离R大不远，走路十几分钟，坐公交也行。于岿河本来想晚上如果冷就一起坐公交，不过任望珊喜欢跟他一起走路，他就听小女朋友的。

走进长安道，路过昨天人工降雪的露台，任望珊惊喜地发现上面已经有小朋友堆好了两个小雪人，一大一小，还围上了红围巾，用地上掉落的黑色树枝做了手。

她拿出钥匙开门，发现屋里早就开好了暖气，地面也是热乎乎的。

她在洗手池前和于岿河用着同款不同色的马克杯和电动牙刷，穿着同款睡袍和家居拖鞋。这时候，她真的感受到了家的感觉。

以后这里就是她的家了，是安定的、稳妥的、永远温暖的家。

十点半，任望珊和于岿河一起在厨房的大理石台面上铺好油纸，在切好的韭菜、萝卜丝、碎木耳里加入鸡蛋和各种调味料，拌好备用，又把饺子皮拿出来一张一张分好。

于岿河不太会弄这个，硬生生弄破了好几张饺子皮，包成的饺子要么露馅，要么太丑。于是他被任望珊嫌弃地赶去帮忙放馅料，她自己则尝试着补救于岿河包的那些可怜的破饺子。

任望珊把包好的饺子分开装盒，放进冰箱，然后拍了拍手：“好啦。”

“嗯，辛苦宝贝了。”于岿河收拾好厨房，把不要的东西都扔进垃圾桶。

终于忙活完了，他们躺上床休息。黑暗里，床头暖黄色的灯光映得任望珊雪白的脸有了些红润，她睡着的样子和高中时一模一样，表情恬淡无害，让人想守护一辈子。

于岿河在她的眼睛上轻轻吻了一下：“晚安宝贝，做个好梦。”

随后熄灭了床头的灯。

2015年12月22日，星期二。

早上六点半，闹钟准时响起，于岿河清醒后伸手关掉手机闹铃，回过头看了看没有吵醒他的宝贝，随后轻声翻身下床。左手臂有点使不上劲儿，应该是昨天晚上压着了。

他穿上拖鞋，仔细地给任望珊掖好被子。窗帘还是拉着的，房间有些暗，她在柔软厚实的白色被子里窝成一团，露出半张脸，十分乖巧，黑色的睫毛随着呼吸微微颤动。他凑近她的脸，浅淡的柠檬味萦绕在鼻尖。

他赶紧起身洗漱，拿着风衣外套轻手轻脚地下了楼。冰箱里是昨晚她包好的饺子，他取了些出来。烧水的时候，他从冰箱上层拿出牛奶倒在玻璃杯里加热，又拿了个马克杯，准备现磨一杯咖啡。

看着咖啡机，他缩回刚想伸出去的手，咖啡机声音太响，会吵醒她。于是他默默地把马克杯放回去，从冰箱里拿了瓶即饮咖啡，就是任望珊高中给他买过的那种。

他喝了两口咖啡醒神，把洗干净的草莓和蓝莓装进冰蓝色的小碟子里。

水咕嘟咕嘟地冒起泡，他把饺子一股脑儿下进锅。

于岿河一直注意着楼上有没有什么动静，煮好饺子后他看了一眼表，七点十分。他盛出饺子，蹑手蹑脚地上楼，任望珊还保持刚刚的姿势，像只小猫蜷缩在暖和的被窝里。

于岿河低声笑了笑，俯身拨开她耳边的碎发，凑近说：“宝贝，起床了。”

任望珊皱皱眉，“嗯”了一声后又没了动静。

于岿河觉得她可爱，戳了戳她的脸，触感柔软，白白嫩嫩的：“还困啊？”

任望珊又“嗯”了一声，仍然不理他。

于岿河无奈地看了看墙上月牙形的挂钟：“再不起来，上课要迟到了。”

任望珊略气恼地半睁开眼，迷迷糊糊地说：“抱。”

于岿河还是第一次见到这样的任望珊，与高中时午睡醒来时是不一样的可爱。他对她没脾气，轻轻把她从床上拉起来，给她穿好拖鞋。

“快去洗漱，换好衣服下来吃早餐。”

任望珊软绵绵地靠在他身上：“嗯——”

“嗯？听话宝贝。”于岿河的声音十分宠溺，“温水在洗手台上，刷完牙先喝杯水再洗脸，晚上皮肤干。”

她松软的头发有点遮眼睛，于岿河拿起一根发绳帮她扎了一下，自己则先下了楼。任望珊刷牙的时候还在瞌睡，洗漱好飞速化了个淡妆，拿上帆布包下楼，边走边打哈欠。

“怎么这么困啊？”于岿河有点担心，“昨晚没睡好？”

“可能有一点不习惯吧，真的已经很好了。”任望珊大口吃了个饺子，“学校宿舍那张床我睡了两个月才适应，在这里昨晚才醒了一次。”

“嗯，那今天带个助眠的香薰回来。”于岿河说，“草莓才从冰箱里拿出来，放到最后吃。”

“知道了。”任望珊喝了口温热的牛奶。

“今晚我们有课，你晚自习结束的时候我们还没下课呢。你是等我来接你还是自己先回来？”

“嗯……那我先自己回来吧。”

“自己一个人也坐公交吧，外面冷。还有，今晚新的指纹密码锁应该就装好了。”于岿河拿过酱油和醋，“密码我让店家设的971220，你回来后把指纹录一下，这样以后没带钥匙也没关系。

任望珊点点头：“嗯，好的。”

他们出门的时候公交车刚好来到站台，于岿河也拿出手机准备上车。

任望珊看向他：“你到学校不是这条路啊。今天就别送了，太麻烦了，要迟到的。”

于岿河扬了扬嘴角："送你怎么会麻烦。"他牵起她的手，刷了公交卡后说，"别人的话，我肯定会嫌麻烦的。"

言外之意：只有你，我永远不嫌麻烦。

于岿河送她到R大门口的时候注意到好多人在往他们这边看，他轻轻笑了一声，搂住她的身体往自己这边靠了靠。

任望珊不解地抬头看着他："嗯？"

"没什么事。"于岿河漫不经心地说，"快去上课。"

晚上九点半，任望珊下了晚自习。黎向晚每周都会回家住几天，今晚刚好有人来接。她和黎向晚一起走到校门口，看见一辆黑色的奔驰停在路旁。

黎向晚回头跟任望珊说："走吧，我送你回去。"

任望珊笑笑："不啦，我要去接于岿河。"

黎向晚点点头："那也好，他现在估计跟我哥在一块儿呢。那明天见喽。"

"嗯，明天见。"

夜晚的空气很冷，任望珊在公交站等了半天车才来。她坐在靠窗的座位上，拂去玻璃上的水雾，看着街道上依然熙熙攘攘。

晚十点十五分，于岿河下课。他和黎阳一块儿走出校门的时候，任望珊正站在Q大门口的石阶上等他。

他一愣，忙跑过去牵住她已经冻红了的手："不是说先回家吗？"

"是啊。"任望珊抬眸看着他，"有你的地方就是家，所以现在，我到家了。"

2015年12月31日，星期四。

高铁站口。

"哇！"伴随着文漾笙得意的笑声，任望珊向前一个踉跄。于岿河发现是文漾笙，只好无奈地笑笑。

"有没有想我！"文漾笙抱住任望珊不放，"有没有？有没有？有没有！"

"当然有啊，可我们不是每周都联系的吗？"任望珊接过她手里的零食袋子，看着她和戚乐疑惑地问，"怎么只有你们两个人？夏成蹊他们呢？”

“我们俩先跑过来啦，都下车了。”文漾笙回答，“不过夏成蹊跟我们不是一班车。”

“他们学校忙死了，马上就是考试周，也快放假了，夏成蹊的辅导员差点没给他批假条，所以他晚点来。”文漾笙拉起任望珊的手，“至于我嘛，老师多喜欢我呀，早上就直接放我出来了。”

“行，就你最讨喜了。”任望珊的眼睛笑得跟月牙儿一样，她转身对于岿河说，“那晚上夏成蹊到的时候我们再来接他。”

“让他自己去，要么文漾笙来接。”于岿河笑着说。

文漾笙白了他一眼，随即问道：“对啦望珊，你跟我说的向晚和黎阳今晚来不来啊？”她两眼放光，“感觉黎向晚好有趣的样子哦。”

“他们俩来不了。”任望珊微微皱眉，“他们家里跨年有跨年的规矩，走不开。”

“哦……跨年都不能出来和大家一起玩。”文漾笙心里空落落的，随即她又打起精神，“没事，反正有的是时间，总会见到的。”

任望珊回以甜甜的笑容。

戚乐戴着藏蓝色的针织贝雷帽，看了看身后：“嘿，他俩来了。”

“来了来了！”程鼎颀和萧宸悠闲地走过来，背上背着包，手里还拿着手机，看起来像刚结束一局游戏，“老萧，你射手玩得这么厉害！”

“下回换你来打野。”萧宸把手机塞回口袋。

“还玩呢？”于岿河懒洋洋地说，“都等你们好久了。”

“这叫好事多磨，你看这不就来了吗？”程鼎颀飞奔过去抱了他一下，“爷真的想死你们了，老于。”

“大学同学没高中同学好玩，都是各忙各的，还好我有老萧陪着。”

“先出去吧，打车了没，于哥？没打我现在打。”萧宸抬手看了看表。

“早打了，在外面停着，就等你们来呢。”于岿河一挥手，“走了，出发。”

在中巴车上，文漾笙忍不住调侃：“于岿河，你还没拿到驾照吧？”

程鼎颀一听这个就想笑：“啊哈哈，对对对，暑假我们都在学车的时候，老于和望珊还是未成年人，哈哈——”

“国庆的时候就学了，现在已经过了科目二，科目三得排个号。”于岿河打了他后脑勺一下，“嘚瑟什么，我学完就买车，闪瞎你的狗眼。”

“得，苟富贵，勿相忘。”程鼎颀立马示弱。

高铁站距离长安道还是有点远的，加上北京这个点堵车，快下午三点半的时候一行人才下车。

司机在他们下车的时候笑着冲他们招了招手，长舒一口气，揉了揉耳朵，终于把这些吵了整整一个小时的小孩送下车了。

任望珊带着女孩子上楼收拾东西，于岿河和程鼎颀他俩在楼下。

“哇——这地方也太舒服了。”程鼎颀一进门就倒在懒人沙发里不肯起来，还拍了拍身边另一张懒人沙发，“快！老萧，先到先得！在这里我能睡一天！”

“出息。”于岿河边从冰箱里拿了冰可乐和果汁，又拿出点果酒，瞟了他一眼说，“今晚你就睡这儿。”

“那你得陪我。”

“不然呢？”于岿河说道，“今晚三个女孩子一起睡上面，我们都在客厅打地铺，垫子我都准备好了。”

“喔——也对哦。”

于岿河给他俩扔过来两瓶可乐，程鼎颀窝在懒人沙发里使不上劲儿，老萧无奈地拉他起来。程鼎颀拿过背包，从里面翻出一堆火锅底料。

“哟，还带这些来了啊。”于岿河看了看，找出一袋上次在商场没买到的味道，朝他竖了个大拇指。

“那是，我和老萧专门跑了三个超市才买到，和高三那会儿咱们在‘鹿烧’吃的是一个味道。”

“寒假的时候再去娴姐那儿看看，可不能再让她请咱们了。”萧宸拿着冰百可乐靠在沙发上，“夏成蹊的车几点到？”

“鬼晓得，等会儿他肯定会打电话的，不着急。”

这时于岿河的电话响了，他正在洗水果，偏头跟程鼎颀说：“帮我接一下。”

程鼎颀开了扩音，夏成蹊的声音一出来，文漾笙正好下楼。

“我到了，开门。”

众人：“嗯？”

穿着红色毛衣的文漾笙飞快地从楼梯上跳下来，开门便看到夏成蹊站在门口。他的黑框眼镜上有一层薄薄的水雾，手里还拎着食物。他把东西递给文漾笙，蹲下换鞋。

“怎么这么快？”于岿河擦干手端起果盘，从厨房里出来，扔了瓶可乐给他，“本来想着你快到的时候打个电话，我们去高铁站接你。”

“当时你可不是这么说的。”文漾笙把东西放在茶几上，坐在灰色长沙发上小声嘀咕。

“也对，当时是决定派你去接。”于岿河轻飘飘地说着，倒了点牙签在果盘里，然后抬手接住文漾笙扔过来的沙发靠枕。

“都上大学了还这么冲。”于岿河朝楼上喊，“望珊，戚乐，下来吃水果。”

文漾笙打开夏成蹊买的东西，惊喜地说：“芝心鱼豆腐你都买到了？我当时去超市，它早就卖完了。”

“嗯，我去的那家刚好有。”

“怎么一个个都带了这么多东西来，”于岿河笑笑，“我和望珊就只准备了一个锅，加上你们带来的这些，咱们今晚吃撑了也吃不完。”

“一顿不行吃两顿呗。”文漾笙兴奋地说，“明天中午再来一顿，然后我们再走。”

“呵，黑心。”于岿河嫌弃地说，“明天起早点，给我们买早点去。”

“明早？要是凌晨三点以前你们睡了，早上我肯定去。”文漾笙眯起眼睛，“不过我要是去，肯定拉上望珊一块儿。”

于岿河自认倒霉：“惹不起惹不起，那还是算了。”他悄声问夏成蹊，“喂，你怎么还没跟她说啊？㞞不㞞啊你。”

“快了。”夏成蹊垂下眼眸，温声说，“还有两个月是我们俩的生日。”

“懂了，顺顺利利啊。”于岿河隔空与他击了个掌。

客厅里开着电视，屋内吵吵闹闹的。大家在厨房一起帮忙，打打闹闹地一直到晚上七点半多。

“哇——干杯——跨年快乐！”

七个人围坐在火锅桌周围，玻璃杯里装满了啤酒、可乐和橙汁，碰杯时冰块发出清脆的声音。

火锅的底料也是三种混合的，程鼎颀大声喊着“饿死爷了”，疯狂地在其中一格加辣。

文漾笙威胁道：“要是你敢把其他汤底都搅和成和这一格一样的，今晚就别想吃肉了！”

“吃你的宽粉皮吧，养生大小姐。”程鼎颀嫌弃地说着，自顾自地在辣锅里涮肥牛卷。

“现在这个时间点，昆城一中的跨年晚会也快开始了。”萧宸突然说道，“这会儿老钱应该坐在第一排和老邹聊天呢。”

“说到老钱，我突然想起来那两个样板机他还没还给我呢！”程鼎颀瞪大双眼看着萧宸，“不行，那两个样板机可贵了，我得要回来！”

“少买两个游戏皮肤，你就能赚回样板机的钱。”于岿河无奈地说。

“这个不太行。”程鼎颀打开一罐老干妈，倒进蘸碟里，“新出的游戏，谁最早占领排行榜谁就是王者，我再厉害也需要氪金的支持。”

火锅冒着热气，文漾笙抬手把夏成蹊的眼镜摘下来放在桌边：“熏得镜片都看不清楚啦。”

夏成蹊微微翘着嘴角“嗯”了一声。

“样板机的话，我们一起返校的时候去找老钱要吧。”任望珊咬了一口刚刚于岿河给她盛的甜玉米。

戚乐笑道：“到时候他发现自己那一抽屉都是样板机，能跟你急。”

“还是你不行，你看我就从来没被他抓到过。”萧宸涮了几片五花肉放进程鼎颀的碟子里。

“有多少次是我给你打的掩护，你算算。”程鼎颀倒了第三杯啤酒，跟萧宸碰了碰杯子，发出清脆的响声。

“你们平时是不是就这样在宿舍自嗨啊？”文漾笙问，“二人世界过得不错嘛。”

“那是，我和老萧晚上经常在宿舍里吃串，再来点啤酒什么的，能吸引一堆人过来玩儿。”

于岿河撇了撇嘴：“祸害校友。”

“嗐，怎么会！我和老萧期中考得巨好，简直是班级模范好不啦？”程鼎颀的声音拖得很长，他侧过脑袋用肩膀顶了萧宸一下，“是不是老萧？”

“是是是，你最好。”萧宸无奈地笑笑。

任望珊起身把冰箱里的饺子拿出来：“提前跟大家过个年吧，吃点我和于岿河包的饺子。”

夏成蹊忍不住指着一堆饺子里最丑的那个说：“于岿河包的是这个吧。”

于岿河咬牙切齿：“爱吃不吃，你要吃就吃我包的这个。”

夏成蹊："挺好看的，留给程鼎颀吧。"

饺子下在火锅里瞬间沉底，不一会儿就随着滚动的热汤浮起来，于岿河包的饺子在开锅时瞬间散开，馅料搅浑了一整锅的美妙汤底。

于岿河："你看这样不是也挺好看的吗？"

十点过后，大家吃得差不多了就开始玩游戏。从最简单的摇骰子罚酒开始，程鼎颀连着输了好几把，一杯杯酒灌下去，小脸通红。

"六个七！"程鼎颀叫道。

"八个三！"文漾笙跟。

"嗯……十二个五。"

"开望珊的，我开望珊的！哪有这么多。"程鼎颀感觉自己这回肯定不会错了，因为自己一个五都没有。再说了，任望珊到现在可是一杯都没喝过。

任望珊憋着笑展示出自己的骰子——五个五。

爆子儿了啊。

于岿河有两个，文漾笙一个，夏成蹊两个，戚乐、萧宸各一个。

过了。

程鼎颀崩溃地仰头哀号："天地良心啊——"随后给自己灌了杯可乐，"我喝的这个叫黑啤。"

玩了一会儿，几个女生先轮流去洗漱，穿好家居睡衣下楼，马上十二点。

北京不允许放烟花，十二点一到，大家聚到几平方米的小露台上，男生手里拿着酒杯，女孩子手里拿着燃起细小星火的仙女棒。冷火花的光在黑暗里忽明忽暗地闪烁，映衬着她们美好的脸庞。

"咱们再来拍张合照吧！"文漾笙拿出手机递给夏成蹊，"你手长，你来拿。"

夏成蹊面无表情地举起手机，等大家都钻进画面，"咔嚓——"

"等我修好图发到我们七个人的小群，到时候自取。"文漾笙笑嘻嘻地把手机揣回口袋。

2016年1月1日，星期五。

跨年之后，大家一块儿收拾了厨房餐具。由于打闹不止，原本只需要收拾半个小时的东西，大伙儿硬生生收拾了一个小时。

快一点的时候，女孩子们先上楼睡觉去了，男生正好凑一桌在楼下继续喝酒和斗地主。

三个女孩子其实都睡不着，在被窝里讲悄悄话。

“望珊，”文漾笙把头埋在被子里用气声说，“你和于岿河打算什么时候见家长啊？”

“去去去，哪那么快。”任望珊也把头埋进被子里，揶揄地说，“总归得等你和那个谁在一起了再说啊。”

戚乐也钻进被窝里：“就是啊，夏成蹊怎么还没跟你在一块儿呢？我之前以为毕业就差不多了。”

“啊——不要说这个！”文漾笙捂住脸，随后从指缝中传出带着崩溃和虚弱的声音，“其实我也在想为什么……”

“别想了，上啊，姐妹。”任望珊一把掀开被子，“说走就走，要么现在？”

文漾笙一把把被子拉回来，差点笑岔了气：“滚。”

“哎，望珊。”戚乐悄咪咪地戳她，“你们都住一块儿了，那有没有——”

“哎哟——”文漾笙悄悄起哄。

“啊——没有！”任望珊的崩溃程度远超一分钟前的文漾笙，“戚乐！文漾笙！”

“我是问你们有没有亲过。”戚乐一脸平静，“为什么那么大动静？”

“我也纳闷。”文漾笙很配合地附和。

文漾笙侧了个身：“作为姐妹提醒你啊，要是哪天他……那啥，你咋办？你俩才大一。”

“我……其实还真没想过这个。”任望珊捂脸。

“什么？”文漾笙和戚乐同时坐起来，不可思议地看着她，又都被任望珊拉下去。

“嘘——你俩小点声——”

“不是，”文漾笙真想打开她的脑袋看看里面是什么，“你到现在还没考虑过这个？”

“我不管，至少今天怎么样都不管了。”任望珊开始耍无赖，“睡觉！”

“不许睡，有什么好睡的，快起来——”两个人开始挠她痒痒。

“不行不行，我真的困死了。”任望珊无力地说道，“放过我吧，不然明天我可能会睡到你们坐高铁的时候。”

“他们还在楼下玩呢。”文漾笙听了听楼下的声音，又看了看墙上的挂钟，已经两点了。

“我感觉明天肯定不用买早饭了。”文漾笙嘀咕道。

任望珊和戚乐那边渐渐安静了，文漾笙给她们掖好被子，自己也躺下闭上眼睛。

黑暗中，任望珊悄悄睁开了眼睛，一动不动地盯着天花板，脑子有些混乱。她不知道自己在想些什么，又该想些什么。

刚刚说到见家长的时候，她突然想到了爸爸妈妈。算一算时间，这已经是第四年了，明年这个时候爸爸妈妈就能回她身边了。

到时候，她会好好地把于岿河介绍给他们。她会告诉他们，就是这个无所不能的少年保护了她无可奈何的岁月。

她闭上眼睛。

“再快点啊，师傅！”程鼎颀在车后座上嚷嚷道，“我们真的要赶不上高铁了啊——”

“这么急？你也不看看这路段，北京的车流量！居然不提前两个小时出门？”司机无语，“嘟嘟”按了两下喇叭，车还是一动不动。

“得，一块儿赶不上，再在我们那儿凑合一宿，大不了回辅导员那儿领个警告处分。”于岿河笑笑。

“你们今天九点就起来了，咋不再努力努力叫我起来呢！”程鼎颀欲哭无泪。

“你当我们没有？我再说最后一遍。”文漾笙拧着他的耳朵，“程鼎颀，你听清楚了，我们连着叫了你一个多小时！”

“我们没先走已经是仁至义尽了。”文漾笙翻了个白眼，“现在是有福同享有难同当了，可能是真回不去了。”

“我有个想法。”夏成蹊淡淡地说，“我刚刚算了下，我们现在离高铁站还有 3.5 千米，按这个龟速挪动，至少还要四十五分钟。”

于岿河慢悠悠地接过他的话茬：“但如果我们现在拎着东西跑，半个小时内就能到了。”

“那就奔跑吧，兄弟。”程鼎颀如梦初醒，拿起自己的背包。

“为什么我和望珊也要一起？”于岿河无奈地说，“欺负我俩今天早上都是水课啊。”

任望珊跟前面的司机说了一声，司机忙点头——他也不想在这恐怖的路段耗着了，简直是浪费生命。

“不，是因为我们这些单身狗看到你俩就很愤怒。”程鼎颀说。

“你可以把‘们’去掉。”于岿河拎起任望珊的包。

“我们望珊怎么跟了你这么个臭不要脸的玩意儿？”程鼎颀被噎了一句后跳下车，萧宸紧跟着跳下去。

于是，在拥堵的车流路段上，平均颜值高于9.5分的七个俊男美女一个接一个地从中型客车上跳下来，拿着杂七杂八的东西，顺着眼前这条路急速向前奔跑，仿佛在追逐梦想的道路上奔忙。

在高铁开动前五分钟，一行人匆忙取了票，快速通过安检。任望珊和于岿河在高铁站口外目送他们奔跑着远去，身上的同款灰绿色风衣在风中摇摆。

“走吧。”于岿河转身，“送走这群小白眼狼了。”

冬日正午的阳光并不刺眼，暖色光晕洒在于岿河毛茸茸的后脑勺上。他转过脸的时候，神情比平时更为温柔。

“嗯。”任望珊摸了摸微笑着的嘴角，抬脚跟上。

“坐地铁回学校吧，虽然挤了点，但总比打车好。”于岿河擦了擦她额角的汗，“刚刚应该让你先回去的。跑得这么累啊？”

“再累我也愿意和他们一起跑。”任望珊垂眸，眼睛又大又圆，乖巧好看。

“嗯，跟我想的一样。”于岿河笑了，两人慢慢走到地铁站。

今早八点，任望珊、文漾笙和戚乐一起早起给楼下熟睡的四人买了早餐。几个女孩子昨晚也睡得晚，任望珊现在有点困，进地铁的时候一直在打哈欠。

这个时间乘地铁的人不多，于岿河找了两张挨着的位置坐下，把任望珊手里的小包拿到一边。

任望珊一坐下就把头靠在于岿河的肩膀上：“到站叫我，我要睡觉。”

任望珊以前总是很奇怪，周围这么多陌生人，车身还不断晃动，那些靠着身边的人熟睡的人到底是什么样的心理状态？而今天她也在地铁上安稳地睡了一觉。

她确切地意识到，在迫不得已长大后再遇到可以让自己全身心相信的人是怎样的感受，这是一件美好到极致的事情。

地铁停靠的时候冷风吹进来，于岿河下意识地用手挡了挡任望珊的眼睛。

任望珊迷迷糊糊地醒了：“到了吗？”

“还没。”于岿河轻轻说，“下一站就是了。”

“嗯，我不睡了。”

“等一下。”

“嗯？”

于岿河轻轻拨弄她的头发，把发丝一缕一缕顺拢到被风吹乱之前的样子。

他温和地笑着：“你的头发乱了哦。”然后他吻了吻她的额头，一触即分。蜻蜓点水般的吻，却令人着迷。

下车后，任望珊迷迷糊糊地任由于岿河牵着在人潮里钻来钻去，口袋里的手机突然“嗡嗡”振动了两下。

她拿出手机，是林深发来的微信消息：“望珊，对不起啊，十二月我忙过头了，把你的生日都忘了。礼物已经寄到你们学校了，拿到后看看喜不喜欢。”

还有个1220的转账。

任望珊暂时没有回复，回到R大，在门口柜子里取出林深寄给她的生日礼物——一部新手机。

高中的时候，林深就问她要不要换手机，她以“高中不怎么用手机”为由拒绝了，还顺带说了一句“等到大学再说吧”。林深就记住了，记了三年，一直记到现在。

于岿河在一边轻轻地说：“林叔对你真的很好。”

任望珊眨眨眼睛：“嗯。”

她拿出手机给林深回了个消息：“谢谢。”想了想，她又打了几个字发过去：“礼物我很喜欢，林叔有心了。”

“下午有什么课？”于岿河把她的包递过来，“是不是快上课了？”

“没有，到复习周了。”任望珊把手机盒放进包里，“下午那门课上周结课了，下午我去图书馆复习。”

“这么巧，我也是。”

任望珊指指他的包："那我们一起去食堂吃个饭，然后就在我们学校图书馆复习吧。"

于岿河不假思索地说："好啊。"

两人在一食堂一楼点了番茄龙利鱼和油泼面。于岿河没有 R 大的饭卡，笑着说："又要让宝贝请我吃饭了啊。"

任望珊不动声色："我可以一直请你吃饭啊。"过了一秒她又补充说，"我这个专业呢，大二要是优秀的话就可以开始跟导师做项目了，毕业后也是高级知识分子，可以赚很多钱的。"

于岿河配合地点点头："嗯——"随后他俯下身，"那你是不是可以一直养着我啊？"

"是啊。"任望珊认真地说。

"哦——那我不就成吃软饭的了吗？"于岿河憋着笑。

任望珊想了想："好像也对。"她又跟了一句，"不过，是你的话，吃软饭也没什么问题。"

于岿河笑着接过食堂阿姨从窗户口递过来的饭菜，偏头对她说："知道了，宝贝，如果是吃你的软饭的话，我也没什么问题。"

吃饭的时候，于岿河注意到别人的目光，对面有几桌一直回头看他们。任望珊倒是很从容，仿佛身边除了他没有其他人。

二人到图书馆的时候，自习室早已人满为患。任望珊刷了两下自己的校园卡，进自习室的时候倒吸了一口凉气。

二人爬了五楼，第一次见识到什么叫复习周，也明白了学长学姐口中的"早上七点必须来排队占座"，而此时墙上的挂钟指针指向两点一刻。

于岿河："还是直接回家吧。"

任望珊顿了一下："好吧。"

公交车上。

"那个……于岿河。"任望珊坐在他身边，抱着双肩包，"我们待会儿能不能不要在一起复习啊，楼上楼下分开。"

于岿河一挑眉："为什么？"

任望珊斟酌着词句，总不能说——你在我旁边我就会忍不住看你，然后分心，无法学习吧！

她放弃坦白这一点，温暾地说："就是——一个人清静一点。"

于峊河看向她倔强的侧脸，笑了："我不说话也不行？"

任望珊很坚持："不行。"

"平时在宿舍看书其他人不说话？"

任望珊很诚实："说的。"

"那你看得进去？"

"看得进去。"

"那我也在你旁边说说话？"

于峊河不逗她了，给她顺顺快奓起来的毛："知道了。你书房，我客厅。"

不只是不想打扰她，他自己也得抓紧复习了。当初在学校出名是因为"陪女朋友"四个字，但前面还有四个字叫"拿奖学金"。可不能只做到后面，没做成前面啊。

到站下车，于峊河走到门口，耐心地输入六位数字密码。

任望珊跟在后面进屋，一边蹲下换鞋一边问："指纹不是更快吗？干吗你每次都要费劲去输密码啊？"

于峊河径直走入厨房打开冰箱取了些青提和草莓，过了一会儿他的声音伴着水声传过来："按这六位数的时候，我能清晰地感觉到你也在这里。"

这种感觉太好了，若是能，我想沉迷一辈子。

任望珊愣了一下，走到他身边。于峊河正在洗水果，听到她走过来的声音却没有回头："冰箱里有牛奶，晚上给你热一下，下午先别喝了，待会儿吃点水果。零食都在客厅抽屉里，看看那群小白眼狼吃剩下了多少。"

任望珊突然开口，声音很轻，像是自言自语："突然想起来，我好像没跟你说过？"

于峊河关掉水龙头，回过头："嗯？"

任望珊凝视着他漆黑的眼睛，卷翘的睫毛在白皙的皮肤上投下细碎的阴影："于峊河，我很喜欢你。"

于峊河神色一滞。

"也没什么特别的意思，就是我突然想起来好像没跟你说过，现在想起来，刚好跟你说一下——我很喜欢你。"

那天之后二人也没在一起复习过，他们各有各的忙碌，真正能待在一起的时间也不过是从夜晚到白天。每天早上六点三刻，于岿河会买好早餐然后叫醒任望珊，送她去图书馆自习。

复习周之后便是长达九天的考试周，于岿河比任望珊早一天考完。

这天上午，任望珊结束最后一门考试后和黎向晚从考场里走出来，在大门口遇到了黎阳和于岿河。

二人的身高差不多，双腿笔直修长，各有各的帅气。两个人站在校门口聊天，像是等了有一会儿了。

四人之前就约好考试结束后一起在北京好好玩一天，于是两个本地人带两个苏州人逛了几个某团“北京旅游”根本不会推荐的巷子和餐馆。

“这些地方都是我们本地人才会去的，比那些网上热门的大众打卡胜地有意思得多。”任望珊一边吃着糖葫芦，一边听黎向晚叽里呱啦地说个不停。

四人到了百老汇电影中心，旁边有艺术沙龙绿色书店，色调看起来很舒服，就像几帧电影镜头。

“走，去百老汇看电影，我已经买好票啦，不过今天人好像比平时多，我买的是最后排情侣座。”黎向晚说完，拉着任望珊去买懒人桶爆米花。

“哟，挺贴心啊。”于岿河笑了笑。

“你想多了。”黎阳忍不住瞥了他一眼。

“嗯？”

“我不跟我妹坐。”黎阳指指不远处抱着爆米花的黎向晚，“不仅我不想，她更不想。等会儿你看着。”

进场的时候，黎向晚把情侣票递给她哥：“喏，你俩的。”

黎阳：“拆散情侣都不跟我坐？”

黎向晚感觉莫名其妙：“不拆散情侣也不跟你坐啊。”

黎阳：“谢谢您。”

黎向晚：“不客气。”

电影开场，于岿河侧过脸在黎阳耳边说：“有这么个妹妹其实还挺有意思的吧？活宝一个，跟我发小有点像。”

黎阳微微朝他那边偏头，欲言又止，最终叹了口气：“天天坑我。”

于岿河笑了笑，跷起长腿。他听着隔壁座位两个女孩子嚼爆米花的声音，仰头喝了口冰可乐。

任望珊和黎向晚看电影看得很入迷。于岣河和黎阳之前已经看过这部电影，所以他们开始在座位上小声地聊天。

前面几个看起来年纪不大的女生时不时转过来看他们两个。于岣河和黎阳说话的声音非常小，一步以外就听不到了，所以他并没有在意前面的人总是回头看。

但后来发现前面的女生回头的频率太高，他轻飘飘地开口："别看了小朋友，没见过有对象的帅哥？"

几个女生瞬间回过头，再也没有回头看了。于岣河翘了翘嘴角。

"我就说他俩是吧……你还不信！"

"他刚刚自己都承认了！"

"而且他们俩一直靠得特别近，不知道在干什么！"

"咬耳朵吧！"

于岣河嘴角的笑意瞬间凝固了。

出了百老汇，四个人在旁边的咖啡店吃了简餐，黎阳家的奔驰停在巷子口等着他们。

"送你们回长安道吧，高铁票是明天几点的？"

于岣河看了看手表："早上八点半。"

"那明天就不留你们一起吃早饭了，路况差，来不及。"黎阳说，"返校补上。"

于岣河点点头："谢了，寒假微信联系。"

两人回长安道收拾好东西，第二天一早打了出租车去高铁站。这一次或许是因为没有程鼎颀，他们运气很好，在高铁发车半个小时前到达了站口。

他们的东西大多数留在了北京，行李并不多，只一人拎了一个行李箱，坐高铁也很方便。而且任望珊不太喜欢坐飞机，脑袋会晕。

昨晚上也没什么事，两个人打打闹闹聊得比较晚。任望珊还没睡够，上车后就吹着暖和的空调，靠着于岣河的肩膀睡着了。

下车的时候，熟悉的湿润空气瞬间打散了任望珊的困意。几个月没回来，她确实有点想家了。

来接于岣河的宾利停在高铁出站口，两人一起上了车。

司机认识任望珊，询问道："还是先去子衿路？"

"嗯。"于岣河点了点头。

司机没多问什么，很认真地开车。到了子衿路，于岿河拿起任望珊的东西，嘱咐司机在路口等一会儿。

此时街道两边已经有了过年的气氛，子衿路 188 号相比于热闹的街市更像是藏于闹市的一片山林，冷清而安静。

于岿河走进小院，看到那棵枇杷树，笑着问："小树苗长高了不少啊？"

"上面的字还在呢，没长歪。"任望珊上前摸了摸粗糙的树干。

"爷爷奶奶不在？"于岿河把行李箱推到门口。

"嗯，这个时候刚吃完午饭在外面散步吧。"

于岿河看了看表："那好，他们也快回来了。我先走了？"

任望珊点点头。

"自己能整理好东西吗？"

任望珊又点点头。

"爷爷奶奶回来之后会给我发消息吗？"

任望珊再次点头。

于岿河走了两步又转回来："确定没有什么要对我说的了？"

任望珊被他的问题弄得有点糊涂，仔细思考了一下："没有。"

于岿河凑近她纤细雪白的脖颈，鼻息间喷出的炽热气息一阵阵刺激着她的耳朵。

他漫不经心地说："那我说两句。"

他的嘴唇碰到了她的耳廓，任望珊咬了咬嘴唇："说什么呀……"

那个"呀"字还没来得及说完，于岿河就紧紧抓住她的手腕往自己这边拽。任望珊想后退，却发现身后是矮墙，无路可退。

于岿河轻轻吻住她的下唇，手上的力度并不温柔。任望珊睁大眼睛，盯着于岿河漆黑的眼睛，接受着这个突如其来的亲吻。隔着夹棉的风衣，她能清楚地听见穿透胸腔的怦怦心跳，下一秒又难以分清这样的心跳到底是属于于岿河，还是属于她自己。

他的舌尖很烫，温暖了任望珊冰冷的下唇。唇齿相互摩擦的感觉让任望珊头皮发麻，她终于想起来闭上眼睛，惊慌失措间却带着愉悦。

上一次接吻是什么时候她已经忘记了，复习周连着考试周，两人很久没有这样亲密过了。

于岿河还在不停地探索，像是干涸龟裂的土地急需雨水的滋润。鸦翅般的黑色睫毛随着每一次的缠绵而颤动，鼻翼间有柠檬和薄荷交织的不属于这个季节的味道。

过了一会儿，于峕河放开她，注视着她被咬得发红的嘴角，嗓音沙哑：“听明白了吗？刚刚我说的话。”

任望珊恍了恍神，下意识点了点头。

“真乖，这都能懂。”于峕河笑得不怀好意，“那再来一次。”

于峕河回到车上突然想起了什么，问道：“她的事……有没有跟老爷子或者我妈提过？”

司机很认真地回答：“没有，少爷的事我不会乱说。”

“不过，少爷还没跟于总和太太提吗？”司机忍不住问，“算起来时间也不短了。”

“我想想啊。”于峕河跷起长腿，笑着说，“到时候老爷子要知道她就是中学那位，不知道脸色会变成什么样，有点期待。”

“但是啊——”于峕河吐了一口气，靠在舒适的真皮沙发上，两只手搁在脑后，“我家小宝贝好像还没准备好。”

“等她什么时候主动跟我提了，我立马通报老爷子。现在，我还是想等等她，毕竟——”他向子衿路尽头看了看，“有些事她还没完全说开，需要点时间。”

司机识趣地点点头：“明白了。”

“开车吧。麻烦开慢点，我眯一会儿。”于峕河伸了个懒腰，高铁上那么久他都没睡，就怕影响到靠在他肩膀上的小女朋友。

睡着前，他给树老板发了个消息：“明天周二，壶碟公休，把时间留给我，急事。”

他发完消息把手机扔到一边，靠在窗边，右手微微屈成半拳撑着侧脸，闭目养神。

过了一会儿，手机微微振动，树老板发来消息：“寒假第一天回来就来麻烦我，臭小子。”

车窗外熟悉的彩色风景一帧一帧晃过去，少年在宽大舒适的空间里睡得很安心，嘴角微微上翘。

第十一章

2016年2月22日，星期一。

北京高铁站口，于岿河戴着鸭舌帽，一只手推着半人高的行李箱，一只手牵着女朋友，像磁铁一样吸引着众人目光。

明天开学，两人提前一天回了北京。他们开学算是晚的，夏成蹊他们前天就离开了苏州。

这个寒假虽然没有作业，但大家还是各有各的忙法。不过他们七人倒是约着回了趟母校，又叫上原来的同学在鹿烧聚了两次。

于岿河终于考完了驾照，他每天会跟任望珊打电话，其余大多时间全都泡在壶碟。树老板就像跟于岿河约好了一样，都没跟任望珊说。

二人回到长安道放好行李，搞了个大扫除，把家里收拾得干干净净。

于岿河把扫地机器人赶回窝里，拿起手机朝楼上喊："宝贝，我出去一趟。"

"哦。"任望珊拿起口红在唇上轻轻描了一下，"是学校里有事吗？"

"不是。"于岿河换了件衣服，笑着说，"乖乖在家等我回来就行。"

十五分钟后，于岿河居然在超市的生鲜区跟拎着菜篮子的买菜大妈抢大骨头，他这张脸出现在大爷大妈中间实在是格外突兀。

他称好骨头准备去蔬菜区的时候，一位大妈拦住了他："哎，小伙子有无对象啦？我女儿今年二十五……"

于岿河一本正经地说："我已经结婚了，孩子都快有了。"他指着手里的大骨头，"这是买回去给我媳妇煲汤用的。"

"啊？"那个拎着菜篮子的大妈上下打量了他一下，"小伙子怎么保养得这么好？看起来像大学生一样。"

"没有保养，纯天然的。"于岿河说得像真的一样，"阿姨要注意提醒您的女儿，长得年轻的人不一定是大学生，要保护好自己。"

"嗯，知道了，谢谢你啊小伙子，真有责任心啊。"大妈嘀嘀咕咕地离开了。

于岿河强忍着笑，去蔬菜区买了玉米、韭菜、菠菜、土豆、百叶、西红柿，又买了点豆腐。想到家里没有水果了，他又到水果区买了圣女果、草莓、蓝莓和车厘子。

他拎着东西上出租车的时候，手机突然嗡嗡地响了起来，从兜里拿出来一看，是程鼎颀打来的电话。

于岿河按下了接通键。

"干吗呢，大兄弟？"程鼎颀的声音从那头传来，"到北京了？"

"嗯，早到了，我刚买完菜。"于岿河靠在座位上。

"什么？你？买菜？"程鼎颀在电话那头笑了，"不是吧，你大学学的新技能是这个？"

"不仅仅是这个啊，待会儿我还要给望珊做饭呢。"于岿河漫不经心地说，"我是第一次干这个，说实话还真——"

"不太行？"程鼎颀开着扩音，朝身边的萧宸挑了挑眉毛。

于岿河抽了抽嘴角："说实话还真挺——得心应手的。"

程鼎颀在电话那头差点被自己的口水呛到。从小十指不沾阳春水，饺子都包得无敌丑的于岿河，现在居然要买菜做饭，还吹嘘自己得心应手。

"还有，说谁不行呢？"于岿河散漫地说，"你要试试？"

"哎哟，我鸡皮疙瘩起来了，开着扩音呢兄弟。"程鼎颀朝萧宸挤眉弄眼。

"哦？身边人很多？"

"人超多，都听到了。"

"哦，原来只有萧宸啊。"于岿河懒洋洋地说。

萧宸："……"

"行了，有什么事啊？我都等了半天了你还不说，不说我就挂了啊。"于岿河笑着说。

"嗯，别挂，我就想问你呢，这不还有一个星期就是夏成蹊和文漾笙的生日了吗？”

“嗯，好事将近啊。”于岿河早就惦记着了，一天天数着日子呢。

“我是来咨询一下无所不知的您，我该给他俩送什么生日礼物啊？”程鼎颀抓了抓头发，“这个我跟老萧都不擅长。”

“不用送了，发个红包就行。”于岿河笑了一声，“记得备注‘百年好合’。”

“不是，啥意思？”程鼎颀从床上跳起来，“是我理解的那个意思不？”

“希望你不要凭空造出其他意思来。”于岿河看了看窗外，“不跟你说了，我到了。我也不瞒着你，老夏就想那天为民除害，把那疯丫头收了，你俩把嘴闭紧点，挂了。”

于岿河开门的时候，任望珊恰好在客厅开着抽屉吃大波浪薯片。她见他开了门，随手放下薯片。

“在那儿别动，宝贝，坐沙发上乖乖吃东西。”于岿河换了鞋，径直走进厨房。

任望珊盘腿坐在沙发上，再次拿起薯片，看着于岿河把水果拿出来放进冰箱里。

“去买水果啦？其实可以叫我一起去的。”

“只买水果的话肯定叫你，但还有其他的。”于岿河把生鲜、蔬菜都拿到大理石桌面上，任望珊从沙发上跳下来。

“别过来，味道重。”于岿河侧过脸跟她对视。

“什么呀？”任望珊偏头看。

“晚上给你炖玉米排骨汤。”于岿河笑着说，“我在寒假跟树老板学了几个菜，做给你吃。”

任望珊一愣。

“我总得会点儿什么吧，不然以后怎么吃你的软饭。”于岿河调侃道。

任望珊天生没什么烹饪细胞，除了会弄点饺子、荷包蛋，其余的都不太能上手，要么就是煳了，要么就是没放油盐酱醋。之前两人每天也是在外面吃得多，要么就下点面。

于岿河花了一个寒假的时间，硬是把自己逼成了半个做菜小能手。五点半的时候，桌面上出现了玉米排骨汤、小葱炖蛋、酸辣土豆丝和清炒菠菜。

“哇！”任望珊自愧不如。

“尝尝看好不好吃，我可是放了盐的。”于峀河先给望珊盛了碗汤。

任望珊咬下一口金黄多汁的甜玉米。

“怎么样？我这个水平够不够吃你的软饭？”他调侃她，语气里有几分不明的意味。

“嗯……勉强够吧。”任望珊装作要求很高的样子，“还有待改进。”

“噢——”于峀河配合地点点头，“那我再琢磨琢磨。”

看她吃得差不多了，于峀河放下碗筷，收拾桌面。

“碗留给我洗。”任望珊站起来。

“别了，今天你休息，改天好不好？”

任望珊摇摇头：“你做饭的话，我就洗碗。你想一块儿也可以，但不能不让我洗。”

于峀河笑了：“好啊。”

任望珊一边擦着盘子一边说：“和爷爷奶奶住在一起的时候，我也不是没跟奶奶学过做菜，可是真的不太行，可能是天生只适合吃吧。但我洗碗还是很好的，只有第一次打碎了盘子，后面再也没有过哦。”

于峀河很安静地听她讲话，神色温柔：“嗯，宝贝真厉害。”

“以后你做饭的话，那我就洗碗。”任望珊抬眸看他，“不许反悔哦。”

“好，我做饭，宝贝洗碗。”于峀河无奈地笑笑，这好像跟一般情侣的配置是反过来的啊，不过也挺好。

他之前从来没有想过自己有朝一日还能这样为一个人做一桌子饭菜。看着认真洗盘子的任望珊，他扬了扬嘴角。

于峀河盘腿坐在沙发上，手里抱着一把木吉他。任望珊回头往楼梯转角处看了眼，盆栽下面只剩下空落落的吉他支架了。

“上次给你弹琴的时候，你还是我小前桌吧。”于峀河笑笑，“小前桌？”

“嗯。”任望珊笑笑，“其实一直叫这个也挺好的。”

“那，小前桌。”于峀河懒懒地说，“有没有兴趣跟你后桌学个新技能？”

“好啊，反正今天也没什么事。”任望珊坐过去，“我那么聪明，学得肯定比你快。”

“学得比我快是肯定的啊。”于峀河理所当然地说，“我又没让人教我，而你有个这么优秀的老师。”

“我发现你——”任望珊指指他，欲言又止。

“发现我什么？”于岿河拨了几下弦，音低了，他伸手转了转旋钮。

“越来越不要脸了，你以前不是这样的。”任望珊盯着他说。

“不，我以前就是这样的。”于岿河忍着笑，“为了你，我装了很多年。”

“哈哈——知道了。”

任望珊指指木吉他上刻的字：“‘URSM’是什么意思？这不是个牌子吧。”

于岿河不假思索地说：“嗯，送给你的字，你试着解读一下。”

任望珊盯着那四个英文字母：“U”是“YOU”，“R”是“ARE”，“S”是……是什么？

任望珊的目光呆了一下。

于岿河被她这个样子逗笑了：“好了好了，不逗你了。‘URSM’的意思是——YOU ARE MY SOULMATE。”

你是我的灵魂伴侣。

任望珊配合地感动了一下，随后又平静地问：“那你为什么不写‘URMS’，那样更像缩写，也好猜一点。”

“那样太没乐趣。”于岿河说道。

任望珊一噎。

“有没有特别想学的歌？”

任望珊想了想，说：“有的，就你自己改的那首《LAVENDER’S BLUE》。”随后很欣喜地问，“我就能直接弹出来吗？这么快？”

“当然——不能。”于岿河笑得坏坏的，“今天先教你按个弦，认个基本的谱。”

他看着她纤白如玉的手，皱了皱眉，打开抽屉拿了卷胶布，剪了几段缠在她的指尖。

“按弦手会疼，太久没碰琴，差点忘了。”于岿河耐心地解释，“如果缠着胶布还觉得疼要说。”

他怜惜地碰了碰她的鬓角：“我的小前桌这么聪明，马上就会弹歌了，要相信你后桌的技术。”

任望珊乖巧地点点头。

时间不知不觉过了将近两个小时，于峁河收起吉他：“时间不早了，明天还要返校呢。给我看看手有没有红。”

任望珊伸手，于峁河小心地把她手上的胶布撕下来，还好，没怎么红。他吹了吹她的指尖，在手里摩挲了几下：“上楼洗漱去吧，好了叫我。”

“嗯，好。”任望珊刚好也累了，穿上拖鞋就扶着栏杆往楼上走。

在楼下等任望珊洗好的这段时间，于峁河打开手机微信，点开夏成蹊的聊天框输了几个字。他翘了翘嘴角，按下发送键。

“提前祝最好的兄弟脱单快乐，我是第一个。”又发了个大红包。

过了一会儿，夏成蹊发来一条语音，于峁河点开外放。

夏成蹊的声音淡淡的：“不好意思，除了文漾笙，你是最后一个。”

于峁河：“啥？！”

程鼎颀真是个破坏氛围的小帮手。

2016年2月29日，星期一。

“科学技术是第一生产力……”文漾笙背得头都晕了，突然书桌边上手机振动，是夏成蹊。

她笑着接起来：“大寿星？今天你课多不多啊？”

“四点半结束。”夏成蹊言简意赅。

“哦，我下午没课了，但是我在背‘马原’呢，就科学是第一生产力那些，明天老师上课居然要抽查，这是我见过最认真的大学老师。”

夏成蹊笑了笑：“晚上跟同学约了没？”

“呜呜呜——没有。”文漾笙装模作样地哭了两声，“本来要去清吧喝两杯的，好朋友给我放鸽子了，她晚上突然有事。”

“那正好，一起吃个饭吧，我买蛋糕。”

文漾笙想了一会儿，勉强答应了：“好吧。”

“那我把地址发给你。”

“嗯。”文漾笙挂了电话，情不自禁地笑出了声。

室友唐栗从床上探出头来，笑着问：“约男神成功了？”

“成功啦！”文漾笙比了个手势，随即又心虚地问，“你说我晚上突然跟他表白，他会不会吓到啊？”

“冲啊姐妹，怕什么！”唐栗做了个冲的手势，“以你的条件，怎么可能追不上？何况还是他先打电话给你的，说明肯定有戏——啊不是，是必成！”

“千分之一的概率，不成的话——”唐栗轻松地说，“那就按原计划去那家清吧，姐陪你不醉不归！！”

“行吧，我冲！”

文漾笙明确了战斗意志后，给任望珊发了个微信：“今晚我冲！”

任望珊给她回了个模棱两可的语音：“加油哦。”

文漾笙给她打了个视频电话：“我还没告诉你我冲什么呢。”

“你要向夏成蹊表白啊。”

看任望珊的背景，她应该是在去上课的路上。

“啊？这么明显吗？”

“嗯，如果是我，我也会选择今天。不说了，我们一定会成功！现在赶紧化妆、换衣服。”任望珊看了一眼时间，“约的几点？在哪里？”

文漾笙有点糊涂：“他说等会儿给我发地址，时间还没确定。我只知道他四点半下课。”

任望珊忍不住“扑哧”一声笑了出来：“那你就边打扮边等他的消息吧，想好晚上怎么跟他说，不许临阵脱逃！挂了啊。”

“好好好，你去上课吧，我会好好考虑的。”文漾笙向她挥挥手。

下午三点半的时候，文漾笙收到了夏成蹊的位置分享，还附带一条留言：“还有最后一节课。五点，在这里见面。”

文漾笙简短地回复了一个“好”，然后开始纠结今晚穿什么。

任望珊飞快地给于岿河发了个消息：“漾笙跟我说她今晚要向夏成蹊表白。”

于岿河秒回：“哟！看看他俩谁先呗，反正结果都一样。”

任望珊纳闷：“你不是两点开始上课吗？怎么秒回的？”

“只有你的消息我才会立刻打开手机看。”

任望珊莫名其妙：“那你又怎么知道这是不是我的消息？”

于岿河回复：“我只打开了你的消息提醒，别人都是免打扰。”

任望珊嘴角上扬：“哦，那你好好上课吧。”

“遵命。”

文漾笙穿了一件暖色调拼色的灯芯绒连衣裙，化了淡妆，五点前准时出现在一家咖啡馆门口。

朝玻璃门里看去，店里没开灯，一个人也没有，看起来今天没开门。她皱着眉再三确认地址，的确是这里没错。可能只是先约在这里，吃饭另有地方吧。

“呼——”文漾笙，不要紧张，不要紧张——

手机突然振动，夏成蹊发来一条语音。文漾笙咬着下唇，笑容满面地点开听筒。

“推开门。”

文漾笙看了一眼黑漆漆的店面，疑惑地走上前，轻轻推开门，发现这扇门居然没锁。

她推到一半的时候，正前方地板上有成串的星星灯闪烁起来，她的目光被那些灯吸引过去。

地上有一个指示向前的箭头，上面有字，是夏成蹊的笔迹：

“文漾笙同学，我是夏成蹊。一周未见，别来无恙。”

她向前走，星星灯随着她的前进，在她前边一盏接着一盏地亮起来。

又一个继续向前的箭头：

“平时我的话不太多，今天我想说的却很多。”

文漾笙看着地上的字，继续往前走：

“我以前觉得自己的生日很不好，四年才遇上一次。”

“后来长大了，觉得这样也挺好的，因为过生日很麻烦。”

突然箭头向右拐，右面的灯亮起来：

“但遇见你之后，我觉得这是全宇宙最浪漫的节日。”

“因为你也出生在这天。”

她微微睁大双眼，手指不自觉地蜷了蜷。

星星灯一串串亮起来，指引着她上楼：

“如果可以的话，我想一直和你唱小情歌。”

“你给我的地理笔记本，我在后面的空白页写满了想对你说的话。”

“如果我足够幸运，希望你能和我一起看。”

不停亮起的星星灯，不断变化的箭头，一句句的心里话。

文漾笙不知不觉快走到了二楼的尽头，地面上的句子用的涂料和前面不太一样，好像还没完全干透：

“今天早上你说在忙。”

“我冒昧占用一点你的时间。”

文漾笙露出疑惑的表情，继续向前走。二楼的灯一瞬间全亮了起来，她抬手遮了遮眼睛，然后发现前面的地上放着一个笔记本。

文漾笙一眼就认出来，这是当时她在出租车上给夏成蹊的那一个地理笔记本，仔细闻的话，上面还有雏菊和雪松混合的香气。

她捡起来翻开扉页，笔记本里突然掉出一条项链，上面坠着一枚戒指，文漾笙彻底呆住了。

夏成蹊从她身后走来，声音依旧是淡淡的：“所以，要不要考虑一下我？”

文漾笙不可思议地转身，夏成蹊认真地看向她的眼睛，眼神含情。

他不禁笑了：“考虑一下？”

文漾笙愣了好几秒才回过神，嘴硬道：“考虑……考虑的话是需要一段时间的。”

“现在已经过了一段时间。”

“不行！刚刚那段时间太短了，我还需要更多时间！”

“现在又过了一段时间。”

“不是，”文漾笙气笑了，“怎么我说一句你就回一句呢？你以前不是这样的啊。”

“不，我一直都是这样的。”夏成蹊淡淡地说，“以前你每说一句，我都会在心里回你一句。”

文漾笙一怔。

“但从今天开始，我不想只在心里回你了。”夏成蹊继续说，“给个机会，让我名正言顺地和你说我的心里话。”

文漾笙垂下眼眸，盯着那条项链，碎钻在垂下的戒指上闪耀着光芒。

她抬起头：“我现在拿着笔记本，没法戴项链了，你能帮个忙吗？”

夏成蹊默不作声地走过来，解开链扣，双手环绕在文漾笙脖颈两侧。温热的鼻息喷洒在她耳后，他轻轻合上链环。

“这条项链戴上去就别摘下来了。”夏成蹊在她耳边淡淡地说，“真正摘下来的那天，就是我把戒指戴到你左手无名指上的那天。”

他轻轻地笑了：“预订成功。”

“可以说你是在耍流氓了，夏成蹊。”文漾笙别开目光。

“那么，我这一生耍的唯一一次流氓，还挺值得。”

文漾笙和夏成蹊同时发了朋友圈，配图是那个地理笔记本的扉页，文案——官宣。

周一没有晚自习，于岿河正在家里洗水果，任望珊跑过来打开冰箱，取出牛奶。

“不许直接喝啊，凉，等我热了再喝。”

任望珊把手机朋友圈界面在他眼前晃了晃：“喏。”

于岿河一看文案笑出了声：“哟，成了。”他朝沙发那边偏了偏头，“宝贝，我手机在茶几上，你打开我的微信，给文漾笙发个红包。夏成蹊那份我之前给过了。”

“哦，好，我也刚给她发完。”

“暑假让他俩请吃饭，请顿贵的。”于岿河笑笑。

任望珊用于岿河的手机给文漾笙发了一个红包，按下语音键，于岿河凑到手机麦克风旁边喊道：“恭喜野丫头终于有对象了！文叔叔再也不用跟我聊你嫁不出去的问题了。”

文漾笙随即回复了一条语音消息，任望珊点开外放，夏成蹊的声音瞬间充斥在两人耳边，于岿河吓了一跳。

“知道了，我马上跟我岳父报备一下，让他不要担心。”

“嘀”的一声播放完毕，任望珊和于岿河面面相觑。

啧啧，夏成蹊这个狗男人。

2016年3月5日，星期六。

于岿河在外面买好煎饼，回到家里熬了一锅小米粥，然后蹑手蹑脚地上楼，看见任望珊还像只小猫咪一样窝在被窝里团成一个球，轻轻笑了出来。

他走到床头，蹲下来轻轻亲了亲她的眼睛。

“嗯……”任望珊皱了皱眉，翻过身。

于岿河一边挠她痒痒一边把她翻回来靠近自己：“起不起床？”

任望珊用尽全力憋出一句：“不起。”

“买回来的煎饼要凉了。”

“凉了也挺好吃的。”任望珊嘟囔着说。

“凉了吃对胃不好，听话。”

“那就微波炉热一热。”任望珊闭着眼睛说。

“冷了再热就不好吃了。”于岿河半跪在地上撑着脑袋。

“那好像不太行。”任望珊把眼睛睁开一条缝，“可是被窝把我黏在里面了，我出不来。”

于岿河：“……”学会跟人耍无赖了啊，挺不错。

于岿河直接把手伸进被子里，抱任望珊出了被窝。突然离开被窝，任望珊打了个激灵，自觉抱紧身体温暖的于岿河。

于岿河身体一僵：“嘶——别抱这么紧，拖鞋在这儿，下来自己走。”

“嗯。”任望珊还是迷糊的，被于岿河放下来，乖乖地踩在兔毛拖鞋上。

“去洗漱。”于岿河推推她，看了看四周没有发绳，就用自己手上一直戴着的那根给她扎了头发，“待会儿洗漱完这根要还给我的。”

“嗯……”任望珊还是很困。

于岿河忍不住笑了：“快点，洗把脸，下来喝粥。”

“你刚刚还说是煎饼！你骗人的……”任望珊睡眼蒙眬，莫名地气不打一处来。

于岿河被弄得没脾气：“有煎饼有煎饼，也有粥，没骗你，乖乖洗好脸下来吃饭。”

十分钟后，任望珊神清气爽，完全不记得刚刚是怎么耍赖皮的。于岿河看着她乖乖把香喷喷的小米粥喝完，又吃了大半个煎饼。

“今天有没有什么安排？”于岿河撑着脸看她。

“嗯，有的。”

“那……能推掉吗？”于岿河耐心地问。

任望珊转了一下眼珠子：“不能。”

“什么事情啊，这么重要？”他撑着头的手放下来。

“想知道啊？”任望珊拿过桌子上的蓝莓，刚想吃，又转手送进了于岿河的嘴里。

“想啊。”于岿河很诚实地嚼着那颗蓝莓。

任望珊笑嘻嘻地说：“陪你。”

于岿河没有掩饰自己的好心情，挑了挑眉：“这么好，那么——”

他站起来拿起碗筷，轻快地说，“为了庆祝夏成蹊上个月脱单，咱们买辆车去吧。今天我洗碗，你去换衣服。”

任望珊哭笑不得：“为了庆祝夏成蹊上个月脱单，我们现在要去买车？这都什么跟什么啊。”

于岿河开着水哼哼唧唧：“说是上个月，不就是五天前吗？很近啊。”

“再说了，我驾照都拿到好久了，一个月了。”他顿了一下，“其实我就是想找个借口买车，这样以后就能一直开车送你了，你也不用老是坐地铁和公交了。”

“我坐地铁、公交又不累。”任望珊浅浅笑着，“而且跟你一起搭车真的很开心。”

“我知道，我只是想让你更舒服一点。”于岿河关掉水，轻轻笑了笑，“到时候我去接你，大家就都知道你有男朋友了。我想让所有觊觎你的男生都看到，你的男朋友特别宠你，天天来接你，他们一点机会都没有。”

任望珊柔柔地笑着：“好啊。”

她悄悄凑近于岿河，在他的耳垂上亲了一口，随后把头发上的黑色发绳取下来放在桌上，小跑上楼化妆、换衣服。

于岿河在原地站了好一会儿才慢慢抬起手碰了一下自己的右耳垂，是温热的。这好像是她第一次主动亲他。

于岿河转身往自己脸上扑了好几捧凉水，摸摸耳垂，好像比刚才更烫了。他无奈地摇摇头，转身收拾水果盘，发泄似的吃完望珊剩下的蓝莓，然后把黑色发绳套回自己手上。

他突然思绪放空，这根发绳自己套了多久了？有三年了吧。

于岿河笑了笑。

两人穿了情侣风衣外套，任望珊化了淡妆。于岿河牵着毫无方向感的她换乘了三趟地铁，终于从负一层来到地面上。

天气晴朗，难得没有雾霾。街道边的树叶形状各异，空气中弥漫着万物复苏的味道。偶尔有几片大块的云朵从眼前飘过，像撒下了甜蜜的白砂糖。

“等会儿要是饿了就说。”于岿河叮嘱道。

任望珊吃早餐的时间比较尴尬，她又吃得不算多，于岿河拿捏不准她到这个时间点会不会饿。

“你饿不饿？你吃的时候比我早。”任望珊抬眸。

“不饿。”于峊河真的不饿，“我早上吃的量可能是你的三倍。”

“那刚好。”任望珊蹦跳起来，“等会儿一起去超市买菜吧，我想吃……我想想啊，那个油焖春笋，现在笋好像正当季啦！！”

“好。”于峊河宠溺地应着。

于峊河牵着她在样车中穿梭，任望珊对车没什么概念，很快就走累了，跟于峊河说要休息一会儿。于峊河把她安顿在休息区，给她买好了果茶，让她不要乱走。

任望珊乖乖地说：“我就在这里等你。”

二十分钟后，于峊河回来了：“我们走吧。”

“嗯？不看了？”

“嗯。”于峊河扬起嘴角，“买好了，下个月提车。”

“等等。”任望珊扯住他的手，自己坐着没起来，“之前说好的是‘我们买车’，所以我也得付钱的。车多少钱？”

于峊河的嘴角抽搐了一下，笑说：“那我真要吃你的软饭了啊？”

“吃啊，为什么不吃？”任望珊理直气壮地说。

“哦——那行，今晚吃，现在先不吃。”

“嗯？”任望珊没听懂他在讲什么，还是蒙的，“你是不是已经付完钱了啊？我听说买车什么的，都是先首付然后——”

“不全都是。”于峊河笑着说，“得排除我这样的。”

“那这样吧，”于峊河看着任望珊快生气的样子莫名想笑，“以后油钱全你出，行不行？我买硬件，你买软件。这可是长期投资，超费钱的哦，这辆车的生命线就靠你维持了。”

于峊河看她还是不理人，掐掐她的脸蛋：“到底给不给我这个吃软饭的机会啊，宝贝？”

任望珊想想这样也行，傲娇地说：“那现在去买菜吧。”

“好。”

“以后还是要先跟我说一声再做决定。”

“好。”

“去买笋。”

“好。”

“我不懂车，你买的肯定是你喜欢的。”任望珊笑着说，“允许你的车吃我的软饭了。”

于岿河松了口气，点点她的腮帮子：“纠正一下，是我们的车。”

“哦，我们的车。”任望珊很配合。

回去的时候依旧换乘了三趟地铁，两人在商场外圈随意找了家过桥米线填饱肚子，然后进了商场里的蔬菜区。

“没什么味道吧？受得了吗？”

任望珊摇摇头：“这边离生鲜区远着呢，没事。”

他们买了竹笋和其他几样蔬菜，又在冷藏柜拿了橙汁和牛奶，推着车往收银台走。

“哎？小伙子！”

于岿河没听出来是在叫他，依旧推着车往前走。

大妈从后头赶上来，看清他的脸后欣喜地说：“真是你！又遇见你了！”她指指自己，“上回一起买大骨头的，给你介绍女孩子的。”

“哦——”于岿河这才反应过来，笑着说，“又见面了，阿姨。”

大妈看见任望珊，惊叹道：“这就是你媳妇儿？我的天哪！不像生过孩子啊，像个大学生一样，水灵灵的，漂亮！哎哟，你们夫妻俩保养得太好了……”

任望珊表情呆滞，眯着眼看向于岿河。

于岿河的嘴角抽搐了一下，他带着最后的求生欲说：“她还是大学生。”

这下阿姨更加震惊了：“那你这个人老牛吃嫩草啊！”

于岿河生无可恋：“……是。”

大妈拉着于岿河问东问西，最后还扯上了坐月子的问题。出乎任望珊意料，于岿河竟然答得顺顺当当，一点都不磕绊。

终于送走了大妈，于岿河冒了一阵冷汗，有些心虚地看向任望珊。

任望珊饶有兴趣地看着他：“老牛？你怎么连坐月子都懂？”

于岿河以为任望珊会问他为什么跟别人说他们有孩子的事：“你怎么不问为什么我跟大妈那么说？”

“这不很明显吗？”任望珊笑道，“她刚刚提到她二十五岁的女儿了啊，很显然上次你买菜的时候她相中你了嘛。”

“我们小嫩草宝贝怎么这么聪明啊。”于岿河笑了，揉揉她蓬松的头发。

任望珊假装嫌弃地躲开：“所以你为什么还懂坐月子？”

于岿河一顿，收回手放到自己耳后：“之前……可能看过吧，然后就顺带……差不多记下来了。我这人就是过目不忘，记性好，对，我记性好。”

“干吗记这个？我都不知道是什么。”任望珊被他这样子逗笑了。

于岿河移开眼睛看向别处，又好像下了什么决心一样毅然把视线转回来，直勾勾地看着任望珊漂亮的眼睛。

“因为我觉得迟早要用到，不如早点学起来。”

这回换任望珊怔住了。

于岿河以为她会生气或者害羞，她却咬了咬嘴唇，视线越过于岿河的肩膀看向零食区。

“我去看看零食。”任望珊跑过去。

于岿河笑了笑跟上去。任望珊背对着于岿河，于岿河看不清此时她脸上的表情。

刚刚于岿河说出那句“迟早要用到”的时候，她清晰地感受到于岿河早就把她安排在自己的未来里，他每时每刻都在考虑他们的未来——美好的未来。

“哇！你看，百奇终于有草莓味的啦。我们之前买的都是巧克力味的，草莓味的老是断货，拿上拿上！”

“大波浪薯片！”

“小米脆锅巴！”

“芝士小蛋糕！”

“夹心芝麻海苔！”

“水果果冻条！”

她刚扔进购物车的果冻被于岿河放回了货架上。

“嗯？”

于岿河无奈地点点包装袋：“这个是芒果味的。”

“啊？”任望珊仔细看了看，“哦，真的哎，我以为这颜色是菠萝味。”

“下一次小嫩草买东西要看清楚。”于岿河说，“要是我不在怎么办？”

“我上回过敏好像就是因为老牛在哦。”任望珊睁着笑眼看他。

于岿河想到高一她进三院的事情，“啧”了一声。

“那你一直在我身边不就行了嘛。”任望珊撩完就溜。

于岿河半晌才反应过来，她是在回应他前面的那句话，垂眸笑了。

他推着购物车穿过货架，任望珊正朝收银台跑去。松软的头发披在后面，衣角随着她的动作摇摆。她回头朝于岿河招招手，扬起嘴角，自信张扬。

这次她没有逆着光，因为她就是一道光。

于岿河从浴室里出来，身上蒸腾着热气，头发上的水顺着漆黑的发尖滴落，在地板上泛着微光。他披上浴袍，关掉浴室的灯。

从楼上往下看，任望珊正裹着同样的浴袍盘腿窝在沙发上看综艺，手里还拿着刚拆开的草莓味百奇。于岿河拿条干毛巾走下楼梯，在她身边坐下。

任望珊看看他湿漉漉的发尖，拿过他手里的干毛巾在他头上胡乱地擦了擦："现在干一点点啦，不会滴水了。等会儿睡前记得吹干。"

她把半湿的毛巾放在茶几上，继续认真地啃着粉色饼干棒看电视。

于岿河饶有兴致地看着她："这个很好吃？"

"嗯，超好吃。"任望珊嘟囔着回答他，嘴里还叼着半根。

"任望珊。"

"嗯？"任望珊回过头，就这么叼着半根粉色饼干棒看着于岿河，他很少叫她大名的。

于岿河凑近了一点，鼻息温热。他身上的薄荷味比以往任何时候都要浓郁，任望珊有些晃神。

他的声音有些沙哑："早上说好了，我晚上要吃你软饭的。"

"嗯……"任望珊认真地想了想，把手里的半袋百奇抬起来，语气依旧柔软，"那你吃吧，这些都是我的饭。"

于岿河却像没看见一样，突然凑近咬住任望珊嘴里的半根百奇。随着清脆的断裂声，他轻笑："这个就够了。"

他的声音像是带着电流，任望珊的耳朵有些麻。

于岿河继续向前，再次咬住剩下的那一小段。他原本撑着沙发的右手抬起来，捏住她的下巴往上抬。

任望珊眼前的一切都被于岿河占据，这一次她没有闭上眼睛，而是看着于岿河纤长的眼尾、硬朗的眉骨。此刻他的眉目带着毫无掩饰的春意，那种属于男人的情意。

于岿河的身体僵了一下，他清晰地听到了任望珊的吞咽声。他的喉咙里发出沉闷又沙哑的声音，像是在克制什么。他看着她半睁半闭的眼眸，把左手轻轻覆盖在上面。

他哑着声音说："宝贝，不要看我的眼睛。"

半干的发尖上落下水珠，偶尔滴在他的脖颈和肩膀上，然后顺着身体流下来，蹭到任望珊的手臂上。

不知道什么时候她已经跨坐在他的身上，于岿河放开她的下巴，搂紧她的后腰，让她紧紧地贴在他身上。她的身体突然一缩，有些不知所措。

"于岿河——"任望珊的声音有些颤抖。酥麻感从耳朵延伸到指尖，她全身微微泛着暧昧的粉色，又好像有些窘迫。

"你硌着我了。"

于岿河呼吸一滞，右手沿着腰线抚上她的后脑。他努力让自己冷静下来，胸口的心跳却像要冲破束缚。

电视的声音时远时近，他靠近她的耳边，声音带着隐忍的情欲："宝贝，今晚你睡楼上。现在就去。"

爱是想要触碰又收回的手。

浴室在楼上，于岿河叹了口气，起身走到厨房，拼命往脸上拍凉水。前额半干的黑发又沾上了水，变成一绺一绺的，被于岿河随意地抓到后面。

他关掉电视，打开冰箱拿了瓶冰可乐，然后穿着单薄的睡袍走到小阳台上吹冷风，一口气喝下整瓶冰可乐。

不知过了多久，他才想起看看时间——十点四十分。

"呼——"他甩了甩发尖上的水珠，看看手机上是否有什么消息要回复。

手机壁纸依旧是高二时在影楼拍的那张照片，微信聊天背景是在天鹅湖旁边喂食的任望珊。

少女蹲在湖畔，天鹅拍打翅膀溅起的水花沾湿了她的裤脚，少女在金色的太阳光下笑得爽朗开心，眼睛眯成了好看的月牙儿。

于岿河低声笑了笑，摩挲着手机壳，轻轻吐了一口气。他转身打开房门，整理好剩下的零食和茶几上的毛巾，关了客厅的灯。

2016年4月13日，星期三。

一辆银色的跑车缓缓停在R大不远处的路口，车灯闪了两下之后熄灭了。

于岿河打开窗户看了看校门口，没什么人走动，任望珊也还没出来。他低头给任望珊发了个消息，随后把窗户关上了一点。

于岿河今天满课，下课后他没吃晚饭就继续研究他筹备了很久的一个项目，现在胃隐约有些不舒服。他自嘲地笑了笑，天天盯着任望珊的胃，别到头来却把自己的胃搞坏了啊。

车窗突然被敲了两下，于岿河抬起头向右看，敲窗的女生他并不认识，应该是 R 大的学生。

出于礼貌，他降下车窗，微微偏了偏头："你好，有事吗？"

那个女生有点扭捏："你叫于岿河？任望珊是你女朋友？"

于岿河平静地说："是我，望珊她怎么了吗？"

"呃……是这样，我跟她一个学校的，比她大两届。"那个女生介绍了一下自己，"作为陌生人，我思来想去觉得有些事情还是应该好心跟你说一下的。"

于岿河挑眉。

那个女生见于岿河没反对，瞬间放开了："就是我昨天好像看到她和一个男生，感觉走得很近的样子，你要不要了解一下啊？她可能瞒着你偷偷脚踏两条船了。"

于岿河的嘴角抽搐了一下。

哪来的蠢货？一句话里同时出现了好像、感觉、可能这样不明不白的词语，明显是挑拨离间的，撒谎也没点技术含量。但她好歹是个女生，于岿河也不好说什么，只是盯着她的眼睛没说话。

但那个女生并没有什么眼力见儿，继续自以为是地说："其实我也就是好心，不是想跟你套近乎什么的才跟你说这些。我也就是人比较直，也不太会说话，随口这么一提，你千万别介意啊。还有……"那个女生欲言又止。

"说完了？"于岿河有点无语。

"啊，还有就是……我有一个猜测啊就是……"那个女生看了看于岿河的车，"她会不会是看你有钱啊？一边贴着你一边跟别人在一起什么的，你这车不是一千多万吗？我知道的。啊，她昨天和一个男生走得很近的照片我还拍了，你要看的话……"

于岿河忍无可忍地升起右边的车窗，保持着最后一分对女生的基本风度没说什么，把车往前开了十几米。随后深深吐了口气，无聊。

我爱着的女孩，她受过的教养、懂得的道理、看事情的三观、骨子里的坚持和善良、辨别是非的能力，任何一点都十分优秀，她没必要攀附着谁。

真要配不上，也是我配不上她，哪来的人瞎叨叨。

于岿河真生气了，虽然没必要跟这样的人计较，但他还是忍不住在心里骂了几句。他屏息凝神想了一会儿，突然轻轻蹙起眉头。

这个时候任望珊刚好从校门口出来，一眼就看见了熟悉的车牌号。她跟黎向晚告别后就欢快地跑过来，敲了敲他的车窗。

于岿河解开车门锁，任望珊钻进车里："怎么今天停这儿啦？离学校近的位置不停。"

于岿河轻轻地说："之前停车的地方刚刚有路障，现在没了。"随后他侧过身把她的安全带拉下来扣好。

"嗯，这样啊。"任望珊没多问什么，拿出手机来玩。

她今天没扎头发，于岿河左侧的窗户没关，开车的时候风吹了进来。他用余光看到她的头发有些乱，默默地把窗户关上。

一路上于岿河都没说什么话，任望珊也默默地玩着手机。到了长安道，于岿河把车停好，帮她解了安全带。任望珊刚想下车，于岿河突然轻轻抓住她的手。

"宝贝，问你个事情。"

"问呀。"任望珊看于岿河的神情和平时不太一样，微微蹙起好看的眉目，"怎么了？心情不好？我刚刚没注意到，对不起。"

"不是。"于岿河的语气温和，他拨了拨她的头发，"不是什么大事，就是问问你啊，学校里是不是有人说你的闲话？"

任望珊明显愣了一下，小心翼翼地说："向晚跟你讲的吗？"

"不是向晚。"于岿河皱起眉头，"你让她别跟我说？为什么不告诉我？"

"嗯。"任望珊看着他点了点头，"本来也不是什么大事，我也没太在意，没必要告诉你。"

于岿河刚想说话，任望珊就轻轻抬手覆在他的额头上，温柔地舒展开他皱起的眉头，语气轻柔："你还记得 2012 年我转学到昆城一中的那天吗？"

于岿河一愣，没想到她会突然提起过去的事情。

“我真的没想到那天能遇到这么好的你。”任望珊收回手，轻轻靠在座位上，抬起下巴，好像在回忆些什么。

“先别说话，让我想想该怎么说。”任望珊闭上眼睛，于峀河静静地看着她。

“那就从2012年我转学的两个月前开始说吧。”任望珊的语气轻松，仿佛在讲述别人的故事。

“我家的事情，你去查也是查得到的。”任望珊十指交叉放在膝盖上，“其实也没什么很隐秘的东西。谢钦？是叫谢钦吧，我都快忘了，他当时就找隔壁县城我以前的同学问出来了。”

“我的父母都在监狱里，于峀河，是真的，我的父母在坐牢。这是第四年了，再等不到一年，他们就能出狱了。”

于峀河眼眸一动。

任望珊的目光还是微微看向车上面，没有与他对视：“原来我家里的条件也很好，父母也很忙，说起来好像跟你家做的生意差不多吧。

“本来一切都好好的，但也不知道怎么回事，”任望珊咬了咬嘴唇，“十月份的时候他们就被告了。林叔跟我说是因为挪用了合作方和公司的款项，再加上其他一些琐碎的事情。

“我当时才高一，什么都不懂。突然原来的家就住不了了，还有巨额的赔偿金，家里的积蓄赔得一干二净，我最爱的爸爸妈妈还没来得及跟我说一句再见就悄悄地离开了。那两个月我真的觉得这些事情都发生得莫名其妙。

“林叔是我爸爸妈妈在公司里最信任的人。家里出事之后，林叔找了很多我家的亲戚，可他们全都对我避而远之。有的还会骂林叔多管闲事，因为我是罪犯的女儿。当时只有在乡下的爷爷奶奶连夜赶过来把我带走。”

“然后，报纸上也登出来了，虽然消息只放了一天就被撤了。”任望珊收起下颌，偏过头对上于峀河漆黑的眼睛，“但学校里的人一传十十传百，同学们也就没之前那么待见我了，我之前在学校里很受欢迎的。”

“说我什么的都有，那段时间我过得比较难，但是我从来没有因为学校里的流言蜚语或是父母在坐牢而自卑过，因为我相信他们是无辜的，只是我没有证据。”

于峀河握住她的手。

"林叔不忍心看我被人那么议论，就给我办了转学。爷爷奶奶带着我到了新的住处，耳边那些谩骂和流言才销声匿迹。再后来，林叔又帮我们找了子衿路的房子。"

"之前一直没跟大家说，不是我想瞒着，"任望珊轻笑，"主要是因为我怕这件事情影响到你。我要是早就说了，你肯定会去查的，但那只是徒添烦恼罢了，林叔查了这么多年都没查出个所以然来。"

"我早就想好要学法律，也有很大一部分是因为这个事。我想快一点长大，总有一天我能把事情的真相查出来的，只是还不是现在。"

"所以，于峃河。"任望珊说完吐了口气，如释重负，"我早就不在意流言蜚语了，我的世界比那些人的广阔得多呢。"

"既然在我眼里，全世界最不该影响或打倒一个人的就是闲言碎语，那我还害怕、担心什么呢？"

"现在他们最多也就说我找男朋友既看外表又重物质，我一想这不是夸你吗？"任望珊笑着说，"我真觉得没什么好特地跟你讲的，因为我根本没在意她们啊。"

"向晚一直想让黎阳告诉你，我没让。她那急哄哄的性子还真像漾笙，多好的女孩啊。"

"说完了。"任望珊的左手被于峃河抓着，她看了看于峃河笑了，"干吗握得这么紧？我没事。"

于峃河没有放手，他的心像被针扎一样，传来阵阵撕裂的、钻心的痛楚。喉咙像被无形的压力堵住，这股压力穿过心脏狠狠撕裂皮肉，他不知道该将其安放在何处。

她现在说得云淡风轻的，但当时一个人面对那些流言蜚语的时候该有多无助、多害怕、多心冷呢？于峃河喘着粗气，一把拉过她来抱紧。

任望珊埋头在他的肩窝："没关系的，真的没关系的，于峃河。"

她抬手温柔地顺了顺于峃河的头发和冰凉的脊背。明明她才是受伤的那个人，现在却在极力地安慰他。

"记住我的话，"于峃河低声说，"我会一直站在你身边。"

"好啊。"任望珊轻轻笑了，"我记住了哦。"

与此同时，上海T大。

程鼎颀终于巩固完了最近学的内容，笔记本上大小不一的字迹都是他和萧宸两个人不同的笔记。

萧宸察觉到他的动静，合上专业书：“我写的都看了？我标得还算清楚明白吗？”

程鼎颀伸了个懒腰，打了个哈欠：“都看懂了，老萧你真厉害。来玩游戏？”

“行。”萧宸起身，“你先洗个澡吧，要吃东西吗？”

“啊，要的，红烧牛肉面！”程鼎颀笑嘻嘻地从座位上蹦起来，打开衣柜拿了睡衣和毛巾，“谢了，老萧！”

程鼎颀从浴室里出来的时候，萧宸正背对着他盯着桌子上的泡面。萧宸没注意到程鼎颀走出来，一动不动地站在桌子前，好像在思考什么。程鼎颀莫名感觉萧宸的背影有些落寞，眼前的人突然有点陌生。

程鼎颀猛然发现，四年过去了，自己还是吊儿郎当的散漫样子，依旧很不要脸地麻烦萧宸各种事情，和他一起没皮没脸地打打闹闹，对什么都有着近乎天真的自信。

而不知不觉间，萧宸却已经长成了大人模样，性格也悄悄有了些变化。他和那个跟自己在鹿烧边吃边骂，在教室里幸灾乐祸然后被教导主任抓到走廊里罚站的少年，早已判若两人。

不变的是萧宸依旧陪在他身边，给他准备好随时可以吃到的红烧牛肉面。

程鼎颀下身围着浴巾，朝前走了两步。

萧宸听到他的脚步声，转过来笑着说：“面好了，你先吃，我打一局排位练练手。”

“你怎么没泡自己的啊？”

“不饿，不想吃东西。”萧宸懒懒地回了一句，坐在床上打游戏。

“最近你买的皮肤有点多啊。”萧宸看了下程鼎颀的个人主页，语气有些揶揄。

程鼎颀拿叉子吃了两口面，听到这句话不禁叹了口气：“是啊——钱不知所去，一贫如洗。”

“噗——”萧宸忍不住笑了出来。

“少买点，大二咱们可以一起找份兼职，到时候想怎么买就怎么买。不然你这么一贫如洗下去，接下来就得吃泡面过日子了。”

“这样想想……也挺好啊。”程鼎颀无辜地说。

萧宸想朝他扔个枕头，但看到他脑袋埋在泡面桶里的憨憨样子，咧了咧嘴，没忍心出手——怕糟蹋了这面。

“别玩太晚，十二点熄灯。”

“好的，老萧。”程鼎颀把面汤喝完，满足地打了个嗝，“上分安排！”

2016年6月4日，星期六。

平底锅里的爱心煎蛋滋滋冒着小泡，叮的一声，棕黄色面包机里蹦出两片烤好的全麦面包。于岿河掀开另一边的小锅盖子，酱红色的罗宋汤里的番茄和土豆在打滚。

于岿河拿出瓷碟和木碗，把它们都放在大理石桌面上。他抬头看见任望珊趴在二楼栏杆上。她穿着于岿河宽大的短袖当睡衣，看起来像穿了条裙子。她的头发凌乱地搭在肩膀两侧，显得慵懒又好看。

“今天这么乖，自己起床了？”于岿河说，“洗漱了吗？洗手台上的温水喝了吧？下来吃早饭。”

嗒嗒嗒——任望珊没有回答，她踩着楼梯匆匆地跑下来。

于岿河听见她跑下来，笑了一声：“这么急啊。”

任望珊蹦蹦跳跳地跑到他面前，于岿河轻轻皱了皱眉头。他上前几步，把她整个人抱起来，后退两步，然后让她穿上自己的拖鞋。

“怎么又不穿鞋就跑下来了？不是跟你说过，懒得穿鞋至少穿双地板袜。地上都是瓷砖和木头，还开着空调呢，着凉怎么办？冬天可以开地暖，现在是大夏天，总不至于还开着空调吧？”

于岿河看着她不说话，笑着说：“我去买地毯，把家里铺满？”

“那不用了。”任望珊听到这句话终于开口了。

“记得穿袜子。”于岿河拍拍她的背，“去吃早餐。”

任望珊趿拉着他那双大拖鞋，走到高脚凳旁坐好，打了个哈欠。她喝着罗宋汤，打开手机回复黎向晚。

中午她们要一起吃个饭，下午已经在一家城市书房预约了位置一起复习。

这两周考试，前几天已经考完了三门，马上大一就要结束了。

“宝贝，你几号考试结束？我们11号。”

“我们10号，这次我们比你们早哦。”

“好，那你考完了和同学一起玩一天。”

任望珊抬眸看他，搅拌着木碗里的罗宋汤：“可我就想待在家里陪你一天啊。”声音居然有点委屈。

于岿河哭笑不得，伸手戳了一下她的脸：“那我不要太开心。好，那你就在家陪我复习。”

任望珊点点脑袋，把汤喝完，又咬了一口面包。

“待会儿和向晚约在哪里？我开车送你去。”

任望珊却反问他：“你的——我们的车要加油吗？”随后又咬了一口面包上的爱心煎蛋。

“怎么？”于岿河饶有兴致地看着她，“我们宝贝这么有钱，天天想着养我？”

“等这次期末考试成绩出来，会有校奖学金名单公示。期中考试我是第三名，期末考试应该能往前冲一到两个名次。嗯……我们院人挺多的，奖学金名额也多，综合前五就有。”任望珊盯着他的眼睛笑了，“我的奖学金一半给爷爷奶奶存好，一半都给你吃软饭。”

“我更希望你把另一半给自己存好，买自己想要的东西。”于岿河捏捏她的脸，转移话题，“你最近是不是胖了？”

任望珊明显愣了一下，赶紧放下筷子跳下高脚凳，踩着大拖鞋跑到楼上：“不是吧？你等着！”

于岿河转移话题成功，情不自禁地笑出声来。随后，任望珊又嗒嗒嗒地跑下来，她换上了自己的兔毛拖鞋，把于岿河的狗屎色拖鞋还给了他。

“没有胖啊，我现在一米六七，还是九十斤，和上个月一样。”任望珊噘着嘴，“哪里胖了？你乱讲。”

“只是想逗逗你。”于岿河哭笑不得，站起来从冰箱里拿出牛奶。冰牛奶放一会儿后就会变成常温的，她想什么时候喝都可以。

任望珊穿了一件粉色碎花连衣裙，浅棕色的头发松软地披在两侧，发尾带着点天然的卷翘。她化了淡妆，拎着米棕色菱格单肩包，坐在门口的凳子上穿鞋。

于岿河拿了手机和车钥匙，准备送她出门。

任望珊穿好鞋站起来，看到厨房大理石桌面上放着的那瓶牛奶，突然很想喝。她指指厨房，朝走过来的于岿河说：“有点想喝牛奶。”

于岿河二话不说转身走进厨房，注意到她和平时不一样，他在牛奶上插了根吸管喂到她嘴边。

“怎么还特意拿根吸管？”任望珊笑了。

“你涂口红了，这样不会蹭掉。”于岿河轻声说。

任望珊心里甜甜的，但还是说了一句：“蹭掉了我可以补呀。”

于岿河：“我希望在我这里你可以省去所有不必要的麻烦。”

她没用手接牛奶瓶，粉红透亮的嘴唇直接就着于岿河的手咬住吸管。抬起手臂圈着于岿河，鼻子高度正好在他胸膛那里，衣服上好闻的薄荷味让她不想离开。

于岿河一只手举着牛奶，一只手把手机放在裤兜里，摸摸她蓬松的发顶：“怎么这么香？”

任望珊喝了一半：“走吧。”

她嘴角有一点白色的奶渍，于岿河忍住了亲上去的冲动。他抬起拇指轻轻蹭掉，笑了：“多大人了，喝个牛奶还喝成这样。”

任望珊鼓着腮帮子，抬起手表看看：“快十二点啦。”

于岿河温和地说：“好。”

银色的跑车在马路上呼啸而过，停在一家茶餐厅前。于岿河下车给任望珊开门，进餐厅跟黎向晚打了个招呼后没再多留。

黎向晚在线上点好了菜，把手机递给任望珊：“看看还有什么要点的。”

任望珊接过手机，看着已点菜单笑出声：“我看这半张菜单都被你点上了，还让我加几道？”

“甜品我还没点呢，给你点。”

任望珊扫了一圈：“这样啊。”

她点了一个西瓜西米露和黑糯米水果冰沙。刚点完自己的手机就振动了两下，她点开一看是于岿河。

“月初，不要吃冷的。”

任望珊随后默默地把冰沙换成了小三角慕斯蛋糕。

“望珊，你《宪法》背完了没啊？”黎向晚嚼着咖喱酱牛肉，打开手机看考试排序，“后天是《国际法》和《民法》，大后天是法理，最后一天才是《宪法》，啊——我还能苟活几天。”

“哈哈——”任望珊笑了，“不怕，《宪法》课代表在这儿呢，还怕自己考低分？等会儿好好背。”

“我都怕毕业之后我哥懂的法理比我还多。”黎向晚翻了个白眼，“他也太魔鬼了，去年我跟他打电话他居然能教我财产分配题。那时候我们还没学到这里呢，而且那道题复杂得要死，光题干就占了半张纸，我只是念出来吓吓他，谁知道他居然全记下来了，还给我讲题！”

“那说明黎阳关心你。”任望珊笑着说，“他多忙啊，还看你的专业书呢。”

“嘁，他才不关心我。”黎向晚恶狠狠地插下一块慕斯蛋糕，“我看于峃河才关心你呢，我哥对我要是有你男朋友对你一半好，我才不会动不动就跟他吵呢。”

任望珊无奈地笑了：“别叭叭了，快吃吧馋猫，我们约的一点的位子，过了人家就占了。”

“嗯——”黎向晚低头吃东西，“不过望珊，你到底打算什么时候跟家里人说你和他的事情啊？”

“我还没准备好。”任望珊认真地说，“等我父母出来吧，现在还没到时候。”

家里的事任望珊在上个月和朋友们都说了，黎向晚默默地点点头。

晚上于峃河来接望珊，本想把黎向晚一起捎回去的，却在书房的店门口碰到了黎阳。

于峃河下车：“来接你妹？”

“没事骂什么人。”黎阳看了他一眼。

“去。”这人明显故意的。

黎向晚和任望珊刚从书店谈笑着走出来，于峃河冲黎阳偏了偏头：“去接你妹吧，我家的就先带走了。”

任望珊上了车，于峃河给她系好安全带：“复习一天累不累？”

“明明才一个下午。”任望珊鼓着腮帮子，“你不也是，在家看了很久书吧？”

“嗯，我也得认真啊。期中的时候黎阳的学分绩点差点就高过我了，只比我低 0.2。饿不饿？”

任望珊低头看看自己瘪了的肚子：“有点。”

于峃河右手从车后座拿过来一个纸袋：“喝的自己挑，看看喜欢哪个。”

“大热天的干吗都点热饮啊？”任望珊拿出水果茶抗议道。

“你说呢？”于岿河发动汽车。

“哦——”任望珊鼓鼓腮帮子。

于岿河看着她这样无奈地笑了：“委屈了宝贝？听话，慢点喝，晚上做好吃的给你吃。”

“嗯。”任望珊吸溜了一口果茶，然后递到于岿河嘴边，“喏。”

于岿河喝了一口，笑着说：“谢谢宝贝。”

2016年6月24日，星期五。

高考放榜的同时，大学奖学金名单和院先进个人名单公示。任望珊和于岿河在壶碟各自拿着手机，在名单里迅速翻找着自己想看到的那个名字。

三五分钟后，两人同时眉开眼笑：“有你哦！”

“你看的是Q大的公示名单？”于岿河不可思议。

“你看的也不是你们学校的。”任望珊莫名其妙。

“我们宝贝真厉害，不仅拿了奖学金，还被评为先进个人呢。”于岿河摸摸她的发顶，“我都比不上你了。嘶——这样认识你的男生又变多了。”

“本来就多，再多一点也无所谓啊。”任望珊理所当然地说。

“又气我，真当我拿你没办法啊？”于岿河眼神里有些许不明的意味。

“哦，比如呢？”任望珊抬起清亮的浅茶色眸子，用清澈无辜的眼神看着他。

“……没办法。”于岿河认输。

“对了，给老钱发个消息吧。”任望珊转移话题，“昆城一中今年考得也挺好的。”

“嗯。”于岿河给老钱发了一条语音消息，“老钱，恭喜啊，升学率又比去年高了。虽然最高分没我高吧，但你得习惯啊，昆城一中能比我考得高的人应该还没出生，等他出生了你也退休了。”

老钱立刻回复：“滚犊子。就知道嘚瑟，你还知道什么？”

“还真别说，我还知道要回来呢。”于岿河懒洋洋地说，“运动会我们七个都会回来，帮咱们几个跟王老师他们说一声啊。”

老钱回复：“随便你回不回来。”

“哦，竟然这么欢迎我回来，行，等着吧老钱。”于岿河的语气散漫又得意，差点把办公室里的钱主任给气昏头。

“我们运动会那个时候回去，穿校服吧。”任望珊突发奇想。

“好啊。”于岿河在七人群里发了一条消息，大家很快就回复了一串“OK”。

“现在回想起来，感觉校服也挺好看的。”任望珊切下一小块慕斯放进嘴里，“真挺舍不得昆城一中的。”

“嗯。”于岿河喝了口咖啡，“天色不早了，我送你回家。”

“树老板，我们走了？”

二人走到后厨，树老板正忙着，只来得及朝二人挥挥手。

“树老板的生意越来越好了，他想在两年左右攒够资金，到上海浦东区再开一家更大的分店。”于岿河走在子衿路上，心情特别好，“到时候他到上海去，那五个人就有口福了。”

“树老板真厉害。”

于岿河垂眸看着她：“我们宝贝也很厉害。”

子衿路长得看不见尽头，两旁的梧桐树叶郁郁葱葱，快落下的太阳光把叶子映照得油亮亮的。

2016年10月6日，星期四。

昆城一中。

“梁叔！”

梁叔正在门卫厅里玩手机游戏，卡在第一千七百三十二关怎么也过不去，听到熟悉的声音，他猛地抬起头。

一行七人，还是穿着那身黑白相间的棒球服，仿佛一切都没变，前前后后朝昆城一中校门口走来。

领头的那个人笑着说：“不好意思啊梁叔，我又迟到了，还给开个门吗？”

“你们都回来了啊。”梁叔赶紧放下手机按下红色按钮，铁门缓缓顺着轨道拉开，“快点进来，梁叔想死你们了！”

“我们也想梁叔，所以这不是一起回来了嘛。”任望珊语气柔和，像是天上白糯糯的小块云朵。

戚乐把手提袋里的曲奇饼干拿出来一份：“给梁叔的。”

“梁叔收下了，谢谢小戚乐，又长高了吧？”梁叔的眼睛都快笑没了，“这会儿学生们都在午休呢，下午是运动会。”

“知道，特意掐着点儿来的。”程鼎颀扯着萧宸，“我们现在去吓王老师一跳，走了！”

“那梁叔我们走了！”文漾笙招招手。

一行人偷偷摸摸地打开教室的后门，还穿着校服，活像是迟到了偷进班级的学生。班级后排好几个座位空着，这几个都是运动员，午休还没结束就先下去等着了。

还有不到五分钟，熟悉的“每日推送”就会从音质沙哑的广播里流出来，大家会整队下楼看比赛。

“走走走，一人一个座儿。”程鼎颀怕吵醒这个班里的人，用气音悄悄地说，“待会儿都知道怎么做吧？人生如戏，全靠演技。”

大家朝他比了个“OK”。

五分钟后，“每日推送”响起，竟然又是一首《晴天》。

王老师进班大声喊道：“干吗呢？都快起来！是音乐不够好听还是运动会不好看想做点题？体委下楼了？班长快整队了！”

于岿河一听到王老师喊班长差点就下意识站起来。

班级里的同学伸着懒腰打着哈欠，一个个站起来出门整队。

王老师抱着手臂，很快发现后面几个一动不动的同学：“后面几个干吗呢？赶紧的，下楼了！”

几个人一动不动。

王老师莫名其妙，光看后脑勺哪能认出是他们来。她走过去敲敲离她最近的那张桌子：“听见了吗？”

于岿河懒洋洋地抬起头：“听见了，王老师。”

王老师一愣。

其余六人也抬起头：“王老师，好久不见啊。”

王老师愣了好几秒才反应过来。

“之前不是跟老钱说过了吗？运动会挑一天回来。”于岿河站起来，“怎么您这反应跟不知道似的？”

王老师顺手抄起一本书打在他肩膀上：“又没说回来的方式这么独特。”

于岿河揉揉肩膀笑着说：“老师这是欺负我不会疼啊。”

王老师翻了个白眼：“没大没小。其他老师都在操场上了，你们快去吧，都一个个见完了再回来找我。”

一行人把所有的小礼物交给王老师，笑着从班级里跑下楼来到操场上。

有不少学弟学妹认出了这群刚毕业的学长学姐，操场上渐渐发出专属于迷弟迷妹的尖叫声。这七个人像走红毯一样，走到哪儿浪潮高到哪儿。

钱主任正在主席台前跟邹校长说话，余光瞟到于岿河，嘿！这群家伙回来了！

他掩饰住自己的开心，板着一张脸：“哟，小子有良心回来看看了？”

“老钱！”程鼎颀一看到钱主任就想起了正事，“我有两个样……啊不，两个手机，您还没还我呢！”还没说完就被萧宸拉回去堵上嘴。

钱主任的脸从装黑变成了真黑：“你小子回来一趟就想着要你那两部样板机？你以为我不知道那是两部破样板？真嘚瑟上了嘿！”

程鼎颀“嘿嘿嘿”地傻笑。

一行七人在主席台前跟邹校长、钱主任说了好久的话，下午两点半的时候邹校长、老钱在行政楼有事，才与他们分别。

夏成蹊对着于岿河朝旁边使眼色：“树下那几个学妹守在那儿好久了，看班级的看台位置，是高一的。”

他刚说完，一个学妹就被身后几个人推推搡搡地走上前，不时地红着脸回头。

于岿河：“……”

他总不好当没看见，待在原地认真地对那个学妹说：“不好意思哦小妹妹，这个年龄呢要好好学习，哥哥有女朋友的。”

小学妹：“……我想找的是旁边这位学长啊。”

于岿河：“……”

夏成蹊：“不好意思，我也有对象了。”

其余旁观者：“哈哈哈——”

七个人在天台上并排坐着，两腿悬空，身旁是在小卖部买的橙汁、可乐和咖啡。他们互相笑着打打闹闹，感受今天刚好不怎么热的风，从天南聊到地北。

偶尔程鼎颀嘴贱调侃文漾笙，天台上就会出现两个快速移动的黑白身影。穿过樟树的晚风有时候会送到天台，引来一阵阵暖香。

不知不觉已到下午五点，天色渐暗，然而此时最美。绚丽的落幕宣告着白昼的结束，夕阳的余晖洒在昆城一中的每一寸土地上。

比赛结束后，运动员们满脸尽兴地互相搀扶着往飘着白烟的食堂跑去。偶尔有流浪猫溜过，满足地晒着温暖的夕阳，细细的胡须亮晶晶的，满足地发出几声“喵喵”的叫声。

云层从地平线缓缓上升，青白的天空逐渐变成橙紫色。操场上的比赛逐渐结束，学生干部和体育老师忙着收拾比赛场地。

一行七人跳下天台，向操场中心奔去。夏天，落日，微风，穿校服的少年，后面跟着追光的女孩子。

“嘿，你们几个，过来帮帮忙！”仇铭在裁判处整理巨大的遮阳伞，正好看见他们，“这是学校今年新买的，挺重的，几个人一起搬吧，送到器材室。”

“得嘞。”程鼎颀率先跑到一把巨大的遮阳伞下面，“哎哟，还真重啊，老萧、老于、老夏，来帮个忙！”

“来了，别着急。”几个人各自握着遮阳伞伞柄的一边，共同用力抬起那顶红白色的大伞。

“老于，你的手别挤我！”

“我哪儿挤你了，这是萧宸的手！”

“这是老夏的手啊于哥！”

“哈哈哈——”

余晖下，一行七人，男生们合力搬着伞，女生们在伞下跟着奔跑，红白相间的大伞在操场上缓缓移动。

王老师抱着手臂站在四楼走廊窗口，笑着看着这群人。

仇铭的声音在远处响起：“你们几个搬蘑菇呢？先收起来再搬！上个大学把人都上傻了？”

众人：“……”

随之而来的是他们毫无顾忌的爆笑声，几个人放下偌大的遮阳伞，捂着肚子站在操场中心，一边骂一边笑得像一群傻子。此刻穿着校服的他们好像真的回到了高中时代，无忧无虑，热情洋溢，洒脱灿烂。

不远处的篮球场上有几个男生在打篮球，于岿河朝那边偏了偏头，挑衅程鼎颀：“二对二来一局？”

“谁怕谁？你俩还想过我和老萧？”程鼎颀信心大涨，“赶紧走着！”

那时的他们以为生活会永远这么美好下去，却万万想不到，分崩离析只在一瞬间。

第十二章

2016年12月20日，星期二。

今天任望珊课程很多，虽然没有晚自习了，但光专业课就排到了晚上八点四十五，生日都没法出去过。

从今天一大早开始，她就不断地收到同学们送的礼物和文漾笙他们发来的红包，一整天下来光说谢谢就累得腰酸背疼。

林深零点的时候就发来消息，说不知道该送什么了，直接转账一万块钱，让她自己买想要的东西。

黎向晚背着包走在出校门的路上：“气死我了。”

任望珊觉得好笑：“有什么可气的？”

“都不能好好过个生日，你不生气啊？”黎向晚气鼓鼓地说，“你怎么这么平静啊，我都替你……啊不，替于岿河打抱不平。”

“关于岿河什么事啊。”任望珊真是哭笑不得。

“啧，望珊你想啊，要是今天你没课，他肯定是要带你出去玩，肯定准备个什么惊喜啊！”黎向晚撇了撇嘴，“结果今天刚好满课，多气啊。”

“好了好了，我都没生气，你气什么。”任望珊顺了顺黎向晚的毛，轻轻叹了口气，“其实我和他最近没怎么见面。”

“嗯？”黎向晚皱眉，“你们不是住在一起吗？”

“嗯，但最近这一个月他在学校里特别忙，也说不上来是在忙什么。他每天送我回家之后又会出门，我睡着了之后他才回来。每天我起床之后，早餐在锅里热着，他人却不见了。”

“啊？忙成这样啊！我问问我哥看他知不知道什么。”黎向晚刚拿起手机又放下，语气缓慢，“等下，你这么一说我突然发现，我也很久没见到我哥了。他好像有段时间没回家了，最近也没给我打过电话，之前他都动不动轰炸我。”

“也是最近这一个月？”任望珊看向她的眼睛。

黎向晚认真想了想，朝任望珊肯定地点了点头。

两人不知不觉走到了校门口，任望珊看着前方：“哎，这么巧，刚说到黎阳，他就来接你了。”

黎向晚：“他大半个月没给我打电话，良心发现了？来得莫名其妙。”

黎阳接过黎向晚的包，和任望珊打了个招呼，指指对面：“岿河的车在那儿停着呢，我先带向晚走了。”

“嗯，拜拜。”任望珊向两人打过招呼，走到对面，却没发现熟悉的银色跑车。

一辆崭新的黑色超跑降下车窗，于岿河探出头来：“宝贝这边。”

任望珊惊讶地回头：“怎么又买新车了？”

“不是。”于岿河等她坐进来，伸手帮她系好安全带，亲了亲她的额头，“几个月前我家老爷子送的，今天才运到北京。”

“哦，不对，是咱爸送的。”于岿河翘了翘嘴角。

今晚的路上有些堵，车开了将近半个小时才回到长安道。

“宝贝，你先去开门。”于岿河声音温柔。

“哦。”

任望珊推开门，打开玄关处的开关，屋顶上本该亮起的水晶灯却没有亮，取而代之的是阴影处的满屋星光。她一瞬间以为是真的，差点伸手去抓。

于岿河从她身后扶上她的肩膀，眼眸温柔。他吻了她的耳骨，低声说：“去年送你漫天大雪了，今年……就送你一屋子星星吧。”

任望珊没说话，于岿河笑了：“走，进去吹蜡烛。晚上没吃多吧？等吹完蜡烛，吃完生日面再给你礼物。”

任望珊蒙蒙的：“礼物不是星星吗？”

“这算什么礼物，附赠的一点气氛而已。”于岿河用气声说。

他的声音和平时不一样，有些低沉，勾得任望珊耳垂痒痒。身旁是满屋子的星光，赤红色的火苗在小巧的草莓果酱蛋糕上跳跃。

“十九岁了，宝贝，生日快乐。”

任望珊笑着双手合十，抿着嘴，虔诚地许了个愿望。

“愿爸爸妈妈可以洗清冤屈。”

“愿我爱的人可以一直陪在我身边，身体健康，岁岁平安。”

生日愿望许两个……不算过分吧？任望珊睁开眼睛，星星倒映在她浅茶色的眸子里。她吹了一口气，十九根蜡烛没一次性吹灭，于岿河笑着帮她吹完。

“来，切下蛋糕的第一刀。宝贝吃不下也没关系，基本的仪式感要有。”于岿河言语轻柔，“仪式感满了，咱们望珊的十九岁一定会万事胜意。”

任望珊切了一块蛋糕，把上面的淡奶油抹到于岿河的脸上。

“仗着自己生日就欺负我啊？”于岿河轻笑，“行，那你欺负。”

周围是金色和淡蓝色交织的星星，于岿河顶着一张大花脸，动作麻利地煮出一碗面。

“生日面的话尽量多吃一点。”于岿河神情柔和地看着她。

任望珊坐在餐桌前，听见声音抬起头，于岿河的脸半张掩映在暗处，半张被星星点亮，本就高挺的眉骨和山根越发突出，皮肤也显得更白。他低着头，眼含情意。他每说一句话，哪怕是用现在这样的眼神多看她一眼，她的心都会乱撞一次。

任望珊别开眼神，低下头认真吃拉面，但心像飞到了西伯利亚，吃进嘴里的拉面是什么味道，她一点都不记得。

一小碗面快吃完的时候，于岿河突然轻声叫她：“宝贝。”

他的声音低沉沙哑，任望珊感觉她的魂一瞬间就被勾走了。她慢慢抬起头，嘴里还咬着一根面。于岿河突然凑近把她嘴边的面咬断，接着又咬了咬她的唇。

一触即分。

“没事，就想叫叫你。”于岿河轻笑，“顺便尝尝自己做的面好不好吃。”

任望珊的呼吸一顿，心脏猛烈地撞击着胸腔。她拼命让自己看起来自然一些，但耳根像是被火烧一样，极为灼热。

于岿河看出她的窘迫，体贴地没有说话，把时间留给有点害羞的她。

他起身打开客厅茶几下放零食的抽屉，拿出一个牛皮纸袋。

“宝贝，礼物。”

任望珊看着那个牛皮纸袋：“这是什么啊。”抬手接过，牛皮纸袋上有一串字符。

她看不懂，抬眸问他：“这是什么意思啊？”

“摩斯密码。”于岿河用手撑着桌子，“猜猜看是什么意思？答对了才能打开你的礼物。”

任望珊想了想，试探道：“生日快乐？”

“不对。”于岿河的语气里带了些玩味，“再猜。”

“那么——”任望珊抿了抿嘴，“我喜欢你？”

“知道你喜欢我。”于岿河的气息喷在她耳后，灼热滚烫，“但是不对。你再猜猜。”

任望珊沉默了几秒，没有再说话。

于岿河凑近她耳垂：“I love you.”

任望珊愣了愣，转头对上他漆黑发亮的眼睛。

“这串密码的意思是——我爱你。任望珊，我爱你。”于岿河知道他的宝贝害羞，便直起身说，“看看牛皮纸袋里有什么？”

任望珊一圈圈拆开白色细线，把里面的一沓文件抽出来。

“这是什么？”看着上面密密麻麻的数字，任望珊有点困惑。

“最近这段时间我和黎阳一直在忙的事。”于岿河坐在她身边，骨节分明的细长手指点在文件袋上，温声说，“其实去年这个时候我就已经在着手准备了，前前后后花了一年时间，差不多已经成型了。黎阳真的帮了我不少忙。”

“这是我自己的公司，没有动用家里的任何帮助。是我和黎阳一块儿，加上学校里认识的一些专业人才共同创立的。公司目前在北京已经有了不少合作伙伴，我准备接下来和老爷子聊一下。”

于岿河顿了一下说：“我给它起名叫——山河。”

任望珊眨了眨眼睛，嘴巴微张，说不出话来。

“你看到的这些文件是公司的一些基本信息、财务运转以及资金分配比重，当然最重要的是公司股权持有者。”于岿河抽出最后一张纸，指尖点在她最熟悉的名字上，“股份第一持有人我写了你的名字，任望珊。”

任望珊睁大眼睛。

于岿河笑了："送你星星怎么够啊宝贝，我要赠你山河，予你河山。"

任望珊一时间不知道说什么，半晌才憋出来一句："那、那你还缺法务人员吗？我接下来好好学习……"

于岿河笑出了声："怎么这个反应，可爱死了。"他伸手揉了揉她的头发，低声说，"十九岁了，还没喝过酒吧？晚上陪我喝点？"

任望珊点点头。

于岿河仔细理顺她被揉乱的头发："那先去洗澡吧，我醒个酒。"

"于岿河——你到底好了没啊——"

任望珊的声音懒洋洋地拖着长音，像在撒娇。她盘腿坐在公寓外的露台上，带着雾气的月亮渐渐升高。偌大的北京早上的天空还是多洛米蒂的浅蓝色，到晚上后雾霾渐渐起来，天空变成了深蓝色，上面也没有长明的星星。

此时已近晚上十一点，楼下孩子们的欢笑声早已不见了，空中只有一阵阵极其细微的窸窣声，像是漫漫野草在生长。

于岿河的发尖还有些湿，他拿着两个酒杯走出来。任望珊闻到他身上的味道越来越近，随即一件质地舒适的男式大衣就披在她的肩上。

于岿河俯在她耳边，声音很低沉："宝贝，很晚了，当心着凉。"

"知道啦，你烦死啦。"任望珊偏过头，刚好蹭到他湿漉漉的发尖，"那个酒到底醒好没啊？怎么喝个酒还这么多步骤，用户体验感极差。"

"那可不是吗？极致的用户体验是需要代价的。"于岿河在她的鼻尖上啄了一下，盘腿坐下，把细长的高脚玻璃杯递给她。

远处的高架桥上车流不息，霓虹闪烁不定。

任望珊就着夜色稍微抿了一口，觉得酸得不行："呸呸，什么呀，好酸。"

于岿河憋着笑："其实是醒得够久了，因为刚从冰箱里拿出来，它的单宁特性更明显，所以比较涩。"说着拿过她的酒倒了一半在自己的酒杯里，"这酒可好了，看来望珊小客户不太适应，可别浪费了。"

任望珊瞪大眼睛："什么……什么单宁特性？"

于岿河笑着扶额："是一种化学酸性物质。其实你喝到的那种感觉不是酸，是涩，这也是红酒的特别之处。"

任望珊朝他那边挪近了一点："哇哦，老师您懂得很多嘛。"

"那当然了，我很早就开始喝各种奇奇怪怪的酒了，经验丰富。"于岿河笑着说。

"嗯嗯嗯。"

"给你喝的已经是半甜的糖度很高的平静葡萄酒了，按二氧化碳含量来分，葡萄酒分为平静、起泡和特种，越往后越……对你来说就是越呛。"于岿河仰头稍稍饮了口。

"十一点了，要不要进屋睡觉？不困吗宝贝？"于岿河喝了红酒后的嗓音越发沙哑，怎么听怎么性感，还带着几分漫不经心，"我今天下午还晒了被子呢，夸我。"

任望珊靠在他怀里，小小的身体瞬间被薄荷味的荷尔蒙气息包围："不困，也不夸。你的头发还没干，我给你吹干再睡吧。"

"好的，谢谢宝贝。"于岿河宠溺地摸摸她的头，忍不住亲了亲她柔软的带着柠檬香的头发。

任望珊进屋拿出吹风机，朝于岿河招招手："过来坐在床上，我给你吹。"

于岿河端着酒杯，关上阳台的门，坐在床沿上，任望珊纤细白皙的手指顺着于岿河的头发梳理。薄荷香混着红酒味一阵阵钻入她的鼻腔，她心里不知道在想些什么，眼神有点飘忽。

手上的吹风机突然没了声息，她低头一看，于岿河已经拔掉了插头。他的声音里带着笑意："头发已经干了，谢谢宝贝。"

他把吹风机的电线绕好，起身要放回卫生间。

任望珊跳下床："我去放吧。"

于岿河低下头对上她的眼睛，把吹风机放到她手里："好啊。"

滚烫的红酒香气和薄荷清香顺着空气弥漫开来，任望珊感觉自己从耳廓到脖颈都烧了起来，像是有火苗在蹿。

于岿河突然拉起她的手，把她扯进了卫生间，任望珊不知所措，手里拿着的吹风机掉在地上。她任由于岿河用冰凉的鼻尖抵着她的侧颈，冰冷的唇齿和鼻息间的热气形成鲜明的对比。

于岿河在她的锁骨间舔舐，热气润湿了她的肩颈，他不轻不重地咬了她一下，她再次感受到了浓烈的、完全不加任何掩饰的情绪，下意识地往旁边缩。

卫生间没有开灯，也没有黄蓝色的星星，昏暗、暧昧的光线从外面照进来。于岿河贴得很近，沉沉地低笑着：“刚刚我们小客户的用户体验好像不太好。”

“什……什么？”任望珊感觉现在吐出一个字都费力。

于岿河抓住任望珊的手指尖，又顺着指尖缠住手腕。他的眉目柔情似水，语气有些许意味不明：“那么——要不要试试其他的？”

他直勾勾地盯着手足无措、轻声喘息的任望珊：“宝贝，过了今天，十九岁了。”

和刚才同样的话，在不同的场合说出来完全是不一样的意思。前一次是祝福，这一次却是索取。

于岿河声音里的欲望不加半点掩饰，夜色中所有的感官都被放大。任望珊轻轻咬了咬他的喉结，瞬间击破了于岿河的最后一丝理智。

一晌贪欢。

任望珊迷迷糊糊地醒过来，浑身酸痛。她试着动了动身体，发现自己穿着于岿河那件宽大的T恤衫，上面还有浅淡的薄荷香气，酒味倒是散得一干二净。

于岿河从楼下走上来，手里端着一碗汤：“还疼吗？”他把汤放在床头柜上，坐在床上抱起她。

任望珊其实想骂人，但她选择了闭口不言。

“乖，喝点汤。”于岿河拿过床头柜上的木碗，用汤匙舀了一勺，放在嘴边吹得温凉，再小心地喂给任望珊。

“我自己来好了。”任望珊试着抬手，却发现完全使不上力气。她认命似的没再说话，乖乖地喝了于岿河递过来的汤。

她把手放在被窝里，总感觉有什么触感和之前不一样，于是再试着动了动手臂，把手从被窝里拿出来。

她瞪大眼睛，左手无名指上戴着一枚璀璨的钻石戒指。

于岿河温声笑了：“好久之前就订好了，是我比较急，但又不知道找什么机会给你戴上，今早睁眼醒来就给你戴上了。”他随后又说，“平时上学不方便戴就摘下来好了，总之你已经戴过了，可不能再还给我啊。”

任望珊看着戒指，半晌才道：“哦。”随后又补充，“那就不摘了吧。”

于岿河的手一顿。

“戴着挺好看的，我很喜欢。”任望珊摩挲着那枚戒指，“再也不摘了。”

2017年1月7日，星期六。

此时的北京机场空荡荡的，人并不多，有些冷清。于峣河托运完任望珊的行李，走到她身边，蹙着眉问：“确定不需要我陪你一起回去？”

“嗯。”任望珊朝他点点头，“我自己一个人就可以。”

怕于峣河不放心，她又说：“爷爷奶奶会陪我一起去的，等会儿他们也会来机场接我。”

“林叔呢？”

“他实在走不开，说是在国外，可能过年都回不来了。他还专门跟我道歉呢，说是他没算好日子。”任望珊垂眸，“有时候真感觉挺歉疚的，明明是我一直在麻烦林叔。”

于峣河揉了揉她的头发，温声说：“去吧，要登机了。”

任望珊点点头，背好淡紫色双肩包，温暾地说：“你一个人在北京要好好复习，马上就要期末考试了。”

“嗯。”于峣河整理了一下她脖子上的围巾，抱紧她说，“回去要好好照顾自己，如果不开心或者不舒服一定要给我打电话，我随时有空接。”

“我知道了。”任望珊轻轻把头搁在于峣河的肩膀上，声音又软又乖，“那我走啦。”

“嗯，路上小心。”

于峣河目送着任望珊进了安检，叹了口气转身离开。两分钟后，一辆黑色超跑在机场旁边的大路上疾驰而去。

上午九点，任望珊下了飞机，拉着小行李箱走出了浦东机场，在路口上了之前订好的面包车。

她并没有让爷爷奶奶来机场接她，爷爷的腿脚不利索，不方便出门。她不是小孩子了，可以自己回去。也不知道于峣河刚刚相信了她的话没有。

任望珊坐在后排靠窗的位置，给于峣河发了个消息，于峣河立即回复，她盯着手机屏幕轻轻笑了一下。为了避免晕车，任望珊收起手机，把头轻轻靠在座椅后背上闭目养神，不知不觉就睡着了。

一个多小时后，面包车缓缓停靠在子衿路旁边。任望珊惊醒，跟司机道过谢之后拿着东西下了车。她拖着行李箱往子衿路口深处走，爷爷奶奶已经在家门口等了很久了。

任望珊把东西靠在门边上，牵起爷爷青筋毕露、皮肤粗糙黝黑的手，面露忧愁：“爷爷腿不舒服，也要跟着一起去吗？我一个人也能接爸爸妈妈回来的。”

爷爷摆摆手：“没事孩子，我们都去。”说完还安慰似的拍了拍她的手背，“珊珊啊，爷爷奶奶都陪着你，咱们不怕的，啊。”

任望珊咬着下唇点点头。

好奇怪，她原本不想哭的，可是爷爷说了那句“咱们不怕”的时候，眼泪就止不住地往下掉。她赶紧胡乱地用手擦去，可豆大的泪珠像流不完似的从眼睛里往外冒，滴答滴答滴在地面上。

爷爷抽出手帮她擦干净眼泪，慈祥地说：“珊珊，哭什么呀，今天要高兴。等会儿见到爸爸妈妈了，好好跟他们说说话。咱们不哭了，你看都哭成小花猫了。时间要来不及了，啊，咱们去接你的爸爸妈妈，漂漂亮亮，开开心心地去接。”

任望珊抽泣着用力点点头：“嗯。”

面包车在偏僻的道路上颠簸，平时坐车路过这样的路段任望珊会晕车，但现在并无不适感，她满脑子都是等会儿要说的话。

她想了好多要跟任幸川和望溪讲的事，将近五年的生活，遇到的人和事，还有于岿河。她沉默地在脑子里过了一遍又一遍，然而等车子停靠在监狱门口，她两只脚落地，脑海里的东西都随着关门的那一声咚消失得一干二净。

她和爷爷奶奶站在监狱大门口，眼前的铁门像是许久没有打开过。任望珊咽了口唾沫，感觉喉咙里发干。

“嘎吱——”偌大的铁门边角的一扇小门缓缓打开，从里面慢慢走出来两个陌生又熟悉的身影，随后角门重重地关上。

任望珊小心翼翼地抬眸。

和她记忆里的任幸川相比，眼前的他面部棱角更加分明，不像以前那般柔和。皮肤比先前要黄，鹰钩鼻长而挺，下巴略微后缩。眉眼依旧是温和的，但多了些深邃和沉默。他穿着呢大衣，手里拎着手提箱，腰杆依旧挺直。

望溪如云的长发变成了齐耳短发，几根碎发落在低低的颧骨两侧。她瘦了很多，面色苍白，脸上疲惫难掩。疲惫之下是属于她的婀娜美丽，她迎面走来，像一树梨花在沉默地进行最后一场花事。

两个人和三个人，相顾无言。任望珊如梦初醒，拔腿朝他们奔去，紧紧地抱住他们。她发现自己居然比望溪高了。

爸爸妈妈，我不说话，你们能不能感受到我现在有多开心。我来接你们了，和爷爷奶奶一起，我们回家吧，以后一块儿好好地生活。

望溪哭了，任幸川安抚她："看我们的小望珊，长大了，出落得多漂亮，多优秀啊，哭什么呢。"说是这么说，他的眼眶却也红了。

"走吧，上车，咱们回家了。"

一路上，任望珊都在和爸爸妈妈讲近年来发生的事情。她省去了住出租屋和被迫转学的那段时间，直接从昆城一中开始讲起。

在昆城一中遇到可爱的人，当了课代表，参加了校运动会，主持了跨年晚会；还有树老板的壶碟，娴姐的鹿烧，春游，冬游，联考，高考；教室，操场，篮球场，天台，食堂，小卖部，林荫道；还有大学遇到的人和事……

讲了一路都没讲完，连司机都忍不住开口："你们的女儿真优秀。"

任幸川握着望溪的手，二人相视一笑。

任望珊突然想到什么，正襟危坐，一本正经地说："爸爸妈妈，我有件事情一直没跟爷爷奶奶说，现在我想正式跟你们说一下。"

任幸川和望溪朝她点点头："你说。"

任望珊垂下眼眸，深吸了一口气，抬眸说："我和于岿河在一起了。爸爸妈妈和爷爷奶奶，你们能找个时间见一见他吗？"

她直视着他们的眼睛，目光坚定又温和："虽然我们现在年龄还不大，不急着结婚，但是我和他对待这段感情都是认真的。这次他想陪我来，是我坚持要自己一个人回来的，他很想拜访一下你们。"

"行吗？"望珊紧张地看着他们。

望溪笑了，温声说："我当是什么事，把我们小望珊搞得这么紧张。"她温柔地顺了顺望珊的头发，明眸如水，"我们望珊喜欢的，爸爸妈妈、爷爷奶奶都会很喜欢。你刚刚说的事十有八九都跟他有关，你没有刻意夸大他的优点，但爸爸妈妈都能听得出来，这是一个勇敢优秀、正直专

一、会照顾你的人。”

任望珊赶紧点头：“他很好的，他是我见过最好的男孩子。”

任幸川点点头：“爸爸妈妈知道。”

那就是答应见面了。任望珊松了一口气，也不知道自己刚刚到底在担心些什么。

爷爷奶奶笑着说：“其实我们早就知道了。”

“啊？”这回换她蒙了。

“院子里你们种的那棵枇杷树，树干上面刻的字可不就是‘珊河’吗？”奶奶温声笑着说，“爷爷奶奶还是认识些字的啊。”

任望珊的脸微微红了。

“对了望珊，你林叔叔呢？”任幸川突然问道。

“林叔叔正在国外谈事情，可能年前都回不来了。爸爸妈妈，这几年林叔真的帮了我们很大的忙，不管是经济上还是生活上。林叔每个月给我的钱我都存一部分，再加上我从高中到现在拿的奖学金，全在一张卡里面。”任望珊说，“爸爸妈妈，我们重新开始吧。”

二人感动地看着她，眼里含着泪：“好。”

望溪泣不成声地搂紧她：“我的望珊——”

任望珊轻轻拍着母亲的肩，就像儿时母亲安慰她一样。

“学校是不是快放假了？离过年不远了吧，还是已经放假了？”

任望珊吸吸鼻子：“还没有呢，下周考试，然后放假。”

任幸川点点头：“等你考完试先别急着回来，我和你妈妈一起去一趟北京吧。我们想去看看你的学校，也见一见于岿河。”

望溪觉得这个提议不错，征询地看着宝贝女儿，任望珊当然是欣喜地赞成。晚上爷爷奶奶买了好酒好菜，庆祝一家人团圆。

因为是考试周前夕，任望珊的假条只批了一天半，她第二天下午就要回北京。时间匆忙，她都来不及跟父母好好说会儿话。但是没关系，因为从今往后他们都会在她身边，再也不离开了。所有想说的话，以后都可以慢慢说给对方听。

晚上睡觉前，任望珊给于岿河打了个电话。

于岿河的手机一直放在写字台旁边，他几乎是立刻按了接听：“宝贝，怎么样？”

“我很好，下午接到爸爸妈妈了。”任望珊声音轻轻地说，“于岿河，考完试之后我爸爸妈妈想来北京见见你，可以吗？”

于岿河嘴角上翘：“求之不得。”他紧接着说，“宝贝，我爸妈刚好要来北京谈生意，也是在我们考试那几天。”

任望珊眨了眨眼睛，安静了两秒后笑着说：“那一起见见吧，一起吃个饭，就当是聊聊天。说起来，我也没有正式见过叔叔阿姨呢。”

于岿河低低地笑了：“好。我也没跟他们说过呢，不知道他们听了会是什么反应。明天下午几点的票？”

“一点的高铁，大约六点到。”任望珊记得是这个时间。

“嗯，到时候我去接你，然后我们回家吃饭，好不好？”

任望珊点头，声音柔软：“好。”

2017年1月8日，星期日。

高铁到站的时候，北京下了大雪。

任望珊往站口外走，推着行李箱，背着淡紫色双肩包，围着厚厚的围巾。树枝上的积雪沉甸甸的，大风卷动枯枝败叶，仿佛野兽在嚎叫。

身边人潮汹涌，擦肩而过的每个人心里都有段想诉说却又不想讲的故事。她的手很凉，于岿河伸开双手抱住她的那一秒，她却觉得好暖。

他的声音低沉：“宝贝，我来接你了。我来接你回家。”

“嗯。”

2017年1月22日，星期日。

期末考试结束，寒假的第一天，北京。

中午任望珊给于岿河做了西红柿鸡蛋面，又做了个香菇炒青菜。她特地不许于岿河下楼帮忙，叮嘱他在楼上不许跑下来。

“于岿河，快点下来啦！”任望珊在楼下喊。

“好了？来了。”于岿河等了好久，匆忙从楼上跑下来，“饿死我了。”

“嗯，坐吧。”任望珊背对着他。

于岿河一愣，半晌才说：“现在？大白天的，这么突然啊？”

任望珊：“嗯？我说让你坐啊，怎么了？”

于峃河说道："没事。"

好在任望珊也没多问，只是把面和菜端上来。她非常骄傲地一仰头："照着网上做的，你尝尝看。"

于峃河满怀期待地尝了一口面，随着咀嚼频率变慢，他的表情也渐渐凝重。

"嗯？"任望珊歪着脑袋。

"宝贝。"于峃河尽力让自己的表情自然一些，"你是不是没有放盐？"

"不会啊！"任望珊不信，"我特意看着半勺这样放的。"

"我知道。"于峃河哭笑不得，"可这面是甜的。"

任望珊僵硬地到锅子边上检查所谓的盐罐子，发现里面都是白糖。

"哈哈。"任望珊回以一个尴尬的笑，"好像还不如上次没放盐的。"

"不会啊。"于峃河温声说，"我还是觉得很好吃。"

任望珊没回答，好像被打击到了自信心，去冰箱里拿速冻食品。

于峃河说："哎，别。我来补救一下就好了，能吃的。"

任望珊回头撇了撇嘴："真的？"

于峃河安慰她："真的，等我五分钟就好。"

五分钟后，一锅味道正常的西红柿鸡蛋面出现在大理石台面上。

任望珊无声地吃着面，过了几分钟后缓缓说："看来我还是比较适合洗碗。"

于峃河温声道："本来就不需要你去做饭，你可以什么都不做。"他宠溺地看着眼前的人，"我可以一直养着你。"

任望珊低下头，心里还是有点小委屈："哦。"

"好了，快吃吧，准备一下要去机场了。"于峃河揉揉她有点乱的脑袋。

"嗯。对了，下午你不用送我了，我自己打车去机场接爸爸妈妈。"任望珊吃下一大口劲道多汁的面条，抬眸看向于峃河，"我带爸爸妈妈直接到酒店包厢，跟你还有于叔叔、何阿姨碰面。"

"又不用我接？第二次了啊宝贝，不怕我生气啊？"于峃河这么说着，嘴角却是上扬的。

"我觉得你应该去接叔叔阿姨，这样比较礼貌。"任望珊认真地说，"毕竟是两家第一次见面。"

"好，我都听宝贝的。"于峃河笑着说，"就是下午见不到你的这段时间，我会很想你啊。”

“嗯，说到这个，昨天漾笙跟我分享了一个她和夏成蹊见不着的时候会用的解决想念的方式。”任望珊笑着说，“咱们要不要也试试看？”

“什么办法？又是文漾笙那丫头想出来的吧。说来听听，看又是什么鬼点子。”于岿河饶有兴致地撑着头。

“才不是鬼点子。”任望珊放下筷子，“今天就可以试试看。

“我们开着微信电话不要关掉，但不用一直说话，就只是挂在那边，这样的话即使不在对方身边也可以清晰地感受到他的生活踪迹。”

“有时候你会听到他和别人交谈的声音，听到他做笔记时沙沙响的声音，或者是伸懒腰的声音，笔不小心掉在地上他叹口气去捡起来的声音，玩手机看到搞笑视频轻笑的声音，坐下和站起来走动的声音……感觉他就在你身旁。漾笙说他们这样好多天了，挺有意思的，就是耗电。”

于岿河没忍住笑出声：“文漾笙这野丫头是搞变相监视吗？要是她这么跟我说我会觉得很蠢，不过我家宝贝跟我这么一说，我又觉得有点意思。那等会儿咱就开。”

“好啊，等我出发前。”任望珊笑着说。

下午四点，任望珊化好妆，披上小外套，拎上链条包，独自走出长安道的大门，她听见于岿河在楼上整理书房的声音。另一边，于岿河听到了街上的风声，禁不住向上提了提嘴角。

五点整，任幸川和望溪提着行李走出了机场，拥抱了在门口等着的闺女。

任幸川问：“等得久不久？飞机延误了一会儿。”

任望珊笑着说：“不久呀。我叫了车，爸爸妈妈先去酒店放行李吧。”她看到望溪手里提着的礼物，说，“其实不用带这么多礼物的。”

望溪笑着刮了下她的鼻子：“你懂什么呀，第一次见面要有礼貌。他们家肯定也要带东西的，我们怎么好意思两手空空的。而且怎么这话说得像是你已经是他们家的人了呢，客客气气的。”

任望珊吐了吐舌头。

三人上了车，先到酒店办理入住，放好行李。拿上要送给于岿河一家的东西后，三人下了酒店电梯，任望珊在门口又叫了另一辆车。

上了车，那个司机笑着说：“这单接得真巧，我刚好要去市中心这家酒店接我女朋友下班，待会儿我就直接捎你们到酒店的地下停车场吧，从那儿有直接上楼的电梯和楼梯，你们上去也方便。”

任幸川颔首：“那就麻烦了。”

另一头，于岿河暂时关了任望珊那边的麦克风，给于穆打了个电话。

“现在想起来打电话了？这都几点了？我们快到酒店了，你在哪儿呢？”

“我现在就出发。”于岿河轻快地说，“爸您别急啊，知道您紧张。咱们约的可是下午六点半啊，怎么现在就快到了？”

“还知道叫我爸了啊？我这不是紧张，我就是搞不懂你，天天跟我说那小姑娘怎么怎么好，怎么好看怎么优秀，其他的一概不提。我到现在连这姑娘的名字都不知道，还说要给我惊喜？别到时候给我来个惊吓。”

于穆皱着眉头，别到时候不是个女的吧。

“说了是惊喜就肯定是惊喜。”于岿河笑着说，“行，为了等会儿您别太震惊，到酒店我就先跟你正式介绍一下我女朋友。”

于穆内心缓了缓，一块石头落了地。

于岿河也不知道他爸此刻在想什么：“行了爸，好好开车——不对，您开车不打电话，今天我妈开车啊，多稀罕。”

“别贫了，打扰你妈开车，快点过来。”于穆挂断了电话。

于岿河轻笑了两声，连车都让何女士开，老爷子您这得是多紧张啊。他打开微信，把刚刚关掉的麦克风打开。

他站在穿衣镜前仔细地打好酒红色领带的温莎结，披上黑色西服外套。随后下楼换好皮鞋，拎上店家刚刚送到的几样礼物，开车出了长安道。

于岿河先一步到达了酒店，在停车场停好车之后，他乘电梯直达全酒店最大的包厢。他没挂电话，只是关了扩音，好让任望珊能一直听见自己的声音。

一身高定的于穆和端庄淑雅的何婧姝站在落地窗前，听到声音回头。

何婧姝欣喜地说：“儿子好久不见！终于知道给我带个儿媳妇回来了，妈妈太高兴了，妈妈爱你，呜呜呜——”说着紧紧地抱了于岿河一下。

于穆忍不住上前：“他都要二十了，你这语气还当他高中生似的。”

何婧姝嫌弃地看了于穆一眼：“没眼色。”她转脸又对儿子眉开眼笑，“儿子！我家儿媳妇什么时候来呀？”

于岿河想到这会儿任望珊肯定听到何女士的声音了，无奈地笑道：

"快了妈，他们在路上。待会儿您也别太热情了，我都怕吓着她爸妈。"

何婧姝一副"我懂我懂包在我身上"的表情，拼命朝他点头。

此时的任望珊听着那头的声音，嘴角忍不住上扬。

我快到了，于峀河。

汽车马上到达酒店门口，任望珊刷着手机，无意间看到天气橙色预警：今夜预计有超强暴风雪突袭市中心，请市民朋友们提前做好防护，晚上九点后尽量不要出门。

她算了一下，他们吃顿饭再聊聊天最多也就是八点多的样子，九点应该都已经到家了，不碍事。

出租车在地下车库打了个方向盘，稳稳地停下来，司机回头对后面三人说："先生、女士，我就停在这里等我女朋友下来了。单子已经给您结了，从这里直走就有电梯和楼梯可以上去，记得给个五星好评啊！"

"谢谢。"任望珊先开门下了车，帮忙把后备厢里的东西提出来，掩饰不住心情的激动。

望溪看着女儿的笑脸心里也高兴："我们望珊今天心情这么好啊？"

"妈妈难道心情不好吗？"任望珊笑着问，把耳机线拔下来装回链条包里。

望溪也笑着说："妈妈不止心情好，其实还有点紧张呢。"

任幸川搂着望溪的肩，温和地说："走吧，别多想，一起上楼。"

"嗯。"望溪微笑着点头。

地下车库不像酒店底楼那样有很多电梯口，只有一部电梯通向酒店底层。电梯门前排队的人很多，任望珊和父母排在后面。电梯门缓缓打开，陆陆续续有人挤进去，到了任望珊这边刚好人满了。

任望珊说："爸爸妈妈，要不我们直接走楼梯吧。"

"也好啊，楼梯间都没人走，也挺清净的。"望溪笑着说，"那咱们望珊开个路。"

任望珊走进楼梯间，身后是望溪和任幸川。她刚走了几步，看向手上拿着的手机，想起自己把麦克风关了，但好像还没挂掉。

她轻轻笑了笑，准备关掉连麦，把手机放回包里。任望珊打开连麦显示屏，想点击挂断，却手误开了扩音。

"你说什么？"于穆的声音明显很错愕。

于岿河笑着说：“任望珊。”

“哪个任望珊？”于穆皱眉。

于岿河失笑：“就是高中那位。”

于岿河说话时是笑着的，但注意到于穆的脸色越来越难看，他本来俊朗的眉目逐渐皱紧。

何婧姝面色苍白，她艰难地一字一句地问：“儿子，你说的那个任望珊，她的……爸爸……是不是叫任幸川？”

于岿河愣了：“是。”

何婧姝无力地扶着包厢内的沙发踉跄着坐下，嘴唇发白。偌大的包厢内顿时一片寂静，于穆动了动嘴唇，欲言又止。他走到包厢门口，拉开门探身朝外看了一眼，随后把门关上。

于岿河瞬间有些错愕。

于穆保持着冷静，对于岿河说：“爸爸要和你说一件事，你过来。”

于岿河有一瞬间觉得这样的于穆陌生又眼熟。

周围的空气冰冷，窗外狂风大作，像是宣告着暴风雪的来临。

2012年9月12日，星期三。

笔尖无序地敲击着桌面，于穆一身低气压，眼角散发的阴鸷像是要把办公桌前瑟瑟发抖的人吞噬。

“我现在就问你一句话——”于穆一字一顿，声音像是风刀霜剑，一根一根把眼前的人往冰锥里扎，“公司丢的那部分公款在哪儿？”

“于总我……我真的不知道啊！”眼前的人已经被吓得站都站不稳，声音颤抖，“公司的账目前些天都还好好的，我看得很紧，谁知道……谁知道就……”

“你不知道？！”于穆腾地从扶椅上站起来，两只手重重地拍在桌面上，眼神像是要杀人。

他少见地爆了粗口：“你狗屁的你不知道！这笔公款根本不是于氏一家的钱，你以为对面的任氏好惹吗？！现在你跟我讲这么大一笔钱就这么不翼而飞了，谁信！”

于穆坐下重重地吐了一口气：“我们两家刚谈好的生意，因为你的疏忽一夜间就要损失几百万。报警事小，这些损失谁来赔？！你来赔吗？！”

“我……我……我赔！对不起于总！”财务经理被于穆这副样子吓哭了，话都说不利索，“我……我……我不要工资了，我赔！”

于穆抬手想把手上的钢笔甩过去，又强忍着怒火放下：“你赔个屁！当自己是财神爷了是吧？就你这点工资干到下辈子也别想还清。别废话了，赶紧拿上东西，领了这个月工资就给我滚！”

财务经理踉跄着跑出办公室。

于穆端起茶杯灌了几口，慢慢平复了呼吸。他真是要气疯了，不过他也知道这个财务经理不是真有胆子拿公款的人。要是给他揪出来谁偷挪了公款，他非得让那个人赔个倾家荡产把牢底坐穿。

秘书轻轻推开门走进来：“于总，现在报警吗？”

“嗯。”于穆强忍着不耐烦，签完一份文件，关闭了电脑页面。

“于总，人找到了，是……”

“直接带到我的办公室来。”于穆冷冷地打断。

没过多久，办公室的玻璃门被小心翼翼地推开。走进来的人穿着一身高定西装，身形姿态却与这身衣服不相匹配，花甲之年，半头白发。

于穆一抬眼皮，冷笑了一声：“我当是谁呢，能有这个胆子。”

来人“扑通”一声就跪下了，不停地磕头，声音带着哭腔：“于总，我错了，您原谅我，救救我，救救我……我不想去坐牢，我不能去坐牢啊！”

于穆歪了歪头，声音淡淡的像飘过来一样：“蒋老啊，我没算错的话您还有两年就能顺顺利利地打着‘为于氏服务两代人’的光荣名号，风光无限地拿着公司给你的退休金和房子安度晚年去了。”他点了支烟，猩红火光在眼前一闪一闪，“您挥霍这些钱的时候怎么就没想到今天呢？”

“我不是……我其实不能算是全都挥霍了，我……我还……”蒋老年纪大了，一着急话都说不利索，眼睛翻白眼似的往上瞟，“我有点不舒服……”

“行啊。”于穆抬起雪茄抽了一口，吐出的烟雾缭绕在他眼前，模糊了蒋老的视线，“那我现在就让警察来带你去看医生。”

“哎，别别别……于总我又好了。”蒋老哆哆嗦嗦地跪直，突然换了个称呼，“孩子啊……你小时候我还带你去过……”

“滚！真以为我还把您当个人看呢？”于穆摁灭雪茄，白烟丝丝缕缕打着旋，散发出尼古丁的气味。

于穆的声音冷得让蒋老从皮到骨子里都发麻："哟，别跪着了，还是起来吧，您这声'孩子'我可真受不起。"

"真以为给我父亲赚了点小钱又死皮赖脸留在于氏就是个主子了？就你那点业务量，对现在的于氏而言根本微不足道。要不是看在我父亲年轻时和你关系好，我早把你给踢了，用得着留到现在？这样也好，你早点离开我早点省心。"

于穆最恨的就是这些仗着年纪大摆谱却没能力还手脚不干净的人。

"于穆！你不能这样！你看看我，我快六十了。"蒋老指着自己，双目通红，嘴唇发颤，"你要是真把我送进去，我一定在牢里死给你看！"

"哦。"于穆仔细端详着那支还在冒着白烟的雪茄，"一路顺风，于某衷心希望您这次可别再食言了。"

他不想再看到这副恶心嘴脸，厌恶地别开脸，正欲叫人赶紧把这吃里扒外的蒋老送警局去，开门的却是于老——于穆的父亲。

于穆一愣，随即下意识喊了一声："爸。"

于老看了一眼地上的蒋老，无声地叹息，眼里不知道是什么情绪，或许除了厌恶还有惋惜。

蒋老像是找到了救命稻草，跪着挪过去抱住于老的大腿："我求求你了老于，我拿这条老命求你，救救我……我不能坐牢，我绝对不去，你们要是送我去警局，我就一头撞死在这里！"

他好像突然想到了什么，疯狂扯着于老的裤子，双目赤红："你不能见死不救，你不能忘了我对于氏的恩情……当年于氏资金链断裂的时候是我救的你们，是我！我救的你们！你们全家都欠我一条命！你们现在该还给我了！"

他两只眼睛瞪得巨大，双手发颤，像是猎人枪下垂死却卑微求生的猎物。

于穆对蒋老已经厌恶到极点，想让自己的父亲先离开办公室，等自己处理好了再见面。当他的眼神瞟到父亲时却愣住了，他的父亲脸上不再有厌恶，取而代之的是怜悯和痛苦，以及——挣扎。

于穆一时间说不出话。

于老抢在他前面开了口："来几个人，把蒋老先带下去看着，别让他跑了。"

蒋老的哭声渐渐变小，办公室地毯上一片狼藉，于穆恶心得想吐，又不好现在叫人来打扫。

于老缓缓开口："于穆。"

于穆抬眸："嗯，有什么话您直接说吧。"

于老迟疑了一下，下定决心似的开了口："这件事，你不要管了。"

于穆倏地睁大双眼："爸，您疯了吗？"

"我知道你在想什么。"于老闭上眼，"我是不参与商场竞争了，但我还没老，脑子也清醒得很。我知道这里面的水有多深，也知道他犯下的错有多么不可饶恕，但他救过我的命。"

"当时公司面临倒闭，我曾有过想死的念头。"于老叹了一口气，"是他二话不说把家里的钱全投进来了，里面还有他家里老母亲治病的钱。"

"我欠他一条命，这没错。"于老没想到，他退隐商圈好几年，以为断得干干净净，却还是有一根丝一直缠着他不放，让他身不由己。

"我知道你最看不惯这种事。"于老缓慢地说，"你不需要做任何事，只要不说话，不再管这件事就好。"

"这怎么可能……"

"你现在出去，"于老无情地打断他的话，指着办公室的门，"看看我留给你的这个大公司，看看这些员工是听你的还是听我的。"

于穆愣住了，眼神里都是不可思议："爸？"

于老叹了口气："于穆，我也希望你能一直保持这份正直，所以我不会让你参与进来。这些事情我来做，你只要当没看见就好了。"

于穆缓缓坐回椅子上，无奈地笑了一声："那您打算怎么做？"

"你不用管。"

"明白了，父亲。"

晚上于穆回到家的时候，于岿河正霸占着他的书房刷数学题，听见动静，他欣喜地说："爸？你今天也回来了啊？"

"嗯。"于穆点点头，"开学考试怎么样？"

"那都过去好久了，爸。"于岿河失笑，"我第一。"

"继续保持。你写作业吧，我和你妈说说话。"

于穆走到三楼，把事情跟何婧姝说了一遍。

何婧姝沉默了很久才开口："我觉得这样不对。"

"我知道。"于穆捏了捏眉心，"但我们没办法了。"

他抱紧何婧姝，将她的额头轻轻按在自己的胸口上，安抚似的拍着她的背：“一步错步步错，我不参与进去已经是最大的让步。我要保全你跟岿河，不让你们受到任何伤害。”

于老动作很快，两天内找到了新的切入点，把目标放在任幸川身边的林深身上，叫人收集了他的全部资料。

万事俱备之后，他以于氏代表的身份私下找到林深，以详谈项目的理由约他出去。不明所以的林深欣然同意与于氏见面细谈，带着项目报表去了约好的地点。

在得知事情的前因后果后，林深“腾”地站起来，不可思议地指着于老：“你们内部出了这种事，想用这种方式逃罪？你当我是什么人！”

“先别急啊，看看我们给出的条件。”于老并不为对方的气急败坏所动。他轻轻把文件推到林深面前，做了个“请”的手势。

“就算你们给我这一辈子都花不完的钱，我也不会做这种丧尽天良的事！”林深尽量保持冷静，但内心的怒火根本压不住。

“我可以当作没听见今天的事，于氏把该赔的钱赔给任氏，然后秉公执法，把犯罪者送入监狱，这才是亏损最小的处理方法！你们这样是不对的！”

他对于老先生给出的条件视若无睹，拿起自己带来的东西准备离开包厢：“告辞！”

于老笑了：“我果然没看错人啊，以后你这样的人进了于氏，我也不怕再有人敢贪污公款了。”

林深气极反笑，义正词严地说：“我再说一遍，我——不会帮你做假账。于老先生，您想帮自己的恩人，但任先生和望女士也是我的恩人！没有他们我到不了今天这个位置，更不可能遇见我的爱人。恕我无法帮您，也请您放弃这种不道德的想法，尽早报案吧。”

于老似笑非笑地点了点头：“那你就走吧。”

林深没再说什么，转动包厢的门把手，却发现门被反锁了。

“于老，您这是干什么？！”林深怒极。

“年轻人，你还是不够稳。”于老先生笑了，“我不这么做，怎么能让你听我把话说完呢？”

林深压着火：“听您说完我就能走了吗？”

于老朝前面的椅子做了个“请”的手势：“当然，于某说到做到。”

林深大步往回走，坐到原来的位置上，坐姿明显是不想久留的样子。

于老也没嫌他不礼貌，十指在桌面上交叉，缓缓开口：“林先生恐怕是理解错了我们的意思。”

林深一挑眉：“我可没觉得。”

于老慢慢地摇摇头，眉眼间流露出商场混迹多年的沉稳和精明：“林先生要是不答应，这盆脏水可就要泼到林先生自己身上了。”

“你说什么？不可能。”林深猛地抬眼，直勾勾地盯着他。

“怎么不可能？”于老耸了耸肩，“我还没跟林先生你坦白呢，在你之前，我已经找了任氏其他几位中流砥柱，他们全都答应了。”说着，他把林深没拆开的文件袋打开，白纸散落在桌面上。

林深的眼睛瞪大了。

“看看，是不是这些人？你以为的好盟友。”于老像是在看战利品一样看着林深的表情。

“这些人，我只用了两天时间就让他们变成了于氏的人。还有，你现在在这个房间的事情他们全都知道，你猜猜你要是像刚才那样走出去，他们会跟你的恩人怎么讲？”

林深不可思议地看着他：“你简直不是人。”

“谢谢。那么林先生，你说说看，如果你就是任幸川，你会不顾公司整体去保一个人，还是选择舍小人保大局？”于老扬着嘴角，声音上挑，“如果你认为他是优秀的领导者，那你就知道他会怎么选择。”

林深的后背冒着冷汗。

“到那时候，你的妻子，我没记错的话……是叫鹿娴？名字还挺好听。”于老看向自己眼前交叉的指尖，缓缓站起来，两只手撑着桌面，靠向林深那一头，“她也别想过得好。”

“林先生那么厉害，学历高，又聪明，也懂得世故。做个账而已，我们保你全身而退。”于老又缓缓坐下去，微笑着盯着身体已经僵硬的林深。

“一头是两边都吃力不讨好的事，一头是拿着于氏超高工资、优厚福利和大房子跟老婆好好过日子。”于老跷起腿，身体往后靠，“林先生是聪明人，该怎么选择，现在知道了吧？”

林深无力地蜷起手指，他感受到了被支配的无奈感。眼前这个人，他玩不过。

他艰难地开口：“他们……还有个女儿。”

于老知道自己已经取得了胜利：“知道，跟我孙子差不多大。”他笑了，“怎么？还担心这个？我肯定给她找最好的……”

“事情过去之后，我会当任望珊的第一监护人。”林深冷冷地打断他，“我只希望于氏一辈子都别再掺和进她的生活。她以后交给我来管，就不劳烦你们操什么心了。”

于老挑了挑眉：“那更好。”

一个月后的晚上，鹿娴整理林深的书房时无意间看到了他桌上的文件。她笑着打开随意翻看了几页，满脸幸福地想着待会儿怎么跟林深说她想要一个孩子，但她的眉头渐渐皱了起来。

鹿娴敏锐地察觉到不对劲，林深进来后看到她手上的东西时那种错愕的表情更证实了她的怀疑。

“林深，你之前跟我说的，因为任幸川挪用公款你一气之下换了工作的事情……是不是假的？”鹿娴满眼透着不敢相信的哀伤，可林深躲闪的眼神告诉了她答案。

“你疯了吗，林深？你是不是疯了啊？！”鹿娴双手发抖，鬓边垂下的发丝沾到泪水贴在脸上，“他们是你的恩人，他们还有个孩子，她还不到十六岁啊！她又做错了什么？！”

林深手足无措：“你先听我解释好不好？你别急，不是你想的那样……”

“好啊，你解释吧。”鹿娴把文件搁在书桌上，满脸泪痕，“我听着。”

林深欲言又止，无论他怎么解释，事实都已经摆在了她的眼前，他逃不掉，挣不脱。

“林深。”鹿娴垂下眼眸，“我们离婚。”

任幸川和望溪入狱不到半年，蒋老在一家夜总会被发现吸毒已长达一年之久，由于拒捕加上袭警，就地执行枪决。同年，于老突发心脏病去世。

一切死无对证，这场惨痛的冤情以含冤者的入狱和沉默者的忏悔悄无声息地落幕，世上的知情者只剩下了林深、鹿娴、于穆、何婧姝。

这件事情像巨石一样压在他们心头近五年之久，压得他们每一个人都喘不过气。但一切都在轮回，林深将含冤者唯一的女儿转入了昆城一中，却不知道于穆的儿子——于岿河，也就读于这所高中。

恩怨像个轮回，一切重新开始。

第十三章

任望珊也不知过了多久，周围的空气都是寂静的，手机扩音喇叭里于穆的声音却回荡在楼梯间，时刻提醒着她时间在流逝。

任望珊没有回头去看父母脸上的表情，但她能想象得到，他们的表情应该和她的一样——麻木。

什么时候到的包厢，又怎么推开的那扇门，手机里的声音是什么时候停的，任望珊都有些记不得了。于峀河和她对上视线的时候，周围陷入沉默。

望溪先开了口："望珊。"

过了半晌，任望珊才勉强回答："妈。"

望溪还拎着一盒礼物，可说出来的每一个字都像用尽了全身力气："你和于……这个人，在一起多久了？"

"一年。"

"那么，"望溪红着眼看向自己的女儿，她的发丝散落了几根贴在脸上，眼神像是在看一件破碎的艺术品，"分开还做得到吗？"

这不是疑问句，而是肯定句。声音的尾调像是破了音，最后那两个字几乎是用气音讲出来的。

铺天盖地的眩晕感和荒诞感瞬间包围了任望珊，她踉跄着向后退了一小步。耳膜好像被空气之外的东西包裹住了，她听不见于峀河在那一瞬间对自己说了什么，但眼睛还是清明的。

她颤抖着捂住嘴，不想让自己叫出来，却还是发出了声音。于穆瞳孔骤缩，因为于峀河二话不说跪了下来。

这是于岿河啊！倔强高傲得不会向任何人低头的于岿河啊！

“阿姨，”于岿河感觉左心房最软的那块在被针扎，“我给您跪下可以吗？您先听我说。”

任望珊在他跪下的一瞬间哭出了声。

“你有什么资格跟我的女儿在一起？！”望溪尖叫着向后退，“看到姓于的我都恶心！”

任望珊也跪下来：“妈！”

望溪错愕，赶紧去拉她：“你又是干什么？！”

“于岿河他不欠我们家的啊！妈……”任望珊挣脱望溪牵她的那只手，“他没欠我们的。”

“那我们家欠他们了吗？我们有吗？”望溪歇斯底里地吼着，“想想你爷爷怎么受的伤！想想你爸妈坐了将近五年的牢！想想我们现在过的是什么日子！你怎么还说得出这种话？！他们姓于的一家是给你灌了什么汤啊，你到底有没有良心……”

长辈之债，牵连晚辈，残忍至极，却好像又是天经地义。

任望珊只觉得冷，从头冷到脚，没有一处皮肤是温暖的。可这一次，没有人再来抱紧她了。窗外雷声大作，她吓得一个哆嗦。

于穆没有说话，沉着脸把于岿河从地上拉起来：“老子都没跪，儿子跪什么？你的骨气呢？”

于岿河面无表情，何婧姝全身都在颤抖，早已泣不成声。

任幸川回以沉默。

“我的望珊……我的宝贝……”望溪颤抖着坐在地上，眼眶红得充血，下眼睑也浮肿起来，声音已经不像是她自己的，“爸爸妈妈的任氏集团全被这家人毁了……”

任望珊的脸色煞白，“宝贝”这个词曾经是多么温馨的称呼，现在却像是一把尖刀狠狠扎在她的痛处。

于穆听到“任氏”两个字，身体忍不住颤抖了一下。这两个字无时无刻不在提醒他于氏犯了什么罪，做了什么事。

“你不知道……望珊，爸爸妈妈在监狱里多么绝望啊，我们明明什么都没做！我们想要自由想了五年，好几次都想死了，唯一继续活下去的念想就是你。”

“你现在要跟着他走！你跟他走一个试试看！他们全家都是我们不

共戴天的仇人，你要是跟他走，他还要你，那就是贱上加贱！”望溪已经神志不清了，说出的话一字一句都挑着最尖利的词往所有人心口扎。

“妈……”除了这个字，任望珊再也说不出其他的话。

她满脑子都是望溪的话，四肢瘫软地跪坐在地上。巨大的压力像是无形的大手把她压得喘不过气来，她觉得这世界有些不真实。

“阿姨。”于岿河像被抽干了浑身的血液，语气干涩，“我求求您了。”

“啪——”于穆打了他一巴掌，这是于岿河第一次被打。

小时候因为他有痛觉障碍，于穆怕他受到任何一点伤害，从没打过他。十九年来，这是第一次。于穆感觉手指上火辣辣地疼，有一瞬间，他觉得该被打的人明明是自己，为什么要打他儿子呢？

于岿河不疼，却觉得天旋地转，像是走着走着走到了悬崖边上，然后义无反顾地朝前迈了一步，随即落入无底深渊。

任幸川冷冷地看了对面一眼，把手上提着的东西都扔到于穆脚边，搀扶起力气早已用尽的望溪，轻轻唤了声任望珊的名字。

于岿河也不记得任望珊一家是怎么离开包厢的，只觉得时间过了很久，外面的雨声好像更大了。他的心空落落的，身边也没有人说话。

他没有跟于穆和何婧姝道别，一个人一步一步从楼梯间走下去，像是把刚刚任望珊走的路都走了一遍。

他开着车回到长安道，盯着黑夜里发着荧光的密码锁，打开锁侧边的盖子，把里面的芯片拔了出来，屏幕瞬间变暗。

他失魂落魄地进到屋里，关门后把门反锁。他没有换鞋，没有开灯，扫视了一圈黑暗的房间，贴着冰冷的门缓缓滑坐在地毯上。他抱着身体，肩膀无声地抖动。强撑着的一切在此时土崩瓦解，他还是没忍住哭了。

因为从小就有痛觉障碍，他明白流血就是一件很严重的事情。可是他十九岁那年才明白，流泪比流血要痛苦一万倍。

不知道蹲坐了多久，手机振动，他无声地关掉了手机。

任望珊从酒店里跑出来。她打不到车，在寒风里奔跑，满身狼狈的样子引起了路过的车主纷纷回头。她发抖，风灌进胸膛，她觉得好冷。

最后她满身疲惫地回到长安道，去找于岿河。屋里没有亮灯，但她能感觉到他在里面。

任望珊按在屏幕上，却没有等到开门成功的提示音。她胡乱地在衣服上擦了擦手。她哭着喘息，慌乱地按下密码，可是周围静悄悄的，门也没有开。

任望珊疯狂地拍打着门板：“于峣河，你出来……你快点开门……求你……我怕……”

一门之隔，于峣河的指甲死死地抠进皮肉里。他一句话也不说，无声地把她拒之门外。

——你跟他走一个试试看！

——你要是跟他走，他还要你，那就是贱上加贱。

——看到姓于的我都恶心！

——你有什么资格跟我的女儿在一起？！

于峣河闭上眼睛，是的，现在他确实没有资格了。

他和任望珊之前过得真的太顺利了，生活从来就不该这样，老天总要拿走点儿什么，让生活平衡些才肯罢休。

最后欢喜变成了辛酸，深爱变成了不甘。不值钱的眼泪挽不回狼狈的爱人，连怯生生的见面都成了奢侈。

任望珊敲了很久，最后疲惫地瘫坐在门口。

“任望珊。”于峣河轻声说，“别勉强了。”

声音从门板另一侧传来，闷闷的，听不清说话人的语气。

“于峣河。”任望珊的泪也流干了，她靠在门框上听到这句话，沉默了一会儿说，“那我把东西……给你放在门口了。”

极端的爱就是如此，陌生和一生，不过是一字之差，只言片语就判了刑。

于峣河不知道是什么，但还是说了声：“好。”

“那你多保重。”

“再见。”

任望珊强撑了好几次也没站起来，她哭着把左手无名指上的戒指摘下来，低头亲吻着钻石戒指，像是在葬礼上亲吻爱人的墓碑。随后她把戒指轻轻放在地上，擦干眼泪站起来，再也没有回头。

良久，于峣河站起来，打开公寓的门。低头时，眼前闪过雪亮璀璨的颜色。他蹲下身体，慢慢拾起那枚戒指，攥在自己的手里。

“对不起。”

“我爱你。”

自此，相爱之人，再无联络，无可奈何，爱尽封藏。

离开公寓，任望珊身体冰冷得不受控制。曾经有个人不让她在极端天气出门，因为她容易生病，现在这个人不在了。

她好想告诉于峃河，其实那些她都不怕，她只怕他不在她身边，但是于峃河并没有给她这个机会。如果这样的天气能让人清醒，也能算是件好事。

街上的车流量渐渐减少，已经过了九点，暴风雪之夜正式来临。

口袋里的电话在响，是文漾笙。任望珊一直不接，那头就一直打。她把手机拿出来，看见文漾笙的名字，委屈、不甘和辛酸再度袭来，瞬间泪如泉涌。

她颤抖着按下接听键。

“望珊，怎么这么久不接啊？我看天气预报说今天北京有暴风雪……望珊？你那边风声好大啊，你现在在外面吗？”

任望珊泣不成声。

文漾笙皱起眉头，察觉到不对：“望珊？”

眼泪砸在手机屏幕上，风声掩盖了任望珊几乎听不见的哭声。

“漾笙——”任望珊用尽力气，说出了最后几个字，“于峃河他不要我了。”

“怎么会不要你了呢？”文漾笙着急地说，“于峃河他不会的，你相信我望珊，别哭啊。”

文漾笙声音紧张得发抖：“没事啊望珊，你等着，我现在就去找你好不好？你回长安道，哪儿也别去，乖乖等着我啊。”

但是北京的风太大了，任望珊没有听见她的话。文漾笙挂了电话，匆忙披了件衣服就往外跑。

身后室友唐栗急忙问：“什么事啊，这个点还出去？”

“望珊那边不知道出了什么事，我得去看看。”文漾笙皱着眉。

“明天再去吧，现在都这么晚了。你就算现在走，到北京都几点了啊？”唐栗从床上跳下来，“听我的话，明天再去。”

文漾笙顿了一下，开口说：“我还是现在去吧。你明天也回家了吧？我要是下午之前回不来，你回家的时候帮我跟宿管阿姨说一声，就说我还要回来拿东西，先别锁楼。”

“那……你至少跟你男朋友说一声。”

文漾笙点点头："那我走了。"

"路上小心。"

文漾笙打了辆出租车去浦东机场，在手机上查询去北京的航班，却发现所有航班都因为北京这场特大暴风雪取消或延误了。

她立即对司机说："师傅，麻烦改去高铁站！"

"好嘞，这可远着呢。"

"没事师傅，麻烦快点。"

"知道了。"

上海没有下雪，这个时候，远处十里洋场欢歌，与文漾笙此时的心情格格不入。她打电话给夏成蹊。

夏成蹊正在自习室和几个同学做研究报告，抽出时间接了她的电话，刚刚还面无表情的脸上浮起了笑意："怎么了，小笙？"

"我要去北京一趟，现在已经在路上了。望珊和于岿河好像出了什么事，我得去找望珊。"文漾笙语气十分着急，"就跟你说一声，知道你在忙呢。"

"怎么不早点说？"夏成蹊皱眉，"我和你一起去。"

"不用了，你不是想赶在回家之前和同学尽量多完成一些课题嘛，我一个人去就好了。"

"这样，"夏成蹊依然皱着眉头，"我马上买下一班的票，你在那边等我。"

"唉，拗不过你。"文漾笙轻笑，"行，那我在北京等你。"

文漾笙上了晚上十一点的高铁，到达北京应该是凌晨四点多。她给任望珊发了个消息，随后倚在座椅上闭目养神。

她出来时穿的衣服有些薄了，此时高铁车厢里人不多，四周空荡荡的，她感觉有些冷。

任望珊抱着肩在街道上漫无目的地走，口袋里的手机一直在振，望溪和任幸川不知给她打了多少个电话，她也没有接。

街道上的车越来越少，偶尔有黄色的车灯从她身旁闪过，响起两声喇叭。于岿河的声音不停地回荡在她的耳边，治愈且令人沉郁。

她走了很久，不知道走到了什么地方。她没有来过这里，居然有座桥，桥下这片并不大的水域上已经结了一层薄冰，和道路连成一线，看不清边界在哪里。

突然，一个身着冬季执勤服的交警发现了她，哨声尖锐地响起："那位市民，你干吗呢？这么恶劣的天气，是要去哪儿？快回家吧！"

交警打着手电筒往她这边照，强烈的灯光使她有些不适应，不由得抬手在眉前遮了一下。

"说你呢。"交警走过来，"有手机吗？"

任望珊点点头，麻木地把手机拿出来，其实她都没太在意前面的人是谁。

"哎哟，怎么把自己弄成这样？你没事吧？"交警问道。

"快回家了，这位市民朋友，你看这地方还有谁跟你一样？暴风雪要来了还在这里走来走去，家在这附近？"

任望珊完全没听进去他在说什么，眼神呆滞，只会无声地点头。

"总之，快回去吧。"交警也没跟她多说，转身往回走。

任望珊摇摇晃晃，一步一步往前走，像是在踏入深渊。

她眼前一片迷茫，整个世界都是灰暗的。恍然间，她觉得身体下坠的感觉很熟悉，又想不起来为什么。窒息的一刹那，她想起来了。

天鹅湖落水那一次也是这种感觉，只是这一次好像更绝望。上一次有人救她，这次……可能没有了。

大脑一片空白，气管抽搐得生疼，肺里的氧气在减少，生理和心理上都绝望。

河面上的风声实在太大了，掩盖了一切生命的踪迹。交警无意间回头，发现刚刚那个人已经不见了。他眨眨眼睛，却看见不远处的河面上有人在挣扎。

坏了！交警二话没说，往那边冲去。

"患者生命体征微弱！立即安排抢救！"几位医生同时快速奔跑着，随行的还有把任望珊救起来的交警。

担架被推进手术室，红色的灯光亮起。

几分钟后，另一位医生跑过来："请问找到患者家属了吗？"

交警拿着从岸上捡到的手机，一边坐着喘气，一边说："紧急联系人叫林深，我刚刚已经打了电话了，他说马上赶来。"

医生点点头："那就好。"

林深心力交瘁，在暴风雪里开车赶往医院。他其实早就在北京了，但不知道怎么面对任幸川和望溪，所以一直没敢主动给他们打电话，还在微信里对任望珊谎称自己在国外谈生意。

他万万没想到任望珊会出事。她现在不应该跟父母待在一起吗？为什么会在十一点多在一个完全陌生的地方落了水？到底发生了什么？他来不及细想，车已经到了医院门口。

和救起任望珊的交警谈过之后，林深皱起眉，什么叫“看起来恍恍惚惚，精神似乎都不太正常”？

这听起来不像她啊。

此刻他也只是在心里想想，随后感激地朝那个交警鞠了个躬，拿出一张支票写了个数字递给他。

交警赶紧摆手：“不不不，救人是应该的。既然你来了，那我就先走了，我不能离岗太久。”说完就离开了，留下林深一个人站在手术室外面，四周又变得静悄悄的。

手术室的灯熄灭了，林深猛地站起来：“医生，怎么样？”

医生面露难色：“我们已经尽力了，还需要看病人的恢复情况，如果病人能在三天内醒过来，就没什么大问题。”

林深仿佛被惊雷劈了一道，他的脑子一片空白，只是麻木地回答：“好的，那……谢谢医生了。”

林深到楼下交了住院费和手术费，再三思虑，还是给任幸川打了电话。

二十分钟后，任幸川和望溪出现在病房门口。二人面色憔悴，进了病房看见林深也一句话没说。

病床上任望珊惨白的脸色，均码的病号服穿在她身上显得格外大，更显得她柔弱可怜。精神状态真的很能影响一个人，明明才过了几个小时，望珊却像是瘦了好多。

望溪悲伤地看着自己的女儿，艰难地开口：“她什么时候能醒？”

林深噎了一下：“三天内。”

他看着面前的这两个人，好像没法说出实话。万一任望珊真的醒不过来……林深不敢去想。不仅任幸川和望溪活不下去，他的罪过也要再加上一条活生生的人命，让他永世不得安宁。

林深深吸了一口气。

望溪点点头：“好。”

任幸川抚慰地拍拍她的肩膀：“你在这里陪望珊，我和林深出去一趟。”

望溪垂下眸，语气平淡：“嗯。”

在女儿离开酒店的这段时间，她已经平静了不少。

林深默默地跟着任幸川走出去。任幸川靠在白色的墙壁上，拿了支烟缓缓低头点燃。火星掉在地上，瞬间熄灭，他吐了一口烟圈：“林深，这段时间，望珊和她爷爷奶奶都给你添麻烦了。”

烟草的气味钻进林深的鼻腔，让他有些不适。任幸川垂着眼，林深也没看清楚他的表情，只是轻声说：“应该的。”

任幸川低低地应了一声，林深看不出他现在是什么心情，也不知道应该再说些什么。他想了想说：“望珊很努力，也很懂事。她把自己照顾得很好，真没怎么给我添麻烦。”

“嗯。”任幸川把烟头摁灭在墙上，墙上留下一个烟洞。

林深突然感觉他不该来医院，至少今天不该来。他总是觉得背后一阵阵发寒，这感觉来得莫名其妙，像在预示着什么事情的来临。

“那么，不知道你答应给于氏卖命的时候觉不觉得麻烦。”任幸川的语气不咸不淡，他低头把熄灭的烟尾巴踩在地上。

林深感觉脑袋“嗡”的一声，像被人重重地敲了一记，差点没站稳：“任总……”

“我一直在想，我一生行得正坐得直，而且公司里的机密文件都是经过你的手，肯定不会出错。为什么账目上那些贪污公款的明细一眼看上去便是铁证如山呢？”

林深感觉呼吸困难。

“我和望溪在牢里除了担心望珊，还一直在担心你，林深。”任幸川笑着说，“我们都觉得自己连累了本来前途光明的你，还在想你在新公司的工资福利有没有在任氏好。”

他笑了，仿佛在嘲笑自己的愚昧天真：“我们从来没有怀疑到你的头上。”

林深的指节泛着白，指尖都在颤抖。

“你是林深啊。”任幸川仰起头，后脑勺抵在墙壁上落下墙灰，“望珊当时跟我说，出事之后你是第一个向她伸出援手的人，也是唯一一个。”

“这份恩情她要记一辈子的。现在她也知道了，一切变成这样还有你林深一份。”

林深睁大双眼，瞳孔涣散。

“她也知道了你对她的好，只是带着愧疚和补偿的同情与施舍。”

“不……不是的……”林深感觉到了和四年多前一样的无力感，可是说什么都不管用了，无论怎么解释都无法摆脱残酷的事实。

“她先前还说你一直在帮忙查清事情的真相，呵，真是太可笑了。”让清楚一切真相的帮凶来帮忙找寻所谓的“真相”，天真得愚蠢啊。

林深刚想说什么，任幸川就一拳挥了过去。林深倒在地上，眼睛闭上又睁开，还没看清眼前的东西，就又被任幸川提着衣领狠狠地砸了一拳。

静悄悄的医院走廊瞬间喧闹起来，路过的护士都赶过来拉架。拉扯声、劝说声、吵闹声，吵得任幸川心烦。他生来温和坦荡，从没打过人，但眼前这个人，他打死他的心都有。

林深挤出一句话：“望珊还在这里，别吵着她。”

任幸川觉得荒谬，搞得好像害了女儿的人是自己一样，真是可笑至极。他停下了手里的动作。

林深过了两秒说：“出去打，我让你打个痛快。”

任幸川满脸寒凉，只冷冷地说：“不必了，你走吧。”他语气轻微，像是在对自己说话。

“不要再让我们一家人看见你了。我和望溪不想，望珊更不想。”任幸川说，“我们一家人看见你都嫌恶心。”

林深没回应，撑着走廊上的椅子站起来，抹了一把脸上的血。他没走两步，准备从楼梯上下去的时候，身后又传来一句话。

“啊，应该还要见一次。”任幸川垂着眼，“在法庭上。”

林深愣了愣，随后叹息着点头。他心里没有恐惧，反而有些轻松，像是这四年来肩上背负的无形压力瞬间散了。

总要还的，这是他欠下的，早就有这个心理准备了。他跌跌撞撞地下楼，再也没有回头。

2017年1月24日，星期一。

文漾笙疲惫地睁开眼，下了高铁，拿出手机发现快没电了。她出来得急，也没带充电宝。

她打开微信，看见夏成蹊两个小时前发来的消息：“刚上车。”

她立即回过去：“嗯。”接着说，“我现在去长安道。”

直到冷风和雪花灌进脖颈，她才发觉北京还下着大雪。文漾笙走到站口买了把伞，又打开了打车软件准备叫车。

然而这个时间，再加上恶劣的天气，软件页面上的圈圈转了好久也没有车接单。她叹了口气，给任望珊发了个消息，说自己打不到车，要晚一些才到，随后关掉了手机。

一辆黑色的车子缓缓停在路口，车窗摇下来：“姑娘，打车吗？”

文漾笙发现这是辆黑车，夏成蹊跟她明确地说过，无论多着急都不要坐不正规的黑车。

文漾笙抿了抿嘴，想到任望珊在电话那头崩溃地喊“于岿河他不要我了”，轻轻开了口：“去长安道。”

风雪随着时间的推移越来越大，落在车前盖上，听得人无端焦躁。

“师傅能快点吗？”文漾笙小心翼翼地开口。

虽然是黑车司机，但这位师傅说话还挺温和的：“雪太大了，要保证安全。”

文漾笙还是着急：“拜托了师傅，您开快点吧，我可以加钱。”

那司机一听加钱满脸欣喜：“得嘞，开快点，我也能再多接一单。”

马路上也有其他疾驰而过的车辆，有的是黑车，有的是长途运输货车。这些货车司机不敢慢下来，无论风雨多大，送货晚了就要罚款。

恍惚间，文漾笙感觉货车的轰鸣声离自己越来越近，她只看见前面有一道强光，亮得刺眼，整个人正朝那道光冲去——

“刹车失灵了！快跳车……”司机还没来得及开门，甚至连话都没说完。

文漾笙感觉世界变小了。

“哐——”货车从小轿车身上压了过去。

文漾笙感觉整个人天旋地转，耳边有噼里啪啦的响声，不知道是风声还是玻璃破碎的声音。

她的脸贴着窗户，空气里有潮湿的血腥味和焦煳味，地上到处是散乱的货物，她的意识渐渐模糊。

猩红炽热的火焰渐渐地燃起来。她脖子上坠着的项链在微小的火光里闪烁。她的一只手还能动，在狭小的空间里摸索着自己的手机。

她实在太疼了，眼前逐渐发黑，强撑着颤抖的手打开手机，找到她的爱人，但手上已经没了力气，也打不出字了。

她按下了语音键："对不起，夏成蹊，我的运气或许只够与你同年同月同日生。"

她闭上眼睛，世界一片灰暗。远处警笛声和救护车疾驰而来的声响，她并没有听到。

紧急手术进行中的第三个小时。

小护士守在文漾笙刚刚充满电的手机旁边，看着屏幕突然有了来电显示，她急忙接起来："请问是家属吗？"

夏成蹊皱眉："你是？"

听完护士的解释后，夏成蹊发了疯一样拦了辆出租车赶往医院。路上他打开手机才看到文漾笙发来的那条语音。

——我的运气或许只够与你同年同月同日生。

他的手不停地颤抖，想压都压不住。车一停靠在路边，他连伞都没有拿，抽了一张钞票放在座位上就冲进医院。

"我是病人家属，文漾笙在哪儿！"

护士忙说："在 629 手术室，上去的时候轻点，别吵到……"她还没说完，夏成蹊直接冲上楼梯。

人到达楼顶时，思绪却像从另一个时空飘过来，他有点晃神，飞快地寻找着 629 手术室。

手术室的大门在他到达时打开，医生走出来脱了手术服，上面都是鲜血，看得夏成蹊的脑门突突直跳。他有些移不动脚步，直到医生发现了他。

"病人家属？"

夏成蹊麻木地点点头。

"请做好心理准备。"医生艰难地开口，"她不一定能醒过来了。"

夏成蹊眼前一黑，差点没站住，脑海里所有事情都在一瞬间变成空白。

他身后有拿着笔记本的警察在轻声说话："黑车司机……是，已确认当场死亡。货车司机……骨折，目前已无生命危险……”

夏成蹊目送护士推着病床离开，如梦初醒地追上去。

病床被推进了任望珊隔壁的病房。最好的朋友，此时仅仅一墙之隔，却不知道对方就在身边。

夏成蹊坐在走廊里，发觉后背早已浸透了一层薄汗。腿上的肌肉痉挛，疼痛不停地扩散，波及其余的感官，又瞬间消失，然后这种感觉再次循环。

护士从病房里走出来：“病人家属可以进去了，不要吵闹，可以和她轻声说说话。病人还在昏迷中，能不能醒来就……”

夏成蹊点头：“谢谢。”

护士刚回头，又转过身把手伸进口袋：“差点忘了，她有东西在我这里。”

夏成蹊抬眸，护士拿出文漾笙的手机交到夏成蹊手里。

夏成蹊刚想缩回手，护士又说：“哎，还有呢。”

他的手顿在半空，再次落到他手里的东西是一条坠着钻石戒指的项链。钻石在医院走廊的冷光中一闪一闪，凄美动人。

夏成蹊轻轻打开单人病房的门，房间昏暗，窗帘微微透着天光，外面的风雪渐渐停歇。

“小笙？”他合上门，在病床边坐下，轻轻抚摸着文漾笙苍白的面孔，语气温柔地呼唤。

她身上的管子连接着四周各类复杂仪器，荧光表盘上各种数据时刻在跳动和变化。

“怎么总是这么急性子？就是不愿意等我一块儿走，而且也不乖。”他垂着眼，“明明跟你说过只能坐出租车的。

“现在知道错了吗？”看着文漾笙毫无血色的嘴唇，他俯身亲了亲她，“等你醒了我再好好收拾你。”

“到时候我肯定说的话特别多，你不是老嫌我话少吗？”夏成蹊轻笑，“就冲这件事我肯定能说你说上一整天，到时候你可别嫌我烦。

“小笙，你说你在北京等我，现在我来了。别让我太担心了啊，明天就醒过来吧，要是还想睡觉的话，后天也可以。别让我等太久了，不能仗着我对你有耐心就欺负我啊。”

他伸手拨了拨文漾笙鬓角的头发：“你上回不是说来北京没吃上正

宗的烤鸭吗？只要你醒过来，我立刻就带你去吃。

“还没跟你说呢，我的学分绩点一直是我们系最高的，学长说我这样的搞不好能提前毕业，还能直接申博。”他温柔地笑了，“我比你提前毕业的话，就能提前养着你了。

“带你吃你喜欢吃的美食，给你买你喜欢玩的东西。然后也像于岿河那样，给喜欢的女孩子一个家，哦，不对，是给爱的女孩子一个家。开不开心？开心的话就早点醒，你睁开眼见到的第一个人一定是我。

“文漾笙，我真的太喜欢你了，从高一刚开学那会儿就开始喜欢，现在已经快五年了，比我们身边任何一个朋友喜欢的时间都要久。”夏成蹊端详着文漾笙的脸，情不自禁地流下了眼泪。

“哈，我们小笙真厉害。”夏成蹊流着眼泪，笑着说，“能让我掉眼泪的全世界也找不出几个人，千万别少了你一个，答应我……答应我……”

不善言辞、习惯只做不说的他，一个人在病房里念叨了好久，直至伏在病床边哭得泣不成声。

2017年1月25日，星期三。

黎向晚接到消息，素面朝天地急匆匆赶来医院，发现黎阳也在那里。

她惊慌失措地扶着底楼的扶椅：“哥？你怎么也来了？”

“于岿河让我来的。”

黎向晚垂下眼睫，睫毛在银色的水雾里扑闪：“知道了。”

黎阳很少见到自己的妹妹露出这样的表情，喉咙有些哽塞：“向晚，望珊那边哥哥已经看过了，叔叔阿姨刚有些事情去了外面，现在你可以上去了。”

“嗯，知道了，哥，你去公司忙吧。”黎向晚点点头，转身要上扶梯。

“还有——”黎阳叫住她，还是开了口，“文漾笙和夏成蹊，就在隔壁病房。就是望珊的那个朋友，我们去年五一假期见过，还记得吧？她来北京出了车祸，目前还没有脱离生命危险。”

黎向晚顿住脚步，红着眼眶难以置信地看着黎阳：“哥……”

黎阳朝她伸开双臂，温声说：“她们肯定会没事的，向晚不要哭。哥哥在这儿呢，来，哥哥抱抱。”

黎向晚挪着步子走过去，一边擦眼泪一边吸着鼻子紧紧地抱住黎阳。

“调整好状态。”黎阳安抚地拍拍她的肩膀，“不然她们闭着眼睛都还得担心你呢，乖。”

黎向晚后退一步松开黎阳：“谢谢哥，我知道了。”

“去吧。”黎阳抬手，轻轻拭去黎向晚眼角即将滑下的最后一滴泪。

“嗯。”

黎向晚在病房陪了一会儿任望珊，和她说了很多话。然后起身帮她掖好被子，悄声走出了病房，来到另一扇门前。她徘徊在门前，各类仪器的声响隔着一扇门传入耳中显得异常沉闷。病房里很昏暗，只有窗帘透出些许光亮。

她没有看到的是，屋里疲惫的男人坐在地上，低垂着头靠着床头柜一动不动。他从进病房到现在滴水未进，嘴唇干裂发白，原本梳三七分的头发现在凌乱得看不清发际线。

黎向晚犹豫片刻，转身准备离开，屋内的心电测试仪突然发出警报般的“嘀”声，声音并不大，却重重地敲在人心底。

黎向晚颤抖地捂住嘴，整颗心猛地向下坠去。

夏成蹊猛地抬起头，眼神空洞茫然。他整个人像失去了骨头，站起来又狠狠地跌落下去，跪坐在冰凉的地面上。他错愕地看着医生和护士忙前忙后，神经开始绞痛，眼前仿佛蒙上了一层灰白色的滤镜。他颤抖地抠着地面，脸色因恐惧变得惨白。

窗外有北京难得一闻的鸟叫声，轻轻唱着悲伤的音调。他的心冷得发颤，仿佛有把刀在心上割了无数道鲜血淋漓的伤口，割完之后还不满意，又顺着心室壁刮擦，要把那一层保护膜尽数撕下来。

手术结束二十四小时后，文漾笙停止了呼吸，任望珊睁开了眼睛。

墙的两边，一生一死，自此阴阳两隔。

病房里静得可怕，夏成蹊愣愣地坐在地上，双眼酸涩发疼，浑身精疲力竭，胃里灼烧一般绞痛。他颤抖着嘴唇，在护士的搀扶下站起来又跪下去，一滴眼泪在膝盖磕到床头柜的尖角时从黯淡的眼中溢出来。

过了一段时间，昏暗的病房内发出一声撕心裂肺的、压抑了许久的嘶吼。

夏成蹊一直是冷静自持的，即便文漾笙一直没有醒过来，他依旧能保持镇定，但现在不行了。他像是发了疯一样嘶吼，眼睛充血，悲痛欲绝，但发出的声音不像在哭，像是努力压抑哭声却压不住导致的疯狂咳嗽，像是一把钝刀在摩擦，把人的神经一寸寸割断。

“你们不能带走她！”

“她没事！她只是睡着了……”

“求求你们……”

“求求你……”

他的声音渐渐变成呜咽，病房门缓缓打开，雪白的布料盖着美丽的女子，病床上的女孩像是睡着了一样，静静地一动不动。

夏成蹊跌跌撞撞地追着病床，身体颤抖，无法自控。最终他跪在太平间门口，任凭护士拉扯也没有站起来。

黎向晚贴着墙壁瘫坐在地上，眼泪不停地流淌，她从未感觉医院这么冷过。过了许久，她推门进入任望珊的病房，发现任望珊已经醒了，正试图坐起来。她赶紧调整好表情，小跑过去扶她起来，给她拿了个靠垫。

黎向晚努力克制着自己的情绪说：“叔叔阿姨应该是出去给你买好吃的了，现在还没回来呢。”

“我在这儿睡了多久？”

“一天多。”黎向晚轻声说，“你还发烧了。现在饿不饿？”

任望珊坐起来，蹙着眉轻轻应了一声，又摇摇头说不饿。她依旧头疼，神志不清，只知道这里是医院，她刚从病床上醒过来。

她开始回想自己为什么在这里——哦，想起来了，她和于坎河分手了，害她家变成这样的是林深、于老和蒋老。

坠落感，窒息感，之后就不记得了。任望珊想完这些已经哭不出来了，只是双手紧紧交握，肩膀也在颤抖。

她突然想起来：“我的手机呢？漾笙给我打了个电话，我后来应该没再回复她。我睡了这么久，她有再打电话来吗？”

黎向晚一愣，咽了口唾沫，没想到任望珊这么快就问到文漾笙。理智告诉她不应该在这个时候告诉任望珊这个噩耗，可是眼前又浮现出那个盖着白布的女孩。

她忍不住垂下眼眸，又下定决心似的抬眼：“望珊，你先整理好自己的情绪，我再跟你说。”

任望珊看着黎向晚这样的表情感觉到错愕：“怎……怎么了？”

“文漾笙……她死了。”

任望珊觉得荒诞，僵着四肢半晌才磕磕绊绊地说：“向晚……你再说一遍？”

黎向晚满面哀戚，定定地看着任望珊悲伤的眼睛。

从不可置信到确信，任望珊的身体由僵硬变得痉挛，她的心像是濒临死亡，指尖凉到冰点。

“不是……”她断断续续地喘息着，身体发软，努力抑制着眼泪，“怎么……怎么会这样呢？”

可说完这句话后她再也说不出第二句了，瘦弱的身体像暴风雨里没有经受住考验而飘落的树叶。

黎向晚抱住任望珊。

任望珊泪如泉涌，呜咽着喊：“向晚——”

黎向晚也没忍住，豆大的泪珠像断了线的珍珠，滚落在任望珊的病号服上，濡湿了一片。两个女孩身体都是冷的，却相互依偎着取暖，谁也没再说话。

夏成蹊躺在酒店里把自己关了一个星期。

清早，酒店阿姨敲门要打扫卫生，叫了半天都没人应，紧张地在门外喊道：“到底有没有人啊？不打扫也应一声啊，不然我要叫领班来开门了。”

“砰”的一声，眼前的门突然打开。一阵浓重的酒气席卷而来，酒店阿姨抬眸一看，吓了一跳。

面前的男人双目赤红，头发乱糟糟的，身上的酒气几近发酸。她偏头往里面一看，“呀”地叫了一声，屋里满地花花绿绿的酒瓶，散落在房间各处。

眼前的男人开了口：“看够了没？”语气冰冷，和往日的他判若两人。

没等酒店阿姨回答，他粗重地呼了一口气，又添了一句：“滚。”

随后重重地摔上门。

文漾笙的葬礼在她过世一个星期后举行，地点在苏州。这天下着大雨，世界一切都是黑色的，黑色的礼帽，黑色的西服，黑色的裙摆，只有胸口的花是雪白的，在一片黑色中格外抢眼。

文漾笙的父母抱着她的照片哭成了泪人，她的母亲在棺材被抬出去的那一刻彻底崩溃。

“求求你们再让我看她最后一眼……”

“就最后一眼……一眼……求你们……”

任望珊哭着去拉，被文母一把甩开。

“你怎么还有脸来？！”文母歇斯底里地怒骂。

任望珊一愣，头皮发麻，背后的凉意刺骨。

文母颤颤巍巍地指着她：“要不是……要不是你！漾笙她怎么会那么晚去北京？！要不是你，她怎么会坐黑车，怎么会出事？！”

“全是你的错！”

“你给我滚出去！”

“你滚！”

在文母的强烈要求下，任望珊被保安请了出去。天还在下雨，她的伞落在了里面，但她没有脸去拿。

任望珊淋着大雨往外走，眼前一片模糊。她看到大雨感到眩晕，黎向晚撑着伞跑过来，蒙住她的眼睛。

“哭出来吧。”

远处的于岿河撑着伞，紧紧盯着那边，却始终没有朝那个方向迈出一步。

下午，人群渐渐散了，夏成蹊举着黑色的大伞站在墓碑前。于岿河从他身后慢慢走过来，他察觉到动静却没有回头，只是轻声呢喃。

“你说……我在做梦对不对？”随后他自问自答，“对，我在做梦呢。这不是真的，我只是在梦里。”

于岿河语塞。

夏成蹊轻轻把伞放在地上，跪在文漾笙的墓碑前。大雨淋在他的身上和墓碑上，像是在哀鸣，他虔诚地吻了吻文漾笙的墓碑。

“好可惜，这辈子没能亲手给你戴上戒指。”他把挂着戒指的项链从口袋里拿出来，放在墓碑前，“所以下辈子记得乖乖待在原地，等我来娶你啊。”

2017年3月1日，星期三。

法庭上，除了已经逝世的罪魁祸首，于氏所有曾参与那场冤案的人都被一一翻出，林深非首要分子，犯罪情节较轻，悔罪态度良好。任幸川夫妻五年的冤屈终于得以洗雪，真相大白于天下。

任望珊坐在亲友席上，低垂着眼眸。于岿河就坐在对面的席位上，神色冷淡。她想起他曾在车上说“我会一直站在你身边”，现在他却坐在对面，连看都没有看她一眼。

审判长宣读判决书，于氏将非法所得归还任氏，巨额赔偿金几乎吞没了于氏集团的半壁江山……相关人员承担相应法律责任，读到林深将承担高额罚款、被判处有期徒刑三年，缓期执行时，任望珊的指尖颤了一下。

“判决书宣读完毕，还有无异议？”审判长的声音没有丝毫温度，全场死一般寂静。

“没有。”自始至终没有说话的任幸川此时开了口，声音在空荡荡的法庭里回响。

“砰——”判决一锤定音。

任望珊坐在亲友席上闭着眼睛，她的精神状态每况愈下。于岿河看向她悲凉的眉眼，心里第一万次叹息。从此以后，你是我众所周知却藏在深处的私心，我再也无法明目张胆地宠爱和偏袒你。

满目山河，别再见了。

次日，于岿河回到长安道，进屋扫视了一圈一个多月没回来过的家。

公寓里的家具有些落了灰，他没有叫搬家公司，只是一个人带了几个箱子过来。

他把自己的所有私人物品都整理好，看着那些成对的毛巾、马克杯、电动牙刷、浴袍……他把自己的那一份都拿走，把另一半留在这里。

一个多月前他和她还那么好，现在怎么就突然变成这样了呢？这段时间他一直没来得及细想这个问题。

恍惚间发现两双拖鞋都被他放在了自己的箱子里，他盯着那双兔毛拖鞋怔怔地看了许久，最终好像说服了自己什么，还是没有伸手拿出来。

他坐在白色的床单上，拿出一个小盒子，把手上一直套着的黑色发绳、刻着字母的黑金色手表，还有那枚钻石戒指，全都放了进去，小心翼翼地封藏起来。

出门的时候，他把指纹密码锁的芯片又插了回去，然后给黎阳发了个消息："麻烦跟黎向晚说一声，让她转告任望珊，她可以随时来长安道搬东西。"

没过几秒，他又加了一句："我的东西都已经搬走了，我以后不会再回来了。"

黎阳只是回了个"好"。

黎向晚收到黎阳的消息，也回了个"好"。

隔天，黎向晚就陪着任望珊回去拿了东西，任望珊没把于岿河留下的那些成套东西的另一半拿走。

"望珊，这些不要了吗？"黎向晚小心翼翼地问。

任望珊轻轻地扫了一眼那些东西："嗯，都不要了。"

黎向晚叫了自己家的司机来帮忙，出门的时候跟黎阳发了个消息。任望珊把东西都搬回20栋宿舍楼的时候，突然感觉自己有点可怜。

"我以后也不回家住了。"黎向晚在宿舍窗户上哈了一口气，仔细地用纸巾擦着玻璃上的污渍，"以后咱们一直住在一起。"

任望珊挤出一个笑容："嗯。"

黎阳收到消息，按照于岿河之前的委托，请人把公寓整个打扫了一遍，随后长久地锁门封存。

公寓在于岿河名下，他想了很久，还是没有把这套房子卖掉，也不知道还在偷偷地期待些什么。

于氏的半壁江山一倒，九成投资方纷纷撤资，留下的寥寥无几，于穆一夜间白了头发。

何婧姝在屋里默不作声地整理东西，临近时装周，她要抓紧时间，准备出差去米兰。她整理化妆包的时候没忍住，在于穆面前捂着脸哭了。

"岿河大学都没毕业呢，就出了这种事……那么多投资方没了……我们该怎么办……"

于穆拍着她的肩膀："没事，我们没事啊，别怕。"

于岿河从楼上下来："爸，妈，没事的。"

他拿着"山河"的所有财务资料和各大投资方的协议与合同递给于穆。

"还有我呢，我的公司。我把两辆车都卖了，"于岿河说得很轻松，"再加上'山河'在北京的一些大股东，资金绰绰有余。我创立'山河'的时候没人知道我是您的儿子，于氏的事影响不到'山河'。爸，妈，放心吧。一切有我呢。”

在集团危机面前，于岿河深深地认识到了“于”这个姓氏压在自己身上的、与他此时年龄并不匹配的重担。但他没有畏缩不前，因为他不是这样的人。于穆是何其高傲顽强的人，他于岿河只有青出于蓝而胜于蓝。

于穆错愕地看向自己的儿子，突然发觉眼前的这个人已经不再是当年那个高中生了，也不再是那个问父亲能不能帮自己忙的少年了。

他现在已经不再需要父亲的帮助，甚至已经能够作为父亲的依靠了。于穆没想到有一天，这个庞大的于氏集团居然要依靠他儿子的“山河”来东山再起。

十九岁的于岿河和十八岁的阳光少年自此划开了一道不可逾越的鸿沟。夏天很快就要来临，长安道门前小院里的向日葵会开得很灿烂，但再也没有打理花儿的少年和微笑着看花的女孩。

自此——于岿河和任望珊，是彼此心爱的人，也是仇人。

于岿河在大三时修完了全部课程，谢绝了元明清学长发出的学生会主席职位的邀请，申请了国外的金融硕士学位。他又花了一年时间在百忙之中抽空考了 FRM（金融风险管理师），之后就没怎么回过 Q 大。

他承担了一切压力，一刻都没有停下来。不停地学习，扩充公司资源，积攒圈内人脉，在和黎阳一起管理“山河”的同时把于氏集团再次扶起来……像是不会累一样，把自己能够闲下来的时间全部填满。

任望珊和黎向晚在研究生导师的推荐下一起答辩保研，去夏成蹊所在的 F 大读研究生。

任望珊在第二次溺水之后便出现了严重的创伤后应激障碍和恐水症，不能再接触或见到大面积的水域，也不能听到任何与过去相关的字眼，否则就会出现眩晕和颤抖，无法控制情绪。

大四快结束的时候，机缘巧合下，她的医生给她推荐了一位叫夏成蹊的年轻专家。任望珊本想拒绝，但夏成蹊已经先给她打了电话。之后，黎向晚便定期陪着任望珊去找夏成蹊。

文漾笙和夏成蹊，一方已经去世，一方独自生存。

夏成蹊后来按计划提前毕业又直接申博，忙着接手各类项目，逐渐在上海的心理学界崭露头角，名声大噪。

他变得更加沉默寡言，朋友也仅限于原来的那几个。偶尔他会放下手中的一切，匆匆买一张高铁票回一趟苏州，然后匆匆赶回来，谁都不知道他到底去做什么。他在和于岿河闲聊时发现他们都在努力忘记过去的事情，但仍然无济于事。

萧宸和程鼎颀曾经并肩作战，最后却对立起来。在那次分别之后，萧宸默默地搬出了他们共同的房间，搬到了隔壁宿舍楼的单人间。程鼎颀身边的人问起他们的事情，他也再没有回答过。

毕业后，萧宸和程鼎颀各自拥有了自己的团队和工作室。程鼎颀先一步创建了一家公司，偶尔会与于岿河家里合作。

萧宸目前的工作室于岿河也经常光顾，但他们都默契地没有在交谈中提起程鼎颀的名字。于岿河注意到萧宸办公室柜子上总是放着几桶红烧牛肉面，但萧宸从来没有吃过。

林深和鹿娴各自过着自己的生活，再也没有见面。

鹿娴带着离婚后的财产和一只小鹿斑比玩偶，在昆城一中的后街开了鹿烧这家烧烤店，后来又扩大了店面，增加了火锅桌。她每天听着高中生的故事，沉迷于后街的市井生活气息中。

她第一次遇见任望珊，就隐约感觉到任望珊总有一天会知道真相，她也早做好了准备。任望珊知道真相后也一直和她保持着联系，每次回家时也常去鹿烧，只是再也没回过昆城一中。

林深生活得像行尸走肉。每当见到任望珊时，他都会感到撕心裂肺地痛。

2019 年的春天，“山河”在澳大利亚的股东恶意收购子公司，于岿河孤身来到澳大利亚，花了大半年的时间把不干净的人清了个干净。

树老板成功把壶碟开到了上海浦东，生意也越做越火。一切好像都在变好，但于岿河再也没有爱过别人。

同年十月，于岿河回国，在黎阳和黎向晚的生日当天，与任望珊重逢。

又是一个新的故事，一个新的起点。

第十四章

2019年11月13日，星期三。

任望珊猛地睁开眼睛，醒来发现自己浑身是汗。

“呼——”她坐起来，闭着眼睛摸索着床头柜上正在充电的手机，然后拔掉插头。

又梦到了以前的事情，她叹了口气，按亮手机屏幕一看，才上午九点半。她今天上午没有课，本来是要睡到中午等黎向晚电话轰炸再醒来的，谁知道梦到了那些陈年旧事——其实也就是两年多前的事情，不算太旧。

回忆如山雨般涌上心头，她闭着眼躺了很久也没能再入睡，生气地从床上坐起来准备去冲个澡。她拿着手机走到盥洗室，打开了柠檬味的香薰，然后打开了随机播放的歌单。

她洗手的时候突然定住了，哗啦啦的水从水龙头里喷出来，她下意识地按住水池里的塞子，看着洗手池里的水面渐渐上涨。

其实也没那么害怕了吧。

水快溢出来的时候，她关掉水龙头，静静地看着并不平静的水面，然后深吸一口气，闭着眼凑近水面。

鼻尖刚刚碰到水汽，她猛地向后仰起身体，背上又是一阵虚汗。她叹了一口气，好吧，还是不太行。

于是她拔了塞子，看着水面渐渐降下去，水声轰隆隆地响，混杂着手机里播放的轻音乐。

突然音乐被打断了一下，随后又继续。她擦干手点开手机查看，居然是QQ群消息。

她好奇地点开许久不用的QQ，发现是许念念在“时光不老，一班不散”群里疯狂发消息。这个班级群名她高一的时候还觉得挺好听，现在怎么看怎么非主流。

“大学四年毕业了，不出来搞个同学聚会？”

“现在是不是都用微信了？”

“看到的赶紧回啊！”

任望珊笑了笑，拿着手机走回房间坐在床上，看着屏幕上滚动的消息。

陈柚依：“来啊，干吗不来？！”

方知予：“我们还去‘鹿烧’吗？同学聚会的话咱们换个大酒店吧。”

苏澈：“挺久没约了，上次好像还是大一吧，走起啊！”

洛熹：“许小姐你是以为大家都不读研呢？我还没毕业呢，哈哈。”

许念念：“啧，我当然要读研了，你别乱说。”

洛熹：“是是是。”

陈柚依：“话说大家现在都在哪儿呢？我在上海，哎，对了，我们望珊好像是在F大读研的！”

方知予：“对，和夏成蹊一个学校。夏成蹊现在在我们医院可出名了。”

苏澈：“哈哈，天天打游戏，我都快忘了你是个医生了。@方知予”

许念念：“哈哈哈！”

方知予：“滚，我是个有医学世家背景的医生。”

洛熹：“话说程鼎颀呢？他不是最活跃了，怎么没出来？”

陈柚依：“还有班长呢？这几个人怎么都不说话？”

苏澈：“人家现在是大老板，可忙了，你们又不是不知道。这回他要是不来让他发红包！哈哈哈——”

“好嘞，还有戚乐，你们关注她的公众号‘乐已忘忧’了吗？每个故事都特别棒！”

“早就关注了！话说戚乐人呢？出来冒个泡啊，哈哈哈——”

大家都很默契地没有提文漾笙。

许念念：“行了行了，那我发个投票，就这周六晚上吧，大家能回苏州的就在群里发个‘1’，我统计一下人数。仅限24小时啊，过期不候！”

一连串的1，程鼎颀趁乱捣蛋发了个0，光荣地被许念念发现并揪了出来，于是班群里出现一连串的“哈哈哈”。

许念念赶紧打字：“打住！别破坏队形哈，继续发‘1’，我在数人数呢。”

任望珊其实很想去，但她害怕于岿河也会去，所以她一直在看屏幕上的消息有没有于岿河发的。她看到了夏成蹊、戚乐都说去，但是于岿河没有说话。

可能是他还没看群消息？任望珊打算晚上再看一眼群消息，如果于岿河还是没有回复，那她再说去。于岿河应该不会去吧……他现在工作那么忙，这种小聚会对他来说意义不大。任望珊放下手机，拿了换洗的衣服进了浴室。

她湿着头发走出来的时候，黎向晚刚好发了个消息：“我现在出发啦！给你打包了壶碟的蟹黄面和蟹粉豆腐，二十分钟内到！”

任望珊笑着回了个表情图，走到镜子前吹头发。

刚好过了二十分钟，门开了，黎向晚走进来，手里拎着保温盒：“树老板特意没用塑料盒子装，怕影响口感和温度，待会儿就不好吃了。”

“那等会儿吃完了我把盒子洗一洗，下次还回去，树老板有心了。”任望珊笑道。

“明明是我最有心，想着给你带这个吃，你还先夸树老板？女人，你真是多情。”黎向晚噘嘴撒娇说道。

“别贫啦，我饿死了，早饭都没吃。”任望珊打开保温盒，熟悉的味道扑面而来，她满足地吸了吸鼻子，然后在小桌上摆好筷子。

“今早戚乐不在，我在‘半夏向晚’真是忙疯了。”黎向晚夹起一口面囫囵吞下，“我肚子也饿瘪了。”

任望珊吃了两口面突然开口：“这周六我可能要回苏州参加同学聚会，戚乐也去。”

黎向晚看了她一眼：“为什么是可能？”

“因为我要看看于岿河去不去啊。”任望珊理所当然地说，“我是无所谓，但总不能让场子冷下来。”

黎向晚点点头：“嗯，我估计他不去。你看我哥忙得不可开交，他肯定比我哥还忙，我要是他，就不会来参加这种聚会。”

“我也这么想，到晚上再说吧。”任望珊夹起一筷子面放进嘴里，

“现在吃面最重要。”

下午三点之后，班级群里再没出现发“1”的人，晚上，任望珊对着聊天记录核查了三遍，确定没有于岿河。

她怕大晚上的往班级群里发消息会打扰人家，于是打开微信私聊了一下许念念。许念念是个“熬夜星人”，这个点肯定没睡。

“不好意思呀，我一整天都没打开 QQ，才看见消息。周六的聚会我也去可以吗？”

许念念很快回复：“OK！”

任望珊松了一口气，给手机充上电，打开电脑开始看文献。

许念念在表格里加上任望珊的名字，想着任望珊和于岿河还真是天生一对，连去个同学聚会都像事先商量好了一样，不在群里发消息，单独来私聊她。

想到这儿，她又叹了口气，两个人怎么就分开了呢？真可惜。

她着手在网上寻找同学聚会的大酒店，还叫上了之前二班篮球队里的男生，反正大家相互认识。除了萧宸说有事不来，其他人都没问题。

2019年11月16日，星期六。

任望珊化着精致的妆容，浅棕色微卷的头发扎成低马尾，流苏的耳坠垂下来显得脸更小。出了高铁站口，身边的人总会回头看她两眼。

抬手看了一下手表，现在打车过去时间刚好。她拦下一辆出租车，途中路过子衿路那橘黄的梧桐大道时，她往里面看了一眼，虽然看不见188号小院，但她知道那棵枇杷树已经能结果了。

任氏重新发展起来后，他们搬出了子衿路 188 号。林深在她 18 岁的时候把那栋房子转到了她的名下，任望珊思来想去，还是没舍得卖。她又不缺钱，况且谁知道买主会不会好好照顾那棵枇杷树。

她和子衿路这边修剪树木的爷爷很熟，索性就把小院拜托给了他照看。作为回礼，她每年回苏州都会带最好的茶饼给那位爷爷。

她也回去看过，枇杷树被那位爷爷打理得很好，冬天也会用麻绳保暖。上面的字已经随着枝条的生长变得模糊，但她依旧能分辨出写的是什么字。有时候她会想，是不是当上面的字迹再也看不清了，就是她能忘记过去的时候了？

出租车开过了图书馆，经过了曾经于岿河骑车带她经过的河岸，还有后街、昆城一中。今天是周六，她看到有早已完成值日的高一学生陆陆续续地跑出来，门口的梁叔在和他们挥手。

她突然感到有些难受，从窗外收回目光，低头看着手机里的QQ群消息。

“时光不老，一班不散”群头像上的小红点已经是99+，她点开，发现大多数是说自己快到了或是在路上。

任望珊到的时候已经没几个座位空着了，包厢里有两桌，大约四十个人。她选择了坐在许念念旁边的位置，背对着包厢门口。

包厢里已经热闹起来了，大家各自讨论着最近的生活，有的同学居然已经结婚了。

“哎哟，终于等到大美女望珊了！”陈柚依隔着许念念端起红酒壶笑着说，“先给你满上一杯？”

任望珊笑着说：“半杯吧，我不太能喝。”

“得嘞——”陈柚依给她倒了半杯红酒，任望珊习惯性地等着醒酒。

她碰杯的时候环顾了一圈，确认于岿河没来，暗自松了口气，悬着的心总算放下了。

任望珊并没有参与很多话题，但大家聊什么都会问她一句，她被问到也会很耐心地回答。

菜陆续上来了，任望珊两侧都坐满了人，对面的位置却还空着。她想问许念念是不是还有个人没来，不然那个位置怎么不撤掉啊？但她想了想还是没问出口。

陈柚依突然提议：“我们来玩个游戏怎么样？就真心话大冒险，大家敢不敢？”

洛熹：“嘿，有什么不敢的啊。来吧！挖点料！”

大家的兴致都被调动起来。

“为了避免有的人逃避真心话，”陈柚依坏笑了一声，拿出手机调到咸鱼转盘放在桌子中心，“我来改个规则。由我这儿从左往右，每个人都要转一下这条咸鱼，咸鱼指到的人来大冒险，冒险内容由转咸鱼的人抽取。然后转咸鱼的人回答一个大冒险的人抽取的真心话，怎么样？”

方知予：“要不要这么刺激啊，那来呗！”

苏澈：“再加一个吧，要是实在觉得放不开的，可以罚酒三杯来过。”

程鼎颀带头同意并鼓起掌，大家也跟着起哄。

这真心话大冒险一玩，还真挖出不少猛料。许多高中时期青涩的喜欢都在此刻被他们笑着当作年少无知袒露出来，不知道是真该调侃还是偷偷辛酸。

轮到任望珊的时候，她轻轻点了一下屏幕上的咸鱼。大家盯着屏幕，结果转啊转，指针慢慢暂停，最终停在了她和许念念中间。

许念念刚想说这个不算再来一次，桌子对面的几个同学却突然欣喜地说："这咸鱼也太神了吧，转到咱们班长了！"

任望珊错愕地回头，只见于岿河一身高定，拎着黑色的皮箱站在门口。

他礼貌地朝大家点了点头："真是不好意思啊，我刚下飞机，路上堵车所以晚到了一步，带了两瓶酒，给大家赔个不是。"

"先别赔不是啊班长，"有人喊，"先来玩游戏，刚好转到你了！"

许念念蹙眉，但那同学看热闹不嫌事大，起哄说："本来这游戏就是图个乐嘛，望珊你说是不是？"

任望珊脸色不变，笑着说："是啊，图个乐而已。"

"你看咱们望珊都说了没事，许念念你刚冲我挤眉弄眼干啥？"那个同学还不依不饶。

许念念无奈地翻了个白眼。

于岿河一愣："咸鱼？"

"真心话大冒险。"苏澈说，"望珊要回答一个你抽的真心话，她转到你了，你就得玩一个她抽到的大冒险。"

于岿河笑着说："行啊。"

任望珊已经不想知道为什么于岿河会突然出现在这里了，她现在只想骂人。但她在脑子的词库里搜索了一圈，实在想不出什么骂人的话，只好在心里默默地叫了于岿河一声"大坏蛋"。

"那班长你说个数字。"许念念说。

于岿河在任望珊对面的位置落座，闻声一愣："那就——20 吧。"

许念念打开小程序真心话题库，念出 20 号问题："请问，你的初吻是在什么时候？"

刚念出来，许念念就后悔了，谁叫她名字里有两个"念"呢，说话总是不经过大脑。

于峁河的嘴角抽搐了一下，小心翼翼地看向正对面的任望珊。

任望珊面色平静如水："还留着。"

"我去，真的假的啊？！"同学们都轰动了，"这是真心话专题啊望珊，真的假的？"

任望珊神色如常，还笑了一下："真的。"

夏成蹊和程鼎颀对视一眼，默默地低下头喝了口酒。

大家调侃了几句，好在没有人问出"于峁河没亲过你就跟你分手了吗"这种没有眼力见儿的极致问题。

"那么接下来望珊给班长抽个题吧。"陈柚依拿过许念念的手机，翻看着上面的小程序。

任望珊随便说了个数字。

"和上一个回答真心话的人对视60秒。"陈柚依不假思索地念出来。

大家有些紧张地看着二人的反应，于峁河不置可否，把刚刚带来的皮箱子打开，让服务员去开瓶——他选择了自罚三杯。

大家象征性地笑了几声，于峁河这样的选择既在情理之中，也在他们意料之内。

于峁河还要开车，大家没有真的让他喝。于峁河面上笑着，心里却很沉重：任望珊，你都不说真心话，还叫我怎么大冒险？

有人时不时调侃他两句："班长啊，你也二十三了，我要是介绍你相亲你去不？"

于峁河笑了笑："咱这地方不兴虚岁，我才二十二，我都不急你急什么呢。"他顿了一下又说，"敬你一杯。"

他字里行间都透着应付场合的娴熟感，任望珊感觉自己甚至能隔着一桌子酒菜闻到他衣领上尼古丁和古龙水的混合气息。她莫名觉得烦躁，抬头又害怕跟于峁河的目光撞上。她少有如此局促和窘迫的时候，只能一杯接一杯不停地灌自己酒，没几杯耳根就红了。

许念念发觉了她的异样："怎么了，望珊？干吗喝那么多啊？你之前不是还说不怎么能喝吗？"

任望珊抿着嘴看她，笑着说："没事，今天同学聚会，我高兴。"说完又给自己斟满，仰头直接喝了半杯。

桌上的交谈还在继续，任望珊已经听不真切。

同学聚会进入尾声。

“那今儿就散了啊，大家有空再聚！”

“谢谢班长带的红酒啦！”

“走了啊，我还赶今天的飞机回广州呢……”

任望珊没一次性喝过这么多，现在有些上头，脑子晕乎乎的。她见大家都起身要走，便也摸索着自己的包，准备披上大衣离开。

许念念坐在她身边，总觉得她不对劲，扶住她担心地问：“望珊你喝多了吧？等会儿准备怎么回去？”

任望珊没有推开她，眼睛像是蒙了一层水雾，但口齿仍旧清晰：“没事，没醉。我等会儿打车回家。”

许念念迟疑地放开她，偷偷看了一眼于峀河：“那行，我送你下楼。”

戚乐走过来：“望珊，你今天是直接回上海，还是先在自己家住一天？”

任望珊答非所问：“就是回家啊。”

许念念朝戚乐还有正欲走来的夏成蹊和程鼎颀摆摆手：“没事，望珊好像喝多了。我家就在旁边，走两步就到了，我不急着走。等会儿我送她上车，你们放心吧，车牌号我会记下的。”

“那行，麻烦你了。”戚乐点点头，她还要赶今天的高铁回上海。

任望珊的神志不太清醒，但她走路依旧很稳，被问到什么问题都回答得十分流利。要是你没发现她答非所问，根本看不出来她喝多了。

许念念边看着她走路边在心里叹了一声，酒品不错啊。

傍晚的风有些凉，出来后任望珊打了个喷嚏，许念念想起早上看到天气预报说今晚好像要下暴雨。

这个地方有些堵车，出租车一般不往这里开，许念念陪任望珊站了好久也没打到车。

一辆黑色的宾利缓缓驶过来，于峀河降下车窗：“送你们。”

许念念看看任望珊：“这就……不麻烦班长了吧。”

任望珊：“出租车来了，那我先上车了。念念拜拜，谢谢念念。”

任望珊自己拉开车后门坐进去，两只手扒在车窗上朝许念念招手：“一个人回家要小心哦。”

许念念的嘴角抽搐了一下。

“好……那你到家给我发个消息行吗？”许念念还是有些担心。

“嗯，我会记得的。”

“放心吧。”于岿河对许念念说，“我会把她安全送回家的。”

“那就麻烦班长了。”

许念念目送着黑色宾利离开，默默地记下了于岿河的车牌号。

回家的路上，任望珊坐在车后座一言不发，于岿河从后视镜看她，发现她眼神呆愣。

都分开三年了，酒量还是这么差，一点长进都没有啊。

尼古丁的味道在宾利车里混着薄荷清新剂的气息钻进任望珊的鼻腔里，她又打了个喷嚏。

于岿河把车停靠在路边，皱着眉熄了火：“冷吗？”

任望珊现在说话不经过大脑，回了一句：“嗯。”

于岿河解了安全带，脱了身上的西装往后一递，任望珊没动。于岿河无可奈何地叹了口气，转过身示意她凑过来一点，任望珊照做。他把外套给她披好，再次发动汽车。

等红绿灯的时候，于岿河突然问:“你家现在是不是不住子衿路了？”

任望珊：“对啊。”

于岿河一愣：“那我该送你去哪儿？”

任望珊：“南隅独墅，谢谢司机师傅。”

他缓缓地转过脸：“任望珊，这里是苏州，现在出发，开到上海的南隅独墅已经是明天了。”

任望珊：“哦。”

于岿河：“……手机给我。”

任望珊乖乖地递了过去。

“密码。”

这两个字好像碰到了什么秘密一样，任望珊手忙脚乱地抢回了手机:“我给你开。”她低头输入密码，然后把手机递给了于岿河，“你用吧。”

于岿河没有说什么，打开了她的短信，查看订票记录。果然，这个时间她应该要去高铁站赶下一班次直接回上海，但现在已经来不及了。

“我送你回任氏的公司？”

“我不要。”

“那你在这里住哪儿？”

“南隅独墅。”

无限死循环，于岿河无奈地扶额："身份证给我。"

"干吗？"

"帮你订房间，不然你睡哪儿？"

任望珊想了想说："不行。"

于岿河深吸了一口气。他打开手机通讯录，翻到任幸川的电话，指尖在上面停留了很久，还是没有按下去。

"要不我送你回……"再次回头，任望珊已经靠在后座上睡着了。

他重重地叹了一口气，像是做了什么决定一样，踩下油门疾驰而去。

程鼎颀和几个男生留下又喝了点儿酒，吹了会儿牛，醉醺醺地互相搀扶着下楼。时间已经很晚了，寒风呼呼地往衣领里钻，程鼎颀把手往袖子里缩了缩。

"我们几个都住这片，颀哥，我们先走了哈，以后再聚！"

"得嘞，以后再聚。"程鼎颀潇洒地冲他们比了个手势。

目送他们远去之后，他感觉周围又是空荡荡的，疾驰而过的车辆与他毫无关系。不知道为什么突然感觉有些寂寞，他伸手摸索着身上的车钥匙。

余光扫过一点火星，他敏锐地朝着那个方向看去，但只来得及捕捉到衣角在巷子口一闪而过。他鬼使神差地走了过去，朝巷子口探了探，然后对上了萧宸的眼睛。

回忆席卷而来，这双眼睛离他很近，就像三年前一样。但也不一样，这双眼睛和三年前相比，少了一点光彩。

萧宸吐了一口烟圈。

程鼎颀搜肠刮肚也没想出什么比较好的开场词，只尴尬地问："既然来了，怎么没上去和大家喝两杯？"

萧宸淡淡地说："没想来的，刚好在这边有点事，办完顺路过来看看你们散了没。我也刚到没多久。"

程鼎颀咽了口唾沫："这样啊。"他也靠在墙上，"最近挺好的？"

萧宸一怔，随后说："嗯，很好。"

程鼎颀的耳朵上夹着支烟，他取下来叼在嘴里，用手遮着外圈，朝萧宸低下头："借个火。"

萧宸迟疑地从口袋里拿出打火机："现在你也抽了？"

“偶尔。”程鼎颀实诚地回答。他生涩地吸了一口烟，慢慢吐出，烟雾缭绕在萧宸的眼前。

“我想起来，我和老于之前都不抽烟。但是现在做生意嘛，喝酒和抽烟是真的躲不开。”程鼎颀笑着说，“老于比我能适应，我不太行。”

萧宸“嗯”了一声，又好像想到什么，低低地笑出声来。

程鼎颀的喉咙有些发干，过了半晌，他突然问了一个问题：“萧宸，这几年过得怎么样？”

萧宸愣了愣：“还行。”

程鼎颀在墙上按灭烟头，仰起头靠在墙上：“哦。”

他吐了口气，重新站直身体，把吸了一半的烟往侧边垃圾桶里一扔。烟头划出一道流畅的抛物线，像投篮一样稳稳落进了垃圾箱。

“行，我知道了。”程鼎颀搓了搓有些烟灰的手指，转过身向外走去，路灯的光照在他的身上，地面上的影子拖得很长。

黑色宾利缓缓停在一片山庄住宅区前，于岿河下车打开后车门，发现任望珊还没醒。他轻声叫了她几句，见她没有要醒来的迹象，叹了口气。

他抱她出来的时候差点仰面摔倒，因为用力太大。她看起来……貌似又长高了，但是重量已经不到九十斤了。

于岿河已经很久没来过这边的住处了，好在有阿姨每周打扫，定期补换食物。他站在门前经过人脸识别，自动门缓缓打开。

他摸黑把任望珊抱上二楼，放在柔软的床垫上，给她盖好被子。然后牵起她的手压在她的手机屏幕上，解锁后找到许念念的号码，给她发了个“到家了”。

“嗯——”任望珊意识模糊地抓了抓被子，随后半睁开眼，“于岿河？”

于岿河一愣：“嗯，我在。”

任望珊疲惫地闭上眼睛：“又梦到你了。你为什么这么烦啊？”

任望珊抓着他的肩膀使劲儿坐起来，头像小鸡啄米一样一点一点的。

“我喝酒了，我好困，但是我要去洗澡。”话音刚落，任望珊就推开他下了床。

“行，那你自己当心点，浴室在出门左拐第一间。”现在家政阿姨不在，于岿河有些担心，“东西……卫生间柜子里有。”

任望珊没回答，迷迷糊糊地眨巴着眼睛："哦。"

于岿河叹了口气："那我下楼给你煮醒酒汤，你乖点。"

任望珊："哦。"

于岿河下楼打开柜子，取出石斛、陈皮、绿豆花和麦冬，想了想又拿上了冰糖和蜂蜜。他打开厨房的灯，烧水的时候捣碎陈皮。等汤在锅里焖一段时间后，关了火。

听到身后有下楼梯的脚步声，他回过头想说"别下来了，楼上等着吧"，但他没有说出口，只是看着她走下来。

任望珊穿着他的灰色卫衣，长度盖到了大腿根，腿上光溜溜的。她扶着楼梯扶手一步一步走下来，声音很清亮："于岿河，你家里为什么有女人的衣服啊？"

"家政阿姨有时候来得太晚了，我会让她住下，反正我也不怎么住这里。"于岿河认真解释。

任望珊："你女朋友的衣品真不怎么样，和我比差远了。"

于岿河差点忘记了她其实根本没醒酒。

于岿河叹了口气："坐沙发上，我给你拿醒酒汤过来。"

任望珊："不要。"

"我加了蜂蜜和冰糖的，不苦——"

任望珊打断他："你说过你不喜欢在茶几上吃东西的。"

于岿河一愣："我有吗？"

任望珊点点头："嗯，就上一次我给你做面的时候。"

他有点沉默，她都醉成这样了，这事还记得啊？

"你一点良心都没有，我好心给你端过来，你还端回去。"

于岿河无奈地笑了："我错了，那你过来喝汤。"

"我不喝。"

"又怎么了？"

"我怕苦。"

"我加了糖——"

"加了糖也苦，你做什么都是苦的。"任望珊一本正经地说。

于岿河愣了愣。

"有没有牛奶？我想喝。"

"有的。"

“给我。”

“没热呢，凉的，你胃不好。”

“不要你管。”任望珊突然有点委屈，重复了一遍，“不要大坏蛋管。”

说完就开始掉眼泪。任望珊也不知道自己的悲伤从何而来，但眼泪就是莫名其妙地落下来了，滴在宽大的卫衣上。她抬起袖子去抹，衣襟上晕染开大大小小的水渍。

于岿河走过去，心疼地抱紧她：“别哭了。”

她现在很难过，但是她不清醒，所以他可以抱一抱她，抱久一些也没关系。她醒过来后不会记得，也不会知道。

任望珊的两只手垂在身侧，呜咽地说：“我想喝牛奶。”

“好。”于岿河轻轻地说，“在沙发上坐好，我去给你拿。”

任望珊蜷缩起来，缩在沙发里。

四周只有厨房的灯亮着，于岿河像是怕吓到她，声音很低：“要不要把客厅的灯也打开？会不会太黑了？”

任望珊摇摇头：“我要睡觉的，开灯干吗？”

于岿河：“哦。”

外面的风越刮越大，小雨淅淅沥沥地落下。于岿河看了一眼窗外，从冰箱里拿出装着牛奶的玻璃瓶，觉得有些凉。

他走过来轻轻问：“放一会儿再喝行不行？”

任望珊没说话，看样子是同意了，于岿河觉得她快睡着了。

他刚把牛奶瓶放在茶几上，任望珊就猛地坐起来，拿起牛奶仰头喝了几大口，又放回茶几上，躺回沙发里。

任望珊真的挺困的，靠在沙发上没有出声。

窗外的月色朦胧，混杂着雨水的雾气，清冷的月光从窗外透进来，洒在任望珊微红的侧脸上，看不真切，又有点暧昧。她的唇泛着点点桃红，瞬间便可惊艳满城的梦。

突然雷声大作，任望珊平和的面容瞬间变色，浑身发抖。

于岿河把她拉过来靠在自己怀里：“别怕。”

他安抚地抚摸着任望珊微湿的头发，沾了水的发色看起来比她平时的略微黑一些。

任望珊像是找到了避风港，依偎在他身侧安静下来。她嘴巴里好像在说些什么话，于岿河有些听不清楚。

他垂眸盯着她鼻子下方的位置，轻声开口：“说什么呢？”

“嗯。”任望珊困得睁不开眼睛，“我在说，你身上的薄荷味没有以前浓了。”

于峕河没有说话。

“上次在电梯里我就发现了。”任望珊还在自言自语，“是不是你经常抽烟啊，抽烟对肺不好你知不知道？”

于峕河失笑：“哪儿听来的？”

“我就是知道。”任望珊皱眉，“你怎么那么烦。”

“好好好，我烦我最烦。”于峕河拨弄着她的耳垂，“你睡吧。”

任望珊却强忍着睡意睁开眼睛，直起身跪坐在沙发上，一只手还撑着于峕河的肩膀。

她歪了歪脑袋：“我说谎了。”

于峕河：“嗯？”

“我的初吻，丢了。”

“我知道。”

“那天也像今天一样，下着好大好大的雨啊。我没伞，就拿衣服挡雨。于峕河他……他撑着伞来接我，然后——”她笑了一下，“就没有然后啦。”

于峕河看着任望珊那双明亮又带着迷茫的眼睛出了神，没有说话。她的样子太迷人，令他忘记了此时该说什么，又该做什么。

“我说谎了，你也好不到哪里去。”任望珊嗔怪道，“你连看我一分钟都不愿意。”

“我没有。”于峕河淡淡地说。

“你有！”任望珊像是在赌气，把于峕河逗笑了。

“好，我有。那我错了，你原谅我一下。”他现在又高兴又悲伤，如果任望珊是清醒地说出这些话该有多好啊。等明天她醒过来，他们是不是又要形同陌路？

“不原谅。”任望珊说，“我刚刚已经把真心话补上了，那你也得把自己的那一份补上。”

于峕河无奈地说：“行，那我看了啊。”

于峕河抬起漆黑的眼睛，周身气息说不清道不明，任望珊感觉有点飘飘然。这一分钟的时间，天地万物仿佛都安静下来，他的眼睛深不见底，也不知道他此刻在想什么。

任望珊只听得见于峊河越来越急促的呼吸声，但没有发现自己的呼吸频率也跟于峊河的一样快。

于峊河的手心微微冒汗，在最后几秒钟的时间里，他垂下了鸦翅般的眼睫。任望珊其实没有在心里数数，但于峊河数了——还差六秒钟。

任望珊保持着跪坐的姿势，于峊河的眼睛扫过她卫衣领口边若隐若现的锁骨，落在她的腿上。

“任望珊，还差六秒钟。”

“啊？哦。我没数。”任望珊没多说什么，“其实没到也行。我去睡觉了，再见。”

她来得毫无理由，走得也让人猝不及防。她翻身下了沙发，两条又细又白的腿一蹬，穿好拖鞋。

“我还挺开心的今天。”任望珊站起来，莫名其妙地冒出这么一句。

“嗯。”于峊河也站起来，“你去睡吧。”

任望珊看了看茶几上剩下的牛奶：“这些送你喝。”

于峊河失笑：“嗯，谢谢宝贝。”

任望珊身体一僵，于峊河自觉失言，有点担心地看着她，这时候酒醒了就尴尬了。

但任望珊只愣了一瞬间，就接着说：“不客气。”

于峊河跟在她后面上楼，她转身说：“你不能跟我睡在一起。”

“房间都在二楼，别多想。”

“一楼没有吗？”

“一楼的客房是家政阿姨睡的，我不喜欢睡别人睡过的床。”

他想知道任望珊这样醉过几次，不过看这个样子，这应该是她第一次醉。任望珊要是知道自己喝醉了是这样，肯定不敢在聚会上多喝。

于峊河不再说话，扶着她回到房间。任望珊困得要死，脑袋沾到枕头就睡着了。于峊河垂着眼替她掖好被子，起身的时候突然想到了什么，又俯下身去。

“还差六秒钟，任望珊。”

他知道任望珊没听见，也没想要得到她的回应。他向她靠近，吻住她的唇，又湿又暖。六秒钟，他在心里数好了。

“现在好了。”于峊河轻笑，“没占你便宜，就六秒钟。”

他走到落地窗前把窗帘都拉上，轻手轻脚地掩上门，在房间门口垂眸站定。“任望珊，我于岿河没什么会做的，但我很会赌。

“去鬼屋的时候，我赌里面有真人角色；大晚上找你聊天，我赌你没有睡觉；谢钦举报的时候，我赌老爷子一定会帮我们；篮球赛最后一分钟的时候，我赌兄弟们知道怎么配合我；在生意场上博弈的这些年，我无时无刻不在赌。

“我每一次都赌赢了，从来没失手过。那么我想再赌一次，赌个大的。至于筹码，我压上一辈子。

“我想赌——既然这人间山河还在，那么我还能再走进你心里一次。”

任望珊睁开眼睛，发现身旁是陌生的环境，一时间没反应过来。啊——这是在哪儿啊？她仔细地回想了一下，昨天晚上是同学聚会，然后呢？

完蛋，好像喝断片了。她下意识地寻找手机，好在它就安安静静地躺在床头柜上，还充满了电。

首先映入眼帘的是许念念的消息：“好的，那你好好休息。”

什么意思？她点开消息页面，发现自己在昨晚给她发了一个“到家了”。她低头发现身上套着的不是自己的衣服，恐惧感顺着脊梁骨爬上脑门，不是吧？！

“咔嗒——”房间的门被推开，走进来的是一个四十七八岁的阿姨。她见任望珊醒了，笑着说：“任小姐，你醒了啊，你的衣服已经洗过并烘干了，我现在拿给你。”

“啊。”任望珊还没来得及问什么，那个阿姨就转身离去了。

没过多久，那个阿姨抱着衣服回来，跟她说：“于先生已经回上海了，应该是因为工作上的事。他吩咐我做好了午餐，任小姐换好衣服，下楼吃完再走吧。”

任望珊目瞪口呆地问：“于先生？于岿河？”

家政阿姨莫名其妙地说：“是啊，怎么了？”

“那个……”任望珊咽了口唾沫，试探着问，“我身上这件衣服……是你帮我换的吗？”

“啊？没有啊。”家政阿姨茫然地说，“我来的时候是早上七点半，只洗了衣服做了午饭，又把一楼打扫了一下。”

任望珊的眼神呆滞。

家政阿姨忙说：“于先生还让我跟任小姐说，昨天晚上任小姐喝醉了，又不说自己家在哪里，他只好把您带回家，但是他没过多久就离开了。昨天任小姐洗了澡，身上的衣服肯定是自己换的，只是您喝醉了就不记得了吧。”

任望珊想想也对，点了点头，跟家政阿姨说了声“谢谢”。她换好衣服，化了淡妆，下楼刚好是午餐时间。她和家政阿姨一块儿吃了饭，聊了几句天，把回上海的高铁票订了。

她脑海里又浮现出一句话：一楼的客房是家政阿姨睡的，我不喜欢睡别人睡过的床。

任望珊抬起头，支支吾吾地问：“阿姨，您……是不是经常来打扫啊？”

阿姨点点头：“是啊，于先生虽然一年都不会来住一次，但他雇了我每周都来打扫。有时候要是晚上下雨，他就打电话让我别急着回去，在这儿住一宿。”

阿姨叹了口气：“于先生人特别好。我一个阿姨哪里敢住老板的屋子啊？我次次都说不用，只有一回，当时我那电瓶车没电了，刚好外边还下雨，我实在没办法就在一楼的客房里躺了一晚上。

“遇见于先生这么关心人的雇主我还是头一回，工资给得也高，我真要谢谢他。对了任小姐，您是于先生的女朋友？”

任望珊一愣：“不是的。”

“那于先生肯定喜欢你啊。”家政阿姨一脸“我什么没见过”的表情，她给任望珊夹了块鱼肉，“于先生虽然不怎么回这套房子，但把这儿当个宝似的，看样子像是专门买来有用处的。你还是第一个被他带回这里住的人呢。”

任望珊尴尬地说：“我和他不熟。”

“人和人本来就是从不熟变熟的……”

任望珊无奈地说：“谢谢阿姨。我吃饱了，我还要赶高铁，先走一步了。”

家政阿姨说：“那行，路上注意安全啊。”

“好，阿姨再见。”

任望珊走出山庄住宅区，四下看了一眼，到路边拦了辆出租车：“去高铁站，谢谢师傅。”

“好的。”

另一边，家政阿姨给于峁河打了个电话：“于先生，任小姐一点儿都不记得昨天的事情了。”

“知道了。”于峁河淡淡地说道，“没关系。今天麻烦阿姨了，特意让您在非工作时间过来一趟。钱我马上让人打到您的卡上，待会儿走的时候记得路上小心。”

“嗯，好的。”

于峁河放下手机，身旁的办公桌上黎阳正在看材料。

黎阳抬眸笑着说：“想通了？”

“嗯，确定了。”他像是询问黎阳，又像是询问自己，“现在……不算晚吧？”

“什么时候都不算晚的。”黎阳轻轻地说道。

于峁河沉默地点了点头，走到窗边摸出一支烟，随即又想到什么，把烟放了回去。

“我车上那个薄荷味的香薰，再帮我买两个。”

“收到。”

于峁河点头：“谢了。”

第二天，黎阳拎着便当走进办公室，眼睛扫过茶几上没打开过的午餐盒和早上公司食堂的火腿三明治。

“峁河，你今天一天没吃东西了。”

“啊。”于峁河一直盯着电脑屏幕，眼睛连抬都没抬，“忙忘了。”

“身体是工作的本钱，再加上前天晚上的同学聚会，你这两天总共也就吃了三顿，年纪轻轻的别把自己的胃搞坏了。”黎阳皱着眉把鸡肉饭往桌子上一放，“放下工作，我来吧。”

“行行行，我放手，你来你来。”于峁河笑了笑。他站起来的时候胃一阵刺痛，后背瞬间冒起冷汗，眼前一黑，脸色微变。

黎阳察觉到于峁河的表情变化，忙问：“怎么回事？”

于峁河嗤笑了一声：“真是说什么来什么啊。”

他深深皱起眉，感觉胃里和喉咙不对劲的时候抬手遮了一下，咳完后慢慢展开手掌——深褐色的血迹，他感觉眼前一片昏暗。

上海市第一人民医院。

打止血药，禁食禁水，挂营养液，做有痛胃镜。诊断结果是十二指肠溃疡，萎缩性胃溃疡，胆汁反流。

于岿河在清醒的时候想，这就是她六年前的感觉啊，还真不太好受。

住院第三天，于岿河待不住了。

“才第三天，出什么院？！我又不是吃白饭的，公司那些事我还能应付得了。再说，除了我还有那么多高管，你急什么急？”黎阳蹙眉。

“我这没事干心里痒痒，你不懂。”于岿河枕着靠垫，手里拿着一本心理学的书翻看。

“我也不是在担心公司，我就是不喜欢在这儿待着，回家养着不也一样吗？”于岿河说，“再说了，这消毒水味道真让我难受，别到最后我全身都闻起来像84消毒水味了。”

黎阳说：“其实在家静养也行，你要是在医院实在难受，那就早点出院吧，我叫人来接你。”

于岿河摆摆手：“没必要，我又不是缺胳膊断腿了。东西我自己能收拾，车也照样能开。”

黎阳：“你最好表现得再严重一点，不然待会儿任望珊来了觉得自己被骗了可就不好了。”

于岿河瞬间明白了他的意思：“兄弟，你真是太好了！谢了！”

任望珊在自习室写完作业已经很晚了，在R大食堂吃完晚餐，刚走到停车场准备开车回家，手机突然响了，打电话来的居然是黎向晚。

她接起电话：“向晚？你今天不是在家吗？”

黎向晚说：“出大事了！”

“嗯？”

黎向晚故作紧张：“于岿河他出事了！”

“什么事？他现在在哪里？情况怎么样？”任望珊瞬间急了。

“我听我哥说是十二指肠溃疡、萎缩性胃溃疡、胆汁反流……之类的，我也不太懂，但很严重。”向晚着急地说，“已经三天了，还没好呢，但他不愿意待在医院里，今天晚上就要出院。”

没等任望珊再问什么，黎向晚就直接说：“事发突然，我哥公司有急事，分不出人手去接他出院。他把这事交给我了，我想来想去……只有你能帮我这个忙。”她说完又补了一句，“他现在身体特别差，好差好差的那种，超可怜的。”

堂堂山河大公司，分不出个人手接他们老板出院，真的太可怜了。

任望珊叹了一口气，关于于岿河的事情她总是不会怀疑：“那我去接他。”

黎向晚像是叹息了一声：“那就麻烦你了，我跟我哥说一声。”她挂断电话冲身旁慢条斯理地喝着黑咖啡的黎阳比了个“耶”，“说好的啊，事成之后……”

黎阳默默举起手机，把屏幕上的交易记录给她看。

“哥，我爱您！”黎向晚跑过去给了黎阳一个大大的拥抱。

黎阳扶额：“不客气。”

黎向晚抢过他的马克杯抿了一口，露出嫌弃的表情：“哥，你说他们能再走到一起吗？毕竟都发生过那样的事了。”

“能的。”黎阳轻轻地说。

黎向晚一愣，她以为她哥会说“看他们自己吧”这样留有余地的话，但黎阳笃定他们一定能够破镜重圆。

“嗯，我也觉得，哥。”黎向晚笑了。

医院门口停着一辆亮丽的酒红色车，任望珊披着同色系的长款大衣从车上下来。蓬松的头发昨天刚洗过，散发着柠檬香。

她按照黎向晚给的病房号上了三楼，在单人病房门口站定，一时间有些不敢敲门。她突然想到前几天住在他家的事情，开始怀疑自己断片之后有没有说什么不该说的，或是做什么奇奇怪怪的事情。

刚好有护士长查房路过，看见她便问：“是来接这间病房里的于先生出院的家属吗？”

问题没过脑子，任望珊鬼使神差地点了点头：“嗯。”

“家属怎么才来啊？”护士长微微皱眉，“刚吊完一瓶营养液。我现在把注意事项给你说一下，你回去好好照顾你老公。看他这年纪轻轻的，长得也俊，怎么把身体搞成这样？！”

任望珊：“其实那个……”

“记住了啊，”护士长完全没有理会她，开始滔滔不绝地嘱咐，“禁酒禁辣禁熬夜，清淡饮食，定时吃饭，一切酸性的东西都尽量别吃，待会儿我给你写张单子。养成良好的生活习惯，注意提高自身免疫力，保持平和的心理状态……”

任望珊只好闭嘴，默默把这些都记在备忘录上。谢过护士长后，她目送着护士长进了隔壁病房，调整了一下自己的呼吸，握住门把手刚想开门——

“嘿，我没认错人吧？真的是你啊妹妹！”一个略有些熟悉的声音传来，听起来像是五十多岁的大妈。

任望珊疑惑地转头，一眼便认出是他们前几年在北京超市碰到过的大妈。她惊讶地问：“是您啊，您不是北京人吗？怎么在这里？”

“我也觉得巧呢！”大妈笑呵呵地说，“当年我在超市遇见你和你老公之后啊，我女儿的桃花就来了！那年她嫁到了上海，我们一家子也跟着搬过来了。昨晚上我女儿急性肠胃炎，跑这儿住院来了。”

大妈笑着打量了她一圈：“话说妹妹，你怎么在医院？”

“因为我老……那个，他胃出血住院了，我来接他出院。”任望珊尴尬地说。

“哎哟，这可真严重啊！”大妈唏嘘地说，“好好照顾你老公！年纪轻轻的……啊，我差点忘了，他年纪也不小了，三十多岁吧？你看我这记性……那也正当壮年呢，是吧！你作为他老婆，可要好好照顾他的身体！不然阿姨告诉你，男人到老了要是身体不好，你又这么年轻，到时候——”

任望珊的嘴角抽搐了一下，赶紧打断大妈的话：“阿姨，我明白，我都明白，我老公还在里面等我呢。”

“啊，好，那妹妹咱们有缘再见！和老公开开心心的啊！”大妈笑嘻嘻地边走边冲她挥手，“我还记得你老公很帅呢！”

“唉。”任望珊无奈地叹了口气，下定决心推开房门。

她管前几天的事情干什么呢？反正她喝醉了，什么都不记得。要是于岿河还记得，那也是他的事情，关自己什么事？

看见于岿河的时候她一愣，于岿河静静地合着眼，面无血色地躺在病床上，听到动静才微微睁开眼，撑着床单坐起来。任望珊想去扶他，但挪不动步子。他们就这么对视着，静静地不说话。

任望珊率先打破沉默，语气有点迟疑：“那个……我来接你出院。”

“哦。”

“出院手续办好了吗？”

“好像没。”

“东西在哪儿？我现在去办。”

于岿河指指床头柜：“黎阳都放在这里了。”

任望珊走过去，拿出相关材料：“你在这里等我，等会儿我开车送你回家。”

于岿河坐在病床上，离她很近，纯净的薄荷味席卷而来。任望珊垂下眼说：“把自己的衣服换好，我尽快回来。”

“谢谢。”目送任望珊出门后，于岿河突然想到什么，拿起手机翻找通讯录。

李小龙正在南隅独墅的保安亭里认真地写着保安日记，今天保安部有人请了一天假，他来帮忙补上。他喜欢在空闲的时候写日记，记录一天的生活，文中当然包括任望珊和于岿河的名字。

李小龙的手机突然响了，他一看联系人吓了一跳，赶紧接起来：“于……于先生？！”

“嗯，小李，你现在方便吗？”

“方便！特别方便！”李小龙噌地一下站起来，保安日记差点从桌上掉下来，“时刻待命！”

“好，那我要请你帮我做一件事。”于岿河笑着说，“你知道我家在哪儿吧？现在就去，速度要快。”

“收到！”李小龙向和他一起值班的另一名保安交代了两句话，拿着电话就往外跑，“然后呢？”

“门锁密码是971220，”于岿河说，“你输入密码之后把门把手右侧的芯片拔出来自己留好，赶紧去，时间紧迫。”

“啊？！”李小龙边跑边喘，“您是说……于先生，您要我把您家的锁弄坏？”

“也不是弄坏，你别担心。”于岿河微笑着说，“只是密码和指纹识别不能用了而已，其他的我明天再跟你解释，你能做到吗？”

李小龙在心里向于岿河敬了个礼：“能！”

“谢谢。”于岿河挂断了电话。

李小龙欲哭无泪，这位业主让他干的这是什么事啊？！他还穿着保安制服呢，让人看见了都能告他私闯民宅……

他是一个保安，保卫业主的安全，业主叫他干什么他就得干什么，唉……

李小龙很快就按照于岿河的吩咐把芯片拔了出来，关好门再看，密码锁上的屏幕已经暗了下来。

任望珊在办理出院手续的时候有些心不在焉，医院里的消毒水味让她感到危险。这种危险与医院无关，而是她发觉自从上个月重逢开始，他们见面的次数似乎有些多了。

这个人太好了，好到谁跟他接触都会觉得他可以信赖和依靠。如果她再以这样的频率听到他的声音、看见他的模样、闻到他身上的味道……她一定藏不住对他那份根深蒂固的喜欢。

太危险了，她应该逃跑，但是——明知道不可为，她却还想靠近。

任望珊叹了一口气，跟医生道过谢后转身上了楼。

第十五章

任望珊推开病房门，刻意用尽量平常的语气问：“东西都收拾好了吗？”听起来就像是普通朋友的问话。

于岿河从床上坐起来，他换了一身西装，拖着行李箱：“走吧。”

二人下了楼，任望珊拿出车钥匙，于岿河一挑眉：“车很好看。”

“我知道，昨天刚提的车。”任望珊说完又觉得后面这句话有点多余，而且她居然没说“谢谢”，说的是“我知道”。

她闭了闭眼睛，狠狠掐了自己一把：任望珊，你说的什么话？！

开到A区门口，任望珊朝保安亭看了一眼，欣喜地说：“小李？好久不见。”

李小龙探出脑袋，笑了：“望珊？”

于岿河的脸瞬间黑了：叫这么亲昵？什么时候这么熟的？

任望珊向后靠了靠：“小李，我送A区的于先生回家，麻烦开下门。”

李小龙这才看见于岿河，瞬间明白了：“啊？好嘞！慢点开哈！啊哈哈哈哈——”

“谢谢。”任望珊按着记忆把车开到了1栋101门口。

“来过几次啊？这么绕也找得到。”明明于岿河是不带任何感情地说出这句话的，任望珊听着却别扭得很。

她淡淡地说：“就一次，我是记性好。”

“哦，现在不是路痴了啊。那下次可以走北门，离这边更近。”

她忍住了差点脱口而出的那句“哪儿是北”。

等等，谁说还有下次了？！但她也只是在心里说一句，毕竟——啧，自己到底在期待什么啊？快醒醒！

任望珊："你家到了，那我就先走了。"

"等下，帮人帮到底啊，我现在手疼，所以麻烦你帮我开下门。"于峕河一脸轻松地说。

任望珊："行。"

她无可奈何地把行李箱搬出去，然后拉开于峕河那一侧的车门："行李箱放门口了，你进去吧。"

"麻烦帮我把家门也开下吧。"

任望珊心想，你是不是有毛病？还是有什么鲜为人知的恶趣味？

最后她还是没说什么，转身走到 101 门前按下了密码，但是意想之中的开门提示音并没有响起。她微微蹙眉，又试了一次，还是没用。

她发现电子屏幕的亮度和上次好像不一样，沉默了一会儿回头说："于峕河，你家门锁好像出了点问题。"

于峕河："不会吧？我来看看。"随后他装模作样地试了两次，然后皱着眉摸摸下巴，"好像是坏了。"

没等任望珊开口，他又接着说："现在这个时间叫人来修恐怕不太合适，这么晚了。"

任望珊："那你在上海还有其他住处吗？"

"没了，谁没事买房子不住啊。"

任望珊撇了撇嘴，心想你苏州那套房子不就买了不住吗？还特别大。

"那你带备用钥匙了吗？"

"没。再说了，我哪来的钱买多余的房子？"他说得太认真，以至于任望珊都没怀疑他话的真实性。

她小心翼翼地问："你……现在很穷吗？"

她想起来先前黎向晚的确跟她说过，山河公司现在有急事，分不出人手去接他们老板。原来是真的？

于峕河不知道她在想什么，淡淡地说："我一直很穷啊，山河的第一持股人又不是我，我哪儿来那么多钱。"

任望珊才想起来，山河的第一持股人还是……

她尴尬地说："那你……你现在出去开间房吧。"

于峕河笑了一声："在没有预约的情况下，全上海没有一家五星级酒店在这个时间有空房。你怕不是对'娱乐'这两个字有什么误解？"

任望珊的脸一红："那……那你也可以不住五星级的……"

于峁河冷冷地看了她一眼，任望珊赶紧闭上嘴。她也不知道自己心虚在哪里，但怎么就说不出话了呢？

唉，任望珊，你真是没出息。

月亮已经高高挂在天边，夜色黑漆漆的，路灯下偶尔有几只虫鸟啼鸣。

任望珊咽了口唾沫："要不……"

可能是想到山河第一持股人依旧写的是自己的名字，任望珊不知道心里是什么滋味，突然冒出一个自己都觉得荒唐的想法。

"我那儿其实……有间客房。本来是给向晚准备的，不过她每次来都跟我挤一块儿，所以那张床没人睡过，你要不将就一下？"

于峁河眯起眼睛。

"真的，真没人睡过。"任望珊有点窘迫，"算了，还是去找修锁的人吧。其实这个点也不算晚，还没过十点呢，总归找得到人的。"

"你还记得我那天晚上说过我不喜欢睡别人睡过的床？"

任望珊一怔，看向他漆黑的眼睛。

于峁河的眼神有些玩味："还记得什么？"

"就记得两句。"任望珊坦白地说。"

"其他的都没有了？"于峁河靠着门板。

"嗯，没有了。"任望珊垂下眼睫。

于峁河拿起行李箱："走吧。"

"去哪儿？"任望珊抬眸，"找修锁的师傅？"

于峁河转身："睡一张没人睡过的床。"

"哦。你不是手疼吗？"任望珊看着于峁河轻轻松松地提着行李箱。

"那是刚才，我自愈能力比较强。"于峁河漫不经心地说。

等一下！这个叫于峁河的人有痛觉障碍，怎么可能会手疼啊？！任望珊坐在驾驶位上握着方向盘，呆愣了好几秒才发动汽车。

开出 A 区门口路过保安亭时，李小龙看着车里原封不动的两人，在向任望珊说再见的同时朝于峁河偷偷眨了眨小眼睛，于峁河笑了。

任望珊停好车，等于峁河拿上东西，两人一起进了公寓的大门。他们到达电梯前，发现还有另一个男人在等电梯。

电梯间里灯光昏暗，而旁边的楼梯间则明亮开阔。他们默默地注视着红色的数字慢慢变成1，然后三个人一起进了电梯。

于岀河进去后自然地走到任望珊前面，将她和那个男人隔开。电梯到达四楼时，那个男人走了出去。电梯关上门，继续上行。

当电梯再次开门时，任望珊走到公寓门口，刚抬手就停住了。她转身对于岀河说："你转过去一下。"

"嗯？"

任望珊淡淡地说："我要输密码了。"

"哦。"

于岀河发现任望珊对于密码这个东西特别在意。之前她在车上喝得醉醺醺的，手机都可以随便递给别人，但是一问起锁屏密码，她还是强撑着意识将手机拿回来自己解锁再递给他。

她潜意识里一直在保护着的密码到底是什么？他还没来得及想出个所以然，门"咔嗒"一声开了。

于岀河眨了眨眼睛："现在我可以转过来了吗？"

"当然不能。"任望珊毫不留情地说，"等我整理一下。"

"哦。"

任望珊把阳台上的衣服都收起来，去客房整理了一下床铺，然后检查了一遍房间的各个角落，觉得没什么大问题了才回到玄关打开门："可以了。"

于岀河转过身，拎着行李箱进门，一股柠檬香薰的气息扑面而来。

"你可以先去你的房间整理一下衣服，我……先去卸个妆。"任望珊今天带妆的时间有点久，对皮肤不好。

"嗯。"于岀河简短地应了一声。

任望珊想起他现在身体不好，又道："你要是饿了，冰箱和柜子里都有吃的，但是有很多你现在不能吃，要不等会儿你洗澡的时候我给你煮碗热汤面？"

于岀河笑了声："行啊。"

任望珊又说了句"你随意"，然后进了卫生间。

于岀河解开领带，随手把它丢到床上，然后拿出等会儿要用的衣物。接着，他打开手机看了一下时间，现在是十点二十分。

他打开门，正好任望珊出来："你先去洗澡吧，我去厨房了。"

于岀河应了一声。

他湿着头发、穿着浴袍出来的时候，任望珊刚把面盛出来：“按照医嘱，禁油禁辣，别嫌淡。”

“不嫌。”于岿河身上的薄荷味道很浓，任望珊走近时眼神都飘了一下。

“那我去洗了，你吃完了我来洗碗。”

“嗯。”

任望珊进了卫生间后，于岿河觉得室内太亮，站起来关了灯。今晚的月色很明亮，不开灯也不显得昏暗，卫生间里亮着的橘色灯光在屋内很显眼。

于岿河吃完面条，走到厨房洗了碗，走出来靠在沙发上，余光瞥到半开的衣柜门里熟悉的衣角，他一愣，猛地站起来。

他小心翼翼地走过去，犹豫了片刻，微微推开一点柜门——真的是昆城一中的校服，就挂在那儿，只露出一角于岿河就认出来了。

他向下看，发现校服口袋鼓鼓囊囊的好像放着什么东西。于岿河朝卫生间的方向看去，哗啦啦的水声依旧，他犹豫着碰了一下衣服的口袋。

看清拿出来的是什么东西后，他深呼吸了好几次。那是一块粉白色的手表，上面刻着英文字母“Y”。于岿河摩挲着手表凹凸不平的纹路，鼻尖发酸。他仰起头飞快地眨眼，仍抵不住眼角泛红。

过去了这么久，他本以为自己已经把这些事尘封在心脏的最深处，就算再挖出来也不会有太大的触动，但是没想到依旧是那么疼。就像被一拳打在胸口，他快喘不过气来。

卫生间的水声停了，他揉了揉泛红的眼角，把手表放回校服口袋里，再轻轻关上柜门。

任望珊梳着头发，从浴室里走出来后愣了一下：“怎么不开灯？”她伸手去按开关。

“别开灯。”于岿河嘶哑着声音说。

任望珊的手停在半空中，没有按下去，她能听出于岿河的声音有些不对劲：“你怎么了？”

“没什么，我眼睛有些不舒服。”于岿河害怕她看见自己泛红的眼眶。

“嗯，那我们就不开灯。”任望珊朝他走过去，感觉到于岿河周围的气压有些低。

她感觉他应该有其他的事情，但是猜又猜不出来，问他：“你……

不去睡觉吗？”

“还不太困，平时这个时间我在工作。你要睡了吗？”于岿河抬眸，月色下漆黑的眼眸闪着水光。

任望珊没有回答，停下脚步，有些不敢靠近他了。

“任望珊。”于岿河的声音很低，又沙哑。

“怎么了？”

“我看到了。”于岿河喘了一口气，“你的校服。”

任望珊感觉脊背发麻：“哦。”她咽了口唾沫，“上次整理东西的时候翻到的，就挂起来了。”

于岿河“嗯”了一声，声音很性感。任望珊听着这样的声线，整个人都飘飘然。

“那块手表呢？”于岿河坐在沙发上，盯着她的眼睛低声问，“也是本来就放在口袋里面的吗？”

任望珊一噎，咬住下唇，没有回答。

“任望珊，”于岿河像是笑了一声，但很快又安静下来，“我还是喜欢你。自从我们分开到现在，我本来只需要再等四五年或许就可以重新开始，可我又遇到你了。于是，因果轮回，两年多的刻意忘记在重逢的那刻尽数作废，化为缥缈的云烟。我并不是还喜欢你，我是一直爱你，爱了整整七年。”

任望珊听到这些话的时候整个人都僵住了，眼前的他本就没有做错任何事，也从来没亏欠过任何人。他们本就不该分开的，那天他们都做错了。曾经的他们的确是无可奈何，但是现在不一样了。

任望珊的意识再次清醒一些的时候，她已经跨坐在于岿河身上，手肘搭在他的肩膀上，两只手在他的后颈交错。

于岿河喘息着抬起手，把她原本盘着的头发轻轻扯开。蓬松的发丝尽数散下来，柠檬和薄荷的味道融合。

“宝贝……回来吧。”你回来好不好？回到我的身边。

任望珊用主动的吻来回应，于岿河的眼里星光闪烁，很快就反客为主。

压抑了许久的情感在这一瞬间喷涌而出，他们像是渴求了多年自由的离笼之鸟，欢愉得甚至有些不知所措。

漫长地探索，唇齿相碰。冰冷和火热相交融，温度和味觉的差异让他们感觉到真实。

于岿河喘息着放开她，伏在她耳边吹气：“在病房外面跟别人叫我什么来着？叫得还挺顺口，脸不红心不跳的。”

任望珊睁大眼睛，错愕地说：“你不是……”

于岿河把她压到床上：“我又没真睡着，病房隔音也不好。”

任望珊听见怦怦的心跳，辨别不出哪一边是自己的。她还没来得及多喘口气，双唇又被堵上。全身麻得像是触了电，她胡乱地扯住于岿河的衣服，不经意把他的浴袍拉下来了一点。

场面已经失控，无论是他还是她。

任望珊最后听到的一句话是：“宝贝，以后说话要慎重。我这样的人特别记仇，务必要小心。”

2019年11月21日，星期四。

任望珊疲惫地睁开眼睛，映入眼帘的是于岿河的眉眼。她被于岿河环抱着，因为怕吵醒他，所以没有动。

久违的感觉，过了三年，这个人又出现在她身旁了。而且正好，他变得更好了，她也变得更好了。

任望珊伸出指尖，轻轻地碰了一下于岿河漆黑的睫毛，见他没有什么反应，又调皮地碰了第二下。于岿河的睫毛很浓密，垂下来在下眼睑上投下细碎的阴影，睫毛扎在指尖上感觉痒痒的，她轻轻地笑了。

眉目俊朗的男人突然握住她的指尖：“抓住你了。”这一次抓住你，我再也不会放手。

于岿河睁开漆黑的眼睛，对上她微微有些惊愕的目光，哑声说：“宝贝。”

“嗯。”

“我很想你。”

任望珊笑了：“我知道，因为我也很想你。”

于岿河在她的眼睛上亲了一下：“我去做早餐。”

“你不能吃辣的和油腻的。”

他轻笑：“记住了，谢谢宝贝。”

于岿河走后，任望珊在被子里红着脸偷笑。她忽然想起什么，摸索着床头柜上的手机，再躺下来的时候“嘶”了一声——腰疼。

她皱着眉叹了口气，先给黎向晚发了个消息，然后翻着通讯录列表，指尖停留在父母那一栏。她最终锁上屏幕，把手机放回床头柜上。

任望珊闭上眼，决定下周找个时间跟他们谈一下。

她又躺了一会儿，于岿河从厨房端着木碟子走过来：“给你做了面包煎蛋。”

他拿了个大靠垫，扶着任望珊坐起来，递给她一杯温水：“先漱个口。”他又补了一句，“知道你下不了床。”

任望珊难以置信地看着他：“这个就不要说出来了啊。”

“不好意思，我也就对你说说。”于岿河笑了笑。

任望珊看到他笑的那一瞬间感觉恍如隔世，仿佛他又变回了那个十几岁的热情少年。

于岿河坐在床边上喂她吃东西，粗粮面包是两面烤焦的，鸡蛋是一面煎的，草莓是对半切开的，牛奶也是温热的。像是又回到了从前，却更胜从前。

任望珊嚼到一半，口齿不清地问：“你早上吃什么啊？”

“我等会儿自己下清汤面。”于岿河温声说，“我都记着呢，不吃油。”

任望珊点点头。

“下午我要去找树老板，有点儿事。”任望珊吃饱后，于岿河边收拾盘子边说，“你不舒服就休息吧，我一会儿就回来，不会很晚的。”

“我也想去，”任望珊鼓起腮帮子，“想见树老板。我很久没去壶碟了。”

“那你先躺着，下午咱们再说。”于岿河整理好东西走向厨房。

“对了，你家的锁……”

于岿河转过脸笑笑：“那个不着急，几秒钟的事，小李会处理的。我刚刚给他发了短信，就拜托他了。”

“我挺喜欢小李的。”任望珊笑着说。

于岿河警惕地看她：“应该叫老李。他看着小，其实比你大好几岁。”

“噗——”任望珊没憋住，“好了，你快去煮你的清汤面吧，让我再睡会儿。”

厨房传来哗啦啦的水声，床头柜上的手机振动了一下，是黎向晚发来的两个表情图，任望珊笑了笑，感觉现在一切刚好。

李小龙一接到于岿河的消息就跑去把芯片插好了，又开心地给于岿河发了个消息，报备一下任务已完成。

于岿河回复了一个“谢谢”，李小龙心里就盛开了快乐的小花。

过了一会儿，于岿河又发来一条：“你嫂子也说谢谢你。”

李小龙：“啊？是我想的那个意思吗？于先生你和望珊在一起了吗？我太开心了！”

于岿河：“还敢叫她望珊呢？”

李小龙赶紧改口，飞快打字：“不叫了，应该喊嫂子！”

于岿河像是有什么小心思得逞了，笑着按灭了手机，开始煮清汤面。还好昨天开了荤，不然总让他吃清汤的，他还真不习惯。

十二点，于岿河回客房换了衣服，人模狗样地走出来，一边系着领带一边漫不经心地说：“我们下午一点钟出发去壶碟吃饭，那个时间点人相对少一点，如果身体不舒服的话，我给你打包回来。”

任望珊：“我想去，你扶我一下我就能起来了。”

于岿河笑着说：“真的假的啊？”他走过去把任望珊抱起来放在拖鞋上，温声说，“我放手了啊。”

“嗯。”

于岿河放手，任望珊摇摇晃晃地站着，腿还是软的，她一把抓住他的衣襟往自己这边一扯。于岿河顺势靠近，在她嘴巴上咬了一下。

“我现在可以……可以了！”任望珊脸红，“我换件衣服，你出去吧。”

“行。”于岿河笑了一声，“我去把我的车开过来，在楼下等你。不要急，慢慢换衣服化妆，等你漂漂亮亮地下楼。”

“哦。”任望珊看着于岿河走出房间，抿了抿嘴唇，上面还有于岿河的味道。她敲了敲自己的脑门，没出息呀没出息。

今天天气很好，她看了温度，挑了件碎花的内搭裙子，外面套件夹棉的深蓝色牛仔外套。她迅速地化了个淡妆，拿发带扎了个低马尾，用卷发棒打理好鬓角的刘海，挎上小包出了门。

于岿河的黑色路虎就停靠在路边，任望珊开门坐进去：“走吧。”

于岿河“嗯”了一声，帮任望珊调整好座椅，发动车子后专心开车。他这一点是随了于穆的，开车的时候很专注。

任望珊没怎么说话，无意间扫到于岿河的手腕，一根黑色的发绳套在上面。她抿了抿嘴，微微向右转头，偷偷地捂着嘴笑了。

于岿河注意到她的小动静，声音里带着笑意：“在笑什么呢？”

“没什么。”任望珊见自己被发现了，就明目张胆地转过脸来冲着于岿河吐了吐舌头，“就不告诉你。”

“那告诉我个其他的呗。”于岿河也不恼。

“嗯？什么呀？”任望珊绕着自己鬓角的头发玩。

“嗯……”于岿河总觉得这么问出来太直接了，就换了个方式，“那天我送你回家，你把我当成出租车司机，偏要让我开回南隅独墅。”

“哈——”任望珊说，“我又不记得。”

“我知道。”于岿河的声音藏着笑意，但又突然严肃起来，“记住了，如果我不在，你千万不要喝三杯以上。如果实在要喝，那你一定要给我打电话让我来接你，不要让别人送，也不要打车，一定要等我。”

“哦。我喝醉了的样子难道很丑吗？这么严肃。”任望珊鼓着腮帮子。

“丑是一回事。”于岿河调侃了她一句，“但是你一点警惕性也没有，我问你要手机你二话不说就给我了。这样很危险，如果是别人的话。”

“哦，真的很丑啊。”任望珊很委屈。

刚好遇到红灯，于岿河停下来之后戳了下她的脑门：“记住了没？”

“哎呀，记住了。”任望珊抓住他的指尖，“所以你要问我什么啊？”

“咳咳——就是——”于岿河舔了一下略微干涩的嘴唇，“当时手机不是没解锁吗？我问你密码是什么，你二话不说就把手机抢了回去，自己输完密码再递给我。”

“所以……为什么呢？搞得这么紧张，你醉成那样也没忘记不能说出来，在家门口也是。”于岿河觉得这个问题毕竟涉及隐私，又加了一句，“实在不能说就不说了，我也就随口问问。”

“手机密码是你的生日。”任望珊垂眸。

于岿河一愣。虽然他想过这个答案，但当时很快就否定了。得到这个肯定的答案，他除了欣喜还有些不知所措。任望珊意识模糊的时候都在小心翼翼地保护着不想被别人发现的密码……他感觉喉咙有点干涩。

“公寓锁的密码和你家的一模一样。”任望珊开始抠自己的指甲，像个做错事情的小孩，“当时不知道怎么想的，就是不想让你看见。”

于岿河摸了摸她的头：“没事。我们去树老板那边吃饭，你想吃什么，随便点。”

“草莓蛋糕。”

于岿河无奈地笑了：“怎么是这个？”

“你第一次带我去壶碟的时候就吃的这个，你还记不记得？”

“当然了。”于岿河笑着说，“喜欢你才带你去的。”

“我们去找树老板干什么啊？”任望珊降下窗户，黄浦江上的风吹在脸上很舒服，并不太凉。

她看着这片偌大的水域，并不像之前看到时那样难受，可能是因为身边有个能给她安全感的人吧。

“等会儿再说，先保密行不行？”于岿河征求她的意见。

“也行。”任望珊也不急。

没过几分钟，车子缓缓停靠在江边，于岿河下了车之后给她开门，牵着她的手穿过树木，走进壶碟的小洋楼。

树老板见到他们，目光在二人牵着的手上停留了两秒，会心一笑：“真好。”

他笑呵呵地，眼角的纹路堆起来，很和蔼：“我去给你们做菜去。”

于岿河笑着说：“带个草莓蛋糕。”

“得嘞。你的干儿子在后花园呢，自己去领吧。”

“好，谢谢树老板了。”

任望珊震惊：“你的干儿子？什么时候有的啊？！”

“刚领养不久。”于岿河憋着笑。

“啊？”任望珊有点糊涂，这个消息对她来说还是有点冲击性的。

“走，带你去认识一下。”

“哦。”任望珊呆呆地说道。

于岿河忍住笑，牵着她来到后院，然后任望珊看到了草坪上躺着的一个不明物体。

于岿河握了握她的手：“去看看？我们的干儿子。”

任望珊咬着下唇，看清楚之后笑了。

干儿子是一只毛茸茸的，正闭着眼睛舒服地晒太阳的小猫！她走近蹲下去，伸出指尖想碰一碰，又怕打扰到小猫晒太阳。

小猫看起来大概两个月大，毛茸茸的，头圆圆的，耳朵是粉红色的，白色的胡须很长，戳到了草地上。身上有浅灰褐色和橘黄色的斑纹，湿漉漉的粉色鼻尖不停地动着。它侧躺着，看起来非常乖巧。

任望珊小声问于岿河：“它是不是在睡觉呀？那我们是不是不能打

扰……”

于岿河没回答，直接戳了戳小猫软乎乎的肚皮，把小猫弄醒了。

小猫被弄醒了也不恼，浅绿色的剔透瞳孔直勾勾地盯着眼前的任望珊。它好像微微歪了歪脑袋，打量了眼前这个女孩一番，随后翻滚着身体站起来“喵”了一声。

“要不要抱抱看？”于岿河低头看着任望珊笑着说。

“可以吗？”任望珊轻轻摸了摸小猫咪的头，“那我抱一下？它会不会挠我啊？”

“不会，它很乖。”于岿河温声说，“而且树老板说了，它只对喜欢的人叫。它很喜欢你。”

任望珊小心翼翼地把小猫抱起来，它小小一只趴在她怀里，时不时眨两下眼睛，动动一侧的小耳朵。

“真乖。它叫什么名字呀？”

“跟我姓于，又是我干儿子，所以就叫……鱼干。”

任望珊愣了两秒，发现于岿河按照这奇怪的套路起的名字竟然出奇地合适。

“小鱼干，小鱼干。”她欢喜地说，“很好听啊。”

“我刚刚还以为你真的有个干儿子呢。”任望珊一边逗着小猫一边嘀咕。

于岿河莫名其妙地说：“我以后要有儿子的，干吗还要认个干的？”

任望珊：“哦。”

于岿河想了一下，发现这话不对：“那个，我不是非要儿子的意思，只要是你生的，男孩女孩我都喜欢。”

任望珊：“我知道。”

树老板看他们在后院玩得开心，直接搬了两张椅子过来，把菜放在后院的桌子上：“就在这儿吃吧，太阳还挺暖和的。”

“谢谢树老板！”任望珊开心地眯起了眼睛。

二人吃饭的时候，小猫趴在任望珊腿上一动不动，任望珊穿的衣服刚好不粘毛，她就任凭小猫在她腿上随意变换着妖娆的姿势。

松鼠鳜鱼和草莓蛋糕一起被服务员端过来，小猫瞬间从任望珊腿上坐起来，开始扒拉桌子。

“鱼干别急呀，别动。”任望珊笑了，拿了双新筷子夹起一点鱼肉送到小猫嘴边。

没想到小猫碰到鱼肉只是舔了舔，并没有吃。它继续扒拉桌角，着急地叫了两声。

于岿河愣了下，伸手把草莓蛋糕上的半颗草莓递到它的嘴边："是要这个吗？"

猫张嘴叼了半颗草莓，心满意足地跳回草坪上继续吃东西、晒太阳去了。

任望珊笑着说："鱼干它吃素的？"

"我之前也不知道。"于岿河笑了，"看来鱼干全身上下没一点随它爸，全随它妈了啊。长得好还喜欢草莓味。"

"噗——"任望珊笑了，"吃素多好，我家里的草莓罐头多得吃不完，这下可有归宿了。"

于岿河转头朝小猫说："儿子听见没？你现在被富婆包养了，感觉怎么样啊？"

鱼干满足地叫了两声。

2019年11月24日，星期日。

"鱼干别扒拉水龙头啦！"任望珊无可奈何地压着小猫，安抚地顺着小猫湿漉漉的黄棕色皮毛。于岿河手忙脚乱地提着小猫的后腿，拿猫咪专用沐浴露在它身上搓。

"快了快了，鱼干别闹腾，都是水……"任望珊一直在安抚小猫，身上的衣服也因为小猫的疯狂扑腾湿了大半，她不禁默默汗颜。

"行了行了。"于岿河拿着喷头开始冲水，不耐烦地说，"比程鼎颀还白眼狼，供你吃供你喝的，你就这么报答你爹妈。"

"噗——你跟猫较什么劲儿呀？"任望珊忍不住笑着轻轻打了他一下。

任望珊把洗干净的小猫抱出来放在毛巾上，又拿过于岿河递来的干毛巾吸走它身上的水，鱼干瞬间从超级丑变成了比较丑。

"快拿吹风机来！"任望珊催促道。

于岿河一脸醋意地递过吹风机，然后插上电源。任望珊看着这个吹风机，感觉很眼熟，随后想起这是在北京长安道过生日那天，她给于岿河吹头发用的那个。

她咬了咬嘴唇，先把小猫肚子上和背上的毛吹干，然后让于岿河把它抱到阳台上晒太阳。

“我全身都是毛！”于岿河嫌弃地把鱼干放到阳台的地毯上，鱼干瞬间变得温驯，乖乖地在毛毯上舒展四肢，眯着眼睛舔自己的手脚。

于岿河愤愤，真不明白当时自己干吗心血来潮让树老板弄一只猫来。

任望珊从一片狼藉的浴室里走出来：“于岿河，给我递一下拖把，我要把这里拖一下。”

“我来吧，你出去。”于岿河走过去，“下午有事吗？”

“嗯。”任望珊走到阳台上，清理着身上的猫毛，“下午在戚乐那儿约了我妈。”

于岿河：“嗯，是说我们的事吗？”

任望珊点点头。

“怎么没有提早跟我说，是不想我陪你去？”

任望珊迟疑了一下，又点点头：“我想自己去。”

“好。解决完了给我打电话，如果不想打电话，那就等我的电话，可以吗？”于岿河抱住她，在她的头发上亲了一口。

“头发上没有沐浴露和鱼干的味道吗？”任望珊抬眸。

于岿河的嘴角抽搐了一下。

“好像……还真有。”于岿河笑了，“干吗提醒我？”

“噗——”任望珊笑了，“我先回家了，得洗个澡换身衣服。鱼干和浴室都交给你了哦，不用送我啦。”

“好的，宝贝。”于岿河笑着目送任望珊关上门，转头就拎起小猫后脖颈的皮，“今天别想吃你妈送来的草莓罐头了！”

“喵呜——”鱼干表示委屈。

“叫什么，就吓吓你，又不是真的不给你吃。”于岿河无奈地说，“下午在阳台上乖乖待上两三个小时可以吗？你爹妈在外面都有事。”

“喵。”鱼干很乖地叫了一声。

“谢了，儿子。”于岿河打扫完浴室，认真地洗了个澡，把身上那一股子猫味都换成薄荷味。

他走到阳台上蹲下身体，打开一罐大份的草莓罐头，毛已经干了的小猫颠颠儿地迈着小短腿过来舔舐红彤彤的透明果酱。

于岿河特意换了那件和任望珊的一样的风衣，然后低头翻着联系人。最近上海举办时装周，何婧姝已经在上海待了大半个月，但知道于岿河工作忙，就没跟他说。她并不知道，其实她无论去哪儿，她的儿子都知道。

于岿河刚打了几个字，又一一删去了。他的视线移到正在埋头吃罐头的小猫身上，耐心地等着它满足地舔着嘴唇抬起头。

“来，儿子，下午别自己待着了，爸爸带你见见世面去。”于岿河打开猫咪专用太空舱，鱼干自觉地钻了进去。于岿河拎起太空舱，换上舒适的白色球鞋迈出了家门。

任望珊回到家里洗了个澡，看了眼时间还来得及，就简单地化了淡妆，穿上和于岿河同款的那件夹棉风衣和黑色直筒裤，拎了个黑色的流浪包，踩上纯白的运动鞋就出门了。

戚乐特意给任望珊留了窗口处安静独立的座位，她人并不在，应该是和黎向晚在一起。

任望珊赶到有猫在的时候已经是下午一点半了，店员季薇薇按照戚乐之前的嘱咐，上了美式咖啡和焦糖玛奇朵，以及一份刚出炉的坚果味松饼。

“谢谢薇薇，辛苦了。”任望珊朝她点了点头，坐在了背对着门口的位置。

“没事，望珊姐。”

任望珊身旁有只胖胖的布偶猫跳到了她的大腿上，她轻轻用指尖推了推它：“今天姐姐有事，下次再抱你哦。”

“嗷呜——”布偶猫识趣地轻轻跳开。

望溪推开玻璃门，被横冲直撞的两只无毛猫吓了一跳。季薇薇走过来向她指明了位置，望溪扫视了一圈咖啡厅，朝任望珊那边走去。

“什么事情啊？”望溪坐下，淡淡地笑着，“你朋友的咖啡厅还挺有意思的。”

“妈，身体好些了吗？”任望珊轻轻开口。

望溪一愣，这两三年来女儿从未直接问过她这个问题，关于她的身体状况，女儿都是通过任幸川得知，也是通过同样的方式来表达关心。

三人都心知肚明，却在各自躲避。

任望珊和他们有很长一段时间没见面了，望溪突然接到女儿的短信，其实也猜到了，她咬着嘴唇，没有说话。

望溪在得知真相之后，神经一直处于衰弱状态，身体也每况愈下。每每任幸川有意无意地提到以前的事情，她都会出汗、紧张，甚至歇斯底里，和平时的温婉姿态大相径庭。

任望珊也深知望溪对这件事情的敏感胜过所有人，和于岿河重逢之后，她的害怕也有这个原因。

任幸川对她说，最近望溪的状态越来越好了，都可以不吃药了。

“妈，我最近很好，也有一段时间没有吃药了，站在黄浦江边也没有特别害怕了。”任望珊的语气很轻松，她是笑着开口的，“那么您呢？”

望溪喝了一口咖啡，面对女儿的第二次发问，她依然过了很久也没有回应。任望珊也不着急，静静地等着，直到桌子上的松饼不再散发热气。

“真的一定要是他们家的孩子吗？”望溪何其了解自己的女儿。

“嗯。”任望珊的声音依旧平静，但望溪感觉胸口堵得慌。

“那样的话……妈妈可能会一辈子得不到安宁啊。”望溪深吸了一口气，眼睫向下垂。

“那年我好不容易盼回了你们。”任望珊捂着咖啡杯残存的一丝温度，“我想和妈妈说一声对不起。”

望溪非常难过，她知道女儿这些年过得不好。虽然任望珊每逢佳节都会回家，还会带着大包小包的东西孝敬他们，对长辈也还是像以前那样好，甚至比以前更好。但他们知道，一切都已经变了。

望溪感觉眼睛发酸，她叹了一口气：“可能妈妈这辈子……没有机会分享你的快乐和安宁了。”

任望珊没有反驳，也没有说话，只是静静地看着她的眼睛。

“但是妈妈依旧是母亲，依旧希望自己的女儿能拥有安宁、快乐。”望溪笑了，“妈妈不再拥有的，希望女儿都要有。”

她的名字叫望溪，其实谐音就是“往昔”，她发觉自己好像真的挣脱不了往昔的牢笼，一直被禁锢着，没办法脱身，也无力去脱身了。

她尝试过很多次都失败了，还像抓着救命稻草一样把身边的人往这个牢笼里扯，像是给自己求一分安慰，但并没有得到。看着身边她在意的人一个个都陷在这个牢笼里，她的心反而被揪得生疼。

何婧姝化着浓妆，刚盯完一圈服装走秀的彩排。她累得站都站不稳，在后台随意找了个地方坐下喘气。

“妈，刚泡好的绿茶。”熟悉的声音在耳边响起，何婧姝睁大眼睛，在转身前就脱口而出，“儿子？！”

“嗯，我在这儿呢。”于岿河插着兜，身侧放着个太空舱，一只手拿着杯子递给何婧姝，“辛苦了，忙了快一个月了吧。”

“怎么看出来的？难不成是妈妈的脸色不好看？”何婧姝紧张起来，“最近确实没怎么保养。”

“怎么会呢？”于岿河温声说，“何女士怎么会不好看？您别多想。”

何婧姝喝了口茶，茶水的温度刚刚好，她舒服地吐了口气，朝于岿河说：“儿子，怎么会突然想到来找我？”

“有点事跟您说。”于岿河微笑着说，“不是什么大事，就是来跟您说一声。”

“嗯。”何婧姝点头。

“我和任望珊又在一起了。”于岿河笑了，“兜兜转转，最后还是她。”

何婧姝没有说话，只是看着于岿河眨了眨眼睛，良久才像是松了口气，露出欣慰的笑容：“真的吗？那真是太好了。”

“谢谢妈。我知道。”

何婧姝伸手摸了一下于岿河的鬓角，他的头发比前两年硬了很多。她突然很想哭，但是脸上的妆不允许，于是她仰起头拼命地眨眼睛，试着把眼泪憋回去。

“怎么哭了？妈。”于岿河小心地抹去何婧姝眼角的一滴眼泪。

何婧姝真的很伤心，也真的很高兴。一晃两三年，那个能笑着真诚地夸自己妈妈是全世界最年轻漂亮的少年，已经长成了如今的模样。

无论是那个暴风雨的夜晚、冰冷的法庭，还是从那以后的每一天，她都觉得自己对不起这个儿子。他那年才十九岁啊，就扛下了一切风雨。他当时跟他们说，无论怎样，都还有他。

那些明明是于氏祖辈跟任氏父辈的事情，为什么要让晚辈来承担呢？明明跟他一点关系都没有。可他咬着牙把一切都撑了下来，被迫和自己最爱的人说再见，从来没有喊过一句苦。但与此同时，他和父母的距离也越来越远。

有时候，何婧姝连给他打电话都不知道该找什么话题开头。她时常会感觉茫然和空虚，于穆也一样，但夫妻二人都很默契地闭口不提。

“没事。”何婧姝摇摇头，吸了吸鼻子，握住于岿河的手，“妈妈就是高兴，你爸爸知道了也会很高兴的。”

“老爷子现在在北京吧？”于岿河摩挲着何婧姝纤瘦的手背，“等他回来，我也会跟他当面说清楚。”

“还有望珊那边——”

“没事，望珊会处理好的。”于岿河轻轻地笑了，“我们要相信她。”

“嗯。”何婧姝看向地上的太空舱，“这是？”

“啊。”于岿河俯身把小猫抱出来，“托树老板帮忙弄来的。我和望珊的干儿子，名字叫鱼干，我带它来见见您。”

鱼干很配合地叫了一声。

“样子很漂亮，眼睛还是浅绿色的呢。”何婧姝笑了，伸手按了按鱼干毛茸茸的小脑袋。

“何总监，要开始了！”助理隔着玻璃窗着急地喊道，外面冬天的阳光透进来，温暖和煦。

“妈妈要去看着了，儿子要不要来内场看看？我让助理带你。”何婧姝站起来。

“不了，下次我带望珊一起来。”于岿河把鱼干放回太空舱，站起来，“我还有更重要的事情，先走一步了。”

何婧姝点点头：“那就去吧。路上小心点，车别开太快。”

“好。”

何婧姝目送着于岿河逆光远去，忍不住发了会儿呆，都没发现助理踩着高跟鞋急匆匆地跑了过来。

有那么一瞬间，她感觉儿子拎着猫笑着挥手的样子，又和两三年前的少年模样重合了起来。她眨了眨眼睛，还以为是梦。

于岿河看了一下时间，估摸着差不多了，给任望珊发了个微信消息：“好了吗？”

任望珊秒回：“好了。”

于岿河打字：“我这边也说好了。”

任望珊：“嗯？”

于岿河拨通了任望珊的电话：“你现在在哪儿呢？”

“有猫在前面的天桥上。”

“任望珊，我想见你。”

任望珊笑了：“这么巧啊，我也想见你。”

“站在原地等我。”

于峁河放下手机，拎着太空舱奔跑起来，鱼干被晃得两眼直冒金星。他从来没有像现在这样想见一个人。只想见你，并且一定要见到你。

于峁河跑到天桥上的时候，任望珊正趴着栏杆向下看着川流不息的人群和车流。她无意间回眸，发现于峁河也穿着那件风衣。于峁河站在天桥尽头喘着粗气，任望珊轻轻地笑了一下。

于峁河跑过来紧紧抱住她，任望珊抬起手拥住他的后背：“跑这么急。”

于峁河闭上眼睛：“我好想你。”

“嗯，我也是。”

身后依旧人来人往，车流奔腾不息，仿佛一切不变，仔细看又都变了。

“等一下，我想再回一趟有猫在。”二人牵着手走下天桥，路过有猫在门口的时候，于峁河突然停下脚步说。

“我妈妈刚才应该已经走了。”任望珊抬眸。

“我知道。我不是想去见阿姨，而是突然想起来还有件事情要做。”于峁河笑着说，“正好鱼干也在，带它去认识一下新朋友。”

“哦，那进去吧。”

季薇薇见任望珊又回来了，还带了个她没见过的陌生人来，顿时有点蒙：“望珊姐，你怎么回来了？阿姨已经走了。还有这位是——”

任望珊没回答前面的问题，直接笑着说：“我男朋友。”

布偶猫正在扒拉于峁河的裤脚。

“哦，喝点儿什么？”季薇薇立马反应过来。

“不用了，我们马上就走，来办点儿事。”于峁河礼貌地说。

“那行，你们自便啊。”季薇薇转身进了厨房。

今天店里的人并不多，于峁河看向上次他坐的地方，那里依旧放着一把木吉他，刚巧没人。

二人落座后，于峁河打开太空舱，鱼干迫不及待地蹿了出来，和方才扒拉于峁河裤脚不放的布偶猫打成一片。

“到底要干什么啊？”

“还你一首歌。”

“嗯？”任望珊不解，“《Lavender's Blue》？”

“不是。”于岿河拿过吉他，“另外一首，我之前没听过，后来戚乐坐在这里告诉我的。”

于岿河试着拨了两下弦，出乎他意料，音调没有什么差错，看来戚乐经常会调。

军绿色的袖口挽起一截，他的脸部线条利落又干净，骨节分明的手指拨动琴弦的时候极其好看。

他开始弹前奏的那一刻，任望珊就明白这是什么歌了——《Loving Strangers》。

吉他弦震动，嗓音沙哑而性感，他刻意唱得有些低，听起来深情又浪漫，像是清吧里的红酒令人迷醉。他身侧的窗帘半拉半掩，光线忽明忽暗，挺直的鼻梁显得越发突出。

他的毛衣是白色的，平时他很少穿这样的颜色。米白色会给人增添温和的感觉，他本来桀骜洒脱，两三年打磨出来的沉稳和冷淡有时会掩盖这一点。但此刻他骨子里的那份性格又随着吉他的声音轻轻溢出来，温柔又放肆。

任望珊听到尾声的时候发现自己流泪了。同样的一首歌，她先前在这里抱着同样的吉他弹奏，重点全放在“Strangers”上面，而眼前的于岿河唱出的全是“Loving”，两者合在一起，才是完整的《Loving Strangers》。

晚上两人走在路上，本想随意找家餐厅吃饭，于岿河却突然说：“明天又要上班了，我会很忙。”

“嗯，没事，我也有课的。怎么了？”

“我的意思就是，接下来这个星期我没办法陪你吃晚餐了，所以今天我想亲手为你做一顿饭。”

“好啊，那我们现在去买菜？”

“菜家里都有，忘了？”于岿河笑着说。

任望珊这才想起来，于岿河家里的冰箱常年都是满的。

“我一直想问你，既然你平时那么忙，也不可能一直自己做饭吧？黎阳说你连公司食堂都来不及去，每次都是他给你打包到办公室的。”任望珊舔了舔嘴唇，“那你家的冰箱为什么一直都是满的？”

“你猜猜看。”

“这我哪里猜得出来，总不是为了好看吧？”

“听起来也像是一个说得过去的原因。”于岿河笑着说。

任望珊鼓起腮帮子：“到底为什么啊？”

“钱多。”于岿河说完就往前跑，掏出车钥匙开锁，“上车喽。”

“什么啊！”任望珊被气死了，“不说就不说呗！”

于岿河笑着给她系好安全带：“坐稳了，咱们回家。”

任望珊没再追问，于岿河却在心里回答了她。

宝贝，如果你再仔细看看，就会发现冰箱里装的永远都是你爱吃的菜，不会有芒果和榴莲，也不会有莴苣或蘑菇。

我无时无刻不在等你回家，我终于等到了。

于岿河做饭的时候，任望珊贼兮兮地从后面探出脑袋：“要不要我给你打打下手呀？”

于岿河刚想说“你坐着等我就好”，沙发上任望珊的手机就响了起来。任望珊只好去接电话，发现是黎向晚。

“望珊、望珊，我跟你商量一件事啊，我还没跟我哥讲呢，怕他骂我。”

任望珊歪了歪头，靠在沙发上：“怎么啦？听起来这么严重。”

“也不是严重，就是觉得这个想法可能有点突然吧。我肯定得再想想，但先问问你的意见呗。”黎向晚躺在床上翻了个身，压低声音说，“我不太想继续读研了。”

“啊？”任望珊看了眼在厨房里忙活的于岿河，蹙眉问，“为什么呢？”

“想一心一意开花店了。”黎向晚笑着说，“怎么回事？刚刚我还有点犹豫呢，现在这句话一说出来，我好像更笃定要这么做了。”

任望珊点点头：“开花店也没什么不好的，不继续读研是有点可惜，但做自己想做的事情不是更开心吗？”

黎向晚挑眉：“你不反对呀？”

“当然不反对啊！”任望珊感觉莫名其妙，“干吗要反对？又不是坏事。而且我看了，你的花店越来越受欢迎了，还有戚乐帮忙，我也不会不放心呀。”

“嗯，我是真的很喜欢这家花店。”黎向晚如释重负地吐了口气，

“你不反对就好。有时候感觉真挺奇妙的，当时心血来潮开店，现在反而想认真做啦。”

“那你……就一直留在上海了吗？”任望珊试探着问。

“嗯，夏成蹊不是已经在这儿定下来了吗？那我就也在这儿。你以后读完研是不是要和于岿河回苏州啊？”

“我和他是这么想的，但以后的事，谁知道呢。”任望珊从沙发上坐起来，“你确定想好了啊？”

黎向晚没再犹豫：“嗯，想好了。”

“行啊。”任望珊点头，朝上方举起拳头，“那咱们就冲！”

“黎向晚冲！任望珊冲！哈哈哈——那我不打扰你了，你吃饭没啊？”

“于岿河在做饭呢。”

“哎哟喂，齁死我了，拜拜、拜拜，我去和我哥说说。”

任望珊：“拜拜，去吧。顺顺利利哈。”

任望珊挂断电话，倚在沙发上叹了口气。她曾经问过黎向晚，还要等夏成蹊多久？明明知道他心里藏着一个人，却还要等待的滋味是什么样的呢？

黎向晚对于她问的这个问题非常坦然：“我爸妈从小就跟我和我哥说过，感情这种东西千万别将就。实在喜欢的，那就去爱、去追呗。要是追不上那就等，总有一天能等到的。”

“等不到的话，不结婚、没有后代也没关系，我结婚生子从来就不是为了以后有人给我养老。谁会抱着这样的心态去爱呢？既然如此，我还怕等的时间长吗？”

于岿河把番茄土豆冬笋汤盛出来放在大理石桌子上：“和谁聊呢？聊这么久？过来吃饭，汤给你凉好了。”

任望珊从沙发上坐起来：“是向晚。让我看看你都做了什么好吃的呀？”

“很久没做过饭了，尝尝看。”

任望珊喝了口汤，温度刚刚好。她舀了一勺送到于岿河嘴边：“你自己尝尝看。”

于岿河就着她的汤匙喝了一口，笑着说：“勉勉强强还可以吧。”

任望珊边喝汤边说：“向晚刚说她爱上‘半夏向晚’了，想和戚乐一样专心开店，之后就不读研了。虽然很可惜，但我还是为她高兴。一想到之后回了苏州，我就不能每天想见她就能见了，有点舍不得。”

于岿河笑了一声：“舍不得咱们就不回去。”随后他认真地说，“你想去哪儿都可以。北京有开满向日葵的长安道，上海这边有南隅，苏州有我给你买好的那套山庄，你上回已经住过一次了，还喜欢吗？”

“啊？那套房子原来是你买的……”

“当然是给你买好的，不然我没事空着一栋房子干什么？”

任望珊舔了下嘴唇：“这样啊。”

她用低头喝汤来掩饰自己的脸红，却挡不住泛红的耳垂，心里像是有小小的花火在噼里啪啦响。

于岿河很满足地看着她喝汤，任望珊突然说：“子衿路188号院子里的枇杷树，今年结果了。黄澄澄的，很大也很漂亮。”

于岿河一愣，随即笑了：“还记得呢，结果子要分给我一筐。”

任望珊点点头：“一直记得。”

刚巧，枇杷树终于亭亭如盖能结果，你也回来了。

“我们下周末就回去看看吧，正好我在苏州也有事情要做。”于岿河说，“可以吗？有没有时间？”

任望珊点点头：“有时间的。”

林深后来去了苏州一趟。路过昆城一中时，这个地方勾起了他一段想舍弃又无法舍弃的回忆。

车子在后街门口停下，林深调整了一下呼吸，抬起眼看向发着光的鹿烧的灯牌。

他刚去过芥川公司，再次遇到了二十年前在奈良认识的芥川先生。也是因为芥川，他才得以认识鹿娴。

这可能是最后的机会了。林深默默地对自己说。

他鼓起勇气，穿过鹿烧外围喝酒、吃烧烤的人群，终于踏进了这家他想过无数次却从来没敢进去的店，一身灰色西装在这群人中显得有些格格不入。

服务员殷勤地向他鞠了个躬：“先生随便坐。”

林深微微欠身致意：“请问你们老板在哪里？我是她的故人。”

服务员见他也不像是坏人，就说：“娴姐在后厨呢。从这里一直往里走，左拐有个门帘就是后厨了。”

“谢谢。”林深理了理衣襟，朝店内走去。

他抬起手，犹豫了一下，最终还是说服自己，掀开了帘子。一进门就看见了橱柜上那只巨大的小鹿斑比，林深不禁愣了一下。

鹿娴背对着他，以为是哪个服务员，头也不回地说：“又有新订单啊？放门口就行。”

林深深吸了口气：“是我。”

鹿娴一愣。虽然七年多未见，但她还是一听就认出这是谁的声音——是她此生最爱的人，也是让她失望得不想再见的人。

“你来干什么？”鹿娴眨了眨眼睛，没有回头。

“任氏翻案的事情……你都知道了吧？”

“我知道。”鹿娴轻声说，“知道了又怎么样呢？”

“所有人都受到了应有的惩罚，我也一样，鹿娴。”

“你本来可以不用承受这些的。”鹿娴继续干手里的活，“是你自己选的，怪不得别人。”

“你还是不肯原谅我吗？”林深眼神闪烁。

鹿娴皱眉：“我没有什么立场说原谅不原谅，你又没有对不起我。你对不起的是望珊一家人，和我有什么关系？我只是失望罢了。”

“当时我也没有办法，他准备工作做得太好也太多，还拿你威胁我，我一瞬间就慌了——”

“怎么会没办法！”鹿娴转过身，“只要你再坚持一些，把事情好好地告诉望珊的父母，防患于未然，这些根本就不会发生！”

“我都懂这个道理，你当时为什么就不懂？”鹿娴眼角泛红，“是的，所有人都得到了应有的惩罚，但望珊父母五年的牢狱之灾，望珊没有家人陪伴的五年时间，你拿什么赔给她？！”

林深闭上眼睛：“我是赔不了的，真的对不起。”

看来鹿娴是真的不会再原谅他了，林深喉咙发酸。

鹿娴却缓下语气：“你的确赔不了，但望珊比你善良。”她垂下眼眸，“她后来找过我好几次，说已经原谅你了，还跟我说你帮了她很多忙，要是你以后无儿无女，她就给你养老。”

林深错愕。鹿娴是什么意思？为什么跟他说这些？

鹿娴垂眸，再次转过身去：“你走吧，我现在不想看见你。我还有工作，晚上客人会越来越多。”

林深点点头：“我马上走，不过有件事情要跟你说一下。”

鹿娴没说答应，但也没拒绝。

林深慢声说：“还记得芥川吗？你以前在他的公司工作过。我刚见过他，他已经很老了，今年就退休了。”

鹿娴眼眸微动。

“他还跟我提起你，说你业务能力很强。他还问我你在中国过得好不好，如果可以的话，他还想再见你一面。”

鹿娴微微偏过头，当时在日本芥川很照顾她，也算是她的恩人。

“奈良一年一度的花火大会就要开始了，他邀请我们一起去看，可惜现在我不能出国。你曾经说过那很美，我没有见过，以后有机会我能陪你一起去吗？”林深说完，焦急地等待着她的回应。

鹿娴沉默了半晌才说：“我……考虑一下。”

林深松了一口气，有考虑就够了。

2019年12月7日，星期六。

“还困呢？”于岿河驶下高速路口，等红绿灯的时候看了一眼眯着眼的任望珊，抬手覆在她的眼睛上，“亮不亮啊？”

“不亮。”任望珊眯着眼，“你好好开车吧，什么时候才能到啊？”

“快了，差不多还有二十分钟，你再睡会儿。”红灯变为绿灯，于岿河关了导航，接下来的路他都熟悉。

“我不睡了，再睡皮肤出油，妆都要花了。”任望珊坐起来，打开包包，对着手机屏幕补妆。

“行，那你花二十分钟清醒一下。”于岿河笑着说，“别多看手机，要晕车的。”

“嗯。”任望珊把口红和粉饼放回包里，开了点车窗透气。

“等会儿确定回昆城一中啊？”任望珊问，“跟王老师他们说了吗？”

“没有，就是单纯想回学校走走看看，你就当陪我散个步吧。”于岿河顿了一下，“王老师今年年初升了教导主任，新官上任，比老钱当时还忙呢，咱们不一定见得到。”

“嗯，那你还没跟我说这次回苏州的重要事情是什么呢。”任望珊看着窗外，“是工作方面的事情吗？还要你亲自跑一趟啊？”

“不是。”

“那是什么？”任望珊回头。

于岿河笑着说：“我要专心开车。”

任望珊鼓着腮帮子，再次看向窗外：“知道了知道了，不说就不说，反正也不关我的事。”

于岿河笑了，在心里想，可跟你关系挺大的呢。

今天周六，下午昆城一中高一高二的学生正常放假。路虎缓缓开到校门口，梁叔不认得这辆车，看着不像是老师的，所以并没有放行，走出来查看。

于岿河摇下车窗笑了声：“梁叔。”

梁叔一看见于岿河顿时乐开了花：“岿河又回来啦？！”

“不只是我啊，您看还有谁？”于岿河向后靠，腾出些空间，任望珊歪过脑袋朝梁叔打招呼。

“望珊也回来啦！你俩这算是……成了？”

于岿河也没含糊：“成了，到时候婚礼会记得请梁叔的，别推辞啊。”

“好啊！”梁叔乐得前仰后合，“到时候梁叔给你们包个大红包！”

“那哪儿好意思，梁叔，咱们可说好，到时候您人到了就成。”于岿河看着任望珊脸红了，没有再多说，“那梁叔，您给放个行，我开进去停车场好吗？”

“嗐，行，那你们好好玩。”梁叔按下红色按钮，铁门吱吱呀呀地打开，汽车驶过在冬日暖阳的照耀下光亮如新的实验楼，缓缓停在露天停车场里。

两人穿着情侣装，牵着手在校园内晃荡。周围很安静，阳光明朗得刚刚好，照在林荫道边香樟树绿色的叶子上反射出些许光。

他们再次上了天台，看着地面上积满的灰尘，像是许久没人来过了。任望珊笑着说：“看来之后没人发现这儿还有片地方啊。”

“我们不说的话，真的很难发现。毕竟——很少有像程鼎頎那样跳的，还爬上露台的栏杆看风景啊。”

“也是。”任望珊笑出了声。

二人在天台上站了一会儿，看到操场上有高三学生在上体育课。于岿河依稀辨认出仇铭的身影，仇铭正在队伍后面赶鸭子似的监督学生绕操场跑步，一刻也没怠慢。

“丁零零——”

任望珊笑着说：“好久没听见这个声音了。”

于岿河笑了：“这声音一响起来我就想趴桌上睡觉。”说着他攥了攥任望珊的手，“下去吧，这儿灰太多，有点呛。”

“嗯。”任望珊等于岿河先跳下去之后，拉着于岿河的手轻轻往下一跃，刚好撞进于岿河怀里。

“走了，去教学楼看看。”于岿河温声说。

二人驻足在教学楼下，刚好看到两个穿着校服的学生下了课从楼上溜下来。

任望珊和于岿河相视一笑。

那两个同学背对着他们，女孩子站在灰色石阶上指着荣誉墙说：“这个 2015 届的学姐真的好厉害啊，这幅刺绣我一辈子都学不来。”

男生漫不经心地说：“那是你没学，相信我，你要是学了绣得肯定比这什么……任望珊强。”

“你又乱说了。她的成绩也比我好，我高一的时候可是听上届高三学姐说过，任望珊学姐简直又漂亮又全能，而且她后桌也超厉害。”

那男生一听这话就不乐意了：“我们不也是吗？你又漂亮又全能，我也超级厉害。”

“你得了吧！看看这光荣榜，你连全年级前一百名都没进，我年级排名二十几，你怎么跟我一起去北京啊？”

“这不刚高三嘛，我发誓，今天开始就好好学习，你当我的补习老师。我绝对陪你去北京，行了吧！”

上课铃声响了，女孩子只来得及跟他说了句“那你说到做到啊”，他们就急匆匆跑上了楼。

于岿河和任望珊看向荣誉墙上那幅《山河》，他们毕业之后，荣誉墙上的竞赛奖状每年都在更替，但这幅《山河》一直没动过。于岿河曾经把这幅刺绣拿回去题上字，现在它一直被放在这里展览。

哦，不对，应该叫《珊河》的，他或许该找个时间联系老邹改一改名字。

任望珊没有再说什么，只是笑了笑：“咱们走吧。”

于岿河宠溺地看着她：“好。”

两人上了车，于岿河给任望珊系好安全带。

任望珊问他："接下来我们去哪儿啊？"

"先回山庄把行李放好，然后你好好在房间睡个午觉。晚点我带你去市中心吃个饭，再开车去金鸡湖。"

"去那里干什么？"

于岿河答道："工作。"

"那带我去干什么？"

"这项工作比较重要，没你也不太行。"于岿河见她还要问，一把拉过她堵上她的嘴，亲完后笑着说，"再问就亲。"

任望珊嫌弃地掏出口红补妆："这口红可贵了，你省着点儿吃行不行啊？"

于岿河一瞥："这不就是我买的吗？"

任望珊自觉地噤了声。

金鸡湖摩天轮公园里的人并不多，于岿河之前已经安排好了，今晚游客量会限流。

他拿着草莓冰激凌甜筒回到双层旋转木马前，任望珊正坐在长椅上晃着腿等他。一瞬间像是回到了七年前，女孩在游乐园走丢了，然后回到旋转木马前乖乖等着她的少年来接她。

"少吃点，凉。"于岿河低笑，"吃到一半给我。"

任望珊接过冰激凌，满足地咬了一口："我们现在去哪儿？"

"跟我走。"于岿河牵过她的手。

于岿河牵着她钻进摩天轮的一间吊舱，工作人员给他们关上门之后，吊舱缓慢升起。

"晚上的工作就是带我坐摩天轮啊？"任望珊笑着说，"这个我小时候爸妈带我来过两趟，转一圈要好久。"

"工作怎么会是玩儿呢？"于岿河无奈地笑了一声，"待会儿告诉你。"

"哦。"任望珊点点头。

摩天轮转得很慢，到达一定的高度后能看见远处朦胧的地平线。冬天天黑得早，此时万家灯火辉煌，高架桥参差错落闪着金光，高楼大厦鳞次栉比。

摩天轮渐渐上升，马上就要到最高点。于岿河看了一眼时间，卡得刚刚好。

“望珊。”他轻轻开口。

“嗯？”

“看外面，湖那边。”于峃河抬手指了个方向，任望珊顺着他指的方向看过去，眼眸里瞬间倒映出火光。

烟火如同夜里盛开的千树花朵，吹落在金鸡湖岸上，更像是从银河间坠落的星星。烟火绽放在眼里的那一瞬间，凛冬散尽，暖意苏醒。

无数错落的、斑斓的烟花一束接一束腾空而起，化作幸福感渗透进她四周的空气里，带来的不仅仅是惊喜，还有回忆。

那烟火就像是纯手工制成的银河般的夜幕，混杂着水汽和爱情，盖过了世间的一切繁华，将美好尽情呈现，送给一位女子。

人间烟火气，最懂凡人心。于峃河开满漫天花火，只为了见她一笑。远处山河辽阔，她是他的烟火。

于峃河轻声唤她：“宝贝，喜欢吗？”

任望珊点点头。

“喜欢的话，帮我完成一件工作吧，这项工作很重要，没有你完成不了。”

“什么？”

于峃河深呼吸，缓缓开口：“你知道吗？今天是十二月七日，恰好是一个你很喜欢也很美的节气，‘大雪’。”

“嗯。”

“我觉得这个日子很好，所以——”

于峃河站起身，在她面前单膝跪下，取出一个绒面的盒子打开，任望珊眼眸微动。

是那枚戒指，那枚她三年前哭着放在长安道门口的戒指。

“所以，任小姐，你愿意嫁给我吗？”

窗外的烟火依旧在绽放。

程鼎颀今天一大早就在家里接到了一个非常紧急的工作，忙得连饭都顾不上吃。现在已经过了晚上八点，他的肚子也已经饿了十二个小时。

终于修改完了文件，他疲惫地瘫倒在床上，房间里只有他一个人，显得很寂寥。

他拖着疲惫的身子站起来，打开手机翻找经常点的那家外卖电话，但他感觉实在饿得不行了，等不起。于是他走到厨房烧水，准备泡面吃。看着那桶备了好久也没吃的红烧牛肉面，他突然有些难受。

水烧开了，他的手有些软，倒水的时候一个不留神又烫到了自己，还把手机碰到了地上。

“啧。”他看着手背上那一片红色，没注意手机上无意间拨通的号码。

胃里一阵刺痛，他忍不住发出了“嘶”的声音，恰好被刚接起电话的萧宸听到。

萧宸急了：“程鼎颀？你怎么了？”

程鼎颀疼得眼前恍惚：“老萧，我……不太舒服。”

“我来找你！”萧宸二话不说，拿起外套就往外跑，拦了辆车。

十几分钟后，他赶到程鼎颀家，疯狂敲门：“程鼎颀，你在里面吗？快出来开门！”

程鼎颀爬起来开门，无力地瘫在了萧宸的身上，时光顿时与七年前他听完邹校长定的篮球赛赛制时瘫在萧宸怀里那一刻重合，只不过这次他真的不舒服。

萧宸皱眉：“怎么了？你又喝酒了？”他闻了闻，好像没有。

程鼎颀嗫嚅着说：“我想吃泡面。”

萧宸一顿：“你等着。”

他扶着程鼎颀靠在沙发上，去厨房收拾了一地狼藉，把那桶红烧牛肉面泡好端过来：“吃吧。”

程鼎颀接过来闷头吃面，眼眶红了。

萧宸无奈地问：“到底哪儿不舒服？”

“就是饿了，头昏眼花的，我没喝酒。”程鼎颀淡淡地说，“因为忙工作，我从早上到现在都没吃东西，刚刚突然眼前发黑。”

“这样啊。”萧宸笑着说，“没出什么大事就好，刚才把我吓了一跳。”

程鼎颀吸了吸鼻子：“这么多年过去，兄弟里还是你最靠谱。”

于穆打开家门，何婧姝正在客厅看电视，闻声惊喜地回头：“刚从北京飞回来？这么快。”

“想你了。”于穆伸开双臂，“一个多月不见，又漂亮了。”

何婧姝抱住他：“老公……儿子又和望珊在一起了。”

于穆一愣，随即面色缓和：“这样啊。”

何婧姝点点头：“等儿子回来，他会当面再跟你说的。他告诉我的时候我就和他说过，他爸爸也会为他们高兴的。”

“他做什么我都高兴，因为他是我们的孩子。”于穆轻轻吻了一下何婧姝的额头，“就像无论你是什么模样，都是世界上最美的女人。”

望溪坐在窗台上望着窗外朦胧的月光，任幸川走过来轻轻给她盖上毯子：“别着凉了。想什么呢？”

“我在想我们的女儿啊。”望溪回过头，“你说她和于峁河在一起真的会幸福吗？”

任幸川没有回答，只是看着望溪，拨弄了一下她鬓角的几根白发：“别太操心了，都有白头发了。”

望溪垂眸。

“你要相信我们的女儿。她做的决定一定是经过深思熟虑的，我们何必多做什么评判？而且——”任幸川顿了一下，“我其实……挺喜欢他们家那孩子的。”

望溪抬眸。

“上一辈的事情，可以翻篇了。”任幸川的声音依旧温和，“你还需要多久，我都陪着你。来日方长，咱们不着急。”

望溪微笑：“嗯。”

“啊，还有，咱爸妈又搬回子衿路 188 号了。他们说住不惯大房子，还是喜欢那些老邻居、老地方，没事还能弄弄前门的小菜园。”任幸川笑着说，“我觉得挺好的。他们还说院子里那棵枇杷树长得特别好，他们得亲自好好看着，明年结的枇杷才又大又甜。”

望溪回以微笑：“老人家能开开心心的就好了。”

此刻子衿路 188 号门前的灯又亮了起来，枇杷树在风中沙沙作响，树干上刻的“珊河”二字在灯光里越发清晰起来。

有猫在的店门已经关了，戚乐依旧坐在前台，在键盘上敲敲打打。“乐已忘忧”公众号今天发送了新的推文，名字很特别，叫《痛觉障碍》。

戚乐在文末解释说，这是根据真实故事改编的中篇文章，写这篇文也已经得到了当事人的同意，估计会连载一小段时间。感谢大家的理解和一路陪伴，感谢“乐已忘忧”公众号创立以来，大家都还在。

布偶猫跳上她的膝盖，她微笑着抚摸着猫咪柔软的毛。布偶猫舒适地闭上眼睛，趴在她膝盖上睡着了。

壶碟的营业时间晚，树老板送走最后一批客人，鱼干从猫窝里缓慢踱着步子出来，蹭了蹭他的裤脚。

树老板俯身抱起鱼干："哟，怎么才这么一小段时间不见，咱们小鱼干就重了这么多？岿河可真能喂啊。"

鱼干不满地叫了两声。

树老板一挑眉毛："难不成还是望珊喂的？"

鱼干满足地"喵"了一声。

树老板笑了："还真是啊，怪不得你喜欢吃草莓罐头。"他放下鱼干，转身去吧台处开了个罐头，"鱼干过来吃吧。"

鱼干满足地舔舐着草莓罐头，嘴巴边上都是红彤彤的透明果酱，树老板看向窗外的月色。

鱼干还要在我这儿放多久？岿河你个小兔崽子，专门坑你树老板。也不知道带望珊干吗去了？弄得神神秘秘的。

夏成蹊锁上诊所的门，插着兜漫无目的地往外走，不知不觉拐进了一条熟悉又陌生的小巷，四周的店面掩映在灯火中。

他拿出手机解锁，难得没收到什么工作消息，于是又百无聊赖地把手机放回口袋。

黎阳在"半夏向晚"陪妹妹扎花束，怎么看怎么别扭，干脆跟她一块儿上手："这个橙色的丝带配郁金香是不是更好？"

黎向晚推开他："去去去，你才不懂呢。"

黎阳无奈地说："那我上楼办公去了。"

"去吧去吧，我再做几束，等会儿给你烤饼干，那可是戚乐教会我的烤曲奇独门绝技。"

"行，没毒就成。"黎阳笑了。

"半夏向晚"外面的灯光是暗的，花园的星星灯没有亮，黎向晚无意间发现忘记开了，于是按下按钮，花园里无数星星灯亮了起来。

夏成蹊抬眸，刚好撞见在无数星星灯里低着头忙碌的黎向晚。她扎着低马尾，额前留着薄薄的齐刘海，身上是拼色的冬季连衣裙。

夏成蹊的眼眸闪烁，他忽然轻轻地笑了一下：“原来是你啊。”

任望珊站在摩天轮最高点，轻轻地说：“我愿意。”

于岿河给她戴上了戒指。

七年前，在苏州难得的一场大雪里，于岿河在心里偷偷承诺要送她漫天大雪；四年前的北京，于岿河在如她所愿的大雪里给了她一个家；而现在，她在大雪的节气里答应了他的求婚。

自此，人间烟火山河依旧，你是我唯一的爱人。

七年的时光一瞬间流转，如同醉世的烟花。苏州、上海、北京，这三个城市不过只占中国一小片土地，却占据了许多人一生的璀璨风华，成全了这些人的陌路相聚和久别重逢。

一切都美得刚刚好，因为你还在我身旁。

番外一

暗恋终止

新年伊始，冷空气席卷上海，雪花在空中飘落。

黎向晚整理完早上新进的鲜花，又烤了几盘车厘子派和手指焦糖饼干，不知不觉已经到了傍晚。

过年期间开店的很少，她的花店算是其中之一，但一天来的客人很少。黎向晚看向窗外，黑夜漫漫，好在路灯亮着。

她点亮花园里的星星灯，披上任望珊送给她的红色围巾，把花店门口的木牌翻转成“暂停营业”，准备出去走走。

推开门，冷空气扑面而来，把她的刘海儿吹成了中分。黎向晚不自觉地缩了缩脖子，整张脸都埋在毛茸茸的针织围巾里。

今年过年她和哥哥黎阳都没有回北京，黎阳是因为刚刚离开山河集团自己创业，所以比较忙，而她纯粹是不想回去。

对于这件事，家里还挺不满意的，但也强求不了他们两个。家里人还说，他们兄妹俩是一年比一年不着家了，明年一定得回来，不然就从北京过来“抓人”。

黎向晚想到这儿不禁失笑。她不想回去，其实主要是害怕家里人给她介绍门当户对的人，毕竟凭她跟黎阳的家庭背景，北京就有许多人想攀亲戚了。其次就是……她知道夏成蹊今年没回昆城过年。

夏成蹊现在是越来越不喜欢人多的地方了，有时候朋友们喊他出去玩，他都情愿待在自己开的那个诊所里，用工作填满自己的时间。

黎向晚知道，夏成蹊越在热闹的地方越会想起以前的事，比平常话更少些。

她漫无目的地在街上散步，再一抬眼，已经到了夏成蹊的心理咨询室——真是记在心里的路线啊，黎向晚叹了口气。她抬起脚想进去，但最后又放下，后退几步，朝咨询室的反方向走去。

“咔嗒——”身后有一束光漏了出来，从门内向外延伸，一直到黎向晚的脚下。

“黎向晚？”夏成蹊喊了她一声。

“啊？”黎向晚迅速转身，看见那个人的面庞后展开笑颜，“是我，这么巧。”

“我刚想走，开门看见你路过。”夏成蹊身上披着一件棕色大衣，鼻梁上架着黑色的框架眼镜，刚刚似乎是在工作。

“最近的睡眠还是不好吗？”他问。

黎向晚失笑地摇摇头：“好多了，谢谢关心。”她抿了抿嘴巴，又加了一句，“我真的只是路过。”

夏成蹊短暂地愣了片刻，很快神色如常：“我知道。”

“你要走回去吗？”黎向晚看他好像没有要去车库的意思。

“嗯，今天没开车。”夏成蹊答得随和。

“一起散散步吧。”黎向晚笑得烂漫，但此刻她插在口袋中的手不由自主地攥紧，指甲都嵌进手心，印下浅浅的痕迹。

“走吧。”夏成蹊轻轻点头，先一步朝前走去。

黎向晚赶紧跟上，还趁机整理了一下自己的刘海儿，怕被风吹乱了不好看。

南城的街道边偶尔有落叶翻卷，因为正在放年假，城市所呈现的并非平时的繁忙景象，行人寥寥无几。

放眼望去，步行长街两侧的灯火有些黯淡，不过有一处地方非常明亮。

那块明晃晃的灯牌上写着五个形状各异的字——记忆博物馆。

这家博物馆是新开的，近期在网络上热度很高。因为里面收集了对许多人来说非常珍贵的物件，每一样物品都有一份独家记忆。

至于那些有特殊意义的物品为什么会被它们的主人留在这里，大概又是各有各的故事，但归根到底也都是和某个人有关。

其实看店铺大小，它并不足以被称为“博物馆”，充其量也就是两家咖啡店拼起来那么大。黎向晚扫了一眼，继续往前走，没有停留。

“进去看看吗？”夏成蹊停下脚步。

“嗯？”黎向晚有些惊讶，夏成蹊不像是喜欢来这种网红打卡地的人，“你对这里感兴趣吗？”

“回家也没有人，在这儿待会儿吧。”夏成蹊说完，然后推开门走进去。

黎向晚赶紧跟了上去。

博物馆里空无一人，但灯光很亮。这里有许多展台，每个展台上都用玻璃材质的罩子保护着一样物件，在物件的旁边就写着这件东西身上的故事。

黎向晚跟在夏成蹊后面，有些心不在焉，完全无法集中注意力。她没看这些物件和文字，只知道要和他保持固定的距离，直到她的额头“嘭”的一下撞在了夏成蹊的后背上。

“哎呀。”黎向晚惊觉自己刚刚走神了，赶紧道歉，“对不起。”

平时，夏成蹊一定会说一句“没关系”，但这次他没有。黎向晚呆愣了几秒，视线随着夏成蹊的目光看向那个令他驻足的小型展台。

那是一张浅蓝色的高铁票，上面的时间、地点已经被故意擦掉，但底下有用白色卡片写着的一段话，黎向晚看得很清楚。

“这是我女朋友在离开我之前坐的最后一班车，我至今后悔没有陪她一起上车。等我彻底释怀就把这张车票取走，但或许这辈子我都会把它留在这里。”

黎向晚呆呆地看着那张车票，思绪一瞬间拉回好几年前。她不敢往后想，潦草地结束思考，强行令自己的视线转到别处。

夏成蹊也没有停留多久，他很快收了视线，继续若无其事地向前走。在出口处有一块公示牌，旁边放着一个厚重的牛皮封面笔记本。公示牌上写着：如果可以的话，在这里记下那个刻在你心底的名字。放心吧，你不留下自己的名字，就没有人会知道。

夏成蹊缓步走过去，拿起笔，翻开那个笔记本。

黎向晚屏住呼吸，她认为理智的夏成蹊不会那么做，可最后，他在笔记本的最后一页写下了藏在心里的名字。

过了几天，黎向晚一个人跑进这家博物馆，接连推开好几对前来打卡拍照的情侣，一边说“对不起”，一边来到出口处。

黎向晚急迫地翻找，想寻找一个答案。当指尖停留在笔记本倒数第二页时，她“啪”的一声合上了那个笔记本。

她看见了那个名字，纸张不厚，即便隔了一页也足以看清。夏成蹊的字有风骨，飘逸隽秀，笔画连贯却不潦草。

短短两字，名为小笙——小笙，文漾笙。

黎向晚站在原地，安安静静地不说话，心底却如雷鸣般在响。

她回到花店，将客人要的鲜花和蛋糕都打包好后，做了一个自从她喜欢夏成蹊以来最勇敢也最坚定的决定。她拿出手机拨通了夏成蹊的电话，是时候给这场暗恋谱写一个结局了。

夏成蹊接到电话时刚刚结束工作，他本想回家，但听到黎向晚的请求，凭着心理咨询师的职业操守，还是来到了花店。

“半夏向晚”的招牌上挂着星星灯。

“又睡不好了？”夏成蹊推开门。

“嗯，但马上就能睡个好觉了。”黎向晚说，“成蹊，今晚你陪我做完这些饼干，好吗？”

夏成蹊一怔。聪慧如他，在意识到什么后，他轻轻点了点头：“好。”

一切都尽在不言中。

那是黎向晚做饼干做得最慢的一次，明明饼干是她所有烹饪业务中最简单的食物，她却用了最长的时间。

当烤箱发出“叮”的声响，黎向晚终于松了一口气。她回过头，发现夏成蹊竟然趴在桌面上睡着了。他的呼吸声很浅，睫毛直而长，在儒雅俊秀的脸颊上投下一片细小的阴影。黎向晚就这样安静地看着他，在心里与他道别。

对不起，夏成蹊，我只能喜欢你到这里了。

兜兜转转那么久，其实他不说她也明白。光是样貌和性格相似又有什么用呢？黎向晚终究只是黎向晚，夏成蹊只爱文漾笙。

她们那样相似，即便有一天夏成蹊愿意和她试一试，她又怎能确定他爱的真的是自己？这样简单的道理，她懂，他更懂。

夏成蹊是温柔冷静的人，他对一切事情看得都比旁人透彻，因此他疏远她，实际上也是在很负责任地保护她。

并非所有的暗恋都有明确的结果，大多数的结局只能是无疾而终。

她想起曾在网上看到一位情感博主发布的一个即兴问题：如果你一直喜欢的那个人在你面前睡着了，你会做什么？

当时的黎向晚立刻就想到了夏成蹊，却不知道自己会怎么做。她躺在床上翻来覆去睡不着，最后只能睁眼到天明。现在，黎向晚终于知道了答案。

她会走上前，轻轻在他额前落下一个吻，算是圆了这么多年来自己的一份执念，然后独自结束这场从一开始就注定结局的暗恋。

她曾经想过很多种场景，依旧找不到一个合适的结局给自己。她总是想，既然她已经付出了这么多，怎样的结局才对得起她的辛苦？后来她才恍然大悟，原来任何结局都能对得起这份辛苦。

她的暗恋中止了，他们还是朋友。

番外二
你的婚礼

“鱼干？我们家的鱼干呢？！”

偌大的会场上方万里无云，鲜花盛开在步履匆匆的宾客脚下，树老板的呼喊声立即吸引了许多人的目光。

“怎么了，树老板？”程鼎颀和萧宸最先赶来，在树老板说鱼干找不到了后，两个人同时发出了一声“啊”，然后着急忙慌地分头去找。

鱼干可是这场婚礼的重要角色，怎么会突然不见了呢？就知道不该让它随便走动的，这回不会直接跑出去了吧？树老板越想越着急，要是再找不到鱼干，估计他的头发都能立刻白上一半。

“你们在干什么呢？”戚乐拿着一杯香槟问。今天她是伴娘，刚从化妆间出来透透气，抬眼就看见几个大老爷们儿蹲在地上，嘴里还念念有词。

“找猫。”程鼎颀捏了一把汗，“鱼干不见了。”

“有什么好找的？我刚刚还抱过鱼干。”戚乐“扑哧”一笑，“都别折腾了，树老板您小心闪到腰，鱼干在化妆间陪望珊化妆呢。”

“那就好，那就好！”树老板心里的巨石落了地，他拍拍身上刚刚沾的灰，鱼尾纹舒展开来，“吓我一跳，这小猫崽子，太坏了，去找望珊也不跟我们说一声……”

程鼎颀暗暗戳了一下萧宸：“老萧，这老头是不是傻了？”

“估计今天太高兴，说话没过脑子。”萧宸耸了耸肩，“走吧，我们再把名单对一遍。”

此刻，化妆间内灯光明亮，化妆师正在给任望珊的盘发上点缀珍珠发簪，洁白的礼服上正趴着一只很乖的小猫咪——黑头顶、粉耳朵、白身体，正是鱼干本猫。

“你也太胆大了，居然敢让只猫送戒指，万一跑了怎么办？”黎向晚坐在一边，还是有些担心。

“没事的啦，”任望珊莞尔，“我相信我们的小鱼干。”

鱼干很合时宜地抬起头，动了动耳朵，以示回应。

“可是送戒指这种事，你居然情愿选猫也不选我，任望珊你个坏蛋。”黎向晚鼓鼓腮帮子。

“嗷呜——”鱼干露出了两颗可爱的小尖牙，进行它的有声反抗。

“怎么总这样孩子气？”任望珊也知道黎向晚是什么性子，也不计较，“补个妆吧，刚刚你吃了那么多蛋糕，口红都掉了。”

“哦。”黎向晚自知贪嘴，赶紧把凳子拖到任望珊身边，对着镜子一同涂涂抹抹。

另一侧的候场室里，于岿河系好最后一颗袖口，面朝落地镜深呼吸。

“这么紧张？”黎阳笑着问。

“有点。”于岿河承认。

身着白色西服的黎阳再次检查了一下自己的衣装，然后看了一眼手表，摇了摇头：“于总啊，紧张也没办法了，因为你还有三十分钟就要见到你的新娘了。”

于岿河沉默了片刻，突然揶揄道：“我见到望珊还得等三十分钟，不过你想见戚乐的话，是分分钟的事。”

黎阳一愣：“你在说什么？”

“没说什么，”于岿河心情大好，用一种看破真相的眼神扫了黎阳一眼，“就觉得挺好的。”

黎阳摇摇头，无奈地叹了一口气，最后还是笑了。

天朗气清，宾客到齐。青绿色的草坪上摆满了鲜花、气球、烛台和甜点。

伴随着庄严的音乐声，金色的大门缓缓打开，露出任望珊和她的父亲任幸川的脸。

任望珊穿着一袭纯白鱼尾婚纱，剪裁得当，典雅高贵，身后的薄纱拖尾在阳光下泛着剔透的光。

先前选婚纱时，黎向晚比任望珊还要兴奋。她偏爱刺绣宫廷风格的婚纱，就让任望珊试了好几件。任望珊穿上后，虽然漂亮，但总觉得还差点儿意思。直到于岿河在众多婚纱中挑选了一款，让任望珊试一试。

帘子拉开，任望珊出现，立刻惊艳全场。只有那样剪裁简约却不失工艺的婚纱才与任望珊相得益彰。

二人走到草坪中央，任望珊缓缓抬头，恰好与于岿河的视线在空中相遇。

任幸川的动作有些颤抖，但他还是将女儿的手递给了于岿河。

“以后，我女儿就麻烦你照顾了。”任幸川说话时眼眶里早已凝聚晶莹。

“我会的。”于岿河应道，语气认真。

树老板此刻更是激动，因为他拿着话筒，即将成为二人的证婚人。在此之前，他特意减了肥，让大肚腩变成了小肚腩。穿上黑西服后，还真像那么回事了。

在双方都说出那句“我愿意”后，就要进行下一个环节了。

“请两位新人交换戒指。”树老板的话语掷地有声，但其实此刻，他心里还有些恍惚。

众宾客以为会是伴娘来送戒指，但迟迟没有人上前。就在这时候，台上穿着黑色西服和白色婚纱的两位展开笑容，不约而同地看向红毯的位置。

他们二人刚刚一起走过这条红毯，就在这时，一道身影出现在红毯上，并且朝着任望珊和于岿河的方向飞快奔去。

大家定睛一看——竟是一只穿着小西服的布偶猫！那只布偶猫的背上鼓鼓囊囊的，好像是一个戒指盒！

鱼干跑到两人身边，也不跳起来扒拉他们的衣服，就在原地转圈圈。任望珊和于岿河一起蹲了下来，将鱼干背上的那个戒指盒取下来。

鱼干完成了任务，又飞奔到台下，钻进了戚乐的怀抱，还“喵喵”叫了两声。场内宾客都感叹着鼓起掌来。

即便所有人都怕它乱跑，打乱婚礼进程，但任望珊和于岿河还是坚持让鱼干送戒指。因为只有他们知道，在茫茫人海之中，鱼干永远会毫不犹豫地奔向自己的爸爸妈妈。

最后的集体大合照之前，任望珊要抛捧花。大家都争抢着站在前面，任望珊不知身后有多少人，以为他们都站得远，便用尽全力往后一抛。

粉色的玫瑰和桔梗花束在空中高高飞起，划过一条流畅的抛物线，越过每个人的头顶，落下一片转瞬即逝的阴影。

“向晚！”黎阳虽然站在戚乐身旁，但发现花束即将落地的方向是甜品台，那里站着正在吃巧克力的黎向晚时，仍然最先喊了一声。

“哥？”黎向晚回头，花束刚好砸在她怀里，结结实实的。

大家鼓起掌来，程鼎颀甚至开始吹口哨，他大声喊着：“向晚，下一个幸福的就是你了！”

黎向晚呆了两秒钟，不由得笑了起来。刚才抢捧花，她故意不站在前面，却阴差阳错接到了这束花。真好啊，黎向晚这样想着，眼含热泪。

我一定会找到属于自己的幸福。虽然让我幸福的不是夏成蹊，但一定会是个很好的人，比夏成蹊还要好。我们会相遇、相知、相爱，望珊你放心，我一定会做到的。

后来他们再提起那一场婚礼时，大概能用两个词概括——阳光正好，爱人在侧。

番外三

于在

林深和鹿娴终于有了一个孩子。

鹿娴身体不好，怀孕期间林深更是对她百般呵护。按照两人的年纪，他们算是老来得女，孩子顺利出生后，两人都很开心。

前段时间来他们家道贺的人有许多，一直到了“拜访淡季”，于岿河跟任望珊才前去探望。

“你俩倒是会挑时间。”林深给于岿河开了门，让他们赶紧进屋，“虽然是老话，但我还是要说，来都来了，带什么东西？”

“就几样小孩子用的，又不是给你们的。”于岿河打趣道。

“望珊、岿河来了吗？”鹿娴身着家居服，随意地把头发绾成了一个髻，笑起来温柔地说道，“快进来坐，我烤了牛奶布丁，给你们拿一些。”

“谢谢娴姐，”任望珊的心思显然不在牛奶布丁上，“林叔，我想去看朵朵。”

林深笑了：“去吧，她现在刚好在睡觉，就在卧室。”

孩子的小名叫朵朵，她此刻躺在粉红色的婴儿篮里，睡得很安宁。任望珊刚刚走近，朵朵就睁开了大而亮的眼睛。

小孩子刚睡醒总是要哭闹的，任望珊暗怪自己走路的动静大，吵醒了朵朵。可眼前的朵朵不哭也不闹，只是眨巴着眼睛看着任望珊，像是睡蒙了，没有反应过来现在是怎么回事。

任望珊下意识地想要喊鹿娴过来，谁知道朵朵突然“咯咯”地笑了起来。她还是个婴儿，只能伸出一小截肉嘟嘟的小手，然后嘴里开始“咕噜咕噜”地吐口水泡泡。

任望珊看出来朵朵似乎想要人抱，就小心翼翼地走过去，一只手伸到朵朵的身后，一只手扶住她的后脑勺，轻轻地将她抱进自己的怀里。

任望珊知道一个月不到的孩子是不能竖着抱的，所以她轻轻地将朵朵放在臂弯里，嘴里还轻轻地哼着歌谣。

朵朵安静下来，不再笑了，只是盯着任望珊看。任望珊慢慢地向外走，正好碰上了于岿河。

"朵朵醒了？"鹿娴摆好牛奶布丁，看见任望珊抱着朵朵，非常惊讶，"她醒过来应该会哭的呀，怎么一点声音都没有？"

"不知道，我进屋的时候她很安静。也许是因为她第一次见到我，不好意思哭吧。"任望珊说完不自觉地脸红了一下，"但这好像也不太可能。"

"只有一种可能，我们望珊很有小孩缘呢，是小孩都会喜欢的姐姐。"鹿娴说话时眼睛弯成一道月牙儿。

"岿河，你俩也不小了吧？"林深喝了一口茶，"我看望珊挺喜欢小孩子的。"

于岿河下意识看了一眼任望珊，她毕竟是容易害羞的女孩子，于是他打了个圆场，把原因归到了自己的身上："还早吧，事业没有稳定下来，还没做好准备。"

其实他们先前都没讨论过这个问题，总觉得这件事离自己还很远，但今天经过林深提醒，他们才发觉，其实也不是不能考虑。

"是吗？我们是你们上一辈的人了，按我们俩的眼光看，岿河已经做得很好了，望珊也是，年纪轻轻已经开了律师事务所，整个南城都很难找出第二个了。"鹿娴说话依旧是轻声细语的。

"我附议，"林深轻笑道，"不过你们小夫妻俩的事情我们也管不着，过两年二人世界也是好的，你们的事情还是你们来决定。"

于岿河与任望珊对视一眼，不约而同地笑了笑。

一年后的某天，早晨桂花初开，香气氤氲入肺腑。晴空万里，这样的好天气，医院里人满为患。

于岿河在产房外等了好几个小时，一动不动，话也不说。终于等到护士开门，他立即站了起来，屏息凝神。

"是个很健康的男孩，恭喜。"护士走出来，摘下口罩，朝于岿河职业性地笑了一下，却被于岿河拦住。

“我妻子平安吗？”相比之下，他更关心这个。

护士失笑：“当然了，你真是爱你妻子啊。”

于岿河松了一口气，心底的石头落了地：“谢谢，您辛苦了。”

“应该的。”护士说，“去病房里陪你的妻子和孩子吧，孩子和妈妈都还很虚弱。你们来的朋友有些多，让他们轻点说话。”

于岿河点头：“好的。”

任望珊躺在宽敞的单人病房里，她身边还有一个小小的团子，只要她稍微偏头，就能看到她的孩子。

黎向晚站在任望珊身边，盯着那个粉色的娃娃看来看去：“一想到这个皱巴巴的小孩子以后会长得很漂亮，我就不得不再次感叹生命的神奇。”

早上戚乐送猫舍的猫去看病，来不及过来，但人未至礼已到，病房里摆满了东西。全是戚乐之前挑选好的婴儿衣服，都是奶蓝色系的，还有一些补品。

同样带了一大堆补品过来的是树老板，其中还有他自制的燕窝和阿胶：“望珊这次辛苦了，得好好补补……”

程鼎颀忍不住插科打诨：“树老板啊，我什么时候也能有这种福气啊？能不能开个后门啊？”

“你得了吧，小点声。”萧宸用眼神制止了程鼎颀继续说下去，换了个话题，“话说，孩子叫什么名字？”

于岿河说：“于在。”

“什么？天哪，我看这两个字看久了都快不认识了，”黎向晚的嘴角抽搐了一下，“不对，这是什么名字啊？这么简洁。于岿河，你这么早就开始为孩子在幼儿园取得‘第一个会写自己名字的小孩’称号做准备了吗？”

“我的向晚啊，你怎么会有这么多奇思妙想？”任望珊的话里都是无奈，因为身体虚弱，她说话的声音很轻。

“向晚，人家给自己孩子取名字，你怎么有这么多话？少说点。”黎阳还是那样细心，赶紧提醒自家妹妹要注意礼貌，生怕破坏了氛围。

“哪有你说得那么严重？你有时间在这里占地方，还不如赶紧开车去把戚乐接过来和我们一起聚一聚呢。”黎向晚吐吐舌头，“不过这名字听着还挺好听的，感觉也不会有撞名的情况。”

夏成蹊从刚才到现在都没说话，这时终于开了口：“岿河，用这个字有什么特殊寓意吗？”

于岿河喃喃地说：“要说寓意吗？嗯……让我想想该怎么说。”

“在”这个字是很温柔的啊。人在需要陪伴的时候最渴望听到的是“我在”，而人世间最好的事情大概就是兜兜转转，你们大家还在我身旁。

尤其是你，望珊。从今以后，我和于在一起守护你，就如他的名字一样，我们永远都在对方身旁，望珊，好吗？

番外四

心愿便利贴

最近戚乐在有猫在里办了一个周年活动，叫“心愿便利贴”。

因为有猫在近几年越开越好，也有越来越多的猫从这里被主人接走，所以戚乐就办了一个回馈VIP顾客的活动。

活动当天，所有甜点和饮料都半价。VIP顾客可以在店里写下一个心愿便利贴，戚乐会帮忙登记和保存，第二年再邮寄给写下便利贴的人，并赠送一份有猫在的周边商品。

“心愿便笺”活动一经戚乐在公众号上宣传，立刻获得了大量点赞和评论。果然，活动当天店里人山人海。

“还好戚乐提前给我们留了位置，不然哪里有咱们坐的地方呀。”黎向晚一口气吃了一大块蛋糕，动物奶油填补了她中午没吃饭的空虚的胃。

“少吃点吧，小心成为我们这些人中最胖的。”程鼎颀依旧情商低，说完这句话后直接被黎向晚锁喉，连连求饶才被放过。

“我被这个女人欺负得好惨。”程鼎颀苦笑着往嘴里塞了块曲奇。

“活该。”萧宸耸了耸肩，对他丝毫没有怜悯，“快点吃吧，等会儿我们去帮帮戚乐。”

“帮什么呀，我看戚乐有我哥就够了。”黎向晚揶揄道。

任望珊当天是抱着鱼干来的，鱼干一进店里看见撸猫区的小伙伴就丢了魂，直接从任望珊手里飞了进去，和其他猫咪快乐地闹成一团。

“我们也写一张便利贴怎么样？”任望珊站起来，“每个人应该都有心愿吧？明年再拿到手里，好像很有意义呢。”

“好啊。”于岿河莞尔，“我们一起写。”

两人去到吧台，戚乐正忙碌地登记顾客信息，有很多人都是为了参与活动而在当天充值成为VIP，她身边站着同样忙碌的黎阳。

“黎阳之前在公司帮你处理文件是不是也这样？”任望珊凑到于岿河耳边，听语气似乎是在憋笑。

“是吧？现在他不做我助手了，没想到还得当戚乐的助手。”于岿河失笑。

二人找黎阳拿了几张便利贴，回到了刚刚大家一起坐的地方，将彩色便利贴分发给大家。

“我开始写了啊，老萧你可别看我的。”程鼎颀刚落下一个字，突然把便利贴挪远了一些，一脸防备地看着萧宸。

“我稀罕看你的心愿？”萧宸觉得好笑，“你也不能看我的。”

“啊？”程鼎颀意识到问题的严重性，慢吞吞地把身体挪近了一些，商量道，“那咱们写完互换行不行？”

“不行。”

周末愉快的一天很快过去了，顾客渐渐稀疏。活动日关店会比平时早，到了傍晚，大家一起收拾店里的垃圾和散落在地面的空白便利贴。

任望珊去吧台和戚乐一起洗杯子，戚乐有一搭没一搭地跟她聊着，突然想起一件事。

“对了，有猫在最初版本的菜单还是于岿河给我手写的呢，因为他字写得好看，我找出来给你看看。”戚乐擦干手，蹲下身体，一点点把柜台下面的东西清理出来。

她嘴里念念有词：“那个时候经费不足，所以把除了食物之外的其他成本都缩到了最低，等回本后就换了定制的菜单。好像你第一次来这里，那本菜单就已经被换掉了。哎呀，一晃都过去好多年了，我记得一直放在这儿没动过呢……”

任望珊依旧在洗杯子，嘴角挂着一抹恬静的笑容。

“找到了！”戚乐重新站了起来，把一本并不厚的牛皮册拿在手里，用手背抹了抹灰尘，递给任望珊。任望珊随手翻开，在第一页就定住了目光。

“我在你身边。”她的指尖轻轻触碰到扉页上的内容。

时间久远，水笔竟已有些褪色。

“嗯，他在扉页上写的字。”戚乐微微一笑，“写得很好看。”

“你们分开的那段时间，两个人都很爱来我店里，只是每次都撞不上。”戚乐轻轻叹气，“那时候每次来了其中一个，我就在心里疯狂念叨，另一个也来吧，另一个也来吧……可是每次都不能如愿。所以你们这是什么默契？我至今没搞懂。”

任望珊不语，戚乐挑了挑眉：“你再看看最后一页。”

“最后一页？”任望珊翻到菜单的最后，什么都没有。

“这儿。”戚乐指了指尾页的角落，只见那里落着一个词。

“我在你身边，永远。”任望珊咬了咬唇。

“时间久了，我都忘了，还是今天看见于岿河翻菜单的时候才想起来他曾帮忙写了个菜单簿。”戚乐看向任望珊，“我真的很开心你们能再在一起。”

“说什么呢说什么呢？”程鼎颀咋咋呼呼地跑过来，把刚刚大家写的一沓便利贴背面向上递过来，“戚乐，我们写的，全都放一起吧，到时候也不用寄了，我们大家直接过来自己取。”

“好啊，对了，”戚乐笑眯眯地从口袋里摸出一张，“这是我的，我也写了，我们的放一起。”

她拿出一个小盒子，把八张便利贴放在一起。

“我们约好了，都不能看对方的愿望哦。”程鼎颀看向戚乐，“在店里也不许偷偷看哦！”

“谁看你的呀，”戚乐“扑哧”一笑，“放心吧。”

当大家一起将店里的猫咪都关回小屋后，八个人各自分工，搬桌子的搬桌子，准备餐具的准备餐具，出去买食物、饮料的买食物、饮料。

忙碌了一整天，大家决定就在猫咖里聚个餐，不出去了。

很快，猫咖里随意拼起了四张矮桌，大家坐在地板上围成一圈，连蒲团都不要了。因为是夏天，他们露出的小腿碰在光滑的地板上，触感冰凉。

桌上有凉拌黄瓜丝、泡菜条、烤得刺刺冒油的各种肉串、卤鸭脖、卤鸭翅和豆腐干，都是他们少年时出去吃夜宵最爱的美味。

戚乐用来做咖啡的吧台直接变成了灶台，冰激凌、华夫饼和空气炸锅里的薯角同时被端上矮桌，色香味俱全。

最少不了的是青色瓶子的啤酒，开瓶时不用像在宴会上那样管理形象，直接在矮桌上留下“砰”的一声巨响，然后是哈哈大笑。

大家很久没有这样放肆过了，因为酒量都不错，一扎啤酒喝完也仅仅是微醺的状态，不会有人不舒服或是睡着。

微醺的状态很好，那是情绪微微上头的时候，伴随着微红的面颊，大家会开始摇骰子、恶作剧，更有甚者玩一些少年时代才讲得出口的大冒险。

那一刻，他们好像又回到了很多年前一起在学校后街的鹿烧吃烤串的时候。在那个令人想留住的瞬间里，他们永远年轻。

戚乐看着众人，不自觉地已热泪盈眶，她那张心愿便利贴上写的愿望就是希望大家可以永远在一起。看到这样的场面，即便是远在天国的文漾笙大概也能为他们感到欣慰吧？

谢谢你们，替我实现了愿望。